有爱的青春陪伴者

山林

林不答 著

江苏凤凰文艺出版社

图书在版编目（CIP）数据

从从 / 林不答著. -- 南京：江苏凤凰文艺出版社，
2024.6
ISBN 978-7-5594-8545-8

Ⅰ.①从… Ⅱ.①林… Ⅲ.①长篇小说-中国-当代
Ⅳ.①I247.5

中国国家版本馆CIP数据核字(2024)第063878号

从从

林不答 著

责任编辑	王昕宁
特约编辑	廖　妍　文佳慧
出版发行	江苏凤凰文艺出版社
	南京市中央路165号，邮编：210009
网　　址	http://www.jswenyi.com
印　　刷	天津睿和印艺科技有限公司
开　　本	880mm×1230mm　1/32
印　　张	10
字　　数	328千字
版　　次	2024年6月第1版
印　　次	2024年6月第1次印刷
书　　号	ISBN 978-7-5594-8545-8
定　　价	45.80元

江苏凤凰文艺出版图书凡印刷、装订错误，可向出版社调换，联系电话025-83280257

目 录 · MULU

第一章 / 新老同学 001
老朋友就像时间的惊喜包裹，他一出现，我就重新拥有旧时光里的勇气。

第二章 / 少年人一诺千金 041
林晚来深信不疑他会说到做到。

第三章 / 红泥小火炉 070
晚来天欲雪，能饮一杯无?

第四章 / 我的最优解 102
学生时代的夏天漫长得像永远过不完，风扇在头顶吱呀吱呀转，同桌的手总时不时会碰到。最后一道数学题，那时候没想过会解完。

第五章 / 故人西辞 150
如果没有那些特别的朋友，长大也许真是一件无知无觉的事。

第六章 / 山止川行 199
十七岁，我坚不可摧，我行不可阻。

目录

MULU

第七章 / 见日之光，长乐未央 229
少年时闷头走过很长一段路，
直到有一次抬起头，
才发现月光与他都在邀我同往，
才知，吾道不孤。

第八章 / 微小的公平 255
少年人保留偏执的权利。

第九章 / 十七岁 275
时间总是过得很快，可你一出现，好像能逆转时间。

第十章 / 且共从容 290
从从的意思是，我始终与你并肩，且共从容。

番外一 / 菠萝啤 308

番外二 / 到二〇二〇去 311

第一章 / 新老同学

老朋友就像时间的惊喜包裹,他一出现,我就重新拥有旧时光里的勇气。

夜幕降临,最远处的天际是黛色的,透出一股隐秘的绮丽。

林晚来收拾了一晚上房间,满头大汗,鬓边几绺碎发全黏在脸上,很不舒服。她打开窗,海风带着一股清冽迎面灌进来,勉强将她心底的烦闷燥热吹散了一些。

粤城的天气很好,白天再热,到了晚上也总有凉风。不像南城,永远像个巨大的蒸笼,二十四小时冒热气。

QQ"嘀嘀"了两声,林晚来把最后一本书放进书包,拉上拉链,打开手机就看见夏淼发来的消息。

夏淼:开学安排出来了。

夏淼:30号报到,31号大扫除,1号正式开学。

夏淼:你几号回来?

林晚来:明天。

夏淼:速度啊,姐。

夏淼:不过,反正我们也在学校补了一个多月课了,你明天直接来学校都行。

林晚来:嗯,我直接去。

林晚来:你们补课补到哪儿了?

林晚来又补充说明了一句。

林晚来:数学。

夏淼发来一个"流汗"的表情。

夏淼：刚讲完三角函数，下周考试。

这条之后，夏淼又愤愤补了一句。

夏淼：您半年没上课中考都能考满分，瞎担心啥啊？

林晚来笑了下。

林晚来：全A的人那么多。

南城中考是等级分制度，卷面分到了最高一档，等级分就是A。A级的分数要求并不算太严格，所以只要不偏科，一个学校总有那么几名同学是全A的。

比如她俩中考这一年，全区有一百多个全A。

更何况林晚来、夏淼所在的两个班是直升高中的班制，中考只是例行程序，把吊车尾的二十个人淘汰掉之后，剩下的学生直接无缝对接高中课程，所以夏淼她们才会整个暑假都在补课。

而且校方其实没有"满分"的说法，只不过大家喜欢这么说，默认全A等于满分。

夏淼也就是和林晚来瞎聊的时候扯两句中考的成绩，其实班上没什么人会太在意。

毕竟初一进来就被洗了脑，"六年奋斗，剑指高考"。

夏淼还在耍嘴皮子。

夏淼：那你也是满分。

林晚来懒得搭理，想到正事，打字回复。

林晚来：我手机应该快被收了，之后有事发短信。

夏淼直接给她点了个蜡烛。

夏淼：你妈妈才是真灭绝师太。

夏淼：徐老师再严，还只是让我们不准带学校来而已。

林晚来：那你们还不是带了。

夏淼都要隔屏咆哮了。

夏淼：所以我才说你妈妈才是真灭绝师太嘛！

林晚来正要回消息,敲门声传来,然后是冯晓轻言细语的声音:"小晚,妈妈进来啦?"

然后,并不等她回复,房门被推开。

冯晓女士端着杯牛奶走进来,不动声色地扫了一眼林晚来的书桌书柜,见一派齐整,很满意,和蔼地笑道:"就收拾好啦?"说着把牛奶递给她。

冯晓身后还跟着林晚来的大姨,冯昕。她比冯晓大五岁,看起来却年轻很多,皮肤紧致,身材高挑,眼睛神采奕奕,一看就是个精力充沛的人。

林晚来接过牛奶慢慢喝,没有搭话。

冯昕开腔道:"还是你家小晚动作麻利,从不拖拖拉拉的!你看我们家那个冯文夕,从来都是我叫一下才动一下的!"

"文夕还小嘛。"冯晓笑着,又试探地看了林晚来一眼,"明天就回学校了,手机,该交给妈妈了吧?"

是问句,却并不是询问的语气。

还真是准时准点。

林晚来面无表情,退出 QQ 后又把手机关了机,递给冯晓。

冯晓欣慰地笑了笑,又安抚似的保证了一句:"就关着机,妈妈平时也不会打开看的。"

冯昕又"啧啧"叹起来:"唉,什么时候我收冯文夕的手机也这么容易就好了哦!"

林晚来扯着嘴角笑了笑,还是没搭话。

冯晓嗔怪地看了冯昕一眼:"文夕几岁小晚几岁?这都上高中了,再没点自觉怎么行?"

说着,冯晓从口袋里拿出一部小小的诺基亚,充话费送的那种,屏幕小到大拇指就能遮得严严实实。

"不过妈妈想你可能也还是要跟老师同学联系,所以给你准备了这个,"冯晓依旧轻声细语的,"这样你在学校妈妈也放心。"

冯晓的做事风格一向如此,林晚来并不意外。

林晚来点点头,接过手机,应道:"谢谢妈。"

一切如常,冯晓满意地舒了一口气。

"那行,我和大姨就先出去了。明天上午的飞机,你早点睡啊!"

林晚来机械地边点头边把她们俩送到门口,轻轻关上了房门。

林晚来知道，门一关，两个大人会如释重负，然后安慰地拍拍对方的手臂，用获胜一般的语气轻轻叹一句"好了，没事了，孩子乖着呢"。

林晚来回到学校，仍然会做自觉学习、成绩优异、不需要冯晓操任何一点心的好学生。

毕竟，这是冯晓"作为母亲总要受的委屈"。

她的中考成绩让大人们相信，这半年只是她突然爆发的叛逆期。

毕竟，"再乖的小孩也会叛逆的"。

冯晓也会陪着她回到南城，再一次放弃加入家里公司的机会，仍然做独自抚养女儿的单亲妈妈。

一切回到微妙的平衡，似乎什么都没有变。

林晚来回到教室的时候，正好是下午第一节课前的文娱时间，讲台上的电脑放着歌，其他人想睡的睡，爱闹的闹，一片嘈杂。

林晚来突然出现在教室门口，只有夏淼最先看见她，夏淼招了招手，叫道："哎！"

其他人这才发现林晚来回来了，又是一阵起哄。

"我的天，你是人是鬼啊？"

"晚姐，牛啊！"

"晚姐，粤城好玩吗？"

"晚姐，腿怎么样？没事儿了吧？伤筋动骨一百天呢！"

林晚来任班里人起哄了一阵，听到这句话才翻了个白眼，无语道："我这都快两百天了好吗？"

她正要往座位走去，突然，身后有个人急匆匆跑进教室，差点撞在她身上，还好那人紧急刹住了脚步。

"呀！晚姐，您还活着哪？"

闻言，林晚来回头，见来人是赖洪波。

他是这个南方小镇里少见的北方人，一口京片子特别溜，因此成为他们班著名的"喇叭"。

林晚来还没来得及把书包抡他身上，赖洪波已经自觉认错："晚姐我错了，晚姐我错了，我有情报将功抵过！"

林晚来知道他的风格，对他天天挂在嘴边的那些个"情报"一点兴趣都没有，"喊"了声，走回座位。

"喇叭，你这次又听到啥二手消息了？"有人问。

"什么二手消息？"赖洪波一摆手，"这回是我亲眼看到亲耳听到的！"

"有话快说。"

"有个哥们儿要转学来我们班，我刚在徐老师办公室看到的。"

赖洪波这会儿倒是不咋咋呼呼了，云淡风轻地吐出这么一句，还真就是爆炸性新闻。

"啊？"

"咱们班还能进？"

"什么来头啊！"

就连坐在林晚来身边的夏淼也开始纳闷嘀咕："我们班还能转进来呢？"语气里尽是稀奇和不解。

长岭一中从建校起一直是所高中，林晚来这一届学生是一中第一次招的初中生，全区就招了八十个人，分成两个"实验班"，说是可以内部淘汰直升高中。

当年这事还令小镇里的父母们着实振奋了一把，仿佛自家孩子进了这两个班就已经进了清华、北大一样。

而这少得可怜的八十个人在经过中考之后还淘汰了二十个去了普通班，剩下的六十个也没有多好过，两轮测验之后按成绩分成了现在的高一（1）班和高一（2）班。

而这位新的转学生不仅能转入只出不进的实验班，还直接来了一班，那就一定是有点来头了。

"谁啊？"夏淼嘟囔。

"爱谁谁。"

林晚来虽也觉得奇怪，但并没有其他人那么大反应，反正班上也就三十个人，多谁都不算多。

然而，等她在最后的五分钟抓紧午睡却被夏淼叫起，一抬头看见肖晋站在讲台上做自我介绍时,脑袋里却像炸过一颗惊雷般一片空白。

"我叫肖晋,生肖的肖,魏晋的晋。"

你叫肖啥?

林晚来的耳朵像被罩住一层什么东西似的,听不真切男生的声音,不知究竟是夏日燥热,还是她脑袋蒙过了头。

"挺酷啊……"

"不会是个Bking(装酷之王)吧?"

"还用说吗,这一看就是啊。"

"不过这哥长得是还可以啊。"

"他有没有一米九啊?看着这么高!"

前后桌的小声议论终于让林晚来清醒了些,她甚至很天真地揉了揉眼睛,然后再睁开眼,就看见肖晋十分嚣张地朝她的方向挑了挑眉,惹得班上几个女生莫名地朝这边看了一眼。

林晚来心中有一万只某网红生物在奔腾。

2013年暮夏,林晚来升高一第一天,晚自习下课回家的路上,她给自己买了新的日记本。

日记本第一页,林晚来只写了四个字——

烦上加烦。

肖晋过于简短直白的自我介绍说完,班里陷入了半分钟的尴尬沉默。

班主任徐晴雯本来是侧着身眉开眼笑地看着这位新来的转学生,大概也是没想到他金口一开就蹦出这几个字,反应过来后干笑着打圆场:"哈哈,看来我们的肖晋同学很酷啊。"

然而并没有人回应她的玩笑,所以气氛变得更尴尬。

徐晴雯只好走上讲台,装作认真地看了一眼全班的座位分布,沉吟道:"要不……肖同学就在最后一排单独加一桌吧。"

三十个人的座位原本十分对称整齐,单加一个人确实不太好加,也只能这样了。

徐晴雯大概是怕新同学敏感多想，又笑着补充了一句："也就只有你这么高的个子我才放心让你坐最后了。"

哪知她想象中敏感多思的转学生一点反应也没有，肖晋抿嘴点了点头，长腿一迈，几步走到教室门口，把先前领来的桌凳搬到教室最后摆好，利落地坐下了。

行动如风，没有半点拖泥带水。

徐晴雯愣了下，"辛苦"地挤出满脸皱纹笑起来，开始安排正事。

"好啦，我们班终于到齐啦！"徐晴雯大学学的是心理学，又教了二十多年书，最擅长给学生灌鸡汤打鸡血，"现在大家都是高一的同学，不再是初中生了，这个暑假你们应该也能感觉得到，和高中相比，初中学习无论从难度还是强度来说，都只是皮毛中的皮毛。"

说着，她还把大拇指和食指捏着叠在一起，以形象地表示初中学习到底有多"皮毛"。

"从今天起，我们也就正式开始晚自习了，晚上七点开始，九点半结束。大家要充分利用晚自习的时间，完成作业是基本，查漏补缺是关键，不要拖到什么都回家做，要保证充足的睡眠！"

一口气讲完这一大段，徐晴雯停顿下来歇了会儿，又开始新一轮轰炸。

"第二件事，现在是高中了，咱们班的班委和各科课代表也要相应调整一下。首先，需要告诉大家一个好消息。"

徐晴雯将目光挪到教室最后，看肖晋的眼神和商人看见了摇钱树没什么区别。

"新同学比较谦虚，那就由我来替他说了。在刚刚过去的暑假中，肖晋同学参加全国初中生数学奥林匹克竞赛，获得了一等奖，这也是我们市唯二、县里唯一的获奖者。大家为肖同学鼓掌！"

稀稀拉拉的掌声响起来，而比掌声更热烈的，是讲台下的窃窃私语。

"我说他为啥能转来呢……"

"徐老师怎么把这种天才挖来的？"

"还真是个大佬啊！"

"哎，你们说他和晚姐谁更牛？"

有些人往林晚来这边瞅，林晚来只当没看到。

其他人不清楚状况，她心里却明镜似的，毕竟肖晋是什么水平，她很小的时候就领教过了。

拿她跟肖晋比……

着实是有点抬举她了。

"所以咱们班的数学课代表呢，就是肖晋同学了。"徐晴雯清楚学生们听到这一消息会是什么反应，所以一锤定音之后连象征性征求肖晋同意的过场都没走，立马接了下一句，"英语课代表，那就非我们林晚来莫属了。"

说完，她又补充道："哦，至于我的语文课代表，就还是由李雨同学来担任。其他科目的课代表，老师还没跟我商量，就由他们上课时自己确定吧。"

这一通话说下来，徐晴雯不光心理活动丰富，嘴巴更是说得直泛干。

可惜除了她乖巧的李雨小同学，全班没有任何一个人体谅她的用心良苦，甚至连个眼神都没往讲台上抛。

大部分人都被肖晋空降数学课代表惊着了。有的人偷偷往林晚来位子上瞥两眼，有的人私下跟同桌交换眼神，仿佛吃到了什么不得了的瓜。

大家整个暑假过得昏昏沉沉，这事可是够提神的。

原本初中三年林晚来一直是数学课代表，虽然初三的时候英语老师在课上开玩笑，说要跟数学老师抢林晚来当课代表，但最终林晚来从"被争抢"的香饽饽变成了"被剩下"的英语课代表，这就很有些差别了。

察觉到一些目光与窃窃私语，林晚来并不是很在乎。

当不当课代表都无所谓，对她来说更麻烦的显然是现在坐在教室最后面那个不知道抽了什么风要回到南城来读高中的肖晋。

然而她并不知道，那位"抽风"的朋友在听到徐晴雯直接让他当数学课代表时的第一反应是想跳起来拒绝。

但他敏锐地感受到教室里的气氛有点不对劲，于是先摁住了自己。

在徐晴雯又立马补充了林晚来当英语课代表之后，他好像就发现了一些了不得的事情。

肖晋的目光向前探，第一排的林晚来此刻板正地坐在自己的位子上，对其他人的窃窃私语置若罔闻。

看来数学课代表会是个很有趣的活儿。

想到这里，肖晋没忍住，弯了弯嘴角。

安排完班委，讲台上的徐晴雯仍然在滔滔不绝。

"第三件事情，大家之前也都知道了，下周我们要开始周练了，但昨天我们教学组商量了一下，一致认为学期刚开始，需要有新的气象，周练还是太随意了，所以改成正式的开学测验。"

此话一出，哀鸿遍野。

"啊——"

"什么开学测验啊，说得好像我们放过假似的，这不一直开着学呢！"

同学们的反应都在徐晴雯的意料之中，所以她并不怎么在意，她清了清嗓子继续说道："开学测验共考五门，语文、数学、英语、物理、化学，分两天考完，时间安排我待会儿会让班长贴出来。"

同学们继续哀号，徐晴雯继续发刀："你们高一的学号，也将参考这次的考试成绩进行重新排序。"

班上人皆是一惊。

原本他们初中三年的学号都是由小升初那场选拔考试决定的，大家都用习惯了，基本上能背出来谁是谁，这突然要重新排学号，当然有点不习惯。再加上这三年里，确实有相当一部分人的成绩波动较大，要是从前几号变成了倒数，这落差也不好看啊。

这次赖洪波真没忍住，吐字清晰地爆了个粗口，精准地传进了徐晴雯的耳朵里。

徐晴雯狠狠剜了他一眼，冷面道："这次开学测验，考的都是暑期补课的内容。各位同学有没有认真听讲、有没有扎实完成作业，一目了然。到了见真章的时候，希望某些同学不要考得还不如没来听过课的同学。"

这班上，暑假没来上课的同学也就林晚来和肖晋了。

徐晴雯的目光在两人脸上温柔地扫过，但在经过赖洪波的时候，就瞬间变成了冰刀子。

赖洪波不禁感到脊背发凉，不自觉打了个寒战。

"这有啥可希望的，那必然是不如啊……"

人贵在有自知之明，赖洪波可怜兮兮地望了一眼他晚姐的冷漠背影，如是叹道。

徐晴雯一件事接一件事地讲了一中午，终于教育完了，抬头看了一眼教室后墙上的挂钟，惊觉一节课都快结束了，赶忙翻起书。

"来来来，我们再把《氓》过一遍。"

顿时，教室里响起一阵翻书声。

"老是因为讲这些废话耽误正经上课，你们什么时候能给我省点心……"徐晴雯又祭出了万年不变的台词。

全班内心吐槽：您还知道是废话啊？

当然，这话是没人敢明着说的。

"好了好了，先读一遍课文，"徐晴雯把课本端在手上，"注意读音和断句啊！"

"来，氓——"

"氓——之——蚩蚩，抱布——贸丝——"

下课铃在全国统一拖长了音的朗读声中响起，徐晴雯置若罔闻："把这篇读完！"

"匪来贸丝，来即我谋。送子涉淇……"

朗读声迅速利落了起来，一键切换二倍速。

十分钟的课间还是被徐晴雯成功地拖没了，英语老师苏秦无缝接班。

苏秦是不太符合一般想象的英语老师。

因为她，有点胖。

林晚来仍然记得初一第一次家长会之后，冯晓回家的第一句就是——

"你们英语老师怎么长得那么胖！"

第二句就是那著名的刻板印象——

"不都说一般英语老师最漂亮吗？"

不过林晚来很喜欢苏秦，因为她水平够高，废话不多，为人还可爱直率。这样的老师已经不多了。

初中的英语课代表因为偏科严重已经去了普通班，于是苏秦毫无顾忌、神采飞扬地表达了一番她终于从数学老师手上抢来林晚来当课代表的兴奋，又非常随性地把自己随身带的两本英文诗集送给了坐在第一排的林晚来和夏淼。

返校第一天，林晚来终于露出了一个真心的笑容。

苏秦讲课情绪激昂，恨不得带动全班跟她一起诗朗诵的那种，虽然效果好，但副作用就是大家下了课全都像死狗一样地趴在课桌上。

好在下午最后一节课是原本的周练时间，现在改为自习。

林晚来还算正常，因为她是属于课上老师再激昂都带不动的那种。

她借了夏淼的笔记对着看，虽然休学期间她在粤城也有跟着同步预习，但毕竟没有老师指导，现在查漏补缺还是很有必要。

"姐，你是真的牛。徐老师要是来了提前告诉我。"夏淼感叹了句，就瘫下去睡了。

下课铃响，林晚来正好把语文笔记补完。

夏淼拉她去吃饭："就一个小时，快点！"

林晚来正要起身，忽然想到什么，往教室最后一看。

肖晋已经没影了。

她叹了口气，挽住夏淼的胳膊，走出教室。

下午最后一节课下课正好是五点半，一个小时的晚饭时间，接着就是英语听力，然后开始晚自习。

长岭一中的食堂是小城中学的正常水平，典型的"物丑价廉"，八块钱就能吃到撑肚皮。然而除了二楼小窗口的牛肉粉配上虎皮鸡蛋尚能下咽，其他的菜要么咸得让人怀疑食堂师傅是不是拿海水洗的锅，要么淡得让人非得咬着自己舌头了才能感觉是真的在吃饭。运气好的话，吃到一只苍蝇半只青菜虫什么的，也是有可能的。

所以大部分学生都会选择去校外小摊小铺买东西吃，虽说可能会不干不净吧，但至少能过把嘴瘾。

夏淼早说好了今天下午去吃过桥米线，刚好林晚来在粤城待了半年，也正想念学校对面那家的手艺。

"还是我晚姐好说话啊，拉其他人去吃顿过桥米线能费我三天的词汇量，真是绝了。"夏淼挽着林晚来的胳膊感叹。

一中门口一条街，无骨鸡柳、烤面筋、拌薯粉、铁板豆腐、章鱼小丸子啥都有，随便买两样也就十几块钱。

对比之下，过桥米线就绝对是 VVVIP 水平的了。二十元一锅起价，加上夏淼每次都往至尊无敌嘉年华那个方向点，其他人当然不愿跟她出去吃了。

林晚来斜眼睨她，玩笑道："除了我，谁愿意割肉陪你夏大小姐？"

夏淼越说越饿，拉着林晚来的手加快了步伐："哎，废话不多说，这顿我请！"

"着什么急……"林晚来被她拽着往前走，身子后仰，懒洋洋的，话还没说完，余光便瞥见另一边小路上，有一个熟悉的瘦高身影快步走进了食堂。

林晚来脚步一顿。

夏淼有些莫名："怎么了？"

林晚来暗自思忖了半秒，提议道："今天吃食堂怎么样？"

夏淼被吓得不轻，满脸写着"你在说什么梦话"。

初中社会实践的时候，夏淼亲眼看见食堂某阿姨是如何把一麻袋白菜倒进一个已经色泽发暗的大红澡盆里，又如何果断而熟练地把脚踩进那盆里洗菜。食不下咽好几天之后，她发誓死都不再踏进食堂一步，从此还患上了白菜恐惧症。

林晚来知道自己理亏，沉吟了两秒，解释道："呃……我突然不太想出校门了。"

她还像模像样地抹了把额头上的汗："好热，我想就随便吃点赶紧回教室好了。"

夏淼仍然瞳孔地震，显然世界观受到了不小的冲击。

林晚来实在觉得抱歉，只好又柔声说道："可能是我今天赶飞机太累了，要不今天你自己先去吃点？"

"明天，明天我一定跟你去吃过桥米线，我请！"

看林晚来就差伸三根手指出来指天立誓的模样，夏淼终于勉强接受了她奔波劳苦不愿出校门的蹩脚理由，叹了口气："行吧，那我去买个肉夹馍吃。"

林晚来如获大赦，转身去了食堂。

掀开油腻腻的塑料门帘，林晚来一眼就看见肖晋站在左侧的小食窗口前，盯着几盆浓油赤酱到已经看不出到底原食材是啥的荤菜，眉头皱成一团，表情看起来十分痛苦。

"别挑了，都不好吃。"

林晚来径直走到肖晋身边，一开口就"荣获"窗口阿姨一个白眼。

"我没指望能有好吃的，"肖晋回头看了她一眼，似乎一点都不惊讶，很快又收回眼神仔细端详那几盆菜,"我在想哪个能吃。"

肖晋后来居上,又被喜提两个白眼。

林晚来本来也没打算跟他打太极,开门见山道:"聊聊。"

肖晋这才转过头来认真看着她,凝视几秒后,轻轻笑了:"聊聊可以,先告诉我这食堂有什么东西是能吃的。"

林晚来点点头,往楼梯口抬了抬下巴示意,说:"跟我走。"

二人合力出击,终于获得阿姨一铁勺猛敲在不锈钢盘子上的高级警告。

"爱吃吃!"

肖晋还不习惯这学校里大家的彪悍作风,被这声响吓得一哆嗦:"哎呀,这么大脾气。"

林晚来是见怪不怪,在食堂阿姨的注目礼中淡定地上了楼。

两碗牛肉粉,各加一个虎皮蛋,林晚来点菜刷卡,轻车熟路。

一早用高压锅压过的牛肉粒,已经在不锈钢坛子里和着辣子麻油浸了一天,一勺子挖出来,烂得入口即化,码在新烫好的米粉上,再浇上一大勺高汤,牛肉汤粉完工。

虎皮蛋也在各种码子上放着,染了香味,戳几个洞浸在汤粉里,等把粉都吃完了,蛋也就浸满了汤汁,一口咬下去,那才叫满口爆浆。

总之,这是整个食堂里林晚来认为唯一"能吃"且"好吃"的东西。

初中三年混了脸熟,汤粉大爷还亲切地招呼她一句:"怎么好久都没看见你来吃粉了?"

林晚来盯着坛子里的牛肉,不自觉地咽了下口水,笑着回答:"之前生病,休学了。"

大爷"啧"了声,关心道:"要注意身体哦,你们现在啊,身体才是最关键的!"

说完,他又非常慷慨地往其中一只碗里多添了大半勺牛肉。

林晚来连忙道谢,保证以后一定多来吃粉。

她回头看了一眼,肖晋优哉游哉地坐在凳子上等着,坐姿十分懒散,半点都没有要来帮她拿的意思。

林晚来也没指望他多好心,问大爷要了个托盘,端着两碗粉往桌边走去。

她放下托盘,心里暗暗纠结了两秒,还是把牛肉明显多出来大半的那碗推给了肖晋。

毕竟求人还是要拿出求人的样子。

"这个牛肉粉,是这食堂里唯一好吃的东西。"

为表友好,林晚来还介绍了一句。

然而肖晋并不见外,搓了搓筷子就吃起来。

林晚来心想:果然,凭他在粤城待了多久,嗦粉已经是南城人写在基因里的本能。

男生吃饭快,没两分钟,一大碗粉就快见底了。肖晋从碗中抬起头来,额上出了一层汗:"说吧,找我干什么?"

也不等林晚来回答,他又贱兮兮地接了句:"怎么,被抢了数学课代表不服气,来找我打架?"

林晚来没吱声。

肖晋嘴上跟装了发动机一样,马不停蹄又接下一句,还一副煞有介事的样子:"虽然一般来说男女力量悬殊,但如果是你要认真跟我打,我确实还得好好研究一下战术。

"毕竟见识过你的实力。"

林晚来腹诽:战术你个大头鬼。

林晚来耐心地等他表演完这段单口相声,安静了半分钟确定他没有再想说的了之后,清了清嗓子,郑重道:"我想拜托你件事。"

肖晋也不跟她兜圈子,直白地问:"什么事?"

"不要让别人知道我们俩认识。"

肖晋脸上的笑容瞬间僵了两分。

他嘴角凝滞着,愣了几秒,收敛神色,问:"为什么?"

林晚来低头,避了下他的眼神,重新组织语言:"也不是不能让别人知道我们俩认识……

"就是……别让其他人知道我在粤城发生的事情。

"我只是车祸骨折,休学了半年而已。"

肖晋看着林晚来,沉默了足足两分钟才问:"就为了跟我说这件事?"

林晚来不解他为什么这样问,迟疑地点了点头。

肖晋冷笑:"你是觉得我有多无聊?

"这班上除了你,我谁也说不上一句话,你为什么认为我会跟别人讲?"

林晚来愣了下:"只是怕万一……"

肖晋很快打断她,爽快地说:"行,我答应你。"

说着,他就端起碗和托盘要起身离开。

"哎哎哎……"林晚来下意识出声拦他。

肖晋回过头来,有些莫名和不耐烦。

其实也没什么事,林晚来有些尴尬,顿了两秒才说:"那个,我也快吃完了……你要不,等下我?

"你刚来不熟悉,我教你怎么回收餐具。"

肖晋看了眼前方红底白字明晃晃贴着的"餐具回收"指示标,挑了挑眉,盯着林晚来,微微扬起嘴角。

林晚来暗暗检讨:口不择言,果然易生尴尬。

肖晋看了眼她面前那份刚吃小半碗的牛肉粉,轻轻叹了声,又坐回位子上,含笑道:"行吧,我就勉为其难地等等你。"

林晚来尴尬得不敢抬头,一个劲儿吃粉。

"慢点儿吃,我又不会跑。"

肖晋撑着头看她吃,半晌,慢悠悠抛出这么一句。

林晚来觉得在让她尴尬这方面,肖大欠扁真的是天赋异禀。

林晚来快速解决完牛肉粉,起身准备离开。

肖晋把她的碗接过来,放到托盘上,端着托盘朝前方餐具回收处努努下巴,又对她说道:"走吧,林同学,教教我怎么回收餐具!"

林晚来本来就吃得满头大汗,被他这一调侃,更是涨红了脸。

白了他一眼之后,林晚来径自往前走到餐具回收处。

"托盘和碗一起放左边箱子里,勺子筷子放右边。"

肖晋认真照做,还不忘嬉笑着来一句:"谢林同学教……"

"林晚来?"

一个轻柔的女声突然响起,林晚来回头,是李雨。

"你也来食堂吃饭啊?"李雨有些惊讶,因为她每晚都来食堂吃饭,却很少碰见林晚来。

"哦，是啊，牛肉粉好吃。"林晚来回答。

"肖晋？"李雨目光偏向林晚来身边的肖晋，不确定地打了一声招呼。

肖晋朝她微微点了点头，算是应答。

很显然，他不知道李雨是谁，似乎也并不打算开口问一句人家叫什么名字。

正好预备铃响，打破了正在滑向尴尬的气氛。

"快听听力了，我先回教室了。"

李雨下意识整了整自己的刘海，道别后匆匆下楼。

晚上六点半到七点是一中雷打不动的英语听力时间。

原本是全校统一，广播站放音频材料，同年级所有班级同时练习。然而高一两个实验班从来就"血统特殊"，苏秦又觉得全校统一的听力题目太简单，所以一早拔了全校统一装的音箱，独立进行听力训练。

林晚来摊开全新的听力练习，趁还没开始，先把每一页最下角的笑话看了。苏秦进来的时候，她刚好看完最后一则。

"准备准备，我们开始放听力了啊！"林晚来就坐在靠门第一排，苏秦顺势拍了拍她的桌子，"争取第一遍就把题目都答完，第二遍试着复述听力内容！"

苏秦话音刚落，最后一排的转学生举起了手。

"你怎么了？"

"老师，我没书。"

"哦，对！"苏秦一拍脑门，"忘了这个事，你的书明天我给你带来，我家里还有几本。"

"好的。"转学生乖巧点头，"那我今天用什么？"

"这个……"苏秦手指在林晚来桌上叩了两下，突然灵机一动，朝肖晋招招手，"你来，跟林晚来共用一本！"

林晚来猛抬头。

"你俩一人听一遍，用铅笔写就好了！"苏秦眉开眼笑，似乎对自己的安排十分满意。

"好嘞。"

肖晋已经凳子一提长腿一迈，一阵风似的坐到了林晚来身边。

苏秦又低头假装凶巴巴地对林晚来要求道："一遍听不出全对，我可有惩罚的！"

　　林晚来丧气一叹，认命地点了点头。

　　全对什么的不算麻烦，麻烦的是后面那个欠扁的啊！

　　林晚来一抬头，面前就是肖晋故作严肃的一张脸。

　　他还煞有介事地朝她扬了扬下巴，督促道："认真听，一遍全对没听见？"

　　林晚来觉得自己此时很想打人……

　　刚刚还装模作样要她"认真听"，等听力正式播放，肖晋又开始没话找话说了。

　　他凑近了点，轻声问："腿好了没？"

　　林晚来抬头狠狠瞪他一眼，又警觉地回头看了看同桌的夏淼。

　　还好，夏淼专注着听力，没注意肖晋的举动。

　　肖晋大概是误会了林晚来的意思，有些不好意思地摸了摸鼻子，小声道："我这刚才不是被你气到了忘记问了嘛。

　　"快说，你腿怎么样现在？"

　　林晚来腹诽：你生什么气？

　　一则短对话播完，林晚来快速勾了答案，抬头轻声回答："好得很，能蹦能跳没断没残。"

　　"那就行。"肖晋松了口气似的，把前倾的身子退回去，背靠在教室墙壁上。他不再和林晚来搭话，但时不时要拿手指在她桌上叩两下，还装模作样地督促"快点写""认真听""要全对"。

　　林晚来头一次觉得半小时的听力这么漫长。

　　终于听完，苏秦还是老套路，站在讲台上笑眯眯地看着林晚来："那就让我们的课代表来报下答案吧！"

　　林晚来淡定地站起来，不慌不忙地报出自己的答案。

　　"ABCBD……"

　　只要她听到了，就不会有错，这点把握林晚来还是有的。

　　二十五个题报完，苏秦满意地点了点头："嗯，不错，话没少说，题目倒都做对了。"

　　说着，她还故意瞟了眼肖晋。

　　肖晋连忙举手，毫不谦虚道："老师，我也全对！"

"噗——"大概是十年教师生涯里也没见过这个品种的学生，苏秦没忍住，笑出声来。

几个同学也被逗乐了，跟着笑开。

教室里一片和谐，只有林晚来心如死灰，恨不得当即挥拳打爆肖某人的狗头。

下午还被默认是 Bking 的肖晋笑嘻嘻地跟苏秦这么插科打诨一句之后，在同学们眼中突然就没了距离感。

等他拎着凳子回到自己位子上，前座的男生立马回头来跟他打招呼："你真全对？"

说话的是他们班物理课代表严政杰，从初中当起的，没什么意外高中也会连任。从这人头发长得快挡眼睛还乱到快成了卷毛的粗犷造型能看出来些端倪，此人沉迷于物理无法自拔，成绩十分逆天，连带着数学、化学也不赖。

可惜他语文和英语不行，作文常年写不完，英语永远听天书，因此他对这位英语听力全对的数学奥赛金奖选手十分好奇。

然而刚刚还坐在前排嬉嬉笑笑的转学生现在又换上了一副 Bking 嘴脸，冷着一张脸。

严政杰被肖晋看得心里发毛，僵笑了下才想起什么来，说："哦，我叫严政杰。"又指了指同桌，"他是张航。"

肖晋仍然面无表情。

张航连忙出来搭腔："哦，我俩英语都不行，听你说全对觉得挺厉害就想问问。"

肖晋终于收回眼神，伸手往桌肚里翻书包，窸窸窣窣一阵后，他才抽空回答："是全对。"

自讨没趣的对话终于结束，严政杰和张航忙不迭要转回去，然而肖晋本色不改，又补充了一句："听力不是挺简单吗？"

突然，前排发出不大不小一声"咔嚓"。

严政杰捂着左腰，没忍住，还是低骂了声。

第二天是大扫除，晚自习最后十分钟，徐晴雯又走进教室，交代他们明天可以从家里带些小水桶、抹布、报纸之类的东西。

其实他们班在学校补了一暑假的课，教室每天都有人值日，完全没有跟着全校一起大扫除的必要。

然而徐晴雯对"新学期新气象"的执念不是一般的深，讲着讲着又从带清洁用品讲到了同学们要以怎样的面貌迎接高中的学习生活。

严政杰盯着被他留到最后磨了二十分钟也还是没磨出来的文言文阅读，原本打算最后十分钟快刀斩乱麻的计划也被徐晴雯腰斩，无奈地发出一声长叹。

张航听到了，正要跟他一起抱怨两句，一侧头，余光瞥见后面位子上已经没了人影。

"他什么时候走的？"

严政杰跟着往后一看，也惊呆了："刚刚他不还在这里写卷子吗？"

而现在，转学生桌上干干净净，啥也没留。

严政杰轻轻晃了下肖晋的桌子，桌洞里也是空空如也。

还真是来去了无痕。

班上总共就三十一个人，敞亮得很，肖晋还单独坐在最后一排，从后门溜出去老师不可能看不到。

张航不可置信地看了眼讲台上神色如常的徐晴雯，跟严政杰你看我我看你，两人都惊掉了下巴。

"这么嚣张？"

"他不会是徐晴雯的儿子吧？"

理科生想象力有限，严政杰在"肖晋会遁地"和"肖晋是徐晴雯儿子"两种可能之间挣扎了半分钟，最终选择了后者。

张航沉吟半晌，认真摇了摇头："我看不像。"

"这么牛，应该是校长的儿子。"张航仔细分析，"你想啊，如果是她自己儿子，她应该更严才对，杀鸡儆猴多方便。"

严政杰瞪圆双眼，恍然大悟，朝同桌竖了个大拇指："有道理！"一点不觉得把自己说成猴有啥不对。

小镇、县中学、嚣张的转学生、空降的数学课代表，每个元素都指向流言，这里本来就是藏不住秘密的地方。

第二天，林晚来拎着小桶走进教室的时候，"肖晋是校长儿子"的传言已经连二班都尽人皆知,并且大有从五楼向下发展之势。

见她来,赖洪波还非常热情地拉着她科普。

"晚姐晚姐,大新闻!"赖洪波先是手舞足蹈地扑向她,靠近了之后又刻意压低了声音,"昨儿那新来的 Bking,是咱校长的儿子!"

林晚来在那一秒真惊得瞪大了双眼。

倒不是这"大新闻"有多惊人,而是跟她知道的情况有些出入。

不过她这反应歪打正着,很让赖洪波满意。

赖洪波有些得意,不自觉就放大了声音:"我就说嘛,咱们班从来只出不进,而且是从初中就调了档案来的,他要家里没点背景,当初没参加过选拔考试的,就算是奥赛金奖也不可能转进来啊!"

林晚来听他八卦一长串,整理了下思绪,问:"你怎么知道的?"

赖洪波诡异一笑:"昨天晚上下课,我亲眼看见他走进教师宿舍的!"

教师宿舍就在一中侧门对面,的确是一中老教师才有可能分到的房子。但是就凭这个演绎出"肖晋是校长儿子"的说法,还深信不疑,未免太草率了点。

"那也有可能是他家租了教师宿舍的房子啊。"林晚来装作无意一说,试图把这流言方向掰正。

一旁的严政杰手一挥:"不可能,昨天最后十分钟徐老师来说事情,他就直接从后门溜了!要不是校长儿子,敢在徐晴雯面前这么嚣张?"

赖洪波附和:"就是啊,这人绝对是校长儿子!走后门进来的!"

林晚来感觉头有点痛。

她还没开口说什么,"校长儿子"本人就单肩背着包出现在教室门口,将赖洪波最后那句听得清清楚楚。

"咳……"林晚来若无其事地在自己位子上坐下,善意地咳嗽了声以示提醒。

赖洪波一回头,高他快一个头的肖晋就站在他身后,脸臭得能熏黑整面墙。

"我……"原本看热闹的人迅速回了位,就剩赖洪波一个僵在原地。

赖洪波自小有个优点,该尿就尿,这是被他爸妈混合双打十余年习得的生存经验。于是,他半点没犹豫,几乎是下意识地哆哆嗦嗦地喊了句:"肖、肖哥……"

他肖哥还是臭着脸,又盯了他几秒,才面无表情地吐了两个字:"让开。"

赖洪波往旁边一溜:"好嘞。"

肖晋瞪了他一眼,腿一迈,走到教室最后坐下。

虽说昨晚徐晴雯交代事项的时候大家都怨声载道,但真到了大扫除的时候,大部分人也都还是兴奋的。

毕竟高中常态就是,除了学习,啥都好玩。

分工是一早就安排好的。他们班原先三十个人,六人一组,一共五组,两组负责扫地拖地,一组负责走廊清洁,一组负责擦窗户擦黑板,最后一组负责校园里的包干区和倒垃圾,安排得明明白白。

就剩肖晋一个转学生,有些尴尬。

生活委员程开颜是个内向的女生,性格和她的名字十分不搭。她拿着记录本站在讲台上,对着肖晋的名字脸憋得通红:"你、你就……"

肖晋倒是不急,大刺刺地坐在位子上,一副没活干更轻松的样子。

"要不,你跟第一二组一起扫地?"

肖晋漫不经心地扫了眼第一二组的人,开口道:"十二个人够了吧。"

他手揣在兜里,靠着后墙,懒洋洋的。

程开颜又窘又急,脸更红了:"那你也不能什么都不干吧……"

肖晋笑了下:"我没意见。"

但大家有意见。

本来"校长儿子"的流言一传,大家就都对他窝着敢怒不敢言的火,这会儿他又这么嚣张,已经有几个男生狠狠瞪了他几眼。

徐晴雯还没来,没人拍板,程开颜站在讲台上不知所措,脸越涨越红。

教室里不知怎么就形成了一个奇怪的对峙场。

简单划分一下,是肖晋以一对三十。但他淡定自若,反而是其他人阴着脸一肚子火。

林晚来看程开颜僵在讲台上急得要哭,班上几个原本刺头的男生更是一副要干架的样子,觉得这样下去不行,纠结再三,终于还是站了起来。

"肖晋,你跟我去倒垃圾吧。"林晚来站在自己的位子上,目光穿过教室里乱糟糟的人群,对坐在最后面的肖晋说。

教室里一瞬间陷入寂静。

林晚来也有些紧张，用大拇指抠着自己的手，呼吸也不自觉地屏住。

阳光斜照进教室，空气里浮起细小的灰尘。林晚来的目光越过它们，仍旧定格在肖晋的脸上。

肖晋默了半分钟，轻轻地笑起来，提着嘴角，漫不经心地问："你一个人提不动啊？"

不知道他这话究竟是什么意思，林晚来莫名紧张，不自觉地咽了下口水。她正要开口解释，肖晋就从位子上站了起来，转身去角落里拎起了垃圾桶，然后走出后门。

走廊上，他隔着窗户喊道："林晚来，走吧。"

其实大扫除还没正式开始，垃圾桶里没多少垃圾，现在去倒，很没有必要。

肖晋一个人拎着垃圾桶走在前面，林晚来跟在他身后，盯着他的后脑勺思考要怎么开启话题。

"喂……你等等我。"

最终还是这么老套的开场白。

肖晋回过头来，立在原地等她，笑着问道："干什么？又要教我怎么回收垃圾？"

林晚来在心里默念了三遍"忍"，终于平息下来，迈步走到他身边。

肖晋实在是太高了，林晚来有一米六五，在南方女孩子里已经不算矮了，但还是只到肖晋肩膀下面一点儿的位置。

她不得不抬起头才能看向他的眼睛："今天你听到的话，别放在心上。"

肖晋扬了扬眉，等着她的后话。

林晚来停顿了一下，又说道："这学校就是这样的，喜欢议论别人的私事……但大家也都没什么恶意，学习太闷而已，过几天就会忘的，你不用太在意。"

"没在意。"

肖晋等她说完，言简意赅地回了句。

林晚来知道他会这么答，也知道肖大少爷的确是不会把这种事情放在心上的，于是点点头，又说道："那你也，别太和他们对着来……"

肖晋声调上扬"嗯"了声，似乎不明白她的意思。

"就是，做事什么的……别太过，跟大家融洽一点。"林晚来尽力组织语言，却还是觉得词不达意,"这班上人其实都挺好的,你以后熟了就知道了。还有三年,你也不能永远这么独来独往吧?"

肖晋听完,十分新奇地盯着她,半晌没说话。

林晚来自己都不敢相信这是自己会说的话,苦口婆心得像个老妈子。看面前人的表情,八成也没听进去,她也就不抱什么希望了,收回目光等他奚落。

哪知,沉默半晌后,头顶传来低沉却愉悦的笑声。

"好。"

林晚来猛地一抬头,怀疑自己听错了,却正好对上一双满含笑意的眼睛。

肖晋的眼睛是内双,有些遮瞳,眼角尖锐,眼神凌厉,加上剑锋似的眉毛直直扫入鬓角,看起来其实有些凶。他现在却弯着眉毛,眼睛笑得微微眯起来,整个人看起来像只特别好欺负的大金毛。

林晚来看愣了。

肖晋倒也不提醒她,就这么笑着任她看。

等林晚来自己反应过来,还是觉得这个人今天顺毛得有些反常,她奖励似的补充了一句:"嗯,你好好跟大家相处,应该会挺受欢迎的。"

"为什么?"

肖晋只是看她辛辛苦苦说这么多,不想她失望才答应下来,也没期待受不受欢迎,听她这么讲,才不由得好奇发问。

"因为,这班上的人,都喜欢成绩好的。"林晚来如实回答。

"喊……"肖晋嗤笑一声,又调笑着看她,"怪不得我们晚姐这么受爱戴。"

"爱戴"这词,怎么听怎么奇怪。

林晚来白他一眼:"你比我大,叫什么晚姐。"

"就大一天而已。"肖晋回嘴。

"再说了,你本来就月份小,难道其他人全都比你小才叫你晚姐?"

他还一本正经计较上了。

林晚来懒得跟他扯皮,径自往前走,撂下句:"快点,把垃圾桶拎上!"

肖晋长腿一迈就追上了她,一边走嘴还不停:"不过你放心,我不爱叫你晚姐。"

"多难听,还没什么特点。

"我就叫你林晚来。"

林晚来并不搭话,兀自往前走。

不过肖晋也并不需要她搭话，自觉地解释道："挺好听的名字，为什么不叫？"

林晚来依旧没说话。

随口找由头把肖晋叫下去倒垃圾的后果就是，在这之后，林晚来又和肖晋一起下去倒了好几次垃圾。

每一次，垃圾桶装满了，肖晋就坐在教室最后面扯一嗓子：

"林晚来，倒垃圾了——"

"倒垃圾倒垃圾了，林晚来——"

就差唱起来了。

"倒垃圾倒垃圾"那首歌听过没？就那个调调。

更欠扁的是，每一次在林晚来走到教室最后要拿垃圾桶的时候，肖晋就眼疾手快地先把桶子拎起来，撂下句"跟上"，然后一个人往教室外走。

也不知道他到底是热爱倒垃圾，还是热爱整林晚来。

林晚来当了一天忍者，每每忍不住要爆发的时候，又想到肖晋确实柔和了些，能正常跟同学搭话，甚至还顺手帮李雨拎了一路的水，也就消了些火。

无论如何，能保持和平就算他肖大少爷给她面子了。

只要不出幺蛾子，犯点小贱她还能忍。

大家热火朝天忙了一上午，总算把教室里里外外清了个干净。大家坐在位子上都觉得敞亮了许多。

临近中午，徐晴雯走进教室总结工作："大家干得不错，回去好好休息。今天刚好是周六，从下午开始就放假了，不用来学校上课。但是记住，周日，也就是明天的晚自习照常上，六点半要准时到教室。"

这也是一中的惯例，周末从来不完整，周日晚自习学生就得回学校，美其名曰"提前适应新一周的学习节奏"。

他们现在是高一，还算轻松的，好歹周六整天和周日白天能放假，等高二分了文理科，那就连周六都没有了，只剩周日白天能歇一会儿。

反抗无用，学生们象征性地"唉"了一声，也就接受了命运。

下课后，林晚来去徐晴雯办公室要教室钥匙。

"老师,我周末想来学校自习,能不能给我一把班里的钥匙?"

徐晴雯看了林晚来一眼,犹豫了一下,还是从抽屉里拿出备用钥匙,叮嘱道:"钥匙千万别丢了啊。"

这就是好学生的特权。

"我知道。"

徐晴雯站起身拍了拍林晚来的肩膀:"你的成绩我不担心,你自己也别逼得太紧,该休息还是要休息。"

林晚来点点头:"明白,我就是觉得在学校学习效率高些,作业写完我就会回家休息的。"

徐晴雯欣慰地摸了摸她的脑袋:"嗯,老师放心。快回家吃饭吧。"

林晚来刚走出楼梯口,就碰见"守株待兔"的肖大欠扁。

"林晚来同学,你这才是真走后门吧?"

林晚来先是被肖晋吓了一跳,但很快恢复过来,白他一眼,没搭理,继续下楼。

肖晋连忙跟上:"哎哎,打个商量,我周末也来行不行?"

林晚来顿住脚步,狐疑道:"你来干什么?"

肖晋"啧"了一声:"你这话问的,你爱学习我就不能爱学习了?"

林晚来想到小学时候他大摇大摆交给老师的空白作业本,默默无语了一阵,并不打算和他翻旧账。

见她不说话,肖晋又说道:"你不是让我跟同学融洽点吗?我不多来熟悉熟悉环境,怎么融洽?"

理由还真充分。

见他一直跟到校门口,林晚来撂下句:"爱来不来。"

肖晋这才停住脚步,满意地笑着目送她离开,说:"那你记得来给我开门啊!"

长岭镇是个小地方,林晚来从一中侧门出去沿马路直走,到十字路口左拐,再走四百米就进小区大门。

路上还能经过她以前的小学。

林晚来已经在这两条直角交叉呈"7"字形的路上走了九年,可她也并没有什么熟人。这几年路边商铺更新换代太快了,她小学时候常去的早点店和租书屋都早已经销声匿迹，就剩一家冰棒批发店的老板是老熟人。

可惜她从五年级开始，就不再过夏天了。

跟着老爸去店里批发一大袋冰棒，回家两人一边挨冯晓训，一边一人拆一根冰棒傻笑充愣，然后躲进阳台，一边看月亮，一边大手小手互相扇风的那种夏天。

林晚来她爸死于她五年级的秋天。

一场车祸，和另一个女人一起。

林晚来停在路边，盯着那块掉了皮的蓝底白字的"冰棒批发"牌子，直到店里老板警告地看了她一眼，才收回目光，迈步离开。

每年来批发冰棒的小孩那么多，老板已经不认识她了。

那时候太小，她已经长大了很多。

林晚来推开家门的时候，刚好冯晓端着一盘糖醋排骨从厨房里走出来。

见她回来，冯晓抬头看了一眼墙上的挂钟，笑着说道："呀，刚好。今天的糖醋排骨浆挂得好，快去洗手。"

除了糖醋排骨，桌上已经放了一盘清炒藕带、一盘青豆炒肉、一盘蒜蓉西蓝花，还有一大碗丝瓜蛋汤，热气腾腾的。

两个人的中餐，算是特别丰富了。

林晚来点点头，走进卫生间洗手。

冯晓做菜手艺很好，林晚来向来饭量也不小，所以闷头吃得香。

冯晓眉开眼笑，又给她夹了两朵西蓝花："慢点，多吃青菜。"

把一根排骨啃光溜后，林晚来抬头，说道："我下午去学校自习。"

冯晓问："周末都去吗？"

问完，她又点了点头，自言自语般："也是，楼下小孩子练琴那么吵。"

"嗯。"

"我都跟他妈妈讲过好几次，没有用，一点公德心都没有。"冯晓抱怨道，"而且练这么几年也没听出什么长进，还不赶紧换条路。"

"说不定人家喜欢。"林晚来一碗饭扒完，又舀了半碗汤。

"多吃点丝瓜，清火的。"冯晓叮嘱道，又继续话题，"我就说还是我们小晚天分好，你看你五岁学琴，五年级就过十级了。"

"遗传的我们老冯家，学习能力强。我记得你小时候不管报什么班，第一节课上完我去接你,每个老师都说你接受能力强。你舅舅小时候也是这样的……"

"现在都忘光了。"看妈妈大有滔滔不绝之势,林晚来出声打断。

"那有什么关系?"冯晓笑着,"以后想弹随便练练就能捡起来的!"

林晚来闷头喝汤,没再说话。

"哦,对了,"冯晓突然想起什么似的,"你们周末放假,是徐老师给了你钥匙吧?"

"嗯,我问她要的。"

"徐老师还是很照顾你的,"冯晓欣慰地点了点头,又叹道,"我看她瘦成那个样子,身体也不好,还要再带你们三年,辛苦哟。"

丝瓜挑完了,林晚来直接就着碗呼噜噜地喝汤。

"就吃完啦?不再吃点?"冯晓注意力被转移,问道。

"不用,饱了。"

每天中午回家吃完饭,林晚来会在客厅里站一会儿,把订的杂志看完,看完正好是十二点四十五分,再洗把脸,就去学校。

到学校一般是下午一点整,自习一个小时,趴在桌上睡二十分钟,被老师一嗓子"上课"喊醒,正好已经补足精神,进入下午的学习。

冯晓知道她动作麻利,学习认真,也不爱在校外瞎玩,所以很放心地让她自己安排时间。

一般林晚来在客厅看杂志的时候,冯晓就洗碗,然后进房间午睡。

等到林晚来晚自习下课回家,已经快十点了,那个时候冯晓一般是开着电视昏昏欲睡的状态。但冯晓会半眯着,等听到关门声和林晚来的一句"我回来了"才放心睡沉。

因此,除了中午这顿饭,母女两个打照面的时间并不多。

林晚来时常觉得自己是个租客,租在厨艺了得又很会照顾人的女房东家里。

这样一想,午饭时冯晓的各种念叨也没有那么难接受了。

就当吃人嘴软吧。

原本以为自己已经够早了,林晚来没想到到教室的时候,肖晋已经站在走廊窗前等着了。

一中校园不大，除了最前面的综合楼外，就剩三栋大教学楼，里面分别是高一、高二、高三的学生。

高一年级全都在最靠外的笃思楼。这座总共五层的白色建筑的最顶层，也就是五楼，只有其他楼层面积的一半，楼梯正对着教师办公室，两边分别是一班和二班。

两个班占据了一整层，老师有一间大办公室。不像一到四楼，五个班的老师挤在一个小办公室里。

这设计，就很有"金字塔顶端"那味儿。

听到脚步声，肖晋转过头来："可算来了，还以为你要放我鸽子。"

林晚来拿钥匙开门："我作业都在这儿。"

言下之意就是，不管你来不来，我都会来。

肖晋听出她话里的意思，没在意。

他低头看着身前她的背影，校服好像大了一码，肩线垂到了手臂上。她开锁的时候微微弯腰前倾着身子，隐约能看见她背上突出的蝴蝶骨。

"你怎么变这么瘦了……"

他突然在身后出声，把林晚来吓一跳。

她莫名其妙地回头看了肖晋一眼，不知道他又抽什么风。

肖晋刚才也是下意识说的话，回过神来后觉得有些尴尬，摸了摸鼻子，找补道："之前在粤城不是挺胖……"

这个人可能一辈子都学不会好好说话。

林晚来冷冷回了一句："你试试躺三个月还天天十全大补汤？"

还有某个人功夫了得，翻窗进医院，在冯晓眼皮子底下给她带了三个月的泡芙、烤肠、芋头条。

后面这句她没说，但肖晋很是自觉，"嘿嘿"笑了两声："冤有头债有主，怪我怪我。"

林晚来白眼翻上了天，没搭理他，进门直接在自己位子上坐下，从桌肚里掏出一卷《天利38套》。

中午这一个小时的时间其实有点尴尬，刷整套数学卷子不够，刷英语时间又有多，所以林晚来每天都先花四十分钟把英语卷子上除了听力和作文之外的题刷了。一般她不会错超过三题，不需要花什么时间纠错。

然后就是作文。英语客观题她不怎么出错，但作文扣分有点狠，中考就是因为作文丢了四分。

苏秦跟她说过很多次，她的字连笔太过，而且字小，虽然好看，但应试吃亏。统一阅卷的时候，那么多份卷子刷过去，老师根本没有耐心仔细看，要是字太潦草，很有可能就直接敲个平均分上去。

所以剩下的时间里，林晚来会练会儿字，练那种规整得像打印出来的，还刻意放大的字体，能让再眼花的阅卷老师都能看得赏心悦目的那种。

肖晋刚才还扯东扯西像个话痨，进教室坐下后倒安静下来，全程一点声响没出。

林晚来刷完卷子对完答案才回头看了一眼。他桌上放着一本习题，左手撑在自己的膝盖上，右手放在一沓草稿纸上，唰唰算着什么，全神贯注。

教室里只有他们两个人，林晚来这样看过去，午间阳光透过两道玻璃照进教室，空气中浮着微尘，肖晋被围在空荡荡的桌椅中间，全神贯注着，只听见水笔写在草稿纸上的沙沙声。

很像电影里的场景。

肖晋此时的样子和林晚来小学时见过的他的模样重合。

他那个时候就已经能一动不动地在课桌前坐上两个小时，只为了想出一道奥数题的新思路。

专注力这个东西，从来都既是天赋，也是实力。

林晚来转回去，看了眼客观题全对的英语卷子，收回桌肚，又掏出字帖。

这还是在粤城买的，已经快练完了。

其实林晚来的字挺好看的，只是她写字快，喜欢连笔，所以练字对她来讲最难的不是怎样把字写好看，而是怎样放慢速度。

初中的时候有好几次，她考试写完了趴在桌上等交卷，监考老师苏秦走过来，才看一眼她答题卡上的作文就气不打一处来，揪着她的耳朵骂："多这几分跟你有仇是不是？就这么不想要？慢点写不行？有空在这里睡觉，不能多花点时间好好写？"

天地良心，林晚来真慢不下来。

林晚来耐着性子一笔一画写每个字母，用自己最慢的速度，写到最后手握着笔，笔尖一碰到纸就抖。

　　她突然想到肖晋，没记错的话，他写字才是真的龙飞凤舞。据说他是小时候练书法，练好了楷书行书不够，耍帅要学草书，就发展成了狂草。

　　好看是好看，但就是谁都认不出来到底写的是个啥。

　　不知道他这样的人会不会也在应试压力下要被迫压抑自己的自由灵魂，老老实实写正楷。

　　想到这里，林晚来不禁轻轻笑了一下。

　　"笑什么？"肖晋突然出声。

　　林晚来回头一看，他正把那本习题往桌肚里塞，又拿出一本物理的。

　　和刚刚那本数学的封面很像，大概是一个系列。

　　"没什么。"

　　林晚来转回头，正好是下午两点，打算休息二十分钟再继续。

　　她从书包里拿出个眼罩，里面塞的是冰袋，摸上去冰冰凉凉的，夏天戴着睡觉很舒服。她把桌上的东西清了清，全部攘到左手边挡光，双臂环成一个圈，趴了下去。

　　刚趴下，身后传来一阵窸窣声。

　　然后是脚步声。

　　再接着林晚来就被戳了下脑袋。

　　她全身过电一般别扭了一阵之后，肖晋的声音在头顶响起："你就这么睡？"

　　刚睡就被吵醒很不爽，被人戳脑袋更不爽，林晚来扒下眼罩，猛一抬头，恶狠狠盯着肖晋。

　　肖晋伸着根手指停在半空，手指尴尬地蜷在那儿僵了会儿，慢悠悠地垂下去，又问道："我是问，你就这么睡？"

　　"不然呢？我还要拼几张桌子躺着睡吗？"林晚来没好气道。

　　她怒气太盛，肖晋居然有点尿地微微后仰了一下。

　　"你这么睡，起来脸上就会红一圈，"肖晋指了指桌面，又指了指自己的脸，"会压着，跟猴屁股似的。"

　　她每天都这么睡，中午起来脸上就有一个明显的红色印子，至少得一节课才能消。

虽然他说得没错,但上着课呢,反正也没人看,她就不太在意。

但是……

他说谁像猴屁股?

林晚来不说话,朝肖晋瞪着眼睛表达怒意。

肖晋非常自然地把她的怒视照单全收,像没看到似的,摸了摸鼻子,又说道:"哎……一看你就没经验,要不我教你一招?"

林晚来没说话,但眼里很明显写着几个字——你什么时候滚?

肖晋再次选择性忽视,看她不说话就当默认。

他走回自己位子上,从靠桌脚扔在地上的书包里掏出一套校服,还是用塑料袋包着的,一看就没拆开过。

他把塑料袋拆开,是长袖外套,秋季的校服。

肖晋拿着校服走回前排,在林晚来面前演示:"看着啊。"

他单拎出外套的一个袖子,然后把其余的布料都往那个袖子里塞。都塞好之后,那袖子就鼓囊囊的,成了个枕头状。

肖晋把那"枕头"往林晚来桌上一丢,得意道:"这么睡,又舒服又不留印子!"

林晚来默默看着突然出现在自己桌上的"枕头",仔细端详了几秒。

好丑。

但应该还挺舒服的……

见林晚来迟疑,肖晋又问:"干什么?不够软?要不我再给你塞条裤子进去?"

"我这是190的校服,袖子太长了,是有点塞不满。"

说着,他抬腿就又要去拆裤子。

林晚来连忙拦下:"哎哎,不用,就这样挺好。"

一句"挺好",肖晋当场孔雀开屏:"是吧,这就是我们劳动人民的智慧!你快试下,绝对舒服!"

当着他的面睡,怎么想怎么奇怪。

林晚来决定迂回一下,问:"这大夏天的,你哪儿来的秋季校服?"

"发的呗,"肖晋回道,"我一转学生,新装备当然齐全。"

还挺骄傲。

"你这给我了,到时候你穿什么?"林晚来又问。

"不穿呗。"肖晋吊儿郎当的,"反正我也没打算穿,这么丑的校服,能当个枕头就算它还有点用了。"

"你不怕被徐老师训?"

"怕她干什么?"肖晋抬着眉头笑,"我不校长儿子嘛。"

林晚来问这么多都是废话,人家死猪不怕开水烫。

她觉得自己没事找事,跟他扯这么多。

"那行吧,谢谢你了。"

肖晋满意地点点头,终于要走了,突然又折回来。

"等会儿,我给你签个名!"

林晚来一头雾水。

还没等她反应过来,肖晋已经从她笔袋里拿出支黑色水笔,唰唰唰在那校服枕头上写了三个大字——

　　林晚来

更丑了。

林晚来有点绝望,看着那三个狂草大字突然觉得有哪里不对:"你写我名字干什么?"

肖晋慷慨道:"送你了!你又不只是今天中午睡觉。"

他还挺理直气壮的。

林晚来觉得自己脾气越来越好了,就这都能忍。

谁知,肖晋并不知道见好就收,盯着自己的杰作满意地看了几眼,又"啧"了声:"不行,还是得加一个。"

说着,他把枕头翻了个面,以迅雷不及掩耳之势在另一面又写上——

　　肖晋赠

林晚来惊呆了。

"齐活!"肖晋大手一挥。

林晚来面无表情地盯着他,说:"行,再麻烦你个事。"

"你说!"

"滚。"

肖晋愣了下,并没有把她的恶言恶语听进心里,还贱兮兮笑着:"行行行,你睡你睡!"

下午两点二十分,林晚来准时睁开眼睛。

初中三年下来,她已经形成了生物钟,即使没有老师喊那一嗓子"上课",自己也能醒。

她直起身下意识扭头去看了一眼肖晋。

他仍然是那个姿势,只不过习题换成了物理,已经用了薄薄一沓草稿纸。

林晚来刚刚醒来的动静其实不算小,还情不自禁伸了个懒腰打了个哈欠,但肖晋专注于手边的题目,完全没有注意到她已经醒了,并且正盯着他看。

这股专注力,还真挺刺激人的。

林晚来把头转回去,从书包里拿出一套《金考卷》。

回学校才两天,林晚来还没上过数学课,但据夏淼说,他们暑假已经讲完了指数、对数和三角函数,数列也开了个头。

是老赵的速度没错了。

数学老师姓赵,名英文。

没错,就是这么具有反叛精神一人,名叫英文却跑来教数学。

赵英文虽然被同学们喊为老赵,但其实才刚三十出头,而且是这两个实验班教师队伍里最年轻的一个,据说是徐晴雯在全校年轻老师中精挑细选出来的。

姜还是老的辣,不得不说徐晴雯选人确实挺准。老赵虽然年轻,但在数学教学方面老辣得很,讲课深入浅出,布置习题也特别有针对性,不搞题海战术,但能让学生事半功倍。他讲课进度拉得快,同学们却没有感到太绝望。

再加上老赵小眼镜一戴还挺斯文的,脾气也好,所以很受学生们喜欢。

指数对数那块相对简单,所以林晚来专门挑了一张只有三角函数和数列内容的练习卷,打算做完这个再去过一遍指数对数。

她喝了口水清醒一下,正要动笔,原本虚掩着的教室门突然"吱呀"一声被推开。

李雨小心翼翼地探进头来,正好和坐第一排门边的林晚来面对面。

"咦，还真的有人。"李雨声音柔柔的，看见林晚来似乎有些惊喜。

"嗯，我来自习。"

说着，林晚来又回头看了眼肖晋，那人仍然沉迷于物理无法自拔，风雨不动安如山。

李雨脸上热出的红晕还没消，刘海也因为出汗黏在脑门上，她有些不好意思地笑了下，伸手去拨了拨自己的刘海。

"哦，我在宿舍学不进去，就想来碰碰运气。"

林晚来点点头，浅笑道："嗯，我也是在家学不进去才来的。"

李雨瞟了眼教室后排，大概是肖晋全程低头一副生人勿近的样子太唬人，她迅速收回眼神，朝林晚来笑了下，去自己位子上坐下了。

李雨也坐第一排，不过是教室的另一边，和林晚来中间还隔着两列座位。

林晚来看她拿下书包，整个背都汗湿了。校服T恤质量本来就不好，一出汗就透，什么都看得一清二楚。

好在坐后面的肖晋一直低着头，眼里大概除了物理题啥也看不到，林晚来也就没说什么，起身把空调温度调高了两度，又坐回去继续跟那数学卷子作斗争。

刷数学题的时候时间就过得尤其快。

四点整，林晚来写完整套卷子，对答案时发现有道大题虽然解对了，但和步骤出入很大，自己做的看起来烦琐很多。

她正要仔细研究，李雨不知什么时候拿着套题已经走到她座位边，小心翼翼戳了戳她的胳膊："林晚来，这个数列第二问我有点搞不懂，你能不能给我讲一下？"

这种情况林晚来常遇到。

她之前一直是数学课代表，虽然看起来有点冷，但其实是个好相处的人，别人来问她题目，她也都讲得很清楚。所以从初中起就经常有同学来问她题，尤其是李雨这种内向的、数学又不太好的女生，平时有小问题不敢去问老师，就都来找她。

但这会儿正碰上她手头也有题，不弄明白心里不舒服。

林晚来顿了一下，想起教室里还有个人。

回头一看，那人不知什么时候已经解决了物理题，正慢吞吞翻着一本绿皮的《古汉语常用字字典》，手边是《语文报》，看起来就十分不想写的样子。

正好，逮着机会抓壮丁。

林晚来抱歉地朝李雨一笑，解释道："不好意思啊，我这里有道题也没写出来，要不你去问他？"

说着，她拿笔尖指了指教室最后那人。

李雨显然有点怵，摇了摇头："那我还是等会儿再来找你吧……"

林晚来还没来得及说什么，肖晋这会儿耳朵倒是灵，懒洋洋地接话："什么题？我看看会不会。"

他都这样说了，李雨也不好再推辞，拖着脚步往后走，还没问题就先红了脸，柔着声音说："谢谢你啊。"

肖晋把《语文报》上下一折随便夹进字典里，一起丢进桌洞，一副"终于摆脱了噩梦"的痛快样子。

"反正我也不想写这东西。"

李雨把习题册放在他桌上，用笔尖点了点："就是这道数列，第二问。"

肖晋点点头："我先看下题。"

见李雨一直半弯着腰站在桌边，肖晋脚一伸，从右边前座钩了张凳子过来，朝她点了点下巴："你先坐。"

李雨小声道谢，刚坐下，肖晋就把习题册推到她面前："这其实就是错位相减……"

林晚来订正完试卷，肖晋仍然在和李雨讲着什么。

"其实数列大题就考两种问题，第一，求通项，第二，求和，万变不离其宗。求和一般就是错位相减或者裂项，你不用想得太复杂。

"考场上要是这两种方法都做不出来，你可以直接放弃，去做别的题，因为别人大概率也做不出来。"

人在讲到自己专业领域内的东西时，很容易闪闪发光。

比如现在的肖晋。

他的话其实有些武断，但经他的口说出来，就是有一种令人信服的力量。

肖晋一边说，一边把李雨的习题册翻了翻："要不我给你选几道……我可以直接画吧？"

李雨点头如捣蒜："可以可以，谢谢。"

肖晋每页勾了一两题，唰唰翻过去，把整个数列单元的题都过了一遍，勾出了十几道关键的。

　　"数列求和这东西其实挺死的，你多练这几道，总结一下方法就行。"

　　肖晋勾完题，抬头正好撞见林晚来的眼神。

　　"怎么啦，林同学，难题解决了？"

　　林晚来愣了下，说："不是难题，换了种方法而已。"

　　"你这样就不对了，有好题大家一起分享懂不懂？"肖晋侧手把习题册还给李雨，往林晚来那边走去。

　　他十分不客气地坐在夏淼的位置上，左手撑着膝盖，右手张开手掌抖了抖手指，对林晚来说道："给我看看。"

　　林晚来白他一眼，没别的办法，还是把卷子递给他。

　　"这题是挺有意思啊。"

　　做好了被奚落的准备，没想到肖晋第一句是这个，林晚来倒觉得奇了。

　　然而她还没正式惊喜起来，他第二句就是——

　　"不过你这方法是挺笨的。"

　　林晚来咬牙。

　　肖晋坐正了，把林晚来的卷子摊在夏淼桌上，又顺走了她手里的笔，开始认真做题。

　　第一问看一眼大概就知道意思，第二问才是重头戏。

　　肖晋仍然低头思考着，半分钟后，他伸出右手拿手背轻轻推了两下林晚来的胳膊。

　　这少爷脾气……

　　林晚来深吸了一口气，耐着性子给他撕了一张草稿纸递过去。

　　两分钟后。

　　肖晋抬起头："哎，你这方法其实也行。"

　　林晚来："废话，不然我是靠算卦做出来的吗？"

　　肖晋笑了笑，啪地把自己的演算纸放到林晚来面前，得意道："但我这个方法，肯定比按参考答案做还快。"

　　林晚来被勾起兴趣，拿起那份演算过程仔细研究起来。

　　还真是快了好几步。

她的解法和参考答案给的解法都是在各种换公式，很容易脑子一团糨糊算着算着又算回去了，但肖晋直接画了个坐标轴，数形结合来看，思路很快就能打开。如果单位长度标得准的话，甚至能从图里得出答案。

而且这个人解题只用了几分钟。

差距确实有些明显。

林晚来心下感叹，却并不失落。

解题手感、思维灵活度、前瞻性、心算能力，无一不是天赋与多年积累的合力，没有比较的空间，也没有失落的必要。

但是，面子还是要的。

林晚来貌似认真地又看了那演算步骤几眼，皱着眉，说道："但你这不好写步骤，总不能在答题纸上直接画个图上去吧？"

肖晋一扬眉："但你可以先用我这方法把答案看出来，再列你的公式，最后直接写结果。"

林晚来当然知道这个理，但松口是不可能的："万一阅卷老师要看步骤给分呢？"

肖晋终于没忍住，还是笑出声来："这位朋友，这么看不上我的解法，还留着我的草稿纸干什么？"

林晚来正把那张演算纸对折收起，听他这么说动作一顿，然后迅速将它夹进了整沓试卷里。

"我的纸！"林晚来压低声音吼了一句。

肖晋低声笑了，又问："三角函数在高考大题里算是简单的，怎么这道出得这么灵活？"

林晚来拿笔头点了点那卷试卷的封皮，"强化版"三个字标得贼大。

肖晋"嚯"了声，冲她拱了拱手："失敬失敬。"

阴阳怪气。

林晚来正想回挣肖晋，一偏头，发现李雨正往他们这边看。

"呃……你有事？"

李雨有一种被抓包的感觉，怕被误会成偷看，连忙解释道："哦……我是想问，你们是去食堂吃饭吗？"

大概是昨天在食堂碰到过，她以为他们还会一起去食堂吃饭。

林晚来当然不想连着两天吃牛肉粉，但李雨这么说，好像是邀请他们一起的意思,也不好直接开口拒绝。

她正装作看表的样子思忖着,身边的人直截了当地开口:"我们不去。"

林晚来愣了愣。

我们?

不去?

肖晋一脸无辜:"不是你说食堂只有牛肉粉能吃吗?那昨天刚吃过,总不能今天又去吧?"

理是这个理,但人家都开口了……

林晚来正尴尬着想怎么找补回来,李雨就露出个"正巧"的笑容:"那你们也要出去吃?我知道一家麻辣烫特别好吃,要不我带你们一起去?"

肖晋愣了下,用眼神征求林晚来的意见。

这就没有不答应的理了,林晚来笑道:"好,谢谢你呀。"

李雨摆摆手,笑容有些赧然:"没事,是我要谢谢你们教我做题。"

他们三个人的组合,其实有点尴尬。

因为成绩顶尖,林晚来在班里确实也算风云人物,但她相熟的人其实不多,除了夏淼和赖洪波算玩得好之外,其他人对她的印象估计就是"挺礼貌一学霸"。路上碰到了认识她的同学打招呼她都能应一声,但其实她可能并不能把人名和脸对上号。

李雨是同班同学,不至于到对不上号那地步,但也是真的不熟。

除了李雨偶尔来问题目之外,两人几乎没有任何交集。

所以现在她们俩并肩在前面走着,一路无话,林晚来不免有些尴尬。倒是跟在她们身后那人,优哉游哉,没有任何不适。

出了学校大门左拐进巷子,走到头右拐第二家,就是李雨说的麻辣烫店。

林晚来没来过,因为懒,她和夏淼要么是在校门口的摊子上买晚饭,要么就直接去校门对面过桥米线店里。

麻辣烫店里的食材都整齐码在冰柜上的篮子里,看起来都很干净,食客可以自己选,称重结账之后再油炸或烫。

中午吃得太饱,林晚来就简单挑了几样蔬菜和一份蛋饺,再摘了根香蕉用来炸,没要主食。

她正要结账,李雨拦住了她,笑着说:"我请你们吧,给我讲了那么久的题。"

林晚来隐约记得李雨家条件不是很好,连忙摆手拒绝:"不用不用,我吃这么多……再说我也没给你讲题。"

"没关系的,之前你也给我讲那么多次了。"

林晚来还是觉得无功不受禄,这顿饭又请得奇奇怪怪,继续推辞:"别,真不用……"

两个女生推推拒拒不分上下,肖晋终于挑完了菜,把篮子往秤上一放,看了一眼林晚来挑的菜,嗤笑道:"你这也叫多?"

李雨见他来,连忙说道:"我请你们吧。"

肖晋拒绝得干脆:"不用,我吃得多。你请她就行,一样的。"

正说着,老板娘报了他那份的价钱,他直接掏出钱包付了。

李雨见状,只好应下,接着把她和林晚来那两份的钱结了。

林晚来一愣:怎么就被安排得明明白白?

肖晋和李雨都只点了烫菜,油炸端上来,只有林晚来点的一份香蕉。

香蕉剥了皮,裹上厚厚一层面糊,炸至金黄,捞出后撒细细一层白糖。这是林晚来最喜欢的一种吃法,几乎每回必点。

林晚来用筷子戳开面皮,问:"你们要不要?"

李雨摇头:"我不用了,你吃吧。"

林晚来便剥出一大块炸得脆脆的面皮,塞进嘴里。

肖晋一直没说话,这会儿突然问:"你不吃里面的?"

林晚来摇头:"不好吃。"

炸香蕉的精华就是外头那一层面糊,染了香蕉的香味又炸得外焦里嫩。可里面的香蕉就被高温炸得软软的,林晚来不喜欢这种口感的东西,所以从来不吃。

肖晋轻轻叹了口气,把筷子伸过去夹走了香蕉,留下一大块完整的面皮。

李雨在一旁看着,眼神明显不太对,但很快就收敛回去。

林晚来也惊了,抬头看着肖晋,满脸问号。

肖晋三两口把香蕉吃了,理直气壮道:"干吗,不是你问我们吃不吃?"

林晚来腹诽:还真是……很有道理……

她闷头吃自己的，席间陷入沉默。

李雨时不时看一眼对面两人，满脸好奇的样子。

林晚来被她看得发毛，终于开口："你有什么想说的吗？"

李雨犹豫了半天，小声说："嗯……我想问你个问题……"

说着，她稍稍指了下肖晋。

"问吧。"肖晋埋头吃饭，抽空答了句。

"你……真的是校长的儿子吗？"

林晚来忍不住叹气。

果然是压力太大逼出了一帮不太正常的学生，李雨看起来这么文静，居然也对这类无聊的八卦感兴趣。

只是李雨看起来挺怵肖晋，居然敢直接问他。

林晚来觉得有趣，轻轻笑了声。

肖晋倒是淡定，先吃完了嘴里那一口，才简单答了一句："不是。"

言简意赅，并不想多谈这话题的样子。

哪知他只是顿了一下，轻描淡写来了语不惊人死不休的下一句："我是校长的孙子。"

"咳……咳咳咳……"

林晚来被一口空心菜噎住，剧烈咳嗽起来。

肖晋一惊，放下筷子，伸手一下一下拍着她的背，嘴里还贱兮兮地说着："怎么这么没见过世面？没听过相声？"

说着，他又特意对桌对面的李雨解释了句："开玩笑，开玩笑。"

林晚来想打人。

谁吃饭的时候讲相声啊？

第二章 / 少年人一诺千金

林晚来深信不疑他会说到做到。

第二天自习,教室里零零散散多来了几个人。

大家都坐在自己的位子上闷头各写各的,教室里只有笔尖摩擦纸张发出的沙沙声,显得比平时更安静。

林晚来做了一天的数学和物理,除了中午那一小时刷刷英语算是休息,其余时间脑子都在高速运转,搁笔的时候人都累蒙了。

她下意识伸了个懒腰,回头看一眼,肖晋还在写着什么,眉头紧锁,十分认真的样子。

林晚来收回眼神看了眼挂钟,下午五点半了。她从书包里掏出钱包和手机,起身走出教室。

南城的天气十分魔性,能在一天二十四小时之内无缝切换春夏秋冬四季。昨天晚上下了一场暴雨,今天天就凉了,气温降了快十度。

林晚来走在校园里,穿过综合楼侧边的甬道时,一阵凉风灌进来。

秋天来了。

接下来就是开学测验、文理分科、会考,然后高考在一场又一场的考试中到来,高中也会结束。

反正校园里的日子过得最快。

林晚来把被风吹鼓的T恤按平,心情没来由地舒爽起来,迎着风走出校门。

开学测验是两个实验班的单独考试,所以考场就设在本班,反正人本来就少，桌椅拉开就行。

徐晴雯虽然严厉，但在考试时间安排上却很宽松，不会像其他重点中学一样把全天时间挤满，能抢半天是半天。

她的名言是——"我们要让学生养成高考生物钟！在考试时间里把最好的状态调出来！"

于是考试被分成了两天，第一天上午语文下午数学，第二天上午物化下午英语。

林晚来中考是第一名，考号是一号，所以考场排下来，她还是坐在自己的位子上。

肖晋没有名次，就排在31号，刚好也还是在自己的位子上。

身后两个同学正好在小声讨论着坐在最后的肖晋，说话声传进林晚来耳朵里。

"那新来的，水平到底怎么样？"

说话的是他们班学习委员宋子扬，此人一大特点就是"稳"。语数英物化全面发展，每科都能排全班前五左右。正因此，他中考成绩也是全A，排第二名。

"我哪知道，但他都奥数金奖了，肯定不是吃素的吧！"

接话的是另一列跟他同一排的李理，是个男生，但因为这名字被叫了三年的"Lily"。他成绩一般，性格活泼，属于每个班都有的那么一位人精，林晚来一度相信就没他不认识的。

"不知道他其他科怎么样。"

"我觉得吧，应该没晚姐厉害，晚姐那是真门门开花啊。"

Lily声音又压低了两度，然而没什么用，林晚来还是听见了。

她就知道，他俩聊着聊着又会聊到她和肖晋的比较上去。

徐晴雯不知道什么时候抱着卷子站在了教室门口，林晚来抬头的时候，正好和她对视上。

对上林晚来疑惑的眼神，徐晴雯立马绽开一个无比慈祥充满鼓励散发着圣母玛利亚光芒的笑容，走进来轻轻叩了叩她的桌子。

"别有压力，好好考。老师相信你。"

林晚来面上笑着乖巧点点头，心里却着实无奈又无语。

从定数学课代表那事开始,徐晴雯对她的心理状态也实在过分关注了些,恨不得把"就算肖晋很优秀,你在老师们心中也仍然是最棒的学生"刻在脸上每天给她看八百遍。

这话说出来大概没人信,林晚来已经在心里吼了好几遍——我真的不在乎啊!

别说肖晋了,其实不论考第一还是考倒数第一,她都不在乎。

只要耳根清静,有事可做,她就心满意足了,"世界和平"是林晚来唯一的心愿。

为此,她初中时甚至认真考虑过回老家看墓地。

守墓人,少女林晚来的终极理想职业。

考语文大家一般都没什么感觉,一是因为题目难易程度不易感知,做起来都那个样;二是因为拉不开差距,大家都差不多那个分,最多十几二十分的差距,数学三道选择题或填空题就回来了。

真正让人紧张的,是下午的数学。

做不出来就是做不出来,明白人一交卷就知道自己大概能考多少分。而且数学特别能拉开差距,150 分的卷子,第一能拿满分,倒数只能拿一半,这个分差看起来就让人绝望。

再加上他们数列那块其实只开了个头,但以老赵的作风,估计是会出一两道提前预习过的内容。

不紧张都不行。

卷子发下来,林晚来先看了眼时间,下午两点五十五分。

她在学习上是典型的"技术派",一张数学卷子,150 分,两个小时,十二道选择题四道填空题六道大题,怎么分配时间很重要。

她先通览整张卷子,重点看选择填空的最后两题和最后一道大题,基本确定没有太刁钻的题目。再安排时间,四十分钟完成选择题和填空题,二十分钟完成前三道大题。剩下一个小时里用半小时完成最后三道大题,超时没写出来的就直接跳过,最后三十分钟重新写或验算。

这是林晚来暑假自学自测的时候找到的最适合的节奏。

既能顺着试卷的逻辑层层递进,又能保证时间和正确率,还留了时间检查,且符合她自己的做题习惯。

做学生这么多年，林晚来很清楚，技巧未必不如实力重要。她的习惯是保证做了的能全对，这样分数就一定不会低。

下午四点四十五分，林晚来写完整张卷子，并完成了一遍检查。

虽然徐晴雯话放得狠，但看起来老赵出题的时候还是留了点余地的，大概是不忍心看他们垂头丧气地进入高中。

林晚来抬头看了一眼坐在讲台上监考的老赵，正好他也看了过来。

无聊得紧，徐晴雯不在，林晚来也没那么老实，两手抱拳冲老赵作了个揖，用口型说：谢老赵手下留情！

老赵白眼一翻，虚虚一指教室最后，也做口型说了一句：你们俩老实点！

林晚来愣了下，才反应过来他说的应该是肖晋。

往后瞥一眼，果然，那人比她还嚣张，趴在桌上，左手拢着后颈，右手不停转着笔，试卷被推到了桌子边缘，大半张吊在桌沿。

看样子已经写完很久了。

终于挨到打铃，教室里响起数学考试结束后独有的一阵长叹。

林晚来交完卷，拿着水杯正要去教室后面接水，突然被老赵叫住。

"你等一下。"

林晚来回头走到讲台边时，老赵正接过肖晋的卷子。他低头扫了一眼，又掀起眼帘看着肖晋："数学课代表？"

肖晋捏脖子的动作停顿了下，想了想才应了句："啊，应该是我。"

老赵点点头，把试卷摞齐卷成一筒，指着他们俩："你俩来一下。"

走廊另一边就是办公室，三秒钟的时间内林晚来还是稍稍紧张了一下。要是老赵把她考试作揖的事情告诉徐晴雯，虽然问题不大，但被徐晴雯念上个半小时是肯定的，想想就头皮发麻。

但转念一想，老赵不至于这么卑鄙啊……

不知道他葫芦里卖的什么药。

林晚来和肖晋同时被叫进办公室，果然引起了所有老师的注意。

徐晴雯最紧张，直接从椅子上站起来，问："赵老师，这是？"

赵英文挥了挥卷子，笑道："哦，没事，我找他俩做套卷子。"

林晚来感到惊讶。

不是刚考完？

这马不停蹄又来一套，老赵您是不是过于叛逆了点？

徐晴雯这才放心，又笑着叮嘱他们俩："赵老师出的卷子可都是精品，你们俩要好好珍惜！"

一办公室的生人，肖晋又是那张 Bking 的脸，拉了两张椅子出来，自己先坐下："什么题？"

老赵从书架上取下一沓卷子，分给他们一人一张，对林晚来笑道："你谢早了，不留情的在这儿。"

果然，老赵是出了两套卷子的。

肖晋接过卷子就埋头做起来，一句话都不愿多说。林晚来照例全卷扫了一眼，轻轻叹了口气，也坐下了。

"叹什么气？"老赵大招放在最后，"你俩这次的数学成绩从这两套卷子里登，哪套分低登哪套。"

林晚来无语。

她身边的人已经做完了两道选择题，对老赵的话毫无反应。

"你看我多贴心，还给你们留了双赢的选择，"老赵拿起茶杯，吹了口面上的茶叶，语气里全是得意，"两张都满分就行了。"

十分钟前才考完一套，这会儿又在办公室考第二套，还是升级版，身边还坐着个写题像刷机一样快的"牲口"，林晚来真的有点扛不住。

她努力提醒自己稳住节奏，堪堪在第四十五分钟的时候完成了选择题和填空题，最后一道选择题还是用排除法连蒙带猜选上的。

她短暂仰了下头换换脑子，正要继续写大题，身边的肖晋突然站起来。

林晚来被吓得直接抖了下。

知道您速度快，但也不至于这会儿就写完了吧？

她抬头看着肖晋，眼神里有些慌。

"你干什么？"赵英文正批卷子，也被他的动作吓一跳。

"换个地方，"肖晋走到办公桌另一边坐下，"她影响我。"

林晚来暗骂：我全程紧张着眼前的题，影响你什么？

老赵嗤笑一声："毛病。"

但也随他去了。

肖晋坐到了办公桌另一边，低头写题的时候，好像把脸埋在了满桌的课本试卷里。除了他头顶两撮不安分的头发，林晚来什么也看不见。

林晚来感觉有哪里不对，但时间紧迫，她没空想这些，很快又低下头去写大题。

这次她节奏顺了很多，只用了二十分钟就顺利写到了答题纸第二面。

晚上七点的时候，林晚来终于写完了老赵"不留情面"的试卷，用时1小时52分钟。

她和肖晋同时交卷。

老赵收下后没看，而是先把他们俩上一场跟其他同学一起正式考的那张发了回来。

已经改完了，林晚来150分，肖晋145分。

这150分并不让林晚来意外，因为她是"做了的都对"选手，只要会做，就不会犯粗心大意、步骤潦草这样的错误。

倒是肖晋才得145分更让她惊讶。

这卷子对他来说应该是毫无难度才对啊。

肖晋自己看起来也有点意外，拿起卷子看了看，分扣在最后一道大题的最后一问。

"这题不对？"肖晋皱眉问道。

"答案是对的，我扣了你步骤分。"老赵又端起茶杯，语气慢悠悠的，"跳得太快了，这就是在高考阅卷也不会给你满分的。"

肖晋先是点了点头，又拎着卷子再看了几眼，笑了笑："所以4分的题您给我扣了5分？这是哪个省高考的规矩？"

老赵呷了口茶，"啧"了声，诡异一笑："4分不吉利，我给你凑个整。"

"噗……"

林晚来没忍住笑出了声，毕竟很少看到肖晋吃瘪。

"笑什么笑，一张卷子踩点才做完还好意思笑！"老赵放下茶杯，轻声斥道，"我倒要看看你俩这套做成了什么样。"

林晚来吐吐舌头，也没好意思反驳"提前8分钟不叫踩点"。

她心里也紧张，眼睛死死跟着老赵手中的红笔转动。

才改到选择题最后一题，她就错了，扣5分。

林晚来心中一凉。

老赵一个眼刀飞过来:"哼,叫你嘚瑟,选择题都错!"

林晚来讪笑,老老实实承认:"这题我确实不会……排除后剩两个选项,二选一,没蒙对。"

老赵被她这夹紧尾巴做人的老实语气逗笑了:"怎么,你还要怪运气不好?"

林晚来苦笑,认错态度良好:"不不不,怪我怪我,实力不精……"

一旁的肖晋突然插话:"这题超纲了,要求导。"

"数列求导?"林晚来惊了。

导数他们还没学,但暑假的时候林晚来自己有预习到,基本的都会,但数列求导这玩意儿,她是真没听过。

老赵显然也有点吃惊,没搭理林晚来的提问,抬头反问肖晋:"你是求导算出来的?"

肖晋点了点头。

林晚来仍然不解,继续问:"数列可以求导?不是说可导一定连续,连续不一定可导吗?"

肖晋看着她,解释道:"你不用把它看成数列,就当它是普通函数,最后取正整数答案就行了。"

"还能这样?"

老赵和肖晋几乎是异口同声:"为什么不能?"

林晚来语塞。

行,数学高深,是她不配。

林晚来卑微地点点头,表示是自己没见过世面。

老赵继续对肖晋稀奇地说道:"可以啊小伙子,我还以为你也是蒙的呢,只不过运气比她好点。"

肖晋:"我从来不蒙。"

老赵被他这一本正经的回答震了下,愣了半晌才"哦"了声。

可能确实也是没见过这么装的学生。

两张卷子很快就改完了,好在林晚来除了那道选择题,其他的都没错。

最后的分数,林晚来145分,肖晋150分。

老赵扣到了他俩的分,高兴得哼小曲儿,问邻桌的徐晴雯:"徐老师,这次考试的登分表印出来了吗?"

　　徐晴雯抽出一张新表递过来,关心道:"他们俩怎么样?"

　　老赵春风得意,跟赢了他俩多少钱似的:"呵,一个满分都没有!"

　　徐晴雯略失望,无奈地看了他俩一眼,嗔怪道:"你们哪,就是不肯仔细点稳重点!白白丢分!"

　　肖晋耸耸肩,不置可否。

　　林晚来却心里苦。

　　老师,我冤枉。

　　我挺仔细挺稳重的。

　　我是真不会做。

　　老赵唰唰在他俩名字边"数学"这栏各写了个"145",写完还补充了句:"得,你俩还殊途同归了。"

　　林晚来差点翻白眼:老赵,您还记得您是我们的老师吗?

　　"行了,下次长点记性,别飘!"老赵将试卷一合,桌面清干净,抬手看了眼表,"七点多了,走吧,请你们去教师食堂吃个饭。"

　　教师食堂就是一中食堂的三楼,只对教职工开放,据说菜品非常不错,可惜林晚来从来没吃过。

　　七点多,早过了他们晚自习前的晚饭时间了,除了教师食堂,也没别的地方能找到口吃的。

　　做试卷时没感觉,这会儿林晚来才觉得肚子空空,确实饿了。

　　他们正要跟着老赵出去,忽然听见徐晴雯接起了电话。

　　"叶老师!是我,就上次说文科班……"

　　没听错的话,电话那头是叶甘霖,二班的历史老师。

　　林晚来想到正事,脚步一顿,拉住走在前面的老赵,解释道:"老赵,我不去了。我还有事要找徐老师。"

　　赵英文蹙眉:"你不吃晚饭?"

　　"不吃了,我不饿!"林晚来摆摆手,让他们先去。

　　肖晋站在赵英文身边,也有些疑惑地皱着眉:"你真不饿?"

　　林晚来肯定地点了点头,直接推着老赵的背赶人。

老赵无奈地摇了摇头,只好搭着肖晋的肩膀先下楼了。

发现林晚来一直站在办公室门口,徐晴雯挂了电话,有些奇怪,问道:"你还有什么事吗?"

林晚来这才走进去,搬了把椅子坐在徐晴雯桌边:"老师,我想问问分科的事情。"

"哦,那还不急,"徐晴雯了然,解释说,"咱们两个班实际分科是会比全校早,大概在这学期期末,但只是先分配老师上课而已,正式分科还是和学校同步的。"

林晚来点点头。

徐晴雯看她这样子,笑道:"是不是觉得史地政这些课耽误时间了?不要紧,上课听听就好了,主要精力还是花在理科上面。"

林晚来看着面前徐晴雯慈祥的笑容,突然有点不忍心。

沉默了一会儿,她还是决定快刀斩乱麻,郑重地说道:"不是。"

"老师,我想选文科。"

徐晴雯脸上的笑肉眼可见地僵住了,像冻住了似的。

林晚来觉得这事得她自己消化,所以一直默默等着。

"你是不是觉得,文科是我们学校传统强项,所以想选文,稳妥一点?"徐晴雯平静下来,开口第一句就有给林晚来做心理疏导的架势了。

一中作为一所小县城的中学,成绩在省里一直都不算前列,尤其是理科。可能是田忌赛马的原理,一中反而是文科比较稳定,每年高考都能出一两个进全省前二十名的考生。

当初招这两个实验班,也是因为校领导想在理科方面培养出自己的力量。

徐晴雯这么想,也合情合理。

"不是……"

林晚来正要解释,徐晴雯又急着打断:"还是你觉得肖……"

刚说出口,她又觉得这话不太好,连忙止住。

两个人就这么陷入面面相觑的尴尬中。

办公室里静了好久,徐晴雯才低声叹了口气,重新开口:"那老师就直接说了,你不介意吧?"

林晚来摇头。

"你是不是觉得，肖晋来了，你得到的机会就少了？"徐晴雯还是不等她回答，又直接开始解释起来，"晚来，咱们学校是资源相对少，可能不如省里的重点中学那么厉害，但我们的老师一定会全力支持你的。而且，肖晋他是要走竞赛的，跟你并不冲突啊……"

徐晴雯苦口婆心，林晚来听了哭笑不得，只好找个她喘气的空当打断："老师，我没这么想。

"我想选文科，真的只是因为我喜欢。"

这理由在徐晴雯看来显然站不住脚，她又开始长篇大论："你看看你现在的成绩，数学、英语是几乎满分的水平，物理和化学也拔尖，你自己付出了多少努力也不用老师来说了……你不能因为一时的热情，做这么草率的决定啊。"

"可是老师，我的史地政成绩也不差啊。"

闻言，徐晴雯一愣，反应了一下才说道："你的文科成绩当然不差……但你之前学理科那么努力，难道……"

这话里的逻辑林晚来就更不懂了。

"老师，学理科努力是因为我需要好的理科成绩，中考也的确是物理化学占比更大，"林晚来放慢了语速，尽量让自己的思维清晰，"但这并不意味着我不能用同样的努力去学文科，也不代表我不选理科有多可惜。

"事实上，如果可以的话，我更愿意为自己喜欢的事情付出努力。"

徐晴雯没再说话。

但林晚来知道，要让她突然接受一个她原以为是理科种子选手的学生去学文科，这一番略显"中二"的话是远远不够的。

然而除了这番话，林晚来也没有别的东西可以证明了。

不过其实也没有什么证明的必要。

到底是她自己的选择。

教师办公室里仍然是一片沉默。

林晚来并不想等徐晴雯重新组织语言再语重心长劝她一遍，于是四处张望着想理由离开。

两分钟后，老赵和肖晋回来了。

老赵走进办公室，见林晚来和徐晴雯这架势，还十分好奇地多看了两眼。

肖晋停在门口，冲林晚来晃了晃手里的白色塑料袋。

林晚来看了一眼徐晴雯，站起身，说道："老师，我的确是因为喜欢才想选文科的，没有任何别的原因，希望您能支持。"

说完，她给徐晴雯微微鞠了一躬，转身走出办公室。

"豆浆，腐皮包，刚好碰到新蒸的一笼出锅。"肖晋将塑料袋递给林晚来，里头的东西都还是热的。

"谢了。"刚发表完热情的演讲，费心费力，林晚来这会儿有点儿有气无力了。

"不用谢我，老赵请的。"

都叫"老赵"了，看来相处不错，林晚来笑了下。

最饿的劲过去了，林晚来没什么胃口，再加上肖晋这又是一副要跟她唠嗑的话痨样子，生怕被问到她在办公室说了啥，所以她现在只想回教室躺尸。

她把袋子又兜回去，说："还不饿，晚上吃。"然后便径自回了教室。

对大部分学生来说，每次考试只要考完了数学，这劫就算渡完了一半。

接下来的考试，除了物理交卷之后大家又丧了一阵和英语考试时苏秦又敲着林晚来的桌子提醒她把字写大点之外，一切平静如常。

再次让大家烦躁起来的，是周三早读下课，大家知道了肖晋的成绩之后。

一般来说，一个班里的各科第一名通常是稳定的，比如林晚来班上，语文单科第一一般是李雨，数学和英语一直是林晚来，物理则是严政杰。

而这一次，除了英语之外，肖晋几乎直接逼平甚至超越了所有单科第一。

语文，128分，和李雨同分；数学，145分，和林晚来一样；物理，98分，差严政杰1分；化学，全班唯一一个满分，单科第一。

肖晋下了早读就出去了，班上人趁他不在聊得正欢。

"我肖哥这是真逆天啊！"

上回屁了一次叫了句"肖哥"，赖洪波这回还就顺口叫上了。

"什么肖哥，人家知道你姓什么？"李理白了他一眼。

"不是，我以为晚姐那种每门平均95分以上的就已经够牛了，还真有门门将近满分的'牲口'啊？"

"怪不得他嚣张呢，这要是我我也上天去！"

林晚来坐在自己位子上有一搭没一搭地听着，觉得有些好笑。

这帮人用词是粗糙，但越糙的词，越说明他们心里对肖晋是真的服。只要够强，"牲口"这类词其实代表一种亲近。

实验班的逻辑，有时候就是这么简单。

上午第一节是苏秦的课，她是踩着铃声进教室的。

而早读后就没影了的肖晋还慢了一步，他疾步从楼梯口跑上来时，正好撞见讲台上刚把课本放下的苏秦。

苏秦是个没架子的老师，很容易和学生打成一片，但这也意味着她特别会捋学生。

要是在后门，肖晋还能偷偷溜回座位。这都正面撞上老师了，他也不至于嚣张到大摇大摆走进教室，于是就只能老实闭嘴，杵在门口等候发落。

苏秦瞟了他一眼，"啧"了声开始蓄力。

"有些同学啊，其他科目成绩那是坐了火箭，往天上蹿，就我的英语不上不下，您放风筝呢，啊？

"我也不是说128的分多低吧，也看得过去，但您不觉得这分数不太对得起您数理化那成绩吗？配站一行表里吗？

"上回看您听力全对我还那么高兴，好家伙，您这是除了听力都是千疮百孔啊！

"我昨天看到登分表还纳闷呢，这么聪明一个人，怎么就我英语上不去？今天就明白了，考后第一堂课就迟到，确实是没把我的课放眼里！"

苏秦撑人跟讲单口相声似的，逗得全班都想笑，憋得脸红。

倒是肖晋一脸淡定，笔直站着听训，满脸写着"老师您慢慢训，训完让我回去就成"。

"说吧，为什么迟到？"苏秦斜睨他一眼，大发慈悲给了个解释机会。

肖晋："吃饭。"

林晚来坐在位子上，抬头刚好看见他的嘴一张一合就蹦了这两个字。

这是生怕苏秦不再骂他两句？

"您吃个早饭要四十分钟？您是去喝了个早茶啊？"

"食堂太难吃，又折去校外了。"

肖晋答得一本正经，苏秦都快气笑了

看苏秦神色缓和，坐在下面的赖洪波大起胆子来，很自来熟地叫道："肖哥，你不知道食堂的水平？我们都绕着食堂走的！"

肖晋看着说话的人，仔细辨认了下，好像是认识，顿了两秒回答："我过于乐观，高估了它。"

"怎么会高估……"

赖洪波见他居然回答了，很有些受宠若惊，又要继续问，被苏秦打断。

"行行行，你先进来吧。"苏秦不耐烦地摆了摆手。

等肖晋坐回位子上，苏秦又恨铁不成钢地拿手指点了他两下："你啊，下次考试能上135分，我请你吃一个月的教职工食堂！"

肖晋回到位子上，他的英语答题卡直接摊开在桌面上，右上角的"128"写得又大又红，不知道被多少人围观过了。

确实不太好看。

肖晋自己看着也有点烦，轻轻"啧"了声，不耐烦地伸手把答题卡翻了个面。

结果，背面的作文上，苏秦写了个同样又大又红的"18"，打了个圈，还跟一句评语——

Hand writing（书写）!!!

那感叹号嚣张得就快冲出试卷给他两拳了。

肖晋没忍住爆了个粗口。

前桌那两位本来就对他格外关注，听见这么一句，严政杰轻轻笑出了声。

张航也觉得后边那位这会儿没那么Bking了，往后瞅一眼，没忍住凑过去跟他搭话："你真128分啊？"

肖晋冷冷抬眼："我答题卡就放这儿你没看过？"

当然看过。

肖晋语气里全是郁闷，满脸都写着"你在跟老子讲什么傻话"，并不客气。

但严政杰反而觉得这样的肖晋看着顺眼些，也扭过头去，正好瞥见肖晋答题卡上那个"18"，低声道："没事，哥们儿，我才15。"

这两人简直了。

肖晋再次缓慢地掀起眼帘，透露出的意思很明显——

你看我像高兴的样子吗?

"不过,你听力都满分,怎么后面扣这么多?"张航已经完全习惯了这位的眼神,毫不在意地继续跟他聊,"填错卡啦?"

"填错卡就28了。"

"那咋会这样?你这正确率分布挺别致啊。"严政杰拿起自己的答题卡,指给肖晋看,"你看我,听力、阅读、完形填空都错得差不多,多平均!"

这人太二百五了。

肖晋无语地扫了他一眼,把试卷拿着,正反看了好几眼,烦躁道:"我哪知道。"

对肖晋来说,英语才是真正的玄学,看起来几乎全是客观题,其实除了听力全都诡异得很。肖晋每回都觉得自己选得贼对,那逻辑那情节绝对完美,试卷一发下来却发现正确答案有它自己的想法。

其实他的语法和单词基础都不差,错的也都是理解类的题目。

但正因为这样,改都没法改。

跟老师争辩,他能把老师给绕进去,老师最后又没法反驳,就只能撂一句"你不能这么理解"。

肖晋原先还会再问一句"为什么不能",后来就看清现实彻底放弃了。他这毛病是绝症,治不了。

反正英语也不算太拖后腿,不如省点时间刷数学。

肖晋把答题卡往桌洞里一塞,掏出本奥赛题来。

苏秦虽然温柔,但还真没人敢在她课上这么明目张胆地写别科作业。

严政杰和张航回头看了眼正激情澎湃的苏秦,又看了眼淡定翻开书的肖晋,同时竖了个大拇指:"哥,你牛。"

肖晋找到上次写完的地方,正要接上,突然想到什么,把书一合,问道:"林晚来多少分?"

"晚姐啊?148啊。"张航说。

肖晋倒是意外:"她哪里扣了两分?"

"苏秦每回都扣她作文两分啊。"严政杰自然道。

"哦,你还不知道吧,苏秦说要提醒晚姐把字写好,所以每次都扣她两分,变态吧?"张航跟着解释。

"这样……"肖晋点点头，呆着思考了两秒，又把奥赛题收进去，重新拿出英语答题卡来。

张航见他的举动，一副了然的样子："哟，这是怕我们晚姐英语牛，总分超你，要发愤图强？"

"不是。"肖晋抬头听了下苏秦讲到了哪儿，跟着拿红笔订正了一笔，"再发愤图强也赶不上。"

人各有所长，林晚来的英语怎么样他很清楚，基本不可能追上。

面对客观事实，肖晋并不失落，也没有那雄心壮志非要门门都拿第一。

但也不想差她太多。

严政杰和张航却被他的态度震惊了："你居然会尿？"

"我尿什么？"肖晋抬起头看了眼林晚来的背影，扬起嘴角笑了下，"她就这么厉害，我能怎么办？"

严政杰一愣。

张航也愣住了。

这话听着，好像他还怪甘之如饴的呢！

肖晋除了英语课上被苏秦揪着训了几次，接下来的几节课，他都被各科老师夸上了天。

就连赵英文这么不爱夸学生的人，都由衷地感叹了句"你的确是学数学的料"。

最夸张的是徐晴雯，充分发挥了她作为语文老师的专业特长，从学习习惯到学习态度三百六十度无死角表扬了肖晋是一个多么"出类拔萃"的学生，连"云淡风轻""大将之风""勤勉卓越"都用上了，不知道的还以为她在写颁奖词呢。

而肖晋，全程用食指和中指夹着笔，漫不经心地转着，有一搭没一搭地听着，看起来仍然很 Bking。但大部分同学看他的眼神已经不再是敢怒不敢言，而是变成了由衷的欣羡与崇拜。

课间的时候，赖·耐不住寂寞·洪·这么牛的人我一定要跟他做朋友·波大着胆子凑过来跟肖晋套近乎："肖哥，你为啥会去食堂吃饭啊？"

肖晋顿了下，像是没太习惯这个称呼，把赖洪波紧张得咽了下口水。

好在肖晋也并没有在意，反而很平和地回答他的话："我以为有腐皮包。"

"腐皮包？"赖洪波笑了，"肖哥，你对咱食堂还是不太了解，这种高级的东西是不可能出现的，有个三鲜儿的就不错了。"

肖晋："教职工食堂有。"

"你还吃过教职工食堂？"赖洪波看他肖哥的眼神里又多了一丝崇拜。

"嗯，昨天……"肖晋正要说昨天跟着老赵去吃了，转念一想，忽然笑了，"我不是校长的儿子嘛！"

第一排的某位同学愣住了。

他这是当校长儿子当上瘾了？

李雨上次问过后，大部分同学也就陆续知道了真相，赖洪波作为流言最大的传播者，这会儿有点心虚："嘿嘿，肖哥，您别说笑了……"

肖晋觉得这人厌出了境界，嗤笑了一声，没说什么。

"我就知道肖哥大人有大量！这样，为了给您赔罪，今儿晚饭我带你出去见识见识一中美食一条街！"

肖晋的态度给了赖洪波莫大的鼓舞，他已经在心里默认自己是肖晋的哥们儿了。

肖晋瞥了眼第一排的林晚来，想想她也不会跟自己一起吃饭，又觉得赖洪波这人挺逗，便答应下来。

"行。"

"好嘞！"

下午放学，林晚来给夏淼讲了道题，晚了一点儿出去吃饭。走出综合楼甬道的时候，她正好看见校门口处赖洪波搭着肖晋的肩往外走，旁边还跟着严政杰和张航。

赖洪波其实比肖晋矮点，这么硬要搭肩看起来有点诡异。

夏淼瞧见了，一阵无语："这些人前几天还在说人家走后门，今天就称兄道弟。"

"喇叭这个狗腿子，都已经一口一个肖哥叫上了。"

"不过这次考试，你和他总分到底谁高啊？"

夏淼嘟囔了几句，又转过头问林晚来。

林晚来一直在想事情，神游着，压根儿没听见她说了什么。

"喂，想什么呢？"

夏淼摇了摇林晚来的胳膊，她才反应过来。

"啊，你说什么？"

夏淼无语，又重复了一遍："我问，你和肖晋，总分谁高？"

林晚来："我刚好 600 分，不知道他。"

夏淼掰着指头算起来："他语文 128 分，数学 145 分，英语 128 分，物理 98 分，化学 100 分……加起来……是多少来着？"

"599 分。

"天！好险！"

一分之差着实刺激，夏淼还非常浮夸地拍了拍自己的胸口。

林晚来笑了笑："下次就连一分之差都没有了。"

夏淼撇嘴："不是吧，姐，你这么长他人志气灭自己威风？"

"实话实说。"

夏淼还是不太服气："他这分都这么逆天了，还能再高？"

林晚来点点头，非常肯定："能。"

夏淼从没见过林晚来对谁这么有信心，觉得奇怪，问道："你怎么这么肯定？"

肖晋答应过林晚来不把粤城的事告诉别人，林晚来也就没打算隐瞒其他的，如实说道："因为我小学就认识他了。"

"啊？"夏淼震惊了。

"所以，我觉得他这次其实没发挥好。他数学很少不考满分的。"

夏淼完全石化，一时不知道究竟是林晚来和肖晋老早就认识，还是林晚来居然这么夸另外一个人更值得惊讶。

"走吧。"

林晚来拉着已经呆若木鸡的夏淼往前走。

刚走出几步，夏淼从震惊中回过神来，开口第一句就是："所以你跟他是青梅竹马？"

林晚来还没来得及翻白眼，又听见一声招呼——

"晚姐！"

一转头，赖洪波、肖晋、严政杰、张航四人正排排站在肉夹馍摊子前，一人一手拿着个肉夹馍,另一手拿着根烤面筋。

看起来都不太聪明的样子。

林晚来被夏淼拉着不情不愿地走过去时,赖洪波立马斜着眼贱兮兮问了句:"晚姐,你跟谁青梅竹马?"

林晚来抬头扫了眼"青梅竹马"本人,他正兴致盎然地等着看她笑话。

"没谁,我们村口二柱。"

"哈?"

赖洪波满脸问号的蠢样看得林晚来心烦,她拉着夏淼的胳膊要走:"走走走,吃饭去。"

然而夏淼并不配合,盯着油锅里炸着的里脊肉恋恋不舍:"别啊,就吃肉夹馍呗……"

"吃吧,他请。"一直无话的肖晋突然指着严政杰,懒洋洋开口了。

林晚来看过去,严政杰一脸郁闷,老久才长叹了一口气,摆摆手,懊丧地说道:"吃吧吃吧,随便点!"

夏淼好奇地问:"为什么他请?"

赖洪波主动解释,而且很激动:"他刚跟肖哥比数独,结果输惨了,得请肖哥一顿饭,管饱的那种!"

数独。

林晚来想起了并不太愉快的回忆。

肖晋要是跟谁玩数独,那跟霸凌并没什么区别。

"既然是管他饱,为什么要请我们?"林晚来并不是很想掺和这事。

肖晋看着她,笑了下:"帮个忙,替我吃饱点。"

"就是就是,晚姐,上!"赖洪波又在一旁撺掇。

看林晚来太客气,严政杰反而觉得没面子,直接对老板娘说了句:"再来两个肉夹馍。"

他又对林晚来和夏淼说道:"点!别客气!"

林晚来一时不知该如何接话。

"要不要生菜?"老板娘熟练地用夹子把肉夹馍撑开,刷了一层甜辣酱,抬头问林晚来。

林晚来正要回答,肖晋向前一步走到她身边,抢先道:"要。

"鸡柳也要。

"火腿也要。"

"里脊肉也要。"

"再来个煎蛋。"

老板娘惊了，又确认了一遍："这么多？"

"不……"

林晚来还没来得及否认，肖晋往后扯了下她的胳膊，然后非常肯定地冲老板娘点了个头："要！"

"都要。"

说完，察觉到林晚来不满的眼神，肖晋笑着扭过头来，一脸坦荡："赢得不容易，帮忙多吃点儿。"

林晚来腹诽：你不容易个鬼。

都吃完了饭，六人一起回教室。

林晚来刻意走慢了点，拖着夏淼走在四个男生身后好几步。

夏淼仍然惦记着"青梅竹马"的事："我感觉肖晋确实对你不太一样啊，你看他刚刚给你点那么多。"

林晚来眼都懒得抬："说点能听的。"

夏淼感觉自己受到了质疑，争辩道："本来就是啊！你看他平时眼睛长在头顶上，就对你这样。还有上次听听力！他就坐你身边的时候话多，平时一个字都不说……"

说着说着，夏淼觉得自己发现了什么："姐妹，他不会是小时候就……"

"不是。"

林晚来否认得很快，语气也很坚定。

她扭头盯着夏淼："你自己爱怎么想都行，但别瞎讲。给我留点清静成吗，姐？"

她语气听着像玩笑，但做了她三年同桌的夏淼很清楚，她这会儿很认真，因为她最讨厌的，就是流言。

林晚来是个恨不得把"别来烦我"写在脑门上的人。

夏淼讪讪一笑，晃了晃她的胳膊："好嘛，我开个玩笑而已，不会到处瞎说的。"

"嗯。"

林晚来没再说话，任夏淼挽着自己的胳膊，继续往教学楼走。

晚自习的时候，徐晴雯来公布了这次开学测验的总成绩，以及让全班人提心吊胆很久的全新排名和学号。

林晚来总分 600 分，排名第一，仍然是一号。

肖晋 599 分，排名第二，二号。

到第三名就出现了小小的断层，宋子扬 581 分，三号。

第四名是李雨，575 分，四号。她也是除了林晚来之外，前十名里唯一一个女生。

当时被招进来的八十个人里，其实是女生更多，有四十八个，不过中考淘汰的二十个人里大部分都是女生，所以剩下的六十个人里男女生人数基本平衡。

但这六十个人按成绩分成一班和二班之后，性别比又再次失衡。

一班三十个人，只有七个女生，除了林晚来和李雨之外的五个，还全都在最后十名里。

二班情况则完全相反，女生占了二十个，男生只有十个。

非常畸形的比例，但在老师和家长看来，却是再正常不过的情况。

刚上初中的时候，连冯晓都十分"内行"地叮嘱过林晚来："很多女生初二之后就跟不上男生了。"

武断且没有逻辑可言的说法，却被大部分人默认，甚至当成教育小孩的金科玉律，毫无道理。

林晚来看了一眼同桌的夏淼，她正趴在桌上，捏着的成绩条上写着她的排名和新学号——22。

她连后脑勺都写着失望。

林晚来正想说些什么安慰她，她突然直起身，苦笑着把成绩条绕着食指卷了几圈，自嘲道："我这数理化真的是没救了……

"我爸都劝我选文科了。我想想也挺好，反正我也挺喜欢历史，还不用学物理化学，这么好的事上哪儿找去。"

她这话里自暴自弃的意思实在有些明显，林晚来犹豫了几秒，还是直接开口:"学文科,更需要数学好。"

夏淼看着林晚来愣了会儿:"你还真是不客气,好歹也安慰下我啊。"又扯出个自嘲的笑,"那还能怎么办,我去当艺术生啊?"

林晚来:"努力学。"

虽然是废话,但也的确是唯一的办法。

本来大部分真理就都是废话。

夏淼凝视了林晚来一会儿,还是叹了口气:"算了,还是选文科吧,总能比理科好点儿。"

"最多就是作为一班的人选文科被人笑几句呗。"她故作轻松道。

"不会。"

"啊?"

"不会因为选文科就被笑。"

夏淼苦笑:"肯定会啊,我们是当理科尖子被选来的,最后却跑去选文科,别人肯定会说是理科学不好才学文科啊。"

林晚来沉默了一会儿,然后吐字清晰地说:"我也选文科。"

这是夏淼今天得知的第二个令她震惊的消息,于是她再次呆成了石像。

"什么玩意儿?"

"你选文科?"

林晚来点头。

"不是,为什么啊?"

夏淼有些怀疑人生。

她面前这位姐,物理化学没下过 90 分,数学接近满分。从某种程度上来说,这位几乎是这个班里少得可怜的七个女生的精神支柱。

可她现在说她要去学文科?

"因为喜欢。"

答案很简单。

但与徐晴雯不同,夏淼对这个答案并不怀疑。

"那……徐老师同意你去学文科啊?"夏淼皱着眉。要说服徐老师让林晚来学文科,这问题想想都麻烦。

"好像是……不太同意。"林晚来笑了笑。

"那你？"

"但老师不能干涉学生的选择，"林晚来说得坚定，"她总不能把我交上去的志愿表改了吧？"

夏淼缓缓冲林晚来竖了个大拇指："姐，还是你牛。"

林晚来耸了耸肩，从桌洞里掏出今晚的物理卷子，笑道："但现在还是得好好写物理作业啊。"

新学号好像有某种神奇的力量。

原本暑假的时候大家多少还有些躁动，蠢蠢欲动的心思无名无主，随着夏天里慢吞吞的风悠出窗外，在与蝉鸣的对抗中败下阵来，又被天光蒸发。

然而新学号一定，少年们的心思也莫名被定下来，头埋得越来越低，晚自习写字时的沙沙声越来越密，就连课间时赖洪波吵吵闹闹插科打诨的声音都小了些。

各科老师都忙着赶进度，赵英文更是开火箭似的把他们一路连滚带爬地带到了立体几何这章。

肖晋渐渐与班里人熟起来，赖洪波每天早上蹭他的数学卷子抄，严政杰不时与他讨论物理题，争到面红耳赤是常有的事，反正最后两个肉夹馍就能解决。

林晚来还是按着原来的节奏，过学校和家里两点一线的生活。

徐晴雯没再提过分科的事，估计是在等她自己"冷静"。她也没有主动去找徐老师，反正老早就做好的决定，到最后也不会改。

一切都在回到正轨。

转眼就是国庆长假。

才高一，徐晴雯下手不算太狠，七天假期只占了两天，还留了五天给他们休息。但这名为"假期"的五天里，各科老师一点不留情，五张十张的卷子发下来，摞一起和重型武器没什么差别。

赖洪波一头栽在卷子堆里，闷声长叹："这还不如补课呢——"

坐在他后面的李理见了，耐不住手贱，掐住他的后脖子把他摁得更深："就你这点出息！看看我们晚姐，不管多少作业，都岿然不动！"

赖洪波费力地挣扎起身，扭头爆了句粗，又伸着脖子去看第一排的林晚来。

她正有条不紊地把所有卷子分科叠好,塞进书包。

"晚姐不算人,不跟她比。"

说完,他转头又去找了另一个更不算人的。

肖晋正有一搭没一搭地写着英语作业。

赖洪波一手搭在他肩膀上,笑得十分谄媚:"肖哥,假期啥安排?"

肖晋头都懒得抬:"自习。"

"别啊,我新买了两版游戏,要不上我家打?"

之前有几天吃晚饭的时候,赖洪波跟肖晋打过手游,见识了他的水平之后,就一直心痒痒,想跟他正式打。

"不行,作业太多。"肖晋义正词严。

赖洪波一脸无语:"不是,您逗我呢?这作业搁我确实是太多,可就您那速度不就两天的事儿?来来来,别磨叽了,三号上我家打游戏去!"

肖晋写完最后一道语法填空题,抬头微笑:"然后正好把写好的作业给你抄?"

如意算盘被当场拆穿,赖洪波十分厚脸皮地应道:"嘿嘿,那不是……顺便嘛。"

"滚蛋,不去。"

和林晚来一样,凡是没课的时候,肖晋都会到教室自习。

他甚至每天都到得比林晚来还早,到了后也不着急,就站在走廊上等她来开门。晚上回家,他也是留到最晚的,等林晚来说"我要锁门了",他才跟着起身。

除了偶尔来借支笔什么的,他并不跟她说很多话,但总是和她一起。

"别啊,肖哥……"

赖洪波死皮赖脸地还要再磨,没等肖晋给他甩脸子,班长缪静走到了讲台上:"大家安静一下!"

"我来做个统计,有多少同学是九月过生日的?其他月份的大家也都报一下!"

"我我我!"赖洪波兴冲冲举了手。

缪静拿着花名册,走下讲台一个一个登记。

"班长，你记这玩意儿干啥？"赖洪波问。

"徐老师说，以后每月初或月底给当月生日的同学过一次集体生日。"

"那查查档案不就行了，身份证号不都写着呢嘛。"

"徐老师怕有些同学习惯过农历的。"

"啧，还挺贴心。"赖洪波感叹了句，转头又问肖晋，"对了肖哥，你生日啥时候？"

"12月30日。"

"嘿，那你还比我小！"刚说完，赖洪波忽然又想起什么，"那不就在我们晚姐前一天？"

林晚来生日是12月31日，日子特殊，大部分人都记得。

肖晋扫了眼前排，林晚来正和夏淼聊天，她扬起嘴角，脸上漾着轻松的笑容。

"嗯，好像是。"

"你俩同时过生日，那可就热闹了。"

肖晋心思一动，却假装不太明白赖洪波话里的意思，淡淡地"嗯"了声。

"唉，你还没发现徐晴雯偏心吗？"赖洪波叹了口气，故作沧桑道，"你俩过生日，指不定蛋糕都买得大些。"

缪静登记到最后一组时，徐晴雯刚好走进教室。

"来来来，通知几个事，都坐好！"她一眼就瞧见了教室最后跟肖晋勾肩搭背的赖洪波，严厉道，"赖洪波，回自己的位子上去！不要整天嘻嘻哈哈到处串门！"

赖洪波习以为常，扬扬眉，对肖晋做了个"你看吧"的表情，悻悻回到座位上。

"第一件事，就是班长正在登记的，以后我们每个月给当月或上月生日的同学过一次集体生日，就利用最后一节晚自习的时间。大家也不要太闹腾，稍微庆祝一下，一起吃吃蛋糕就行。"

"好——"这大概是全班人第一次这么愉快地拖长音。

"第二件事，我们的第一次月考，就安排在国庆假期之后，8号和9号。老规矩，两天五门，大家做好准备！"

"啊——"这才是标准的拖长音。

徐晴雯习以为常，慢条斯理地继续说道："所以呢，我们九月份的集体生日就安排在5号晚上，你们回来上晚自习那天，免得耽误考试。"

"别啊——"拖长音一次比一次惨烈。

"这不闹呢嘛！哦，刚开开心心过完生日就考试，逗我呢？"赖洪波压低了声音，扭头对李理小声吐槽。

"赖洪波！"徐晴雯眼锋一扫，"说什么呢，站起来说！"

其实赖洪波每回说小话，十次有八次能被徐晴雯抓现行，天知道他为什么永远不能吸取教训。

"我说……过完生日就考试，这生日礼物挺别致啊……"赖洪波是死猪不怕开水烫，没骨头似的塌着肩站起来。

"哦？"徐晴雯微笑，"那不如，我们考完试发成绩那天给你单独过个生日？"

教室里响起低低的笑声。

赖洪波被这惊悚的主意吓得抬起了头，飞快认错："不用了老师！我错了！5号是良辰吉日，最适合过生日了，谢谢老师！"

徐晴雯白了他一眼，清了清嗓子继续说正事："第三件事，也是最重要的，我们两个班快要分科了，比全校早一学期。

"大家现在就可以开始考虑了，一定要慎重，结合自己的能力、兴趣、未来的专业选择做决定，问问家长和老师的意见，不要冲动，多想想！"

"还用想啥啊，咱们班不就理科班嘛，二班文科班，早分好了嘛！"刚被训完的赖洪波仍然没有接受教训，坐在位子上又开始说起话来。

这回徐晴雯倒没有管他，反而接着他的话继续道："我们班的同学的确是理科见长，但选科是你们的自由，如果有想选文科的，老师当然也支持，只要你们自己考虑好了，对自己的未来负责！"

徐晴雯说这话的时候，扫了林晚来好几眼。

林晚来毫不闪躲，坦荡直视她的眼神。

然后，晚自习结束，林晚来毫不意外地被叫进了办公室。

徐晴雯抽出个纸杯，亲自到饮水机前给她接了杯水，递到她手上的时候，轻轻叹了口气："想好了？"

林晚来浅浅一笑，点了点头。

"虽然你很坚决，但作为老师，这些话我不得不说……"徐晴雯扶了扶眼镜，像是在蓄力，准备又一次语言输出。

"老师，我很小的时候就想学历史了。"林晚来直接打断了她，"所以，我真的不是因为感觉与肖晋相比会被轻视才去选文科的。"

"说句大言不惭的话，我之前还担心过，如果去了文科，是不是对不起这么多对我有所期待的理科老师……"讲到这里，林晚来顿了一下，露出一个赧然的笑容，"现在肖晋来了，反而让我轻松很多。"

"老师，我真的不是赌气，或者冲动，我知道老师一直很关心我……所以，以后在文科班，我也会好好努力的。"

这番话讲完，林晚来抿着嘴，朝徐晴雯露出个真诚的微笑。

徐晴雯有些发愣，大概是没想到林晚来会直接把和肖晋的比较放到台面上说。

良久，她轻轻叹道："好吧，你自己想清楚了就好……"

"嗯。"林晚来坚定地点了个头。

徐晴雯看着面前学生云淡风轻的样子，终于也轻轻笑了，但很快又板起了脸："选了文科，语数外三科还是原来的老师带，我们对你的要求可是不会松懈的！"

"明白。"

林晚来走出办公室时，同学们都走光了。

她站在走廊上，看见教室里空荡荡的，心中涌起一股莫名的失落。

她走进教室拿书包，才发现肖晋还伏在桌子上写着什么。他坐在最后的角落，被墙挡住了，从外面看不见。

"你不走？"林晚来背起书包，见他依旧专注着，迟疑地问道。

肖晋抬头看见是她，在试卷上匆忙落了两笔，然后直接塞进一早收拾好了放在脚边的书包里，起身："写完了，走吧。"

南城已经入了秋，综合楼和教学楼之间的几棵大梧桐开始落叶，轻轻踩上去，发出一阵清脆的响动。

这声音在这安静的夜里，很是悦耳。

林晚来是怕冷的，这时节已经穿上了外套，还把书包装得鼓鼓囊囊的，规规矩矩双肩背着，这样能让背上也暖和些。

反观身边的人，还是一件薄薄的短袖，单肩背着书包，右手揣进裤兜里。晚风一吹，他的袖角便扬起来，轻轻擦着林晚来的肩膀。

"你要选文科？"

沉默着走了一段，肖晋忽然发问。

林晚来一惊，猛地抬头，下意识道："你偷听？"

肖晋对她这样的第一反应很不满，皱着眉停下脚步，结果见她一脸伸张正义的表情，还是被气笑了，反问："你第一反应就是这个？我刷题忙着呢，偷听你？"

他故意说得轻蔑，林晚来却并不退缩："你有前科。"

她说的是她问徐晴雯要钥匙那次。

好像是自己理亏，肖晋尴尬地咳了声，摸了摸鼻子："我猜的。"

林晚来当然不信，白了他一眼："你怎么不说你是夜观天象看出来的呢？"

肖晋无奈地笑了声："真是猜的。

"上回老赵找我俩做卷子，你听到叶甘霖的电话就不去吃饭了，还说不饿，结果一袋腐皮包子一个也没给我留，害得我那天因为找腐皮包子迟到，还被苏秦……"

肖晋说着说着就开始歪了话题，说了噼里啪啦一长串，终于在看到林晚来的死亡眼神之后住了嘴。

"咳……"肖晋心虚地看向别处，"反正我那时候就猜到了。"

林晚来定在原处想了想，他的确有可能猜到。

"哦。"

她面无表情地应了句，继续往前走。

肖晋也没多话，迈步跟上她，两人依旧沉默地并肩走着。

到了校门口，肖晋直接穿过马路去教师宿舍，林晚来右拐回家。正要分开的时候，林晚来突然顿住，下意识地开口："哎，你……等一下。"

肖晋转过身，扬了扬眉，一脸了然地等着她的后话，像是早知道她会叫住他。

迟疑半晌，林晚来缓缓开口："你觉得……我选文科怎么样？"

肖晋没有立刻回答。

路灯下，女生微微仰头看着他，额头光洁饱满，眉眼轻轻蹙着，嘴唇抿成一条直线，眼神仍然坚定明亮，却含着少有的波澜，似乎很期待他的答案。

"当然……好啊。"

肖晋认真笑起来的时候，眼神就不像平时那么凌厉，整个人看起来都很温和。路灯的光其实有些惨白，但笼在他身上，却比月光温柔。

这人……

还挺好看的。

林晚来的脸莫名有些发烫。

"哦。"

她小鸡啄米似的点点头，又把脑袋低下去，不再看着他。

肖晋一直没转身离开，也没有再说话。

夜静悄悄的，连梧桐叶子落在地上的声音都听得一清二楚。

林晚来也沉默了一会儿，感觉这会儿看哪里都不太对，尴尬极了。

良久，她还是平复情绪，极力摆出正常坦然的表情，抬头："那你……帮我个忙！"

话一出口，她自己都觉得诡异。

用力过猛，她的语气像堵着小学生抢零花钱的小混混。

"噗——"

肖晋很不给面子地笑出声来，又赶在林晚来再次脸红前迅速收敛了表情，一本正经地点了下头："啊，什么忙？"

"以后……"接下来的话实在太"中二"了，林晚来眼一闭牙一咬迅速讲完，"帮我罩着我们班的人。"

"啊？"肖晋故意装没听懂。

"就是，夏淼、喇叭他们几个，应该都会选理科，多帮帮他们。我们班还有几个女生，其实她们都很用功的，就是有点内向而已。你也不用特意怎么样，就她们问你题目什么的，耐心一点、细致一点……也别让其他男生笑她们。"

林晚来心一横，反正都开口了，索性说详细点。

肖晋很久没说话，林晚来心如擂鼓，等待他的回答。

不知过了多久，林晚来已经做好准备接受嘲笑的时候，忽然感觉一只大手轻轻覆在了自己的头顶，那只手僵了一下，笨拙地揉了揉。

少年玩笑的声音响在耳边——

"哟，不愧是晚姐，很有当老大的觉悟。

"不过某些人在粤城不是跟我说，南城没什么值得记挂的吗，还搞离家出走，这会儿就这么关心同学？"

林晚来闭了闭眼。

果然，这么"中二"的话怎么可能不被他嘲笑？

林晚来抬头正要回撑，却撞上少年盈满笑意的双眼。

他说："我答应你。

"这一班人，以后我罩着。"

他收敛了玩笑，神色平和，语气郑重，让林晚来深信不疑他会说到做到。

少年人一诺千金。

"那谢……谢谢你。"

四目相对，林晚来觉得月凉如水也遮不住她发烧的脸颊了，匆忙道了个谢，挪动脚步转身。

"我先回家了。"

"嗯。"

肖晋轻轻在她脑袋上又揉了揉，才收回了手。

林晚来走出没多远，肖晋突然在她身后喊：

"林晚来，你明天记得来自习！

"我等你开门的！"

男生的声音回荡在夜里空无一人的街道上，尤其清朗悦耳，只有她和月亮听得到。

林晚来背对着他，同样朗声答应。

"好！"

她不肯回头。

因为不能被发现她正偷笑。

第三章 / 红泥小火炉
晚来天欲雪，能饮一杯无?

国庆长假好像为一学期按下了加速键。

几场秋雨，几轮考试，转眼就到了年底。

一班人正式适应学习节奏后，娱乐休闲的时间其实并不多。

左不过就是每场考试排名公布前压压注，赌这次林晚来和肖晋谁是第一；或者看戏，每次肖晋和严政杰争物理题，班上就像戏台开锣，赖洪波还在前排兜售过一次瓜子饮料，被徐晴雯抓个正着，直接赶去扫了一周厕所；再来就是赖洪波又被没收手机、严政杰第二百零一次被张航投诉不洗头之类的琐事了。

整个学期，除了转学生从"Bking"变成了"我肖哥"，这班上只发生过两件"正儿八经"的大事。

第一件，就是林晚来选了文科。

林晚来和徐晴雯聊了最后一次之后，班上很多人陆续知道了林晚来要选文科的事情。尤其是赖洪波，他知道就约等于全年级都知道了。

"晚姐，你要选文科？"赖洪波从教室外跑进来，一个滑跪扑在林晚来桌边。

"嗯。"林晚来捡起被他撞掉的笔，冷淡答了声。

"不是，为啥啊？你都这么牛了？"赖洪波一脸世界观崩塌的样子。

他话里有意无意含着"牛的人不能学文科"的逻辑着实让林晚来不爽，她冷着张脸："想学就学，不行啊？"

原以为赖洪波又会浮夸地讲些鬼话,哪知他两手拍在林晚来桌上,一激动又凑近了些,狂喜道:

"太好了!

"晚姐,你一走,这班上所有人都前进一名!"

"啊——谁揪老子!"

"那你也是最后……"林晚来话还没说完,肖晋正好走进来,不知听到了哪句,他非常不客气地顺手揪住赖洪波的耳朵,把赖洪波带离了林晚来的座位。

"肖哥,肖哥,我、我没说您啊……就是这班上除了您,都前进一名……"赖洪波一看是肖晋,认错态度迅速就端正了起来。

然而肖晋并没有搭理他,继续把他拖到教室最后,一顿毒打。

好在除了赖洪波咋呼了这一回,其他人知道林晚来要选文科之后,反应并不大。

交志愿表那天,夏淼还是选的理科。

林晚来并不意外,她同桌从初中开始就政治课睡觉、历史课看小说、地理课补数学作业,跟文科完全不来电。

倒是夏淼玩笑着长叹一句:"唉,我要是你,也选文科,反正没人敢说我闲话。"

这学期夏淼几次考试进步明显,已经稳定在了第十名到第十五名的位置。

林晚来并不给她得了便宜还卖乖的机会,直接戳穿道:"明明是你自己不想选。"

夏淼人逢喜事精神爽,"嘿嘿"笑着,又蹭过来挽住林晚来的胳膊:"唉,你走了,咱们班男生就要上天了,我可怎么办哪?"

闻言,林晚来想到肖晋说过的话,不禁笑起来。

——"我答应你。"

——"这一班人,以后我罩着。"

林晚来这不寻常的笑容让夏淼头皮发麻,她奇怪地问道:"你干什么,笑成这样?"

林晚来连忙收敛神色:"没什么……你不用担心,咱们班的人不都挺好的吗?"

夏淼愤愤道:"你一走,前十就剩个李雨,其他全是男生,他们不尾巴翘到天上去才怪!"

林晚来当然不可能告诉她肖晋的承诺,想了想,只好给她"打鸡血":"那……你就自己闯进前十!超过他们!"

夏淼满脸震惊:"姐,你在说什么梦话呢?"

林晚来一本正经道:"你可以的!我们班总共才三十一个人,前十名其实不难!"

夏淼表情逐渐扭曲。

"姐,你什么时候去文科班,能不能现在就走?"

除此之外,这个班上的第二件大事,就发生在前几天。

某天晚自习放听力之前,肖晋跟张航打起来了。

下午周练刚交完卷,赖洪波就骂骂咧咧地往教室后排走,找肖晋一起吃晚饭:"老赵这次真变态……肖哥,走啊,吃饭去!"

肖晋嗤笑:"你哪次不说他变态?"

肖晋起身正要走,李雨拿着本《高考数学题型全归纳》走过来,轻声问:"肖晋,我这里有道题不太明白,你能给我讲一下吗?"

上次肖晋给她讲过数列之后,她碰到不懂的题目时,偶尔会来主动问。她现在拿着的这本练习题,也是肖晋上次给她推荐的。

肖晋点点头,又坐回位子上:"行,我看看。"

肖晋又抬头问赖洪波:"你等我,还是先去吃?"

赖洪波看了一眼前桌,严政杰和张航也还在讨论着刚刚周练的压轴题。他一个人出去吃饭也无聊,就搬了个凳子坐下:"没事儿,我等你会儿。"

在老赵堪比火箭速度的带领下,他们这才高一第一学期末,就已经开始讲解析几何的内容了。

解析几何和导数是高中数学里最难啃的两块骨头,这会儿大部分人刚入门,都还云里雾里的。李雨就是卡在了一道椭圆题的第三问,死活算不出答案。

虽说同为难题,但在肖晋看来,解析几何和导数不太一样,破题不难,难的是运算。所以,他看完题目后,没有立刻开始讲,而是冲李雨伸手:"把你的解题过程给我看看。"

"啊?"李雨有点蒙,也不太好意思把自己没写出来的题给他看,声音越来越小,"我没写出来……"

"没事,你应该是哪里算错了。"

"哦……"

李雨犹豫了一下,小心翼翼地把自己的草稿纸递给了肖晋。

女生相对细心,草稿纸也不像大部分男生一样乱七八糟想到哪儿写哪儿,看起来很清晰。

肖晋正一行一行看过去,还没找出李雨的错误,前座的严政杰和张航突然啪地就拍了张草稿纸在肖晋桌上。

"肖哥,你看看,这题我俩到底谁对?"张航愤愤地问道。

是刚刚周练里的最后一道选择题,很有些难度,大部分人都是瞎选的,肖晋也花了不少时间才解出来。

这两人就属于典型的随心所欲打草稿,一页的鬼画符看得肖晋头疼。

"等会儿。"肖晋把那张纸往边上一挪,继续看李雨的解题过程。

"什么呀?"张航好奇地凑过来。

李雨有些不好意思地说:"就一道椭圆题,我一直解不出来,就来问问肖晋……"

"哦,解析几何啊,不就死算嘛,"张航大大咧咧地又把他的草稿纸拿回来,盖住李雨的,"肖哥,先看看我们这个呗,都争好久了。"

闻言,李雨更加不好意思了,连忙从肖晋身边站起来,声音小得像蚊子嗡嗡:"啊,那我自己再去想想吧,你们先讨论。"

她正要抽回自己的书,却被肖晋摁住。

肖晋抬起头,脸色有点冷:"听不懂人话?我说了,让你等会儿。"

张航被他这脸色吓了一跳,愣了下又嬉皮笑脸起来:"嗨呀,解析几何能有什么难题,不就是算?算不出来就是中途错了呗,自己找找就行了,有什么好问的!我们都讨论这么久了,正求知若渴呢,赶紧给看看。"

李雨羞得快要哭出来,使劲去拽被肖晋摁在手下的书和草稿纸:"没事,我……我自己回去算算吧……"

然而,肖晋仍然用力摁着,盯着张航,一张脸冷得像结了冰。

"听不懂人话,也说不出人话是吗?先来后到懂不懂?你有不会做的题,别人就不能有？"

肖晋带着怒意，声音不小，引得班上人都看了过来。

张航觉得肖晋这火发得莫名其妙，无辜降在自己头上，虽然憋屈，但他还是僵着赔了个笑脸："我这不是着急嘛……再说了，解析几何确实没什么难的啊……"

"解析几何没难题？"肖晋的眼神像刀似的甩过来，"那我这就给你找一道，解不出来你是我孙子。"

这话说完，有两个看热闹的好事者低笑了声。

这笑声传到张航耳朵里，他面子就彻底挂不住了。

"啪——"

张航把手里的笔狠狠往桌上一甩，笔尖在肖晋的白T恤上画过长长一道。

"你什么意思？"张航平时为人温和，这会儿脾气也上来了，冲着肖晋怒吼一句。

"张航，你干什么……"

赖洪波惊了，正要起身调解，肖晋已经窜起来揪住了张航的衣领："给你点好脸色真以为我好欺负是不是！"

张航觉得颜面尽失，一伸手就掀翻了肖晋的桌子："你一转学生嚣张什么啊！"

肖晋仍然冷着脸，声音里却带着笑："哼，那也不见你考赢转学生啊，除了欺负女生你还能干什么？"

张航恼羞成怒，冲上去抓住肖晋胸前的衣服，攥着拳头往他脸上挥去。

肖晋偏头躲过，怒火却彻底被勾起来，一脚踹了过去。

张航摔倒在地，肖晋懒得再搭理，扶起自己的课桌，又弯腰捡着撒了一地的试卷书本。

张航蒙了，撑在地上却还口不择言："我说怎么今天这么火大呢……肖晋，你不会是看上李雨了吧？"

李雨早被他俩的阵势吓哭了，这会儿更是无地自容，抽泣着："你……你别乱讲！"

肖晋原本没打算纠缠，听见这话，却又直起身，脸臭到了极点。

"一脚没挨够是不是？"

"爷今天把你打老实了，教你怎么好好说话！"

肖晋又上前骑在张航身上，揪住张航的领子冲着他脸狠狠来了两拳。肖晋的肚子上也挨了张航几脚，两人扭打在一起。

场面混乱极了，桌子被撞翻了好几张，赖洪波和严政杰在他俩身边拉架，都没法劝住，反而被误伤。

下课时间，老师们都回家吃饭了，缪静也急得快哭了，却连个做主的人都找不到。

林晚来交了试卷就和夏淼出去吃饭了，并不知道发生了什么。一回到教室，她只看到后边围了一圈人，桌子椅子倒了一地，肖晋和张航扭打在一起。

男生下手没有轻重，两个人都明显挂了彩。

林晚来只觉得脑子里嗡的一声响，来不及思索，就拨开外围的人冲了进去。

"干什么呢！"

见张航离得更近，林晚来便直接伸手去拉。

林晚来刚抓住张航的手腕，他回头的间隙，就被肖晋用膝盖狠狠顶了下肚子。

张航吃痛，再次被激怒，哪管拦着的人究竟是谁，狠狠一甩被抓住的手腕：

"少管闲事！"

男女力量悬殊，林晚来被甩出来，后背磕在桌角上，发出一声闷响。

一瞬间，她大脑一片空白，只觉得钻心地疼。

这一声响终于让厮打着的两个人反应过来。

张航这时才看清，他刚刚冲一个女生动手了，而且还是林晚来。

肖晋抬起头，就看见林晚来坐在地上，皱眉扶着后背。他刚刚才平息一点的怒火登时又蹿上顶峰，狠狠爆了句粗口。

然而，他刚抄上一把凳子，林晚来就自己站了起来，随手拿起地上的一本书，毫不犹豫地朝张航脸上砸过去。

"你以为你推的是谁？"

"疯狗吗？见人就咬！"

林晚来板起脸的时候很吓人，张航知道是自己理亏，脸上挨了一下也没说什么，只是仍旧狠狠攥着拳。

林晚来又看向肖晋，见他仍然单手抄着把凳子，怒火中烧地盯着坐在地上的张航，像是随时都会狠狠砸下去的样子。

"有意思吗?"

听见林晚来的声音,肖晋才跟着看过去。对上她眼神的那一刻,他的目光突然变得有些呆呆的,还有些无措。

"把教室弄得一团糟好玩是不是?"林晚来冷冷地看着肖晋。

"晚姐,这其实也不是……"她这一连串举动把赖洪波给看蒙了,此刻他才如梦初醒一般,站出来想要解释。

然而林晚来并没有心情听他说话,转身朝仍然围观的同学交代了句:"今天的事不要告诉老师,省得麻烦。"

说完,她扫了一眼肖晋,转身走出教室。

直到听力结束,林晚来也没有回来。

肖晋心不在焉地写完了题目,一边想着林晚来究竟去了哪儿,一边脸上、肚子上的伤的确疼得厉害,左顾右盼半天,他还是烦躁地把笔往桌上一丢,直接从后门出了教室。

赖洪波听见动静,紧张地回头一看,刚好看见肖晋拐出教室的背影。

反正这会儿也没老师,赖洪波索性也丢了笔,直接跟上。

"肖哥,等我!"

肖晋在操场边上找了个台阶坐下,赖洪波很快跟上来。

张航虽然一看就没什么打架的经验,但毕竟每一拳都是用了全力的。四下没别人,肖晋掀开上衣一看,果然一片青紫。

"这孙子还挺能打。"肖晋低声骂了句。

"肖哥,你这……"赖洪波也被他身上的伤吓着了。

不知是疼还是不耐烦,肖晋"啧"了声,哑着嗓子扭头问赖洪波:"医务室在哪儿?"

赖洪波盯着略显痛苦的肖晋,居然有些不忍告诉他真相。

"肖哥,我们小县城中学……没、没医务室。"

肖晋暗骂了句,两手撑着膝盖站起身:"算了,我去找找林……"

他话还没说完,赖洪波碰了碰他,向操场另一端扬了扬下巴:"肖哥,晚姐来了。"

肖晋猛地回头看过去。

果然,林晚来手里拎着个白色塑料袋,就站在不远处的路灯下。

赖洪波很识趣地先走了。

林晚来仍然站在原地。
肖晋挪动脚步正要往她身边走,突然有点怵。
下午的时候……林晚来还挺凶的。
肖晋站在台阶上低着头踟蹰半天,林晚来不知什么时候已经走到他身边,直接将手里的白色塑料袋伸到他面前。
肖晋并没有看,但他猜袋子里都是药。接下之后,他却不想谈打架的事,沉默了半分钟,问道:"你……背上疼吗?"
"不疼,我刚刚去上药了。"林晚来在他身边坐下,"学校医务室从没开过门。"
"不疼就行。"
肖晋低下头,把袋子搁在膝上用手捂着。
林晚来无奈地叹息一声,伸手拿过肖晋膝上的袋子,取出药膏和棉签。
"头转过来。"
"啊……啊?"肖晋怀疑自己听错了,僵着脖子。
林晚来却毫不忸怩,棉签一头蘸上药膏,轻轻地点在肖晋脸上的青紫处:"我给你涂脸上,身上你自己涂。"
"哦……"
肖晋一动不动,盯着林晚来看。
她离得很近,温热的鼻息喷在他脸上,像小孩子的手在轻轻揉着。
林晚来却并不搭理他的眼神,专注地涂着药。
"林晚来,今天这架不是我主动要打的。"肖晋憋了半天,还是觉得不能白白背锅,认真说道。
"我知道。"林晚来波澜不惊。
肖晋虽然嚣张傲慢些,但绝对不是主动找碴的人。林晚来很清楚,八成是张航说了什么惹怒他的话。
"你知道?"肖晋却很委屈,"那你还骂我?"
林晚来懒得跟他扯皮,故意下手重了一点,面前的人立刻叫起来,吃痛过后又老老实实地噤了声。
脸上涂完,林晚来把药膏拧好,放回袋子里递给肖晋:"早晚涂一次,别沾水。"

"哦。"肖晋点点头,老实得像只家养柴犬。

林晚来起身要走,忽然又被肖晋叫住。

"林晚来。"

"干吗?"

肖晋还坐在台阶上,林晚来站着低头看他,头一次觉得这眼睛长头顶上的家伙可怜巴巴的时候居然还有点可爱。

"以后李雨再来问题目,我就让她去找你行吗?"

这才是肖晋最关心的问题。

林晚来怔了下,对上肖晋恳切的眼神,并没有正面回答他的问题,还轻轻叹了一声。

"她估计觉得对不起你,应该不会再找你问问题了。"

肖晋愣了下,仔细思索这话,觉得有理,迟钝地点了个头。

"那……那也行吧。"

林晚来虽然叮嘱了大家不要把打架的事情告诉老师,但就那两个人脸上青一块紫一块的伤,加上李雨哭红的眼睛,徐晴雯要是看不出来发生了什么事,那才真叫白当了二十多年老师呢。

被叫去办公室听训整整一节课之后,肖晋和张航被罚在晚饭时间扫一周的包干区。

已经是十二月,校园里早没了落叶,清扫起来倒不算太麻烦。

肖晋一下楼就把整块包干区分成了两等份,撂下句"一人一半"就开始扫自己那边,全程当张航是空气。

张航就不那么好受了,跟肖晋打了一架之后,他每天坐在位子上觉得哪哪儿都不对劲。严政杰和肖晋争物理题他没法参与了,赖洪波跟肖晋嘻嘻哈哈讲段子他也不好正大光明地听了,再加上他还冲动地推了林晚来一把,约等于得罪了全班女生。

好好的学,上得跟上刑场似的。

"咳……那个,马上到你生日了吧?"

张航两手抓着扫帚磨磨叽叽半天,终于还是吞吞吐吐地开口了。

肖晋听见声音,回过头来,面无表情地"嗯"了一声。

"那……那什么，生日快乐啊。"

肖晋扯起嘴角笑了笑："你这祝得挺早啊。"

他话里虽然不太客气，但神情放松，还有点开玩笑的意思，让张航心里有了底。

"上次，是我说话没注意……气头上的话也没过脑子，对不住。"

张航其实一直是个温和的人，冷静下来想一想，也知道自己确实有错。虽然有点别扭，但这几句话的确是真心的。

肖晋笑了："多大点事。"

他这话才让张航彻底放松下来，也跟着笑了："那我……"

然而张航刚开口，肖晋下一句就来了。

"反正是我打赢了你。"

张航腹诽：Bking本色不改。

肖晋嘚瑟地看着张航吃瘪，往不远处的台阶后面瞥了眼，喊了声："行了，出来吧，别给你爷爷丢人了。"

那边偷偷摸摸看了半天的赖洪波和严政杰点头哈腰地从台阶后走出来，贱兮兮笑着："肖哥，慧眼，慧眼。"

四人组重归于好，他俩估计是最开心的，不然夹在中间别别扭扭，还容易里外不是人。

男生之间的矛盾来得快去得也快，张航一边扫着地，一边听赖洪波又叽里呱啦讲废话，突然想起什么，停下来问肖晋："不对，肖哥，你对李雨……真没点……那什么吗？"

闻言，严政杰也求知若渴，还一本正经地分析："对啊，我看李雨老来找你问题，你还挺耐心的。"

赖洪波在一旁目瞪口呆地看着这两个"二百五"，满脸都写着"你们脑子里装的都是地沟油吗"。

肖晋也没客气，扬起手里的扫帚，冷冷地道："还想再打一架？"

张航猛地摇头，条件反射般退了两步，低头摸了摸鼻子，低声闷闷地说道："那你为了她跟我打架……"

严政杰在一旁仍然看不清局势，还帮着搭腔："就是啊，发那么大的火！"

赖洪波一巴掌拍在自己脑门上，十分认真地看着严政杰："哥，就你这个智商，怎么能回回物理考满分的呢？"

严政杰仍然蒙着："啊？"

赖洪波彻底无语，仰天长叹："天理难容啊——"

肖晋也快被这二位"天才"气笑了，"嗤"了一声："就你那天狗嘴里吐不出象牙的话，为了谁我都一样打。"

赖洪波也跟着解释："就是啊！你那天说的话虽然不是故意的，但换了谁听着不难受啊？好像人家问的是什么弱智题目似的。"

张航和严政杰终于有点明白了，略显懵懂地点了点头："哦……"

肖晋看这两个理解到这份上估计也就是极点了，无奈地叹了口气，继续说道："你们以后也都注意着点，别以为自己会两道题就口无遮拦了，这么能耐怎么不去林晚来面前嘚瑟呢？

"人家女生也没笑你作文鬼扯、英语瞎选啊。"

严政杰心有戚戚焉："谁敢惹晚姐啊，那不自取其辱吗？"

张航这几天早尝到苦头，愁眉苦脸的："可别提了，我那天就意外推了晚姐一下，这几天夏淼她们见到我就跟见到仇人似的。"

严政杰无奈地叹了口气："唉，不过你那天一甩手力气也太大了，那一声我听着都疼。"

张航懊恼极了："那我也不是故意的啊……"

严政杰："我看晚姐身上都没二两肉，那小身板磕着，啧，肯定好疼。"

这两人一人一句还聊上了，赖洪波在一旁听得心惊肉跳，时不时偷偷瞥一眼肖晋的脸色。

果然，他肖哥这时候已经成黑面神了。

他毫不怀疑，这要再说下去，肖晋真会跟张航再打一架。

他连忙上前捂住张航的嘴："祸从口出还没学会？"又向肖晋赔笑道，"肖哥，冷静！冷静！"

肖晋白了这两人一眼，丢下扫帚："全部扫干净了再回！"

说完，他盯着赖洪波："你跟我来。"

被撂下的张航和严政杰一脸蒙。

为啥又要我闭嘴？

为啥他又黑脸了？

肖晋把赖洪波带到了教学楼后面的空地上。

周遭空无一人，这不太寻常的环境让赖洪波有点害怕，肖晋不会要把气撒他头上吧？

肖晋双手插着兜，开门见山地问："你怎么知道的？"

"啊？"

赖洪波蒙了下，但很快反应过来肖晋问的是什么："不是挺容易看出来的吗……你这也没藏着掖着啊。"

肖晋见赖洪波那人精样儿，笑道："你还挺精。"

其实除了刚来那两天，他和林晚来在班上明着的交集并不多，都可以用"学霸之间的交流"来解释，在其他人看来，估计还不如李雨和他熟络。赖洪波这人精，却能看出来他和林晚来关系更亲。

"肖哥，你跟晚姐，现在熟到什么程度了？"赖洪波大着胆子问。

肖晋没回答。

"晚姐那个性……应该不太容易亲近啊。"赖洪波自言自语般感叹了句。

这倒引起了肖晋的兴趣。

"她吧，人挺好的，但我感觉她除了学习对什么都不上心，"赖洪波磕磕巴巴地解释着，"反正就事不关己高高挂起那感觉。"

肖晋没好气地骂道："题目白教的？你英语作业写不完的时候她白给你抄的？"

"哎，我不是这意思！"赖洪波连忙否认，越说越急，"就是……就是那感觉，你懂吗？我就觉得晚姐虽然跟我们都挺好，但其实……唉，就是那意思！"

赖洪波虽然说不清，但肖晋明白他的意思。

"现在不急。"肖晋苦笑着，眼里却没有一丝犹疑与纠结，语气笃定，"再等等吧。"

反正来日方长，他们还年轻。

南城的冬天漫长且难熬。

地处南方，湿润的天气导致体表温度流失得很快，又没有暖气，一件一件毛衣羽绒服往身上加，每个人都裹得跟粽子一样还是不保暖。

早读就要默写，李理一篇《赤壁赋》死活记不住，背了前面忘了后面，焦虑得直翻书。

赖洪波哆哆嗦嗦坐在他身边，实在忍不住了，一巴掌呼在他背上："别翻了！冷死了！"

冬天穿得厚，一巴掌不疼，李理轻蔑地斜看了他一眼："你一个北方人，在我们这儿被冻成这样，不嫌丢人？"

"北京有暖气！暖气！你知道那是什么好东西吗？"赖洪波每年冬天都要被冷疯一回，此时有些歇斯底里，"我哪知道你们这儿冬天是这倒霉模样！冷得跟谁下了咒似的！"

"喊，尿包。"李理白了他一眼，继续翻书。

说是这么说，其实李理自己露在外头翻书的手也冻红了，肿得跟胡萝卜似的。

毕竟南城的冬天是魔法攻击，没谁扛得住。

除了教室最后排那位骨骼惊奇的转学生同学。

已经是十二月底，肖晋穿了一件加绒冲锋衣，里面就一件长T恤。他本就瘦高，穿得又少，跟这一班的"粽子"比，真是清瘦得过分。

他还就坐在后门边上，门缝里不时灌风进来，是全班最冷的地方。

严政杰和张航两人用一种看神经病的眼神扭头看着他："你真不冷？"

肖晋抬起头，莫名道："不冷啊。"

严政杰看向肖晋的眼神里，多了一丝憧憬和嫉妒。

肖晋成绩逆天游戏打得溜之类的他都不羡慕，就不怕冷这一点，他恨不得折寿十年跟他换。每年冬天，他都饱受鼻塞的痛苦，塞到最后感觉脑子都不是自己的了，解题都比平时慢。

肖晋觉得严政杰的眼神居然有点楚楚可怜，想了下，他从桌洞里掏出校服外套。入学的时候每人发两套校服，他从没穿过，就套着包装袋塞在桌洞里。

"你冷就再加一件。"

"谢谢嘞。"

不要白不要，严政杰忙不迭接过。

"等会儿。"肖晋抬着头，视线刚好扫过教室前排，突然收回了手。

严政杰不明所以。

"我也冷。"说着，肖晋又把校服塞回桌洞里。

严政杰腹诽：您冷您倒是穿上啊！

缪静正好拿着张宣传单之类的东西走进教室，站到讲台上："刚刚跟老师商量了一下，我们12月份的集体生日就安排在31号，跨年跟生日一起过，给两节课的时间。"

"好！"

教室里一片欢呼。

赖洪波激动地拍桌子："徐晴雯终于做人了！"

缪静白了他一眼："你小心又被徐老师听到。"

说着，她把手里的宣传单从第一排传下去："这是对面蛋糕店在做的活动，大家看看，投票选一下想吃哪个蛋糕，我下午去订，钱就从班费里扣。"

赖洪波又说道："一个个看多浪费时间，直接让过生日的人选呗！"

他们班12月份过生日的就只有四个人，林晚来、肖晋、宋子扬，还有缪静。

大家便都看向他们四个。

林晚来一直埋头背着书，没听班长说了什么，被夏淼提醒之后才抬头，笑了下："我都可以。"

肖晋懒洋洋地举手："我随便。"

宋子扬保持队形："我也都行。"

宣传单绕了一圈，又回到缪静手上。

班长是个会做主的，看了眼宣传单，抬头说道："那就这个杧果的吧，看起来挺好吃的，买两份还送磅数。"

"好——"

大家正答应，林晚来突然又抬起头来。

"哎，等一下。"

缪静奇怪地看着她。

林晚来抱歉地笑了笑："我刚忘了，我不吃杧果的……不好意思啊。"

缪静点点头，也笑着说："没事，那我们换成草莓的吧。"

"谢谢。"

说完，林晚来又低下头去看书。

同桌夏淼却一脸见了鬼的样子看着她，问道："你不吃杧果？"

那每年暑假和自己一起吃杧果冰的是谁？

林晚来当没听到，嘴里念念有词背着书。

教室后排某个刚刚听到"杧果"两个字脸就绿了的人这会儿却无故笑起来，严政杰和张航看得心里直发毛。

下早读之后，赖洪波照例蹭到肖晋桌前来。

"肖哥，生日打算怎么过？"

肖晋随意地说道："不就集体生日，之前怎么过这次也怎么过呗。"

之前两个月的集体生日，就是大家一起吃了蛋糕，全班唱了《生日歌》，有准备礼物的同学再互相送送礼物。气氛虽然好，但过了两次赖洪波就觉得没什么新意了。

"这可是跨年啊，哥！再说了，不还要欢送晚姐吗？"

"欢送？"肖晋问。

"你不知道吗？"赖洪波纳闷，很快又想起什么来，"哦，那天徐晴雯说的时候你被老赵拉去搞奥赛了。"

"元旦假期回来就分班了啊，晚姐到时就去隔壁了。徐晴雯说早点开始上课，免得选文科的同学寒假尴尬，学理也不是学文也不是。"

"这样……"肖晋若有所思地点点头。

"怎么样，是不是觉得这日子立马就不一样了？"赖洪波斜着眼冲肖晋笑。

肖晋没接话，看了眼第一排的林晚来。

毫不意外，她伏在桌上写着什么，对其他人正热烈讨论着的"跨年+集体生日"毫无兴趣。

"要不要哥们儿给你准备个惊喜？"见肖晋不说话，赖洪波又问。

肖晋嗤笑："你能准备什么惊喜？"

"开玩笑，哥们儿给你过的第一个生日，那不得惊艳全场啊！"赖洪波一拍桌子，信誓旦旦的。

肖晋笑了声，没搭理他的鬼扯，把桌上的语文课本丢进桌洞。

"走，吃饭去。"

林晚来下晚自习回到家的时候，冯晓正在电视机柜前撕日历。

她有些意外："你怎么还没睡？"

"哦，单位有点事。"

一听就是假话。

冯晓在县卫生局上班,事情并不多,怎么可能是单位上有事?

"都24号啦,时间过得真快,"冯晓笑道,"快到你生日了。小晚,想怎么过?"

林晚来把钥匙挂好,朝冯晓摇摇头。

"要上课,班里会过集体生日,有蛋糕吃。"

冯晓惊讶了一下:"那也挺好,你们徐老师还是很有心的。"

说罢,她又叹了声:"可惜了,妈妈还想给你做点好吃的呢。"

"不用了。"林晚来把换下的鞋放进鞋柜里,关上柜门,往房间里走。

看见垃圾桶里被丢掉的日历纸,林晚来却忽然停住了。

今天是24号,平安夜,还有整整一周就是跨年,而在跨年的前一天,是肖晋的生日。

林晚来犹豫了一会儿,转身问冯晓:"妈……你会不会做腐皮包?"

冯晓愣了下,不明白她为什么突然这么问:"会的呀。"

林晚来沉默了。

"想吃腐皮包啦?妈妈明天给你包。"冯晓笑道。

"不是……"林晚来有点犹豫,"你能教我做吗?"

冯晓更意外了:"怎么要做这个?"

"就是班上过集体生日,还有跨年,班长让大家各自带一两个菜,全班人可以一起吃。"林晚来面不改色地说道。

"你们还挺多花样。"冯晓笑起来,"那妈妈到时候给你包好了你带到学校去就行,别耽误你的时间。"

"不用……"林晚来忽然有点心累,随口撒个谎,就扯出这么多事,"也就是个心意,大家都打算亲手做。"

"人小鬼大。"冯晓嗔怪道,"那我中午找时间教你做,但你自己要注意啊,别耽误正事了。"

"知道。"

第二天中午吃完饭,林晚来没像往常一样去学校。冯晓买好了食材,教她做腐皮包。

"其实跟普通包子一样的,就是调馅复杂点,然后面皮改成豆腐皮而已。"

冯晓一早已经把肉剁成了馅,刚从冰箱里拿出来。

虾仁、干贝、猪肉馅都处理好了,冯晓把它们一样一样加进碗里,又加了姜末、盐、料酒、酱油、香油之类的调味,顺着一个方向搅上劲。

林晚来站在旁边看着,记清楚每个步骤。

其实这些都不算难,难的是用豆腐皮把馅都包起来,还要保证蒸的时候不会散。

调完馅,冯晓拿出一张豆腐皮和一根香葱,给林晚来示范:"其实就是用香葱把豆腐皮扎紧,别漏出来馅就行。"

林晚来试着扎了一个,笨手笨脚地打了个结,还没放到篦子上就已经有汁水流出来了。

冯晓笑着拍了拍她的手:"说了妈妈给你包好你直接带去吧?"

林晚来摇摇头:"没事,我多练几次。"

冯晓惊讶:"你还要包多少次?"

林晚来想了想,至少得包出几个像点样子的才好送出手啊。

"我就这两天练练,到31号中午再正式包点带去学校。"

冯晓似有不满,沉默了会儿,轻声嘟囔:"多浪费时间哟。"

林晚来包完第二个,还是不够饱满,感觉进蒸笼没两分钟就会散架。

她侧头向冯晓笑了笑:"就几天,不耽误。"

12月31日,2013年的最后一天。

从下午开始,班上的人就有点躁动,毕竟又是跨年又是集体生日的,明天还放假,总算有了个放肆的由头。

最后一节是数学课,老赵在讲台上疯狂表演随手画圆,赖洪波就坐在下面形象再现坐立难安。

"你凳子上是扎了针啊这么坐不住?"老赵忍无可忍,一回头就丢了个粉笔头,精准打击。

老赵力道不小,正中赖洪波的眉心。

"又不是你过生日,激动什么?"题目讲得差不多了,就剩两分钟下课,老赵索性拍了拍手上的粉笔灰,跟学生唠唠嗑。

"我……我这不是,与有荣焉嘛。"赖洪波嬉皮笑脸的。

老赵"哼"了声:"你还挺会用词。"

全班都哄笑起来。

老赵又扭头看坐在靠门第一排的林晚来:"要学学我们晚来同学!是吧,看看这淡定的,别人再怎么热闹,我自岿然不动!"

老赵这话其实是玩笑,他并不是那种喜欢用"看看某某某同学"来反向激励其他同学的老师。

突然被点名的林晚来有点蒙,甚至怀疑老赵是不是看出她在发呆才故意这么说,心虚地拿手臂掩住了自己桌上毫无笔迹的卷子。

她看起来是挺淡定的,但那是因为她现在一门心思都想着家里那笼腐皮包子……

数学课下课后还有一场雷打不动的化学周练,林晚来按自己的节奏写完,还有十分钟的剩余。

她破天荒提前交了卷,然后在化学老师见了鬼一样的眼神中走出了教室。

七十分钟,她要完成包、蒸、煮高汤好几个环节,还要往返一趟,对她一个几乎从没进过厨房的人来说,实在是很紧迫了。

下午五点三十五分,林晚来回到家中,挽起袖子就开始干活。

馅料和豆腐皮都是中午处理好的,高汤就用冯晓下午熬好的鸡汤,需要她自己加淀粉水勾个芡。

技术有限,她又想尽量保证美观,所以决定只包六个,反正也只给一个人吃。

她练了好几天,这会儿已经稍微熟练了点,能在保证不漏的情况下包出个能看的形状。

五点四十五分,林晚来把六个腐皮包放进蒸笼,又马不停蹄开始煮高汤。

她先把瓷盅里的高汤盛到锅里,加盐、胡椒、料酒,大火煮沸之后,小心翼翼倒了一圈刚调好的淀粉水进去,汤汁立马变得浓稠。

忙完这些,林晚来居然额头上出了一层薄汗。

时间刚过六点,林晚来终于松了一口气,坐在餐桌前等腐皮包蒸好。

她刚坐下,口袋里的手机突然振动,把她吓了一跳。

她这比老人机还不如的诺基亚长期处于休眠状态,除了10086,一个月也不见一条短信。

林晚来摁亮屏幕,看见一条新信息:你回家吃饭了?

她正思忖发件人是谁，很快又进来第二条信息：我是肖晋。

林晚来的心跳突然漏了一拍，莫名有种做坏事被人抓现行的感觉。

她愣了下，然后在反应十分不灵敏的九键键盘上打字，回了个"嗯"。

信息很快又回过来：这周怎么这么爱往家跑？

这条信息后面还有个奇怪的图形。

大概是智能手机发过来的表情在她的诺基亚上显示不出来，林晚来莫名觉得这短信有点滑稽。

她还没猜究竟是什么表情，肖晋的第四条短信又发过来了。

是笑哭和疑问的表情包。

还自带解释说明。

林晚来没忍住笑了，还没想好怎么回，定好的闹钟响起来。

正好二十分钟，腐皮包蒸好了。

她连忙放下手机，走进厨房揭开蒸笼，用木筷子把六个宝贝的腐皮包夹起来，整齐地码进保温盒里，又淋上刚刚勾好的芡，用纸巾把保温盒边缘沾到的汁擦干净了才盖上盖子。

她又翻了好几个橱柜才找到一个形状方正的袋子，保温盒放进去正好卡住，不会倾斜。

此时时间是六点十二分。

怕把保温盒里的腐皮包颠乱，林晚来不敢走得太快。

但因为心里着急，到教室的时候，她还是出了一脑门汗，大冬天里整个人冒着热气。

苏秦前脚刚走进来盯听力，转头看见她，惊讶道："这是干什么去了？"

林晚来若无其事地笑了下，走到自己的位子上把饭盒推进桌洞里，回答："回家吃了个饭。"

苏秦点点头："赶紧坐好静静心，马上听听力了！"

听力之后还有第一节晚自习，今晚教室里挪动桌椅的声音都比平时频繁一些。

好不容易挨到下课铃响，赖洪波像束礼花一样从自己位子上弹起来，大喊道："肖哥！晚姐！班长！老宋！生日快乐！"

他话音刚落，就有四支真正的"礼花"从教室四角放出来。

"嘭——"

"嘭——"

"嘭——"

"嘭——"

是学校对面小商店里卖的那种推筒礼花，其实就是玩具，声音不大，但四声齐发，还是把林晚来吓了一跳。

反应过来之后，林晚来看着自己桌上荧光紫的彩带，瞬间无语。

太土了。

林晚来难以置信地看了眼坐在身边拿着推筒笑得跟个二傻子一样的夏淼："你哪儿来的这东西？"

夏淼笑得开怀："喇叭买的啊！"

林晚来点头。

是他的审美，没错。

缪静推着蛋糕从教室外面走进来，蛋糕上插着"16"字样的蜡烛。

他们四个人，今年都是十六岁。

蛋糕被搬上讲台后，赖洪波又十分具有领导风范地来了句："等一下！"然后用眼神示意坐在门边的夏淼。

夏淼这会儿倒是十分听他的话，转身就把教室的灯给关了。

林晚来有种不祥的预感，十分怀疑地盯着身边一脸傻笑的夏淼。

"他又出什么馊主意了？"

夏淼一脸神秘："等会儿你就知道了。"

下一秒，林晚来不祥的预感就成了真。

她和肖晋、缪静、宋子扬同时被拱上了讲台，面对着大家站在蛋糕后面。

严政杰、张航、赖洪波不知什么时候坐到了教室的三角，再加上另一角的夏淼，四个人同时拿出一支蜡烛，点上火。

赖洪波开了个头，唱道："祝你生日快乐……"

其他人迟疑了一会儿，也还是跟着唱起来，还有人拍着手打节奏。

"祝你生日快乐，祝你生日快乐……"

四支白蜡烛，配上讲台上蛋糕上的蜡烛，二十多个人低沉的歌声，窗外是同样熄了灯黑黢黢的走廊。

林晚来简直怀疑自己的眼睛。

更要命的是,一曲唱完,他们四个在全班同学的强烈要求下同时吹灭了蜡烛之后,赖洪波居然兴冲冲地开口邀功。

"肖哥,怎么样?我这惊喜是不是绝了?"

林晚来愣了愣。

缪静似乎也觉得有些诡异,和身旁的林晚来交换了个无奈的眼神。

教室里静了半分钟,肖晋毫无感情地开口:"知道的是你给我过生日,不知道的以为你要送我入土。"

"这怎么……"他肖哥一盆冷水兜头浇下来,赖洪波委屈极了,转头又向林晚来讨要公道,"晚姐,你说,我这么用心准备的!"

林晚来顿了一下,犹豫道:"确实很用心。"

赖洪波得到了安慰:"我就知道……"

"但你要不要去隔壁班问下,从外面看着我们班是不是像在做白事?"

赖洪波哑口无言。

教室里陷入了尴尬的一分钟寂静。

良久,还是肖晋打破了寂静,他拿着刀开始切蛋糕:"行了,吃蛋糕吧。"给寿星一人分了一块之后,他又亲自端着一块蛋糕走到赖洪波面前。

"心意领了。"

"我就知道我肖哥……"

肖晋无情打断:"明年生日不要出现在我面前。"

可怜赖洪波嘴角还没来得及扬上去,下一秒就又被打击得七零八碎。

"苍了天了,没良心的——"他仰天痛号。

林晚来端着蛋糕回到座位上,再次用怀疑人生的眼神看着夏淼:"你怎么会跟喇叭一起干这么不靠谱的事?"

夏淼也一脸受骗的样子:"我听他说得挺好啊,就答应了。"

"鬼知道他怎么会买白色的蜡烛啊!"说着,夏淼又嫌弃地拈走了桌上的紫色彩带,"还有这种土紫色的礼花!"

她的吐槽被趴在桌上的赖洪波听到,那人又愤愤地窜起来。

"我买礼花哪能看到里面是啥颜色?

"再说了,蜡烛就红白两种颜色!他们是过生日又不是结婚,点红蜡烛像话吗?"

他积了一肚子委屈。

教室里再次陷入诡异的沉默。

赖洪波挨了林晚来狠狠一个白眼,又回头望向肖晋。那人虽神色还算正常,但也满脸写着"你傻吗"。

他招谁惹谁了,这么绝的点子居然没人认同?

最终还是班长大人出来打圆场。

缪静笑着拍了拍手:"好了好了,感谢赖洪波同学给我们准备的惊喜。大家都分到蛋糕了吧,那我们就开始看电影吧?"

没错,赖·自诩天才策划·洪·组织激情一百分·波同学,想到的第二个活动就是全班一起看电影。

黑板上的多媒体幕布被放下来,屏幕上缓缓出现电影名——

兄弟出头天

林晚来彻底无语,长长地叹了口气,掏出桌洞里的校服枕头,准备在睡眠中度过十六岁的夜晚。

林晚来醒来的时候,一件宽大的校服刚好从肩膀滑落。

她条件反射地伸手兜住,刚好看见领口下面的标签,尺码是"190"。

心中莫名有些不自在,她下意识侧头看了看教室,人已经走了一大半。她桌上七七八八放了些礼物贺卡,夏淼正一样一样摆整齐,免得被她的胳膊碰倒。

"终于醒了?"夏淼看了她一眼,"你还真能睡。"

"嗯。"

任何不想看的电影都是绝佳的睡眠BGM(背景音乐)。

犹豫了一下,林晚来问:"这衣服……是你给我披的?"

"是啊。"夏淼神色如常。

林晚来一口气还没松完,夏淼就轻飘飘地说出下一句:"不过是肖晋给我的。"

夏淼又斜眼看着她桌上的校服枕头,"林晚来"三个字还写在正面,已经被她睡出一个小小的凹槽。

"你这装备挺齐全啊,又是枕头又是被子的。怎么就不见我有这待遇呢?"

在摸老虎屁股这方面,夏淼很懂得适可而止,所以她没再揶揄林晚来,低头从书包里掏出一个看起来很有些分量的米色布袋,递过去:"喏,生日快乐。"

林晚来打开一看,是聂鲁达的三本书,两本诗集加一本自传。

她有些惊喜,立马把塑料膜都剥了,宝贝似的把三本书全部放进书包里。

"你还真好养活,生日送书就行。"夏淼笑道。

林晚来连连点头,开心地说:"我很喜欢聂鲁达。"

"哟,已经有文科生的样子了嘛?"夏淼逗她,又把自己的书包从桌洞里拎出来,"行了,挺晚的了,我也得走了。"

林晚来这才抬头看了一眼时间,居然已经九点四十五分了。

知道夏淼家离得有点远,她连忙说道:"赶紧回去,注意安全啊,到家给我发个短信。"

"嗯,明年见啦!"

贺卡、水晶球、瓷玩偶、八音盒……林晚来把桌上的礼物一个一个收进布袋里。收拾好之后,她突然摸到桌洞里的保鲜盒,这才想起来正事,慌忙回了下头。

此时教室里只剩两个人。

肖晋没有走,也正抬眼看着她,就好像一直在等她回头。

四目相对,林晚来的眼神不自觉往下瞥了点:"你……不回家吗?我要锁门了。"

"回啊。"肖晋笑道,单肩背起书包,"这不就等你嘛。"

深冬夜晚的风烈极了,林晚来用围巾裹住了半张脸,羽绒服的帽子也戴上了,只露出细长的眼睛。

她忘记戴手套,拎着两袋东西也没法把手揣兜里,所以刚走出教室手就冻僵了。

"我帮你拎?"肖晋停下来,伸手想要拿她手上的袋子。

"不用。"林晚来下意识往后躲了一步。

她的反应似乎让肖晋有点意外,但他还是往前一步,坚持接过了她手里的袋子:"不用什么不用,等你手肿成胡萝卜你就高兴了。"

他动作有点大,林晚来下意识提醒:"哎,你别弄洒了!"

"洒了?"肖晋狐疑,"什么洒了?"

冬风呼呼灌进教学楼狭长的走廊里,肖晋背对着出口站在林晚来面前,挡住了大部分的风。

肖晋像是猜到了什么,下意识往自己手中的袋子里看了一眼,又见林晚来一副恨自己嘴快的样子,斜着眼笑了起来:"你不会是……做了什么吃的吧?"

林晚来看着他一副"我就知道"的表情,心中忽然升腾起莫名的胜负欲。

被提前猜到了,就有点不想承认。

沉默了一会儿,她轻轻挪开了眼神。

"腐皮包。"

"还真是啊?"

像是得到了许可一般,肖晋咧嘴笑起来,把另一袋东西放在地上,三下五除二打开了那个保鲜盒,腐皮的清香扑鼻而来。

"没洒没洒!"他咧着嘴角,邀功似的对林晚来说道。

林晚来看着他的反应,不觉有些好笑,眉眼也温柔起来。

大概是觉得自己兴奋得太明显,肖晋收敛了一下神色,但眉眼仍然弯着,刻意放轻了声音问道:"这一周往家跑就是在做这个?"

林晚来抿了下嘴唇:"嗯。"

"不早说。"肖晋此刻轻松极了,眼角眉梢都写着嘚瑟,提着嘴角轻轻问,"这是……生日礼物?"

林晚来突然觉得眼睛疼,并不是很想回答他的话。

沉默了两秒,走廊里的声控灯灭了。

"咳。"

肖晋轻轻咳了下,声控灯再次亮起。

"干吗?生日礼物送就送了嘛,还不承认?"

林晚来默默无语,心道:他可真像只屏孔雀。

林晚来翻了个白眼,还是开口了:"哦,也不算吧。"

"之前你不是说我一个腐皮包也没给你留还害你迟到被苏秦训嘛,就还给你一份。估计没有教职工食堂的好吃,但是尽力了。"

在莫名胜负欲的驱使下,她故意把语气放得硬邦邦的,非要撅一撅这人翘起来的尾巴。

肖晋却满不在乎地"喊"了声,还十分欠扁地学着她的语气来了句:"哦,也不算吧!"

"明明就是特地送给我的,死不承认。"

见这人尾巴要翘到天上去了,林晚来懒得搭理,转身要走。

"哎,你等等我!"

肖晋连忙迈步跟上,攥住她的手腕。

林晚来蓦地僵住,看向被他攥住的手,不自觉蜷了下手指。

肖晋也反应过来,僵硬地松开了手,有些尴尬地咳了声:"那个⋯⋯你不问问我给你准备了什么生日礼物吗?"

林晚来把手揣回兜里,面无表情地问:"哦,有生日礼物吗?"

"废话。"

肖晋似是不满地白了她一眼,把单肩挂着的书包滑到手臂上,拉开拉链,从里面掏出一个小木盒。

林晚来顿了一下,接过眼前的小木盒。

"推开上面的小木片。"

肖晋没有等她有所动作,直接开口"命令"道。

林晚来依言照做,推开木片后,从里面拿出一只红色的狐狸摆件。

像是陶制的,红墙一样的朱砂色,小狐狸是半坐着的姿势,用长长的尾巴把自己围起来。

林晚来仔细看了一会儿,才发现这只狐狸的大小非常合适,握在手里刚刚好,还很暖和。

"这是什么?"她有些疑惑,抬头问。

肖晋见她看得仔细,似乎真的对这个小物件很感兴趣,终于放松下来,笑着回答:"红泥小火炉。"

> 绿蚁新醅酒,红泥小火炉。
> 晚来天欲雪,能饮一杯无?

男生的声音在北风的呼啸声中停在了她的耳边。

头顶的声控灯再次熄灭。

这一次,肖晋没有出声叫醒它。

走廊里一片寂静,窗外花坛里的路灯照来一点微光,林晚来手上的小狐狸仍然散发着源源不断的暖意。

耳边是不断灌进走廊里的呼啸北风。

而抵挡寒意的,是替她挡着风的那个人的呼吸。

手心这只小小的狐狸像是有什么魔力,将呼啸着的北风换成了儿时听过的话。

"我为什么叫晚来?"

这是小学时候的林晚来,在班上当大姐大,回家跟大人说话却还是奶声奶气的。

"因为呀,你出生那天下了一场很漂亮的雪。就是在中午,你出生的时候落下来的。"

林之远搬来烧好的火炉,她就从冯晓腿上爬到林之远的膝上,两只短短的小肉腿伸直了,刚好够着林之远腿边的火炉。

"我们这里很少下雪的,瑞雪兆丰年,晚来是小福星。"冯晓一边扫着地上的灰,一边小声埋怨林之远烧个火炉都能弄得地上到处都是,然后也加入父女俩的话题中。

她总是相信生在正午的林晚来会一生好命。

"那肯定啊,那是太阳高高挂的好时辰。"

外公吹着茶杯里浮在水面上的茶叶,说"太阳高高挂"时的咬字特别有趣,逗得林晚来直笑。

"有一首很好的诗:绿蚁新醅酒,红泥小火炉。晚来天欲雪,能饮一杯无?你的名字,就出自这里。"

林之远从前是历史老师,尽管那个时候林晚来听不懂,但他还是很喜欢给她讲些诗句和成语。

林晚来生于年末最后一天的正午,那一天,下了很漂亮的雪。

有一首很好的诗，写的是：晚来天欲雪，能饮一杯无？
她是在大人们喜气洋洋、杯酒相庆的热闹声中出生的。
那个时候，她有太阳高高挂。

不知又过了多久，走廊里的灯仍然暗着。
林晚来终于抬头问肖晋："这是你自己做的？"
顶灯应声而亮，少年的笑容一如既往。
"嗯。"
"这……怎么做的？很暖和。"
"耐火砖、金属片，搭了个简单电路，不难。"他轻描淡写带过，又有些不好意思地笑起来，"但是估计用不了多久就不暖和了，所以做了个狐狸的样子，不暖手了你也能当个摆件。"
林晚来下意识想问为什么是狐狸，一抬头见少年眼神炙热，像是在她心里擦起了一丛火。
温暖，却来得突然，多少有些烫。
林晚来慌张地移开了眼神，话到嘴边又咽了回去，换成一句硬邦邦的"谢谢"。
直到走出校门，林晚来都没有再说话，余光却能不断瞥见身边人快要翘到天上的嘴角。

"林晚来，十六岁快乐。"
林晚来刚转过身，肖晋就在她身后说。
这是这一年的最后一天，是她十六岁的开始。
林之远和外公都教过她，十六岁是及笄之年，该去跑、去闹、去放肆，只要她喜欢，千金难买她乐意。
面前的路突然变得无比漫长，黑漆漆的，像是没有尽头。路灯不再是用来照明的，却像黑夜的结绳记事，一盏一盏记着这路的漫长。
林晚来蓦地回头，没头没尾地问："为什么是狐狸？"
肖晋一点也不意外她突如其来的问题："我喜欢狐狸。"
"狐狸不好吗？"肖晋笑眯眯地反问她，"它们聪明又可爱，还会给自己找……"

"阿晋！"

肖晋还没来得及说出最后那几个字，马路对面忽然传来中气十足的呼喊声。

林晚来眯着眼看过去，两个中年人正挽着手往这边走，有些眼熟。

然后，她就听见肖晋见了鬼一样的语气——

"爸？妈？"

林晚来仔细看着正挽着手穿过马路而来的两个人，想起来是肖晋的父母，怪不得眼熟。

尽管快十年没见，两个大人和林晚来记忆中的样子并没有太大差别。尤其是张蔓之，仍然是她小学时候见过的温柔女老师模样。

肖柏生和张蔓之已经快走到两人面前了，肖晋还是一副见了鬼的表情。

他皱眉看着正笑嘻嘻朝他走来的爹妈，失语了两秒之后，隔着小半条马路，问道："你俩怎么来了？"

肖柏生走过来，一听这话便皱起眉，"啧"了声："小兔崽子怎么说话呢，你过生日做老子的还能不来？"

张蔓之也在一旁搭腔，嗔怪道："就是的呀，你非要一个人转学回来，中秋也不让我们来国庆也不让我们来，这都生日了，我们还不要来给你个惊喜呀？"

肖晋愣住了。

一旁安静听着的林晚来心里却一惊。

一个人转学回来？

肖晋是独自回到南城来的吗？

听张蔓之话里的意思，她和肖柏生都没有在南城？

所以这整个学期，肖晋都是一个人住吗？

林晚来不自觉又蹙起了眉。

肖晋正捏着后颈苦恼他爸妈怎么这么会挑时候，感受到林晚来探询的目光，硬着头皮笑看回去，指了指她，对父母说道："爸，妈，这是林晚来，我同学。"

林晚来顺着他的话头，朝两个大人轻轻微笑："肖老师好，张老师好。"

肖柏生扬了扬眉，惊讶道："咦？你怎么晓得我们？"

肖柏生是个长相很温柔的中年男人，说话带着浓重的南城口音，又因为在粤城待了很多年，夹杂着广东话的语调，听起来有些诙谐。

林晚来还没来得及回答，肖晋已经略带嫌弃地吐槽了句："啧……什么记性。"

张蔓之也一直好奇地盯着林晚来看，努力回忆这个十分眼熟的女孩子究竟是谁。

肖晋很没有耐心地拿手在他老妈面前晃了晃："别看了，这不你当年得意门生吗，还认不出来？"

张蔓之猛然反应过来："哦，林晚来！"

林晚来抿着嘴笑了下："张老师。"

肖晋在一旁继续吊儿郎当地说着，半是介绍半是玩笑："当时天天说人家英语怎么怎么有天赋，这才几年……"

哪知他的天才老妈记忆点并不在这里，而是——

"你就是当时把阿晋摁在游泳池里的那个女孩子！"

深夜，一中侧门口，两盏路灯下，张蔓之女士一语便石破天惊。

一旁的肖柏生很快跟上了节奏，瞪圆了眼睛看着自家儿子："啊？"并且自己发挥了一点故事情节，"你还被人摁在水里打过？"

肖晋和林晚来同时无语了半天，最终还是林晚来努力扯了扯嘴角，假笑着打太极："不会吧？我没什么印象，会不会是您记错了……"

然而张蔓之女士言之凿凿："不会记错！你是叫林晚来吧？"

林晚来僵硬地点了点头。

张蔓之一拍手："那就是你呀！模样我也觉得眼熟！"

她一激动，又非常随性地踮了踮脚把自家儿子的脑袋掰低薅了一把："这小子从小到大第一次被人揍，回家哭了三个小时，我不可能记错的！"

林晚来看了一眼肖晋被薅了脑袋十分憋屈却又无能为力的样子，默默震惊了一下，不再说话。

面前这位女士看起来"无懈可击"，说再多也没用。

"你怎么和阿晋在一起呀？"张蔓之亲切地扶了下林晚来的肩膀，问道。

林晚来神色平静地回答："班上过集体生日，结束得晚，我们俩刚好同路，就一起出来了。"

听她这样说，张蔓之有些惊喜地看向肖晋，问道："徐老师还给你们过集体生日啦？还是很上心的嘛。"

肖晋简单地"嗯"了声。

肖柏生又在一旁接话："我说了吧，老徐那么有经验的，转回来肯定有好处，你还不放心。你看现在，人家不都替你给儿子过生日了？"

张蔓之很不客气地当着小辈的面白了他一眼："你就会马后炮！不知道是谁当时气得不让儿子吃饭。"

肖晋在一旁看着父母吵嘴，又想到方才和林晚来说话才说了一半不清不楚，心中无奈极了，想打断又不知怎么开口，无力地伸了下手："哎，你俩……"

他话还没说完，林晚来先朝张蔓之和肖柏生微微颔首："那老师，我就先走了，挺晚的了。"

肖柏生反应过来，连忙道："哎，对对，赶紧回去，女孩子太晚回去不安全。你家住得远吧？要不让阿晋送你？"

"不用，我家离得……"

她话还没说完，肖晋脚已经迈出去了一步，顺手还把她手上拎着的布袋也拿上了："走着！"

林晚来家离得真不远，直走左拐就进小区，统共不超过一公里。

走到十字路口，林晚来抬眼就能看见小区大门，于是侧身对肖晋说道："要不你先回去吧？那就是我家了。"

肖晋十分悠闲，轻声说："着什么急。"

他巴不得这红灯再长些。

林晚来没说话。

肖晋却十分自觉地给她又找了个理由，笑道："干什么，怕腐皮包凉了我来不及吃糟蹋你心意啊？"

林晚来瞪了他一眼。

红灯终于转绿，林晚来赌气似的加快了脚步。

肖晋却仗着身高优势，仍然优哉游哉跟着，但一步也没落下。

走到小区门口，林晚来一把接过肖晋手里的布袋，说："你现在可以回去了吧？"

"着什么急，"肖晋被她这莫名气急败坏的反应逗笑了，漫不经心地道，"刚刚不是还有话没说完吗？"

林晚来蒙了一下："什么话？"

肖晋轻声提醒："为什么是狐狸。"

一听"狐狸"这两个字，林晚来的耳朵就飞速蹿红，连忙道："我现在不想知道了！"

这反应实在是太不像林晚来，肖晋愣了一下，旋即了然地笑出声来。

"好，那换个话题。"

肖晋停顿了一下，凝视着林晚来的眼睛。

"林晚来，你要不要也祝我生日快乐？"

"或者新年快乐。"

冬夜极寒，少年的声音却像春风和煦。

他这么说，林晚来才猛地抬起头，怔怔盯着眼前的男生。

她几乎要忘了，她忙活了一周，练了数不清多少次，原本只是想给他一份真诚的生日礼物而已。

无论这举动的出发点是什么，至少在这忙忙碌碌的一周里，她充盈且愉快。

可她差一点因为那几个瞬间引起的小别扭，忘了对他说一句"生日快乐"。

面前的这个少年和她一样，刚刚跨进十六岁。

可他比她坦荡，比她明朗，能大大方方地给生日礼物，能轻松且郑重地说生日祝福。

不像她，总是当鸵鸟。

林晚来忽然觉得自己有点可笑，于是她弯起眉眼，含着笑意，轻启双唇：

"对不起，差点忘了。

"肖晋，十六岁生日快乐。

"还有，新年快乐。"

路口的红绿灯又换了一轮，不远处小时候常去的那家冷饮批发店招牌的灯箱仍然亮着。

眼前的少年嘴巴微张，像只呆鸟，大概是没想到她会回答得这样认真。

风一吹，林晚来看着他的表情乐得快流出眼泪。

她上前一步拎走了肖晋手里拿着的布袋，戳了戳他一动不动的胳膊。

"好了，早点回去吧。"

刚走出一步，她又想起什么，回头补充道："对了，腐皮包确实要快点吃，凉了真的不好吃。"

林晚来已经走进了小区，消失在幽暗灯光下的花园一角。

她说最后那句话的时候，神情认真，很可爱，大概是想到了之前被放凉的腐皮包。

肖晋呆在原地，过了好久，才笑着对空气答了句："好。"

第四章 / 我的最优解

学生时代的夏天漫长得像永远过不完,风扇在头顶吱呀吱呀转,同桌的手总时不时会碰到。最后一道数学题,那时候没想过会解完。

2014 年的第一天,林晚来罕见地睡了个懒觉。

睁开眼睛时天光已经大亮,书桌上的小闹钟指向九点。

她侧脸贴在枕头上,怔怔地盯着不断走动的秒钟发愣。直到眼睛因为干涩淌出泪,她才眨了眨眼,摸出枕头底下的手机。

有四条新短信。

第一条来自夏淼,时间是昨天晚上十一点十五分。

夏淼:我安全到家啦。晚安。

昨晚林晚来回家就把手机静音塞枕头底下,一眼没看,也完全忘了夏淼这茬事。这会儿再回信息也尴尬,索性就这样。

第二条来自肖晋,时间是零点。

肖晋:林晚来,新的一年到了,新年快乐。

字句完整、名姓完全的祝福,很久没见到了。

林晚来莫名想起开学第二天,她拉着肖晋出去倒垃圾,他说他就叫她林晚来。

"挺好听的名字,为什么不叫?"

后来他还真是每次都连名带姓喊她的名字。

林晚来不自觉弯起嘴角,点开下一条短信。

第三条来自冯晓,今早七点多发的。

妈妈:小晚,妈妈出门有点事,看你睡得熟就没有叫你。一天假期难得,你自己安排好时间哈。

最后一条还是肖晋，就在一个小时前发来的。
凌晨还温柔耐心发着"新年快乐"的人，这会儿变得歇斯底里。
肖晋：林晚来，你鸽我！
看这感叹号就能想象出他摁键盘时气急败坏的样子。

林晚来这才想起来，理科班的钥匙还在她手上，要是有同学去自习，就只能站教室门口傻等。
她猛地从床上坐起来，正要换衣服出门，肖晋的电话直接打进来了。
林晚来连忙接起："喂？大家还在等吗？我马上就到！"
电话那边的人没好气："什么大家？就我一个人傻等。"
"啊？"林晚来没反应过来。
"就我一个人在这儿！没人来！"
"哦……"林晚来松了一口气，忽然反应过来，"对啊，今天是元旦！大家都回家了吧，除了你，谁会跑去学校啊！"
电话那头的人沉默了一会儿。
"怪、我、咯？"
大少爷吐字归音，一字一顿都在表示"我很不爽"。
林晚来听他这语气直想笑，却又知道自己理亏，忍住了，清清嗓子正经道："对不起啊，我今天起来晚了，而且假期后我就去文科班了，总不能让我这个文科生天天给你们班开门吧？"
肖晋没说话。
"要不我把钥匙给你？这样你们也方便点。"
"爷才不给你当锁长！"肖晋气冲冲的声音从听筒处传来。
林晚来忍着笑："那……我给李雨？她住宿舍，也确实方便点。"
电话那边的人又不说话了。
"那就这样……"
她话还没说完，就被刚才还信誓旦旦"不当锁长"的肖大少爷打断："明天晚自习给我！"
电话里传来忙音，林晚来哑然失笑。

林晚来慢吞吞地起床，眯着眼睛刷牙洗脸，大冬天被冰水一激，彻底清醒。

冰箱里留着牛奶面包,她拿出来慢慢吃完了,又回到卧室,在书桌前坐下。

桌上摊着历史必修一的课本,这一本是政治史。

林晚来今天是少见的懒散,盯着封面上的秦始皇和伯利克里发呆,迟迟没有翻开一页。看着看着,她的目光又挪到了右侧的窗外。

窗上起了雾,一片朦胧,什么也看不清。

再寻常不过的冬天,连窗上的景致都没有半分区别。

但这毕竟是新的一年了,有些东西,已经不一样了。

元旦假期有两天,林晚来不打算再去学校自习。

理科作业她已经不用做了,语数外又花不了太多时间,所以她打算用一整天来预习史地政课本。

把历史必修一第一单元的思维导图整理完,正好是十二点。林晚来刚把头抬起来,就听见冯晓开门进屋的声音。

她端着水杯走出去时,冯晓拎着大包小包在玄关处换鞋,看见她便半笑半嗔怪地说道:"今天怎么还睡起懒觉了?我还以为你是早出门去自习了。"

林晚来走进厨房倒水,简单应了句:"昨天班上过生日,玩得有点累。"

"我说呢。"冯晓跟着把大包小包拎进厨房,在料理台旁边整理边跟她闲聊,"你猜我今天碰到谁?"

林晚来莫名心惊了一下,喝了口水:"谁?"

"就是你小学那个张老师呀!"冯晓说起这类事,总是有些激动,"当时他们家不是去粤城做生意的嘛,说是最近又回来了。"

讲到这里,冯晓又拿胳膊碰了碰林晚来:"还说呢,他们家儿子跟你同班同学的咯!你们班转来新学生,你都不跟妈妈讲?"

果然。

林晚来抿抿嘴,回答:"不太熟。"

"什么不熟?你小时候还跟人家打架你不记得啦?"冯晓笑着,"不过他们家还真的命好哦,生了那么聪明一个儿子,长得又高又帅。家里这么省心,怪不得你们张老师这么多年都不见老!

"你当时把人家推到游泳池里追着揍,回家还跟我装没事人,要不是后来跟张老师碰上了闲聊,我还一直不知道!

"也不晓得你小时候怎么就那么有劲,一个小女孩追着人家男孩子打……"

冯晓话匣子打开，噼里啪啦一大堆听得林晚来头疼。

最近大家都喜欢帮她回忆童年。

林晚来想起小时候她绕着小区游泳池追着那会儿是真混世魔王的肖晋打，不自觉也弯起嘴角。

第二天晚上回学校的时候，林晚来上了五楼径直右拐进了另一间教室。

一班和二班早就是默认的理科班和文科班，除了林晚来从一班到了二班，其他人应该都没有变动。

她等于是个转班生，于是非常自觉地站在了教室最后面，等着老师来安排座位。

班里其实有不少同学跟她初中同班，可惜没有相熟的，林晚来也不是能直接上前去寒暄两句蹭位子坐的性格，于是就安静地站在教室最后。

可总有同学不断走进来，时不时回头看她一眼，多少有些尴尬。

等到百无聊赖，终于忍不住要左顾右盼缓解尴尬的时候，教室后门走进来一个熟悉的身影。

"你怎么来了？"林晚来惊讶道。

李雨背着书包，两只手里还抱着厚厚一摞书，气喘吁吁的，有些羞赧地朝林晚来笑了下："我选了文科。"

林晚来连忙伸手帮她拿了一摞书，扬眉问了句："你选了文科？"

"嗯。"李雨脸颊上仍然红扑扑的，她还下意识抬手拨了下自己的刘海，"说起来还要谢谢你。"

林晚来不解。

"我本来不敢选的，怕被别人笑。后来知道你也选了，我才偷偷找徐老师改的志愿。"李雨诚实说道。

林晚来没敢揽这高帽，苦笑道："只要选的是自己喜欢的就好。"

"嗯，"李雨认真地点了点头，"我仔细想了想，感觉还是念文科会开心一点。"

林晚来笑着正要附和，就看见肖晋也从教室后门走了进来。

肖晋左手拿着一本数学习题册，另一只手则抱着林晚来很熟悉的那只校服枕头。

他把习题册搁在李雨手中那摞书上，说道："你落了这个。"

上次那一架，肖晋和张航两个当事人和好得十分迅速，李雨却独自尴尬和愧疚了好长一段时间，见到肖晋就低下头，恨不得绕道走。

此时也一样，她低着头，嗫嚅着说了句"谢谢"。

肖晋倒不太在意她的神情，放好习题册之后，他就一直看着林晚来。

他上前一步，一手拿着校服枕头，另一只手摊开伸到林晚来面前。

"一手交钱，一手交货。"

林晚来知道他说的是教室钥匙，但还是对他这种"中二"行径十分无语。

翻了个白眼后，林晚来从口袋里拿出钥匙，丢到肖晋手心，然后说："不用交货了。"

肖晋"啧"了声，直接把那校服枕头塞她手里。

"公平交易，不占你便宜！"

太"中二"了……

林晚来下意识伸手要还回去，肖晋往后退了一小步，两手一摊："干什么？都写你名字了还想让我穿？"

林晚来愣了愣。

肖晋见她这无语的表情，习惯性地想逗一逗，最后却忍住了。他余光瞥见叶甘霖正从走廊走来，撂了句"我先回去"，然后快速闪出了教室。

林晚来看着自己怀里那个校服枕头发愣，还没回过神来，叶甘霖已经站在讲台上，把历史书卷成了筒状，敲了敲桌面。

"你们俩，就跟着后面坐啊！"叶甘霖拿书指着最后一排右边两个空座，"桌椅都给你们搬好了还要我请？"

林晚来愣了下，看向那两个歪歪扭扭的座位。她原本以为是废弃了的烂课桌。

叶甘霖"啧"了声，催促道："快点坐好，要说正事了，别耽误时间。"

林晚来点点头，帮李雨抱起那两摞书，走到最后两个座位坐下。

李雨坐下后，吐了下舌头："我还以为会重新排座位……"

语气里不无埋怨。

倒不是她们俩娇气，只是这个班三十二个人，把两个不算高的女生放最后，还是坐的两张近似报废的桌子，着实不符合常理。

林晚来看了一眼讲台上十分不羁地撑着书筒的老师，无奈地叹了口气。

叶甘霖仍旧把书卷成筒,将胳膊肘撑在上面,另一只手扶着腰,漫不经心地开始交代。

"好了,说几个事儿啊。"

"虽然你们都认识我,但估计初中三年谁也没认真听过我的课,所以我就再自我介绍一下。"

叶甘霖掰断一根新粉笔,转身在黑板上写下自己的名字,一手潇洒的行楷。

"叶甘霖,教你们历史,也会是你们的班主任。"

他话说完,班里就响起一阵掌声。

叶甘霖大手一挥:"意思意思行了,以为我不知道你们,初中的时候在我课上写物理作业写得还少?"

他神情轻松,说话也幽默,全班人都低声笑起来。

"不管以前怎么样,你们既然选了文科,就别开玩笑,好好学!"

叶甘霖表情严肃了一点,侧身打开电脑,在多媒体屏幕上放出一张PPT。

是一中近五年文理科一本上线率和名校录取率的对比数据。

两项数据中,文科都赢得很明显。

大家虽然都知道一中其实是文科见长,但初中三年来被理科折磨得实在没脾气,现在看到这么一组数据,突然有种"翻身农奴把歌唱"的爽快感,个个盯着屏幕看得出神。

"行了行了,瞧你们那没见过世面的样子。"叶甘霖嫌弃地撇了撇嘴,把屏幕摁灭,"情况就是这么个情况,啊,再加上你们的班主任是我,所以呢,恭喜你们,上了一条贼船……不是,好船。"

他像在讲相声,全班又哄堂大笑起来。

林晚来也没忍住跟着笑起来,心说:以前怎么没发现叶老师这么有趣。

"但是啊,你们也得给我交个底,能不能踏踏实实、勤勤恳恳、团结一致地走完这两年多?"

刚讲完相声,叶甘霖又开始灌鸡汤。

"能!"

班上大部分都是女生,愣是喊出了不破楼兰终不还的气势。

"行,上课!"

叶甘霖响指一打,非常潇洒地转回黑板前,唰唰写上"古代中国的政治制度"几个字。

李雨愣愣地看完叶甘霖这一通表演,不可置信道:"这就没了?
"而且现在不是晚自习吗,他上课?"
林晚来翻开书,无奈地笑了下:"可能这就是他的风格吧。"
"但是,他……也不说说我们吗?我们就真的坐这儿?"李雨皱着眉,还是不敢相信自己就这么草率地被"安排"了。
"应该是吧。"
林晚来倒觉得这样挺好,轻松,不多事。
她耸了耸肩,从笔袋里拿出水笔,开始跟着叶甘霖的思路做笔记。

叶甘霖讲课和苏秦一样,全情投入,但他那种激情又和苏秦不是一个风格,或许是历史学科的特性,他的风格更"江湖"一些。
他洋洋洒洒讲秦大一统、汉尊儒术,全班同学不自觉就跟着他的思路沉浸其中,仿佛真的身处那时代,听得全神贯注。
慷慨激昂地讲完四十分钟,叶甘霖见怪不怪地收下了全班女生的星星眼,十分潇洒地把粉笔头往讲台上一丢,拍了拍手上的灰,朝讲台下点了下头。
"行了,自习吧!另外明天我的课上自习,我要去市里开会。"
一堂课就被新班主任"收编"的同学们异口同声叹了句:"啊——"
叶甘霖一挑眉:"啊什么啊?要不是明天课上不了,你们以为我愿意占晚自习?早上办公室喝茶去了!"
"哦——"
叶甘霖甩了甩手:"行行行,赶紧自习,抓紧时间!"
说着,他又把书卷成筒状,背在身后,优哉游哉地走下了讲台。
经过林晚来身边的时候,他却突然拿书点了下林晚来的脑袋。
林晚来茫然地从历史选择题中抬起头,就看见他拿书筒指了指办公室的方向。
"你来一下。"

叶甘霖没有带林晚来进办公室,而是直接在五楼楼梯口停住了脚步。
"感觉怎么样?"

他仍然背着手，语气轻松，像是在闲聊，一点都没有老师和学生谈心的样子。

林晚来反应了下，才想到他问的大概是她在文科班上了第一节课的感受。

她微笑道："挺好的，老师讲课很有趣。"

叶甘霖"嗤"了一声："小屁孩跟我打官腔？"

林晚来愣了愣。

这人和徐晴雯风格不一样，还真不能客气说话。

于是，她也轻笑了一声："确实挺好，老师您自己不是很清楚吗？"

叶甘霖被撑得愣了下，反应过来才又满不在乎地笑起来："得，还敢跟老师顶嘴，说明是挺适应的。"

林晚来没说话，心里却道：这不是废话吗？不适应难道还能搬桌子回理科班去？

"说正事，历史课代表，当不当？"

叶甘霖这语气，不知道的以为他在菜市场讨价还价。

就像在问："这萝卜，二毛五，卖不卖？"

林晚来默默无语了几秒，还是正经问道："为什么让我当？"

叶甘霖说："你们徐老师宝贝似的捂着你劝了那么久不肯让你来念文科，但是呢，你最终还是死皮赖脸来了，这我要是不优待点，怕她给我茶里下毒。"

林晚来震惊了。

文科班从老师起就没个正常人。

她心里吐槽了一句，答应得却快："好，谢谢老师。"

叶甘霖点点头，又拿书筒敲了敲她的背："行，回去自习吧！"

说着，他还是背着手的姿势，优哉游哉哼着曲直接下了楼。

合着他只是嫌在办公室落一脚麻烦而已。

林晚来看着哼着小曲溜达下楼的中年男人，默默翻了个白眼。

林晚来回到教室，继续和历史选择题作斗争。

四个选项看哪个都对，选哪个好像都能解释得通，林晚来皱着眉，学生生涯中第一次做选择题做到怀疑人生。

"林晚来！"

她正要咬笔头呢，教室后方突然传来气吞山河的一声喊，引得全班同学都往后看过去。

苏秦面色不愉地站在后门口,皱着眉,目光锐利如鹰眼般搜寻林晚来的身影。

林晚来被吓了一跳,苏秦向来温柔,很难想象刚刚那一嗓子是苏秦喊出来的。

她站起身,小心翼翼地问道:"老师……您找我?"

苏秦这才发现林晚来坐在最后一排,收回往前探的目光嫌弃地撇了撇嘴,嘟囔了句:"你怎么坐这儿?"

也不等林晚来回答什么,她烦躁地勾了勾手:"带上你的听力书跟我来。"

苏秦看起来是真的情绪不太好,林晚来也没敢说什么,悻悻地从桌洞里掏出听力练习册,跟着苏秦走出教室。

原以为是要去办公室讲什么事,哪知苏秦径直走到一班门口,回头朝她努了努下巴:"你来。"

林晚来不解。

这是演的哪一出?

但苏秦板起脸来的样子实在有些吓人,林晚来愣了两秒没敢耽误,挪着脚步走进了一班教室。

一进门,林晚来就感觉到教室里的气氛很不寻常,低沉得像教室上空笼着朵乌云。

夏淼坐在第一排,和大多数人一样低头抠着笔,完全没有注意到是林晚来进来了。

赖洪波是唯一一个还敢东张西望偷偷瞄的,所以看见了她进门。

林晚来用眼神询问发生了什么事,却只得到一个"宝宝心里苦"的鬼脸,毫无信息量。

她又习惯性地往教室最后扫了一眼。

肖晋仍然是那个姿势,一手拿着笔,一手撑着膝盖,聚精会神地看着桌面上的题,也并没有看见她。

苏秦跟着进来,冷着声音喊了句:"都把头抬起来!这会儿蔫儿吧唧的做给谁看呢?"

她一嗓子又把林晚来吼得颤了颤。

这灭绝师太的样子,实在是太不像苏秦了……

大部分人都抬起头,看见是林晚来,都露出个敢怒不敢言的哭脸。

林晚来仍然是丈二和尚摸不着头脑。

"最后面那个!还写?"

苏秦扫视全班一眼,发现就剩肖晋还盯着桌面上的卷子全神贯注,气得声音又高了两分,嗓子尖得快把屋顶给掀翻了。

严政杰连忙扭头小声提醒肖晋:"别想了,哥,苏秦真发火了。"

肖晋这才从奥赛题中抬起头来,眉头还因为被打断了思路而不爽地皱着,一抬眼却看见讲台上站着的是林晚来,诧异地扬了扬眉。

"这么喜欢数学还考我英语干什么?要真牛就少我这一百多分也考清华看看啊!"苏秦正在气头上,又看见肖晋这一副漫不经心的样子,开口就是一通扫射。

虽然觉得自己是被无辜波及的,肖晋还是异常老实地接受了这一通训,低着头摸了摸鼻子,并没有多说什么。

林晚来一个人杵在讲台上,心惊肉跳地听完苏秦这一阵怒火输出,仍然没明白到底发生了什么。

好在苏秦终于想起来还有个她,指了指全班人,说道:"来,你来给他们讲讲,英语要怎么学?"

林晚来整个人尬住。

这么突然又诡异的要求是怎么回事?

还英语要怎么学,您怎么不让我讲讲第一怎么考呢?

林晚来一脸蒙地向苏秦表示她没明白这到底是什么情况。

苏秦面对着全班同学,指了指林晚来,说道:"你们要是能保证林晚来的正确率,落一天听力不听我还能睁一只眼闭一只眼,但你们自己看看自己的英语成绩!

"上次月考,一个个漏得跟筛子一样!英语平均分快被语文平均分追上了,是真学不会还是成心想丢我的脸啊?

"仗着是理科尖子班就敢不听听力是吧?我不说了吗,你要是牛到少我这150分照样考清华,我再管你一次我就不姓苏!"

全班人被苏秦训得头越埋越低,林晚来瞥见大部分桌上摊开却一片空白的听力书,这才明白了大概。

老赵假期前说回来后有小测,估计是这些人趁苏秦不在,赶着做数学没听听力,结果被苏秦抓了现行。

苏秦一向重视他们的听力和口语,为了挑现在这套教材,几乎把市面上所有的习题都买来做了个遍,争取实验班单独听听力的时候在学校里也是顶了不小的压力的。

现在发现这么多学生居然光明正大地逃听力,她当然火大。

苏秦没忍住又噼里啪啦训了一通,直到说得自己嗓子疼才停下来,拍着胸脯顺了顺气,指着林晚来说道:"来,你说吧。"

林晚来惊呆了。

莫名其妙突然要她做学习方法演讲,她哪知道怎么说?

"英语的话,首先我觉得还是要培养语感。呃,就是,不要去死记硬背……"

英语好的人一般就两种类型,一种是勤奋型,单词语法倒背如流;另一种就是最招人恨的语感型,一般这种人做题正确率都高,但你要问他为什么选这个,他也解释不清楚。

林晚来虽然单词和语法基础都不赖,拆解句型分析语法什么的一般也难不倒她,但她做题的时候其实还是靠语感,只有偶尔分析错题时会用上语法知识。

所以真要她来讲一讲"怎么学习英语",她脑子里其实也就三个十分欠扁的字——靠语感。

硬着头皮讲了两句,实在是编不下去了,她只好讪讪地看着苏秦,苦笑道:"老师,我今天没什么准备,可能讲不好……"

苏秦本来也就是在气头上来这么一出,主要是想用林晚来刺激刺激这帮不把英语当回事的理科生,并没有期待她真能讲出什么干货。

但样子还是要做的。

苏秦摆摆手,换了个方式:"那你就拿今天的听力题给他们讲讲,你平时做听力是怎么抓关键信息保证正确率的!"

林晚来在心里暗道不妙,今天晚上叶甘霖班会加历史课连着上,全班都没听听力。

林晚来僵了半晌，没动作。

苏秦皱眉："怎么了？"

林晚来紧张地咽了下口水，犹豫道："老师，今天我们班也没听听力……"

这才真是点火点到了阎王殿。

班里陷入了一瞬间的死寂，然后就听见苏秦一巴掌把书拍在夏淼桌子上。

"都出息了是吧！理科班理科班不听，文科班文科班不听！都觉得英语不重要是吧？还是英语一个个都满分啊？"

苏秦气得眼珠子都要爆出来，把夏淼吓得直往后躲。

"说吧，你们班又是为什么？"

林晚来想到叶甘霖优哉游哉溜走的背影，觉得全班人着实无辜，如实道："今天叶老师开了个班会。"

"哪个叶老师？"苏秦吼得嗓子都哑了。

"叶甘霖。"

"我找他去！"

苏秦手一挥，蹬着高跟鞋就要出教室。

刚到门口，她又折回来，指着林晚来，严厉地说道："你现在回你们班放听力去！今天漏的就今天补！"

说完，她又更加凶神恶煞地指着一班的人："还有你们！今天谁没听的，全都给我站到二班后面去跟着一起听！

"听完了林晚来报答案！选错的通通给我抄原文十遍！今晚抄完！我就在办公室等着！"

说完，她还真火速下楼去"追杀"叶甘霖了，高跟鞋踩在楼梯上，"噔噔噔"的声音在教室里都听得一清二楚。

林晚来仍然尴尬地站在讲台上，跟这一班"前同学"大眼瞪小眼，仿佛刚刚经历过什么不可告人的事情。

"晚……晚姐，要不你先听一遍把答案告诉我们？"苏秦一走，赖洪波一张嘴又叭叭叭起来。

林晚来白眼一翻，心道：要不是你们作死，我也不至于被连累，姐还有一套鬼都不知道该怎么选的历史题做不出来。

她拿起自己的听力书，问道："有多少人没听？"

教室里一大半人举起了手。

林晚来无奈叹了声:"那你们拿上凳子,一起上我们班听去吧。"

大半个班的人动起来,拖着凳子,轰隆隆一阵响,场面活像东非大迁徙。

夏淼有气无力地挽着林晚来的手臂:"苏秦发起火来也太可怕了……这比徐晴雯瘆人多了。"

林晚来睨她一眼:"你们还真挺大胆,全班逃听力?"

"没有,放还是放了的,"夏淼解释道,"只是有些人没听,刚好就被苏秦撞见了,谁晓得会那么倒霉。"

"那确实是挺倒霉的,我从没见苏秦发这么大的火。"

夏淼苦着一张脸:"都怪老赵,好好的搞什么小测……"

赖洪波一进二班教室就瞄准了林晚来,搬着凳子坐在她身后视野最佳处,方便待会儿直接抄正确答案。

听力刚放没多久,赖洪波还没瞄着第一题的答案,就感觉有人拍了下他的肩膀。

他一回头,肖晋已经跷着脚坐在了他身边。

肖晋把听力书搁在腿上,上头的两个大红钩十分显眼。

"哥,你这不都听完了,来干什么?"

肖晋叼着笔瞥赖洪波一眼,满脸写着"你在说什么废话",轻飘飘回道:"你以为?"

赖洪波反应过来,八卦地瞅了眼林晚来,冲肖晋一拱手:"真不要脸。"

"滚蛋。"

肖晋拿书往他脑袋上一扇,正中他下怀,他眼疾手快地接过书,就着答案打钩,浑身舒爽。

赖洪波刚拿红笔唰唰给自己画了两个大红钩,身后就幽幽传来一句:"这才听到第二组短对话,您就全选出来了?"

"啊——"

赖洪波吓得两本书全掉在地上,一回头就看见苏秦居高临下地看着他,眼神冷得像冰。

"苏、苏老师……"

其他人听到动静，纷纷转过头来往这边看。

苏秦非常不耐烦地把所有人吼了回去："听自己的！"

全班人又像被敲了脑袋的地鼠似的迅速转回去。

"还从来没有学生敢这么糊弄我的听力，"苏秦气极反笑，勾着的嘴角怎么看怎么阴森，"是我平时太好说话了是吧？"

赖洪波心道：今天真是见了鬼了，偏偏撞在这么猛的枪口上。

他把书捡起来站在苏秦面前，缩着脑袋没说话，认错姿势摆得非常标准。

苏秦剜了他一眼，接过他手里另外一本听力书，冷冷的眼神又移向肖晋。

"这是你的？"

肖晋扶额，无奈地点了点头。

"已经听完了来这里干什么？不是满脑子想着写数学题吗？怎么现在这么喜欢英语？"

"好兄弟就是这么当的是吧？你自己英语也就听力勉强能看得过去，还想着拉兄弟一把呢？"

苏秦今天晚上是火力全开，话里的嘲讽和怒意过于明显。全班人表面上老老实实坐着写听力，其实全都竖着耳朵听她怎么训人。

都听说这转学生嚣张得很，又因为成绩逆天所以一直被徐晴雯宝贝着，这会儿当着二班人的面被苏秦骂得狗血淋头，大家多少有点想看他会不会发飙，最好跟老师干起来才热闹。

哪知肖晋一直老实听着，除了略显不耐烦地皱了皱鼻头，居然一句话都没说。

两个人都木头似的不说话，苏秦训累了，把两本书往他俩身上一甩，指着办公室大声说道："你们俩！跟我滚去办公室抄原文！"

赖洪波灰溜溜地又捡起书，跟在肖晋屁股后面走出教室，这才看见后门口还瑟瑟缩缩站着个满脸心有余悸的叶甘霖。

"叶老师。"

叶甘霖一脸恨铁不成钢地拿手指指着赖洪波："不学好，还拖累我！"

能听得出来，他刚刚被苏秦追杀的遭遇不算特别愉快。

第一遍听力放完，林晚来选完了答案，就把听力书放一边，又从桌洞里掏出刚刚没做完的历史选择题。

她题目还没看完一行,又被不知道从哪里冒出来的叶甘霖叫了出去。

还是熟悉的地方——这个不停灌着风的楼梯口。

这叶老师是跟办公室有仇吗?

林晚来看着面前一脸受到了背叛神情的叶甘霖,在心中问候了他好几句。

"你你你……你怎么能说是我呢?"叶甘霖痛心疾首道。

林晚来语气平静:"确实是因为您啊。"

叶甘霖语塞:"那你也不能说是我啊!我这正在楼下欣赏学生的画作呢,你们苏老师冲出来就把我骂了一顿!"

林晚来无语,心想:大冬天晚上在校园里看画,您也不是啥正常人。

"行行行,说正事!"叶甘霖烦躁地摆摆手,又从身后掏出他那本已经卷成了筒状彻底回不去原样的书,拿出夹在书里的一张纸,递给林晚来,"这集训,你看看有没有兴趣,竞赛在年后。"

林晚来接过。

第二十六届全国高中生数学奥林匹克竞赛冬季集训

只看了一眼这红头的文件标题,林晚来就立马把纸递了回去,果断说道:"我不去。"

叶甘霖有点惊讶,愣了下才接回那页通知单,问:"你不去?你不是数学挺好的吗?你们徐老师还特地叮嘱我一定要把这个给你看看。"

林晚来就知道这背后一定是徐晴雯的意思。

如果她还在理科班,徐晴雯说不定会问都不问直接给她报上名。

她想了一下,有条有理地说道:"老师,高考数学能考高分的'好'和能熬过集训参加竞赛并且拿到名次的'好',并不是同一种水平的'好'。

"我就属于勤奋加上小聪明,勉强能做到前者的那类人。"

叶甘霖又愣了一下,随即笑起来,把那页通知单对折又夹回书里,说道:"你还挺直白。"

"事实如此。"

"其实我也不赞同你刚来文科班就落这么多课跑去集训,毕竟以前理科成绩好又不能说明你文科也能学得好。万一你就是不开窍呢,是吧?"

林晚来腹诽:好好的老师,偏偏就长了张嘴。

林晚来迄今为止不算短的学生生涯中还从没被哪个老师说过"不开窍"，刚要开口反驳，又想到教室里那套还陈尸桌面的历史选择题，底气不足，还是选择了闭嘴。

　　"但作为老师，该交代的我还是要交代清楚，你们才高一，能被选中参加集训就说明是有实力的。"叶甘霖终于有了些正经的表情，"如果到高二或者高三能拿奖，对你之后参加自主招生甚至直接保送都有很大用处。

　　"咱们学校能争取到的机会不多，有一个算一个。如果想要多一重保障的话，还是仔细考虑考虑。"

　　"不用考虑了，老师。"林晚来回答得很坚定。

　　她想了一下，又认真补充道："我刚刚做历史选择题，发现我很有可能真的不开窍。"

　　她这话把叶甘霖说得愣了一下，他好像真被吓住了，立马正色道："那还不快去写！"

　　林晚来撇撇嘴，转身进了教室。

　　叶甘霖还在她后头焦急地补了句："想不明白的赶紧问！"

　　三节晚自习，先是被叶甘霖班会加历史课占了一半，又被苏秦一通火烧没一节，林晚来再次坐回位子上的时候，离放学也就剩半小时了。

　　同桌李雨好像连姿势都没变过，全神贯注地伏在桌前，桌上的课本已经从历史换到了地理。

　　林晚来叹了一口气，强迫自己集中精力，又投入到历史的玄学中去。

　　好在实在没忍住看了第一题的解析之后，林晚来终于摸到了一点门道，顺着思路把剩下的十一个选择题做完。

　　一对答案，错了两个。

　　虽然正确率不算高，但已经比她预想的好多了。

　　按着解析理了一下自己的思路，纠完错，正好下课铃响起。

　　林晚来学得头昏脑涨，还落下两科作业没完成，囫囵收拾了书包，一脑袋扎进门外凛冽的冬风中。

　　林晚来回到家时，冯晓已经躺下了。

　　林晚来很少有把作业拖到家里写的情况，她在书桌前坐下，拿出只字未动的数学和英语作业，无奈地叹了口气。

包里的手机突然振动了一下。

两条连着的新短信，来自肖晋。

林晚来点开。

肖晋：终于抄完了，教室里连个灯都没给我留。

肖晋：喇叭那孙子一看就是罚抄抄出经验了，写得比鬼都快。

知道林晚来的老年机显示不出表情符号之后，肖晋开始学习使用和他本人气质完全不符的颜文字，看得林晚来直想笑。

她还没来得及回，第三条短信接着进来。

肖晋：我物化作业全没写，苏秦太狠了，爷明天就要去扒了喇叭的皮。

林晚来看了一眼自己桌上一片空白的数学和英语卷子，心中顿生一股同病相怜之感，摁着键盘回复起来。

林晚来：我数学和英语也没动。

肖晋回复得很快。

肖晋：稀奇啊，你怎么回事？

林晚来又想到叶甘霖反反复复叫她出去讲了一堆废话，没忍住又翻了个白眼。

林晚来：如果你有个爱讲相声的话痨班主任。

她刚发过去，又想到正事，紧接着新发送了一条。

林晚来：你是不是要去集训？

肖晋：是啊，刚接到通知。你怎么知道？

林晚来：叶甘霖也问了我，我没去。

等了几秒，肖晋没回，林晚来把手机放在一边，抓紧时间刷题。

五分钟后，手机再次振动起来，肖晋又连着发了三条。

肖晋：就知道你不会去。

肖晋：手机没电了，刚到家充上。

肖晋：怎么样，我不用上课且不用参加期末考试，羡慕吗？

林晚来一条一条看完，刚想问他为什么知道，看到他告知的那句手机没电又愣了下，点到最后一条，眼前立刻就浮现某人笑得像二哈一样的欠扁模样。

所以最终她什么也没问，弯着嘴角回复。

林晚来：你每次一条短信分三条发，炫富吗？

然后她没等回复，将手机摁了静音放回包里，继续专注于眼前的英语试卷。
窗外明月高悬，小镇总是过了十一点就陷入一片寂静。
笔尖在卷面画过流畅线条的沙沙声忽然像是有了魔力，令人安心。

新年第三天，肖晋作为长岭镇唯一入选的独苗苗，坐在校方"特地"安排的一辆面包车上，被拖到了市郊的南大新校区。
通往市郊的路上有一大段正在修路，并不平坦，颠得肖晋快把早饭都吐出来了。
司机师傅却见怪不怪，一边游刃有余地开着，一边还十分好奇地对他这位"奥赛尖子生"展开了全方位提问。
"小伙子你是搞奥赛的呀？"
"那很厉害的啦，我听说一中这么多年就没有出过几个竞赛生的咯！"
"那你中考数学肯定是满分吧？"
"你们这个竞赛，是不是拿奖了就不用高考啦？"
老式面包车有三排座位，肖晋坐在最后一排，逼仄得腿都伸不开，憋屈得很，还要在颠簸中抽空回答两句前方大叔的热情寒暄。
最后，他的脸已经臭到了极点。

好不容易到了地方，肖晋下了车，刚跟司机师傅招呼了声算是告别，车门还没关上，一辆高级大巴就带着扬尘拐弯驶进停车场，看样子预备停在他们这辆小面包旁边。
大巴突然鸣笛两声，吵得肖晋脑袋疼，黑着脸让到了一边。
他一偏头，看见了大巴前窗右下角搁着的纸牌，白底红字写着"师大附中奥赛班"。
车上下来二十几个统一着装的学生，肖晋认识这衣服，是师大附中的校服。
每年省里的奥赛，市里参加集训的不超过五十个人，师大附中往往就占了半壁江山。
二十几个人，加上这看起来还算气派的高级大巴，和他这孤零零站在破落面包车边的独苗苗，对比多少有些明显。
小少爷本来坐车就憋屈，再被这满眼丑上了天的绿白校服一刺激，心情更加不爽。他手往兜里一揣，单肩背着书包，绕过车头先走进了教学楼。

集训冬令营为时四周，整整二十八天，结营第二天就是除夕，卡着点放假。报到处在二楼，肖晋循着指示标找到办公室，轻轻叩了叩敞开着的门。

"哎，今年第一个来得这么早？"正对着门口的办公桌边坐着个中年女老师，看见肖晋，讶异道。

肖晋走到桌前："我来报到。"

"好，你先找到自己的名字，签个字。"

女老师把两张花名册推到他面前。

肖晋扫了眼第一张，全是师大附中的，便直接揭过，把第二张盖在了上面。

"咦，你不是附中的？"女老师惊讶道。

"不是。"

肖晋低着头，在第二张最后一行找到了自己的名字，签完之后把名单推了回去。

"字还挺好看，"女老师歪着脑袋看了一眼，"这是什么学校？长岭一中？"

肖晋没有接话。

"长岭的县中是吧？好像听说是文科挺厉害的哦……"

女老师仍然自言自语着，边说边从身后的橱柜里拿出一把钥匙和一张卡片，又从邻桌上取了一套衣服。

"喏，这是宿舍钥匙，宿舍号贴在上面了。这张是水卡，晚上七点到十点才有热水。这件是统一的营服，码子不对尽快来换。"

肖晋"嗯"了声，面无表情地接过。

"宿舍就在后面那栋，下楼转到后面就能看到。"

"嗯。"肖晋转身要走。

女老师不知是等太久了无聊还是天生话痨，又露出非常慈祥的笑容，鼓励道："加油哦，同学，以前我们搞奥赛都没听过长岭一中的，你要给你们学校争光啊！"

顿了一下，肖晋还是转过身来，但仍然瘫着脸，说道："没事，今年您就会记住我们学校了。"

因为是新校区，宿舍楼都还比较新，且拨给集训的这栋还没有人住过，宿舍一早被打扫得干干净净，桌椅被褥一应齐全，看得出来市里确实是没舍得亏待他们这群金贵的好苗苗。

肖晋简单放好了行李,打开手机,短信界面仍然停留在他给林晚来回的那句。

肖晋:把短信当 QQ 用,我容易吗?

虽然本来也没指望她会回复,并且很清楚自己的牢骚毫无道理,但他还是在心里骂了句"白眼狼"。

默默吐槽完,心情没来由地雀跃了一点,肖晋把手机丢到一边,开始阅读集训章程。

肖晋从小学开始学奥数,初中开始参加竞赛,这么多年,其实对奥赛这个东西很熟悉了。

总归就是上课+考试,循环往复,每轮淘汰,剩下的人考到最后一场定输赢,并没有什么新意。

到这个份上了,也确实不需要什么新意,比的就是天赋、热爱和坐冷板凳的能力。

看完每日安排,大概盘算了下自己的时间和节奏,肖晋翻到下一页,开始仔细研究课程大纲。

"数论"这节还没看两行,门里传来开锁声。他抬起头往门口看去,三个男生有说有笑地走进来。

好死不死,又是那丑得他眼睛疼的绿白校服。

"嘿,这儿还有个人!"

为首的那个男生推开门,张口就是这么一句。

肖晋掀了掀眼皮收回目光,心道:这又是哪里来的二百五。

二百五不可怕,可怕的是二百五还有热情。

那男生笑着上前一步跟肖晋打招呼:"同学,你也是来参加集训的吧?"

肖晋坐在桌前继续看课纲,没回头,"嗯"了一声。

"我们也是!我们三个都是附中的,我叫姜志远,这是冯程和章晓天。你是哪个学校的啊?"

肖晋正有些不耐烦,忽然觉得"姜志远"这名字有点耳熟,略带疑问地回过头去,答道:"长岭一中,肖晋。"

"肖晋？"姜志远一看见他的脸就愣住了，半秒钟后惊讶地扬起眉，不可置信地指着他，"肖晋？"

肖晋觉得面前的男生十分眼熟，但还是什么都没想起来，莫名道："你认识我？"

"你不是去粤城了吗？"

姜志远非常不客气地推了把肖晋的肩膀，完全笑开来。

肖晋盯着面前男生一头微卷的头发，脑海里突然闪过些记忆碎片，略带迟疑地问道："……鼻涕虫？"

他说这三个字的时候，不自觉地换成了南城方言。

如果没有记错的话，面前这人就是小时候林晚来在游泳池边冲他发飙的根源，也是他小学时的玩伴，"鼻涕虫"小同学。

姜志远咧嘴一笑，满脸惊喜："是我啊！"

肖晋也不得不为这巧合讶异，问道："你也来参加集训？"

"是啊！我附中的嘛！"姜志远已经拖着椅子坐到他身边，一拍大腿，"哎，不对，你刚说你是长岭一中的？"

肖晋点点头。

"你转回来了？"

"嗯。"

"你往一中转？"

"嗯。"

姜志远语塞，脸上很明显写着"哥，你脑子是不是有包"。

肖晋懒得跟他解释来龙去脉，轻笑了下扯开话题："你们怎么住这儿？附中的不应该住一起？"

"四人一间，附中来的就剩了我们仨。你应该也是落单吧？就把咱们四个凑了一间呗。"姜志远解释道。

肖晋点点头："也是。那你们先收拾吧，下午有课，待会儿一起吃中饭。"

说着，他就转回去继续研究课纲。

姜志远也回到自己的床位，打开拉杆箱开始放东西，有一搭没一搭和另外两人聊着。

正说着这宿舍条件不错呢，他突然想到什么，诈尸似的跳到肖晋身后，猛拍了下肖晋的肩膀。

"不对，一中就你一个人来？林晚来呢？"

肖晋愣了下，弯腰捡起被姜志远拍掉的水笔，没有回答他的问题，反问道："你还记得林晚来？"

"怎么不记得？"姜志远觉得肖晋这问题问得莫名其妙，"你小学二年级就转走了，就剩下我俩相依为命好吗？我现在还有她QQ呢。"

肖晋听见"相依为命"这词，不自觉皱了下眉，还没来得及发表意见，姜志远又叹了口气，继续说道："可惜上初中就没什么联系了……当时附中和一中她都考上了，我以为她肯定会选附中的，但她居然留在一中了。

"我本来以为今年集训肯定有她，哪晓得碰见了你。"

姜志远和小时候一样，有点"隐性话痨"，具体表现在他常常跟别人说着说着话就开始自言自语。

唯一不同的是，少了人中上挂着的那两串大鼻涕。

但他的嘀嘀咕咕还算有信息量，所以肖晋很有耐心地听着。

等姜志远终于感叹完了"儿时玩伴怎么变得这么疏远"，他才想起来问一句："对啊，林晚来怎么没来？她没被选上？不会吧……"

肖晋默默打断他："她不想来。"

"牛啊，我们学校的都抢着来，她被选中了还不想来？"

肖晋瞧他惊得嘴巴都成了"O"状，笑着补充了一下前情提要："她选文科了。"

这消息倒没能让姜志远惊讶，他短暂地愣了下，便了然地点点头："也是，她小时候不就喜欢历史吗，林老师以前也是教历史……"

提到林之远，他忽然避讳似的止住了，然后看了眼肖晋，小心翼翼问道："你是不是还不知道，林老师当年……"

"我知道。"

"哦，也对，你肯定也听说了。"姜志远叹了声，"五年级的事，当时闹得还挺大的，我记得林晚来有一个月没来上课。"

肖晋无意识地转着手里的笔，声音不自觉也沉起来："但我知道得很晚。"

他抬起头，看着姜志远，认真地问道："当时具体发生过什么，你还记得多少？"

姜志远似乎对肖晋好奇的态度有些不解，又想到当时小镇上各种各样的流言，微微皱起眉，支吾道："也记不太清了……当时都是各种传言，谁知道真假。"

"没事，说吧，记得多少说多少。"

姜志远记得，出事那天，他们班刚在全年级公开课比赛上获得第一名。

而作为老师最得力的"托"的他和林晚来，非常光荣地获得了与班主任一起把奖状贴到教室后墙上的机会。

对小学生来说，能在全班同学的注目下和老师一起，不论干点啥都是很满足虚荣心的。

姜志远属于还不会收敛情绪的单纯小孩，昂首挺胸，兴奋都写在脸上，锃亮的小眼镜儿上每道反光都写着"快来看呀，我跟老师一起贴奖状啦"。

林晚来则不同，或许是天生习得装酷要义，或许是那时候她开始对"成熟"产生一点跃跃欲试的渴望，她虽然内心也挺激动，但表现得十分平静，极力做出一副轻松平常的样子。

其他的记忆或许已经模糊，但林晚来见怪不怪的平静神色却一直留在了姜志远小朋友的脑海里。

因为，当时的他正崇拜地想着"林晚来果然是见过世面啊"的时候，就听见教室门口突然传来咚的一声响，像是什么东西撞到了课桌上。

他一回头，看见一个阿姨弓着腰站在门口，就是她冲进来时撞到了第一排的课桌。

姜志远认得，那是林晚来的妈妈。

她盘着头发，却并不整齐，有几缕碎发垂下来覆在了脸颊边。因为跑得太急，她嘴唇有点发白。

姜志远当时觉得冯阿姨和平时看起来不太一样，而且她甚至没有向被她撞到课桌的那个同学道歉。

那时候的他并不明白发生了什么，只记得原本面色淡定的林晚来突然慌张起来，被班主任牵出了教室，跟着冯阿姨匆匆离开。

姜志远和班上其他同学一样蒙着，愣在原地。

班主任神色凝重地回到教室，好像也不太开心。姜志远记得，她当时直接把奖状贴好了，并没有让他参与。

如果说这件事还不能让小学生们意识到发生了什么的话，第二天林晚来的缺席，也足够让姜志远慢半拍地感觉到林晚来家一定出了很大的事。

流言很快传起来。

"林晚来的爸爸好像出车祸了，林晚来好可怜啊。"

"啊？那他死了吗？"

"不知道，可能没死吧？"

"你们知道吗？她爸爸就是在学校外面那条马路上出的车祸！而且，车上还有另外一个女人。"

"那那个女人是谁？"

"我听说，可能是她爸爸的，情妇。"

流言经小孩子的嘴一讲，再恶意的揣测都显出几分诙谐与天真。毕竟，他们那时是讲到"情妇"这个词都要停顿一下，还要压低声音的年纪。

姜志远听了很多版本的故事，比如林晚来的爸爸已经死了，她妈妈正在跟那个同车女人打官司，比如林晚来的爸爸成了植物人，又比如林晚来的爸爸和那个女人一起当场死亡了……

很多很多版本，但他没有选择要相信哪一个，也没有参与讨论。

倒不是不好奇，只是他偶尔看一眼同桌空着的位子，会有点害怕，要是说错了，林晚来回来一定会揍他。

毕竟，她连肖晋那个小霸王都敢揍。

事实证明，不止他一个人害怕林晚来。

原本还课间时不时提起这事的同学们，在林晚来回来的第一天，就好像集体丧失了好奇心一般安静下来。

林晚来和以前没有什么不同，仍然认真上课，写作业仍然很快，数学和英语仍然考双百分。

她之前就不爱说话，所以回来之后的状态也没有太显异常。

有一天，姜志远大着胆子问她："你怎么这么久没来上课？"

林晚来微微动了下嘴唇才偏过头看他，回答："我爸的葬礼。"

宿舍里开了热空调，烘得人满脸涨红。

姜志远讲着讲着又变成自言自语，絮絮叨叨的，肖晋仍然耐心听着。

"她当时语气和表情都特别平静，就跟在讲什么无关紧要的事情一样，"姜志远回忆着，脸上仍然流露出同情与惋惜，"但说的话那么恐怖，我听得起了一身鸡皮疙瘩。"

"她后来一直表现得挺正常的，跟以前一样，成绩也还那么好。"姜志远苦笑了一下，"反正我就永远是第二名。"

"我当时是真的觉得她好坚强，甚至还有点……"讲到这里，姜志远有些不好意思地摸了摸后脖子，低头笑了笑，"还有点崇拜她。"

肖晋听着，也低声笑了，示意他继续说。

"也没什么了……后来就一直都挺正常的。除了小升初的时候，她留在了一中，这个我真的不太能理解。"

肖晋若有所思地点点头，笔盖一下一下地敲在桌面上。

"哦，还有你！"姜志远又问起来，"你从粤城转回这里就已经够有病了，居然还往一中转？一中理科每年能不能出个清华、北大都靠运气的你不知道？"

水笔滑落在桌面上，肖晋笑了下："那我来了就不用靠运气了嘛。"

姜志远无语了，竖了个大拇指："行，你牛。"

肖晋把桌上的书本收起来，站起身，说道："行了，吃饭去吧。"

姜志远点点头，正要叫冯程和章晓天一起，门口就传来敲门声。

门一打开，又是一水的绿白校服。

几个男生勾肩搭背地来叫他们。

"走啊，老姜，吃饭去！"

"快点，麻利点！听说南大新食堂挺好吃的！"

有个男生瞧见肖晋，问："这是哪个兄弟？"

姜志远连忙钩住肖晋的肩膀："哦，这我发小，肖晋！长岭一中的！"

那几个人中立马有声音问："长岭一中？"

这话里不可避免地带着些少年的矜傲意气，以及或多或少的鄙视。

姜志远却全然没听出来，大大咧咧笑道："是啊，我这兄弟今年代表长岭来的！牛气吧！"

"牛，牛牛牛！"几个男生顺着他的话哈哈大笑起来。

肖晋没接这话茬，甩掉了姜志远搭在他肩膀上的爪子，插着兜，率先走出了宿舍。

南城大学作为这内陆小省份里唯一的一所211学校，在市里颇受重视。新校区前几年建成的时候，还凭借豪华版的食堂上了回热搜。

姜志远追上肖晋，仍然钩着他的肩，边走边聊闲话。

"听说这食堂里还有西餐窗口呢！我在网上看到过图片，那叫一个高级。"

"假的。"肖晋单手插在裤兜里，漫不经心道，"就刚开张的时候做了一周牛排，也不算西餐，而且后来就没了。"

"你怎么知道？"姜志远惊讶道。

"刚说要转回来的时候，我爸给我联系过附中，当时附中教导主任请我和我爸妈在这里吃了顿饭。"

很多时候，话说得越轻飘飘，越能听出说话的人有多嘚瑟。

肖晋掀开塑料帘子，瞥了眼姜志远一脸"我为什么要问"的表情，勾起嘴角笑了下，走进食堂。

姜志远在原处愣了下，看着肖晋后脑勺都写着嘚瑟，暗骂了一句。

原本落在他们身后几步的一群男生走近，有些好奇。

"他刚刚说啥？我们主任请他吃饭？"

"他吹牛吧！老雷抠得手机都能用掉漆，请他吃饭？"

师大附中教导主任雷国庆，以严厉、抠门和大嗓门在市里闻名，大多数时候都是这群男生的噩梦，他们当然不肯相信老雷会请肖晋吃饭。

"老雷都请他吃饭了他还去了长岭？他脑子有包吧？"

竞争意识的驱使下，男生的八卦欲蓬勃生长。

姜志远当然不怀疑老雷请过肖晋吃饭，但他倒是很赞同这群男生最后说的一句话。

一群人莫名其妙堵在食堂门口站了半晌，肖晋已经优哉游哉打了饭坐下吃起来了。

他们还毫无反应，看猴似的看着肖晋。

姜志远还十分认真地来了句总结："他脑子就是有包。"

肖晋不紧不慢地吃完了饭，同一桌的男生们才刚刚开始"战斗"。

他却也没急着走，把餐盘回收之后，又坐回位子上边刷手机边等，耐心到姜志远怀疑自己看错了。

姜志远塞了整个狮子头在嘴里，侧头瞪圆了眼看着肖晋："你不先走？"

肖晋看了眼时间，笑道："不急，等等你们。"

"哦。"

同桌的几个男生都有些纳闷，心道：这厮看着嚣张，没想到人还挺好，还知道等同学。

他们心里的好评还没持续两秒钟，甚至姜志远嘴里的狮子头还没嚼完，食堂门口突然出现一壮年男子，拿着大喇叭吼道：

"奥赛冬令营的同学，奥赛冬令营的同学！

"请在五分钟内，五分钟内，到一号教学楼 206 教室集合！

"五分钟内，一号教学楼 206 教室集合！"

"咳——"姜志远惊得噎到了，然后剧烈咳嗽起来，半块狮子头精准落入对面章晓天的餐盘里。

章晓天直接从位子上跳起来："你干什么！"

其他人却无暇顾及他俩，端起餐盘边走边扒了两口饭，直接丢进餐具回收桶，拔腿就往教学楼跑。

姜志远是最后一个踩着点到教室的。

他到的时候，其他人也都刚落座，坐在位子上大口大口喘粗气。

就肖晋一个人气定神闲地坐在第一排，和他们完全不是一个画风。

姜志远这才反应过来，肖晋先吃完了饭，又那么有耐心地坐在食堂等他们，估计就是知道了会有这么一出。

他气喘吁吁地坐到肖晋身边，问："你……你怎么知道，会紧急集合？"

肖晋反问："你没看课表？"

"我这不跟你回忆童年呢吗？"

他们身后的冯程和章晓天听到了，却更好奇，凑上前来问："我们俩看了！课表里也没写会有这么一出啊？"

肖晋慢悠悠掀起眼皮，看着他俩，说道："开营第一天，第一节课居然在下午四点，你们都不觉得奇怪？"

三人都愣了下，还是姜志远先反应过来："就凭这个，你就猜到老师会搞突然袭击？"

一听这话，冯程和章晓天看肖晋的眼神都变了。

肖晋笑了下，罕见地谦虚道："瞎猜的。"

他并没有告诉他们其实是因为他初中时经历过类似的事情。

姜志远仍然一副不可置信的表情，看肖晋那眼神仿佛看着个神棍。

肖晋享受完了便宜兄弟的崇拜，终于觉得有点过了，"咳"了一声，转移话题。

"第二个猜测，这堂课是考试。"

他话音刚落，刚才拿大喇叭的中年男子就抱着一沓白花花的纸走进来。

"准备一下，开营测试了啊！"

姜志远一头磕在课桌上。

卷子发下来，薄薄一张 A4 纸，题目很少，五道选择题三道大题，都是数论或平面几何的内容。

监考老师还没宣布开考，这群训练有素的学生便乖乖地没拿笔，坐在位子上审题。

姜志远小声问了句："就这点题……那他抱的那一沓是啥？"

肖晋说："草稿纸。"

姜志远愣了愣。

肖晋见他满脸不信，又十分善解人意地补了句："一般来说，题目越少，越费草稿纸。"

与他这话几乎同时响起的，是台上的老师清了清嗓子，说道："可以开始作答，考试时间两个小时。"

末了，老师还非常贴心地提示："草稿纸管够！"

题目很难，肖晋刚刚审题的时候就发现了，光最后那道几何，单独给两个小时都不一定做得出来。

身边隔位坐着的姜志远貌似也很烦躁地轻轻骂了句，右手大拇指抠着食指和中指的关节，连发出好几声脆响。

肖晋思索了半分钟，决定放弃几何的两道选择题和一道大题，只攻数论。

那老师还真没说错,这短短一张 A4 纸的题目,确实需要很多草稿纸。

这个老师一边满教室溜达着监考,一边时不时看哪个学生草稿纸快用完了就非常贴心地主动再发一张下去。

无形中更加重了紧张的气氛。

大家都门清,这个时候,草稿纸用量就代表着解题速度,进一步代表着实力。

两小时考完,正好是四点整。

卷子从最后一排往前传,肖晋收好试卷,起身交到了讲台。

他回到座位上,还没来得及揉揉眼角,台上的老师笑眯眯地看着他们这群已经大脑宕机的学生,说道:"好了,四点了,那我们就开始上课啦?"

哀鸿遍野的声音没有响起来,所有人涣散的精神都紧急集合,专注地看向台上的老师。

——这才是奥赛班的常态。

反倒是台上老师看他们一个个正襟危坐的样子,很不严肃地笑起来:"这么紧张干什么?又不是今天就上考场啊。"

肖晋听见身边的姜志远小声来了句:"不是刚考完吗?"

他没忍住笑了下,继续听老师讲。

"先自我介绍一下,我是徐映冬,你们这次冬令营的带队老师,也会承担一部分课程的教学。所以,接下来的一个月里,你们应该每天都会见到我。学习或生活上有任何问题,都可以随时来找我。"

说完,他顿了一下,又继续说道:"当然,最好是生活上的问题,学习上的问题我自己也挺头疼的。"

徐映冬是个非常瘦削的中年男人,头顶略有些稀疏,因为过瘦且头发不多,整个人有股凌厉的气质,看起来非常不亲和,其实不像会跟学生开玩笑的人。

全班人很给面子地轻轻笑了两声,其实心思都在讲台上那沓试卷上。

徐映冬看着一班人望眼欲穿的样子,"啧"了声:"既然你们都这么期待成绩,那我们这节课就当堂改卷好了。"

全班人措手不及,好歹这也是奥赛训练营,要不要这么草率?

徐映冬把讲台上的试卷拿起来,翻了两张,轻描淡写来了一句:"反正你们答的都不多，改起来也快。"

徐映冬沉吟几秒，又说道："这样，交叉改卷吧，你们互相改选择题。大题你们有看到谁好像摸到了方向的，就拿上来给我改。"

说着，他就把试卷打乱，随机发了下去，然后拿起粉笔在黑板上写了五个硕大的字母，是选择题答案。

ACBCD

"满分 100 分，选择题 10 分一个，大题分别为 15 分、15 分、20 分。你们改完记得给下分啊。"

肖晋看了眼答案，首先回忆了一下自己的选择。前三个数论的题都对了，后两个平面几何的他压根儿没看，临交卷前瞎选的，居然蒙对一个。

多少有些意外。

他轻轻笑了下，低下头去看自己手上这份试卷。

这人选的是"CACBD"。

几乎完美错过正确答案，最后一题看痕迹还很有可能也是蒙对的。

肖晋往最后一题上画了个钩，在试卷顶端写了个"10"。

"这哥们牛啊！"

身后的章晓天突然爆发出一声惊叹。

姜志远连忙扭头扑过去："对几个？"

章晓天把试卷掉了个头，推过去，一脸的震惊："全对。"

"还有这种大佬？"姜志远连忙把试卷拿起来，从上到下仔细看了眼，最后瞟到姓名栏，却见怪不怪了，"是祁哥啊！那我不意外了。"

虽然话这么说，但他还是难以置信地拿起自己改的那份对比了下："不过这卷子真挺变态的，我这哥们都挂零蛋了？"

听到这里，肖晋也不得不转回头去，接过那份试卷看了眼。

的确是全对，而且平面几何的两道题上还有点笔迹，说明大概率是自己想出来的，不是蒙的。

他沉默着看了会儿，试图从那几笔简单的痕迹中找到一点做题人的思路。

姜志远见他这么认真的样子，好奇地问："你错几个？"

还没看出门道，思路就被打断，肖晋索性放弃，抬头直接扫了眼这份试卷主人的名字，祁行止。

很端正的瘦金体。

他把试卷还回去，颔首道："一个。"

"天啊，那你也是个牲口。"姜志远耷耷肩，有些失落，"我错了四个，第二题算掉老子快半个小时还是错了！"

冯程安慰道："你看看我改的这个，也挂零。这次真的太难了，根本不知道怎么动笔啊。"

姜志远阴恻恻地看了他一眼："错三个的不要跟我讲话。"

冯程立马闭上了嘴。

学生们边改边讨论题目，徐映冬不知什么时候给自己搬了把椅子，撑着下巴坐在讲台后面看着。

十分钟后，他手指叩了叩讲台桌面："行了，聊得差不多了呗？"

他人看着瘦，声音倒洪亮，和他中午拿着的那大喇叭还挺配。

但教室里还是继续乱了半分钟才安静下来。

徐映冬懒洋洋地起身，说道："那我们来讲下大题。"

"两道数论，一道平面几何题。"

徐映冬讲题的时候，一手拿着卷子一手扶着腰，在讲台上从左到右又从右到左地走来走去，慢悠悠的，像公园里遛鸟的大爷。

"你们应该也能感觉得出来，第一道数论题非常简单，纯粹送分。因为我们出题的时候考虑到，还是不能让部分同学第一天就拿鸭蛋。"

"那是你们一周后才可以享有的待遇。"

他这话一讲完，讲台下又出现一阵小小的骚动。

徐映冬看了眼台下，一副了然的样子："当然了，要是有同学沉迷于选择题导致没时间看大题，那我也只能恭喜你第一天就拿大奖了。"

"真够狠的。"

台下不知道是谁骂了句。

徐映冬听见了，却一点不生气，反而笑道："同学们话不要说太早啊，我们看看第二题。"说完，他才想起来第一题还没报答案，"哦，对，第一题答案495，太简单了，不讲！"

"第二题比我们平时的正常难度略高一点，"徐映冬介绍道，"大家应该多少能有点思路，但可能是时间不够，也可能是心不静，监考的时候我看了一下，没有几个同学做下去了。

"我先问，你们看看手上的试卷，有没有哪份是你觉得思路正确、有可能做对了的？"

大家连忙低头仔细看自己分到的试卷。

安静了两分钟后，四十多个人的教室里，默默举起三只手。

徐映冬见了，惊喜地扬起眉毛："哟，居然有三个，来来来，给我看看。"

包括章晓天在内的三个人把自己手里的试卷交上了讲台。

徐映冬似乎完全不在意时间这个问题，拿到试卷后撂了句"你们先自己聊聊"，就抽出红笔认真改起来。

姜志远立马扭头问章晓天："祁哥这题也做对了？"

章晓天挠挠头："那我哪知道，但看起来特别顺，而且他最后证出来了，反正我觉得特别像写对了的。"

他又用笔戳了下前座的肖晋："我好像看到你的试卷也被交上去了。"说到这里，他又想起什么，突然激动地抓住同桌冯程的手腕，"哦，还有你小子！交卷的时候跟老子哭不会写，实际上写得都快满出去了！"

被钳制住了双手的冯程自己也是一脸蒙，非常诚恳地表示："我就是试了下那个思路……"

姜志远和章晓天仍然对他怒目圆睁。

冯程继续解释："那我哪知道真能证出来……"

"叛徒！"

他话还没说完，姜志远和章晓天同时用力把他的手往桌上一甩，异口同声地骂了句。

这边他们刚闹完，台上的徐映冬已经放下了红笔，低着头缓慢扫视了全班一眼，又停顿了好几秒，才悠悠地问："谁是肖晋？"

突然被点了名，肖晋还算淡定，倒是姜志远比他还激动，用手肘连捅了他好几下："快点快点，叫你呢！"

肖晋站起身，平静道："是我。"

肖晋认领了自己的名字之后，徐映冬半天没说话，上下打量了他几眼之后，冒出来一句："小伙子长得不错啊。"

　　肖晋默不作声，心里却在想：我参加奥赛营这么多年，见过这么多古怪老师，这位徐映冬也算是奇葩里头的一枝花了。

　　徐映冬收回目光，又看着眼下的试卷，欣赏地笑起来："做得不错，你是唯一一个完全证对了的。"

　　这才像个正常老师该说的话。

　　肖晋笑了下："谢谢老师。"

　　"行了，你坐下吧。"徐映冬冲他压了压手掌。

　　合着您叫我起来就是为了欣赏一下我的颜值吗？

　　肖晋不解，愣了下，没立刻坐下。

　　徐映冬见状，玩笑道："我看你是长岭一中的，之前不太熟，就想认个脸。你还想干什么？替我讲题啊？"

　　肖晋听了这话顿了两秒，沉吟道："也……不是不行。"

　　徐映冬这才是真愣了，怔了两秒，新奇地笑道："哟，口气还不小！做题一码事讲题一码事，来来来，你来，我倒想看看你怎么把这题讲清楚！"

　　说着，他就从位置上站起来，夸张地做了个"请"的动作。

　　肖晋点点头，走上讲台，拿起自己的试卷，又折了一支粉笔走到黑板前，不慌不忙地开始讲起来。

　　"完美质数组指的是 n 个奇质数个数的和还是奇数，要证明 n 的最大值……"

　　"我说，你这兄弟挺爱显啊。"肖晋刚讲起来，章晓天揪着前座姜志远的衣服，小声感叹道。

　　姜志远回过头来，也一副见了鬼的神情："他以前不这样啊，他懒得很！小时候我求他给我讲道题能求死我。"

　　"那他现在开什么屏？"

　　"我哪知道？"姜志远看了一眼台上游刃有余的肖晋，莫名道，"我就记得他被林晚来揍了之后挺老实的……"

　　"林晚来？谁是林晚来？"章晓天好像听到了什么了不得的事情，敏锐提问，"这狗东西还能被人揍？"

　　姜志远目光幽远，深沉道："林晚来是一个什么都敢做的女人。"

"什么玩意儿？"章晓天怀疑自己听错了。

"没啥没啥，"台上肖晋已经讲到正题，姜志远耳朵捕捉到关键处，连忙转回去拿起笔，"快听快听！"

肖晋讲题废话不多，逻辑清晰，板书也工整，一眼看下来十分清爽。全班人都聚精会神地盯着黑板。

这题复杂，花了快半小时才讲清楚。

"我的思路就是这样。"肖晋放下粉笔，"如果有同学有另外的思路，欢迎指教。"

教室里陷入一股莫名的寂静。

半晌后，徐映冬首先笑了声，然后鼓起掌来。

台下人反应过来，也跟着徐映冬一起鼓掌，只不过掌声并不像肖晋通常遇到的那样整齐或响亮，而是有些稀稀拉拉的。

"讲得好！"徐映冬倒是真的很激动，甚至冲肖晋竖了个大拇指，"我一直认为，能把题目讲清楚，是比能把题目做出来更厉害的本事。"

不知怎的，刚刚稀稀拉拉的掌声让姜志远觉得有些对不住兄弟，所以这次徐映冬夸完之后，他非常浮夸地猛拍了两下桌面，大声吼道："小伙子不错！牛！"

"行行行，别起哄！"徐映冬抬起手腕，做了个手掌往下压的动作，"你们抓紧把各自手上卷子的分统了！我们先排学号！"

"啊？"

"啊什么啊？反正第三个大题也没人写，先把分打了我再讲，耽误事儿？"

这卷子出出来时就没打算让学生有时间做到第三个大题，所以徐映冬说得非常理直气壮。

然而学生们"啊"的并不是这个，而是——

"为什么奥赛也要分学号啊？"

"为什么学号又是按成绩分啊？"

徐映冬笑眯眯解释道："没办法，老师年纪大了，不排学号记不住你们的名字，理解一下啊。"

搞奥赛的学生心理承受能力都挺强，下意识"啊"了句之后，很快又默默消化了残酷现实，低下头去认真算起分来。

其实这分好算得很，因为后两道大题大部分人都空着，但大多数人还是算得非常仔细，毕竟这跟学号挂上了钩。

都是各个学校选上来的尖子生，在这样强中自有强中手的奥赛训练营里，学号不仅是自己的面子，更是母校的门面。

姜志远看着自己手里这份卷子，这哥们第一道大题就写了四行，最后那行字母"a"的尾巴上那道长长的黑色笔迹透露了他被强行拖走卷子时的誓死不从与最终绝望。

"啧。"

姜志远真诚地隔着卷子向这哥表示了哀悼，然后果断打了个"5"分在抬头处。

"还好没挂零，不然我都不忍心写上了。"

他改完自己的，又忙着扭头去问章晓天："祁哥多少？"

章晓天耸耸肩，朝讲台上努了努嘴："不知道，他们仨的卷子是老师改的，我哪知道他多少分。"

"那你和祁哥到底谁分高啊？"姜志远又看向肖晋，揪着眉问道。

肖晋也往讲台上看了眼，并没有掩饰自己对这个问题也很关心，平静地说道："不知道。"

"祁哥选择题50分，你选择题40分，第一道大题你俩都拿满了15分，第二道大题只有你拿满了，但祁哥多少分呢……"

姜志远掰着指头算起来，但现在只有徐映冬知道他们俩究竟谁的分更高一点。

姜志远并没有好奇太久，徐映冬把所有试卷收齐后，直接在讲台上公布了答案。

"刚看了一眼，这次开营测试的最高分是70分。"徐映冬把卷子叠成一沓，在讲台上摞齐，轻轻扬着嘴角，"比我预想的要好很多。

"这次出卷，的确是以让大家感受一下高中奥赛的威力为目的出的题，所以居然能出现60以上的分数，让我很惊喜。"

姜志远一听，立马凑到肖晋身边，小声说道："70分，那不就是你？"

肖晋点点头，不出意外的话，他的确是70分整。

"你居然赢了祁哥？几年不见你又牛了……"

他后面的话被肖晋突然的眼神生生逼了回去。

原本用下颌线视人的肖晋突然转过头来,臭屁且凶狠地看着他,眼里很明确写着——

你本来以为我一定会输?

姜志远被这眼神震慑到了,"嘿嘿"笑了下,悻悻收回了眼神。

然而徐映冬的下一句就让肖晋有些打脸。

徐映冬停顿了一会儿,笑得更开怀:"而且,居然有两个。"

他拿起两张放在最上面的试卷,微笑着公布了两个名字:

"肖晋。"

"祁行止。"

原本以为肖晋占据第一名位置而有些惊讶且沉默的学生在两秒钟后突然爆发出欢呼。

"祁哥牛!"

"威武!"

"雄起!"

师大附中的学生占据了教室的一大半,他们大多从初中就认识,彼此之间非常熟悉,所以自然而然地比其他同学更自在,几乎把这教室当成了自己班上。

肖晋扭头朝欢呼声的中心看去,一个戴着金边眼镜的男生十分淡定地被众人环绕,皮肤很白,面色冷淡,仿佛众人的欢呼与他毫无关系。

注意到肖晋看过来,这位祁行止同学还特地将目光停驻了一下,也许是在打招呼。

肖晋转回去,心道:也是个怪胎。

徐映冬任他们闹了两分钟,在这两分钟里顺便把试卷按分数高低排了个序,才又做出"打住"的手势,继续安排正事。

"行了,我们现在把学号排一下。

"1号……"

徐映冬把放在最上面的一张试卷拿起来,才刚开口,台下已经有男生兴奋抢答:"祁哥!"

徐映冬顿了下,他手里拿着的是肖晋的卷子。

他看了看台下满脸兴奋与骄傲的男生们,不觉好笑,问道:"我正发愁两个并列第一的同学谁是1号呢,你说说,为什么是祁行止?"

刚刚抢答的男生突然被提问,一脸蒙,下意识回了句:"因为祁哥是附中的……"

附中的,当然是第一。

这是他们默认已久的事实,也是这群男生认同感与荣誉感最大的来源。

徐映冬更加觉得有意思了,又笑着问:"那后面附中自身也有很多分数并列的同学,他们的学号又怎么排呢?"

男生被这么突然一问,语塞了一下,随即一挥手,很有些豪迈地回答道:"那就……那就按姓氏拼音首字母排!"

徐映笑了两声,没再接话,又低下头去在两份试卷中来回看了看。

半分钟后,他抬起头,笑着说道:"那好,那我们这次训练营的1号就是肖晋同学,2号,祁行止同学。"

"为什么?"

台下的很多男生惊讶极了,完全没想到事情走向居然是这样,语气里已经带着愤怒和不满。

"不是按你们的逻辑来的吗?"徐映冬笑眯眯的,"学校为先,姓名为后。

"长岭一中的首字母在师大附中之前,那么就是肖晋同学在前了。"

讲到这里,徐映冬略敛了笑意,显得严肃了一点,问:"有什么问题吗?"

台下没有人说话,但几个男生仍然保持着敢怒不敢言的神情。

徐映冬又看向坐在后排的祁行止,问:"祁行止同学,觉得这样安排合理吗?"

一直沉默着的祁行止终于开了金口,他的声音也和他人一样,冷冷的,听不出什么情绪。

"很合理。"

徐映冬笑了下,又问肖晋:"肖同学,你呢?"

肖晋原本一直把自己当局外人看戏,看徐映冬这奇葩一枝花怎么把一群愣头青逗得团团转。

他正开心着呢,冷不丁被点了名,顿了下才回道:"可以。"

"好,那我们把接下来的学号也报完。"

徐映冬一张一张拿起试卷,继续报学号。

"3号,冯程；4号,章诺；5号……"

徐映冬看着奇葩,废话也多,到了讲题的时候却完全是另一种风格,思路清晰果断,效率奇高,半点拖泥带水也没有。

但即使是在这样的高效率下,讲完卷子,也已经快八点了。

听课的时候专注着,不觉得饿,等到徐映冬走出教室,姜志远才一脑袋栽在课桌上,抱头道:"饿死了……"

训练营教室固定,位子也固定,所以如果晚上没事,可以不用把书本文具什么的带回宿舍。

肖晋把两支笔往桌洞里一塞,起身道:"饿就吃饭去。"

他话音刚落,刚才几个起哄的附中男生勾肩搭背走过来,像没看到肖晋似的,只拍了拍姜志远的肩:"老姜,吃饭去啊?"又问后一排的章晓天和冯程,"走不走?"

刻意得十分明显了。

肖晋觉得好笑,轻轻"嗤"了声,拿上手机转身先走出了教室。

"喂喂喂,等我啊!"

姜志远卡在中间原本有些尴尬,心里正暗暗埋怨这几个小子幼稚,转头见肖晋满不在乎地先走了,连忙跟上。

肖晋腿长,走路跟劈叉似的,一步迈得老宽,姜志远直到楼梯口才追上他。

"跑那么快干什么!"

肖晋目不斜视:"饿了。"

身后又传来一阵急促的脚步声,肖晋这才意外地回头看了看,章晓天和冯程居然也跟了上来。

姜志远笑着钩住肖晋的肩膀,"嘿嘿"道:"他们就这狗脾气,当老大当惯了,你突然冒出来,他们当然有点不适应,别介意啊。"

肖晋觉得他这话有意思,轻笑道:"当老大的也不是他们啊。"

"唉,那不是……与有荣焉嘛!"

"就是,他们也没什么坏心思,就是觉得要争争面子而已。"章晓天也加入进来,"你就当他们不存在,别往心里去啊。"

肖晋其实完全理解姜志远说的"与有荣焉"。

附中本来就是全省最好的中学,这群男生更是尖子里的尖子,自然从小到大都享受着"别人家的孩子"的待遇,没听过或看不上长岭一中都实属正常。

就像长岭一中的实验班的人或多或少也会看不上其他普通班一样。

学生的世界里就只有成绩一锤定音,谁还没点优越感和攀比心呢?

以他的性格,也从来不会把别人的眼光放在心上,不过是觉得无聊,懒得参与而已。

只是章晓天和冯程让他有些意外,上午才认识的人,居然会跟着来宽慰他两句。

肖晋的声音不觉和缓了些,笑道:"没放心上。

"我本来也不是来和他们交朋友的。"

这话听起来也不算客气,但根据姜志远的了解,这说明肖晋确实没把这事放心上,也就说明两方不会起什么冲突。

他笑起来,搭着肖晋的肩往食堂走:"走吧,吃饭去!"

肖晋却顿住脚步:"你现在去食堂,打算啃桌子?"

姜志远蒙了下:"现在就没吃的了?我们才刚下课!"

肖晋慢悠悠掉转了个方向,边走边说:"那你要怪徐映冬。食堂又不是专给咱们开的。"

另外三人连忙紧跟着。

"走吧,去外面看看。"

四人凭冬令营学员证顺利出了校门,右拐没走多远就看见一家兰州拉面馆。大家都想着多留点时间晚上回去看题,所以也没挑,抬腿就进去了。

刚在一张油腻腻的圆木桌子边坐下,肖晋裤兜里的手机就振动起来。

这年头直接打电话的人已经没几个了,同学老师都是 QQ 或微信联系,肖晋忽然想到什么,心中一喜,连忙把手机掏出来。

一看来电显示。

赵英文。

肖晋的脸立刻垮了下来,他甚至想当即挂断电话,但最终还是不情不愿地接通:"喂?"

"哟,听起来兴致不高啊!"电话那头的赵英文笑嘻嘻的,"怎么,第一天就被打击成这样了?"

肖晋腹诽：接你的电话，兴致能高就有鬼了。

他又沉默了两秒，决定吓老赵一把，于是故意低沉着声音说道："老赵，今天我们开营测试，现场改卷，排了学号。"

"你多少号？"赵英文突然紧张起来，下意识问道。

又反应过来这样紧迫地追问不太合适，他顿了一下又说道："奥赛就是这样的啊，一开始肯定会有点不适应，开营测试也只是看看大家的整体水平，说明不了什么，你不要太在意。还有学号，只是方便管理的一个工具……"

肖晋听着赵英文在电话那头噼里啪啦说了一大堆，一边保证嘴不能停还一边快速斟酌着措辞，没忍住笑了声。

"老赵。"

"啊？"赵英文突然被打断，愣了下。

"我是1号。"

电话那头静了两秒，赵英文反应过来，立刻破口大骂："小兔崽子！下次再敢耍老子，我直接让徐老师来给你上心理课！"

他声音大得连姜志远都听见了。

肖晋皱着眉把手机拿远了点，等了会儿才又说："我心理状况好着呢，用不着。"

"说吧，找我什么事？"

"不就问问你情况，还能有什么事？"赵英文仍然为自己被耍了而愤怒，没好气地说着，"校长盼着你拿个奖回来，天天催我多关注你。"

四碗刀削面正好端上来，肖晋把手机搁桌上开了免提，一边搓着一次性筷子，一边回答："挺好。"

肖晋丝毫没有在意自己是不是把天聊死了，夹起一筷子面条大口吃起来。

赵英文隔着不太好的信号忍受了这"哧溜"一声响，咬牙切齿道："多说两句话能难死你小子？"

"带队老师挺有意思，就是看起来脑瓜子不太正常，和你差不多。"

说完，肖晋想了下，觉得还是要来点正经的，又补充道："不过讲题很利索，也清楚，这点跟你也挺像。"

老赵也不容易，该夸还是要夸。

电话那头的赵英文再次陷入沉默，很有点暴风雨来临前的宁静的感觉。

肖晋却不怕，继续慢悠悠吃自己的面。

半分钟后，赵英文咬牙切齿的声音从听筒里传来："老师打电话关心你，你小子还不乐意了是吧？耽误您什么事了？"

肖晋心里吐槽：大晚上接一男人电话喋喋不休，谁能乐意？

可他嘴上说得很无辜："不是你让我多说两句话？"

电话那头的赵英文明显深吸了一口气才开口："滚滚滚，再跟你说两句话我能少活十年！你给我在那边老实待着好好学！"

说着，他就要挂电话。

"哎，你等等！"

电话不能白接，还没聊到重点，肖晋不能就让他这么挂了。

"你又怎么了？"

"那什么……"肖晋大脑飞速运转，现想话题，支吾了好一会儿，"我这……就不用参加期末考试了是吧？"

"是啊。你还觉得可惜啊？"

赵英文明显是在撑人，肖晋却异常老实地照单全收了，还违心地奉承道："咳……确实有点。你每次不都是出两套题吗？另外那套没人做，不是挺可惜的。"

"呵，这还用你操心？"赵英文冷笑，"你不做不还有林晚来吗？人家女孩子乖得很，不像你天天气我！"

迂回半天，肖晋终于听到了想听的名字。

他有点心累，还莫名有点心虚，生怕这弯弯绕绕的心理活动被人看出来，极不自然地伸长了手揭开辣椒罐的盖子，给自己舀了一勺，才问道："哦，对，说到林晚来……她现在怎么样啊？"

"你问这个干什么？"赵英文惊讶了一下，又想了想，回答，"应该挺好的吧，下周就期末考试，到时候就能看到她的水平了。"

毫无信息量。

肖晋突然有点后悔，他怎么就脑筋抽了觉得能从赵英文嘴里听到些什么呢？

"行，那我挂了。"

没等赵英文回答，肖晋直接摁了挂断键。

这一通电话打下来，还真是身心俱疲。

肖晋无意识地叹了口气，一抬头，正对六只满是好奇的眼睛。

"干吗?"肖晋心虚感再次袭来。

"林晚来是谁?"第二次听到这个名字,章晓天和冯程对林晚来充满了好奇。

紧接着,姜志远又问了一句:"你怎么这么关心林晚来?"

肖晋愣住了。

突然沦落到被审视和被逼问的位置,他很有点不习惯。

肖晋没答话,闷头吃了一大口面,又被刚才无意识加的一大勺辣椒辣得七窍生烟。一粒辣椒籽卡在嗓子眼里,他控制不住地咳嗽起来,更加剧了狼狈的处境。

等他平复下来,姜志远已经自己联想出了诸多故事线,直接问:"你跟林晚来现在是什么关系?"

章晓天和冯程同样目光炯炯地等着答案。

肖晋突然有种被人抓住了心事抽丝剥茧的感觉,很有些不舒服。他看了看面前这三个明明都不太聪明却能窥见他秘密的人,心里突然升起一股胜负欲的火苗。

我自己还没说呢,怎么能让他们三个二百五说出来?

如上心理活动之后,肖晋面无表情地低下头去,看着飘满红油的刀削面,心一横眼一闭,还是强装镇定地吃了一口,才说道:

"没什么关系。"

"她成绩太好了,我怕她超过我。"

肖晋的鬼话当然没人信,但姜志远知道追问不出什么,也没敢多问,只是心里对"林晚来"这个名字又添了敬重的一笔。

四人回到宿舍,肖晋率先冲进卫生间快速冲了个热水澡,出来后就在书桌前坐定,翻出课本和试卷。

他把手机摁亮看了眼时间,晚上九点三十分,至少可以再看三个小时。

大致盘算了下节奏,他搓了把脸,把手机扔进抽屉,正式投入到今天没时间看的平面几何题中。

面上玩笑归玩笑,但从今天的开营测试难度和徐映冬的风格来看,这次的冬令营不会那么轻松。

宿舍里静悄悄的，四人各自开着台灯坐在书桌前做题目，谁也没有出声打扰。

冬令营进入正轨，肖晋每天过着上午上课下午考试傍晚讲题的生活，晚上回宿舍再自己学三个小时，虽然忙碌，但规律且充实，反倒更让人安心。

每天的小测徐映冬都会当堂改完试卷，第一名永远在肖晋或祁行止中产生，肖晋的次数略多一些。然而无论第一名是谁，祁行止每次都面无表情地坐在后排，仿佛全世界都与他无关。

肖晋也不得不多留意了祁行止几次。

毕竟他也是第一次见到比自己还能装酷的人。

也许是因为肖晋和祁行止势均力敌造成了"战况"的僵持，又或许是祁行止不在乎的态度让他们觉得没意思，附中那几个男生们不再有意无意地针对肖晋。男生们大大咧咧，相处就还算融洽。

充实、规律、平静，简直没有比这儿更适合修身养性的地方了。

但肖晋还是觉得焦躁。

原因十分明显的焦躁。

这天傍晚下了课，他又掏出手机看了眼收件箱，仍然只有10086兢兢业业地给他发信息。

姜志远正和章晓天吵着到底是去吃面还是吃炒饭，肖晋盯着园子里那棵秃得没剩几片叶子的苦楝树，被数论题强行镇定下来的心情再次烦躁起来。

"我不想出门了，你们去吃吧。"

肖晋皱着眉关了手机，放回裤兜，迈步往宿舍楼走。

姜志远反应了一下，人已经走远，连忙问："那你要带点啥啊？"

肖晋背对着他们挥了挥手，表示不需要。

章晓天看着他远去的背影，心中疑惑，嘟囔道："今天第一不是他吗？怎么看着这么颓呢？"

"肯定不是考试的事了。"姜志远果断判断，但也不太确定究竟是为什么，"啧"了声，"鬼知道这几天怎么了……"

回到宿舍，肖晋一屁股坐在椅子上，脚搭在桌上，脖子仰靠着椅背，闭目养神了半分钟，还是耐不住，又坐起来掏出手机。

手机收件箱里，满屏的长号码中"林晚来"的名字十分显眼。

点进去，里面已经攒了不短的对话。

肖晋大拇指无意识地上下滑了两下，最后一条信息仍然是前天晚上他发过去的一句没头没脑的话。

肖晋：今天得第二。

前天的小测，他比祁行止低了五分。

他当时倒没感觉挫败，一次小测试而已，暴露问题反而更珍贵，他只顾着专心听徐映冬的分析。

然而晚上回了宿舍，他边擦着头发边在心里复盘那道被他算漏了的题目，忽然心血来潮，抓起手机给林晚来发了这么一条短信。

当天晚上他难得分心，手机就放在左手边，边写题还边时不时盯两眼手机屏幕，看林晚来有没有回复。

而现在的情况就是，直到今天，林晚来也没回复一个字。

肖晋两手拿着手机，拇指划了半天，也没更新出任何信息来。

他眉头不自觉越皱越紧，在"去QQ群里吼一声问林晚来在哪儿"和"先给林晚来打个电话试试"之间斟酌了两秒，还是选择了后者。

直接在QQ群里找人，可能会被林晚来彻底拉进黑名单。

虽然看现在这状况，打电话也大概率无人接听，但他还是决定试一下。

肖晋把跷着的脚从桌上拿下来，无意识地坐端正了些，两只手肘搁在书桌上，直接开始拨林晚来的号码。

1、3、5……

三个数字还没拨完，突然连着进来两条短信，手机通知声音有点大，冷不丁吓他一跳。

林晚来：这两天在考试，手机干脆没开。

林晚来：怎么是第二？

肖晋盯着信息界面看了又看，嘴角不知不觉快咧到了耳根。

第一反应是，林晚来首先解释了这两天为什么失联。

满意。

第二反应是，林晚来直接问他"怎么是第二"，似乎有点他不拿第一就很意外的意思。

舒坦。

两条短信做成了阅读理解,无论哪种答案都很让他愉快。

肖晋对着屏幕笑出了八颗白牙,半晌才缓过神来,想了想,继续拨完了刚刚的电话号码。

听筒里传来两声响,电话很快被接起。

"喂?"

今天刚考完试的话,晚上应该是放假,但林晚来肯定会留在学校自习。

肖晋听电话那头静悄悄的,含笑问:"在学校自习?"

"嗯。"林晚来音量有点低。

"不是一个人?"

听这人大有跟她扯东扯西聊到天荒地老的意思,林晚来瞥了眼同桌李雨,走出教室:"还有同学。"

听筒里隐约传来些风声,肖晋微微蹙眉:"那你现在在走廊上?"

"不冷?"

林晚来瞥了眼呼呼灌风的楼梯口,默默往角落里挪了两步,平静地说道:"冷,所以你要长话短说。"

肖晋噎了下。

还长话短说,他根本就是在没话找话说。

"咳……你考试怎么样?"肖晋放松地靠上椅背,把手搭在后颈上,问道。

他刚说出口,就觉得这话题找得真烂,林晚来考试成绩从来也没点波动,有什么好问的……

然而,意料之中应该带着些无语和不耐烦的答案却没响起来。

沉默了几秒,林晚来几不可闻地叹了口气,沉声道:"历史好难……"

肖晋几乎怀疑自己听错了,猛地又从椅子里坐起来,反应过来才确信林晚来刚刚说了什么。

他脑海里立刻浮现出她苦着一张脸,埋怨历史题诡异纠结的样子。

对于林晚来来说,这就是撒娇。

林晚来在撒娇。

这念头着实让他兴奋了一把,却也只有兴奋,空张着嘴不知道该怎么回。

静默良久,还是电话那边的林晚来迟疑着问了声:"喂?"

"哦，在在在！"他连忙出声，"没挂没挂！"

"哦。"

"有难题……对你来说不是更有意思一点吗？"肖晋略略斟酌，"不然你总觉得无聊。"

林晚来愣了下，随即笑出声："说得也对。"

笑声的背景音是空灵的风声，传到电话这头，像一串风铃声响。

"那当然。"肖晋声音含笑，得意应下。

对话再次停滞，可肖晋不想挂断，电话那头又传来风声。不知怎的，林晚来竟也一直等着。

"你不是说得第二了？"居然又是林晚来再次开口。

"哦，"肖晋有些意外，回过神来，话里却又不自觉带了笑，"数论大题漏算了一种情况，差五分。"

林晚来似乎也笑着，答了句："稀奇。"

笑完，她又认真说道："不过这种每日小测也不影响最终比赛成绩，能出错反而是个查漏补缺的机会。"

听完她这句认真的分析，肖晋弯起了嘴角。

肖晋笑意更深，声音舒朗："嗯，我和林同学，英雄所见略同。"

电话那头，林晚来"喊"了声，嫌他厚脸皮。

肖晋仍旧笑着，不舍得挂电话，换了个姿势坐着，又问："老赵不是一向出两套卷子吗？另一套找你做了没？"

"没有，这次不知道怎么回事，还没找我。"林晚来看了眼教师办公室紧闭的门，轻轻叹了口气。

肖晋听她这样的语气，轻轻笑了声。

平时嘴上再怎么抱怨老赵变态占他们时间，真被他忽略了，多少又有点失落。

他们这群别扭的学生，谁都不能免俗，包括总是看起来什么都不在乎的林晚来。

捕捉到电话那头的笑声，林晚来不爽道："笑什么笑？"

肖晋反而笑得更欢，贱兮兮问道："你猜，老赵不会是在等着我回去跟你一起做吧？可能他觉得少了我，对他的试卷是一种损失？"

他知道这话说得过于自恋，但没办法，天知道他为什么碰上林晚来就仿佛打开了单口相声开关。

"呵呵。"林晚来字正腔圆地送了他这两个字。

皮够了,肖晋还是正经解释起来:"老赵那天打电话跟我说了,已经出好题了,可能这两天忙吧。放心好了,他出这试卷不给你做,才是真的浪费。"

"可能吧,"在同一个地方站久了,林晚来又挪动了两步,"鬼知道老赵又卖的什么关子……"

"跟谁说我坏话呢?"

赵英文突然从楼梯口走上来,臂弯里夹着沓卷子,声如洪钟,吓了林晚来一跳。

电话那头的肖晋听到声响,问:"老赵?"

"嗯,估计是拿卷子来了。我先挂了。"

林晚来话音刚落,就利落地摁了挂断键。

肖晋听了两声忙音才把手机从耳边拿下来,这才感觉手机有些发烫。

他看着屏幕上的"林晚来"三个字,还有快二十分钟的聊天计时,心情舒畅到了极点。

他点开QQ让姜志远给他随便买份吃的,然后便哼着歌走进了卫生间。

林晚来挂断电话时,赵英文正好打开办公室的门,她连忙跟上去。

"跟谁打电话呢,这么开心?"

林晚来一脸无辜:"没开心啊。"

赵英文斜眼睇她,走进办公室,接了杯水,笑道:"你这关注点挺别致啊,一般人面对这个问题会回答前半句'跟谁打电话',你却只否认后半句。"

面对这种尴尬话题及老赵这种老奸巨猾的对话者,林晚来识时务者为俊杰,选择避而不谈。

她上前抽走了一张试卷,自觉找了张桌子坐下,看了眼时间:"我是来写试卷的。"

"行,好好写。"

赵英文笑了一下,还非常贴心地帮她把桌面上的其他杂物挪远了点。

然而等他收拾完,他笑着讲的下一句就是:

"顺便告诉给你打电话那小兔崽子,这试卷也给他留了一份。

"他做不到满分,我就告诉徐老师把你手机缴了。"

林晚来猛地抬头。

且不说老赵怎么猜出打电话的是肖晋，更关键的是，肖晋做不到满分为什么要缴她的手机？

这路子是不是过于狂野了一点？

赵英文悠悠呷了口茶，理直气壮地回看她质疑的眼神。

"看我干什么？罚你更有效果不知道？

"寻找最优解，一向是我们数学人的优秀品质。"

第五章 / 故人西辞

如果没有那些特别的朋友,长大也许真是一件无知无觉的事。

肖晋在冬令营里为数论废寝忘食的时候,林晚来在学校也并不轻松。

期末考试,这是文理分科后的第一次大考,所以整个年级组的老师都很关注。

尤其还有林晚来这么个突然从理科跑路到了文科的种子选手在。

按惯例,一般考试结束的第二天下午,大家就会陆陆续续知道一些科目的分数,然后七拼八凑的,差不多能把前几名的分数列出来。

可叶甘霖的风格完全让人摸不着头脑,直到第二天下午下课,林晚来班上的人对这次考试的成绩仍然一无所知。

晚自习前,赖洪波激动地溜进文科班教室:"晚姐晚姐!"

林晚来眼皮也懒得掀,翻过一页地图册,闲闲回道:"干什么?"

"你猜我们班这次第一是谁!"

林晚来心思一动。

肖晋不在,理科班第一会是谁,还真不好说。

不知怎的,她居然也对这个无聊的问题产生了点兴趣,抬头问:"谁?"

"你猜啊!"赖洪波更加兴奋地拍了拍她的手臂,催促道。

林晚来耐着性子,猜测:"宋子扬?"

"不是。"

"严政杰?"

"再猜!"

她越猜不中，赖洪波就越兴奋，得意得仿佛握着什么惊天秘密。

林晚来狐疑地上下打量了他一眼，犹豫道："总不会……是你吧？"

赖洪波的脸僵了下，委屈地说道："虽然不是我，但你这语气和表情多少有点伤人了啊！"

林晚来嗤笑："不好意思，还真不知道你会被这种话伤到。"

"过分！"

赖洪波一摆手，从旁边拖了个空凳子过来，厚着脸皮对李雨说："让一下，妹妹。"然后就挤到了两人中间坐下。

林晚来十分嫌弃地挪远了点："要么快说，要么滚蛋。"

赖洪波卖够了关子，见好就收，老神在在地伸出了一根手指："你绝对想不到，我们班第一……"

"还是肖哥！"

林晚来顿了下，认为赖洪波在扯淡跑火车，把地图册一合，厚厚一本就要往他脑袋上拍。

赖洪波连忙用双手护住脑袋："我说真的！

"虽然成绩单上第一写的还是老宋，但徐晴雯说了，他们把试卷拍给肖哥让他抽空写了传答案回来，改出来肖哥还是第一！"

求生欲驱使下，赖洪波语速快得像在说快嘴。

林晚来怔了两秒，消化完这些信息，才收回了动作。

"怎么样，我肖哥牛吗？"

能在竞赛的时间缝隙中抽空答完期末考卷还拿了第一这件事，听起来的确很了不起。

但也不知道为什么，主语变成肖晋之后，好像没那么令她惊讶了。

林晚来凉飕飕地扫了赖洪波一眼，没接茬，而是语气淡淡地问道："他牛，你得意什么？"

"这话说的，我作为兄弟……"

他话没说完，林晚来抽屉里的手机振动了一下，贴着木板发出不小的声响。

赖洪波每回看见她的手机都要作死地嘲笑一番："晚姐，你这古董，还没入土哪？"

林晚来丢给他一个"再说就让你入土"的眼神，解锁手机。

赖洪波却是个眼尖的，瞥了一眼就立马凑过来："哎哟喂，这不是我肖哥吗？"

林晚来没来得及躲开，拇指已经按下了"查看信息"。

肖晋：听说我是第一？

林晚来在脑内自动翻译了一下，他说的其实是——我牛不牛？

林晚来嗤笑一声，还没想好怎么撑他，身边的赖洪波又咋呼起来："啊，老子给他发了那么多条信息也没见回复，这怎么就专门发条信息给你呢？"

他一边阴阳怪气地起哄，一边观察林晚来的脸色。

赖洪波其实是个情商很高的人，他知道从前林晚来不喜欢这样被起哄所以从来不惹，但最近一个月他敏锐地感觉到她的些微变化，所以就疯狂在挨打边缘试探。

林晚来脸色尚好，他又再过分一点，活像在青楼里混了一辈子的老鸨捏着嗓子说话："他这是重色轻友啊，还是重色轻友啊？"

林晚来忍了忍，终于再次扬起那板砖厚的地图册的时候，叶甘霖从教室前门走了进来。

赖洪波眼观六路，一看见他的身影就立刻往后门钻，一溜烟没了影，跑得比狗都快。

叶甘霖手臂夹着一沓卷子，手里拿着一张表，像是成绩单。

全班人登时紧张起来。

叶甘霖却还是一副啥都不重要的样子，悠闲地收拾了两下讲台，把用过的粉笔头丢进粉笔盒，又非常不讲究地拿那沓卷子掸了掸桌上的粉笔灰。

翘首以盼的全班同学都把视线投向他。

等终于收拾好了，叶甘霖才懒懒开口："啊，我们讲一下期末考试的成绩哈。"

终于讲到正题，林晚来也从地图册中分了半只耳朵留神听着。

"我报一下前五名和单科最高分，成绩单就压讲台玻璃下，其他同学要看的，下课后自己来看。

"我这里只有历史试卷，其他的明天上课各科老师会讲。

"第一名，林晚来，664分。"

他刚报完，班上很给面子地响起一阵掌声。

大家都不意外她拿第一，毕竟初中就见识过她的水平了，她不是第一才让人意外。

林晚来这才从地图册里抬起头，礼貌性地笑了下。

叶甘霖似乎也对这自发的掌声有点意外，怔了下才跟着笑起来，也拍了拍手掌："对，我们要鼓励鼓励。

"第二名，李雨，652分。"

班上又是一阵掌声。

林晚来终于放弃了看地图册的想法，跟着全班一起认真听叶甘霖读成绩单，一起认真地鼓掌。

"第三名，程欢，648分。"

"第四名，于楚楚，633分。"

"第五名，顾平，627分。"

报完总分前五名，接着是单科第一。

"单科最高分，这个……"叶甘霖躬身凑近了些，从科目栏中找着，"哦，这个语文和历史最高分，都是李雨同学，语文126分，历史97分，非常不错哈！"

讲台下立刻有人小声议论起来。

"历史都能考97分啊！"

"这也太逆天了吧？"

"她主观题答得是有多好？"

叶甘霖直接在讲台上回答他们的话："瞧瞧你们这没见过世面的样子！历史97分有什么稀奇？上课不听！"

紧接着，他又低下头去："数学和英语的最高分，都是林晚来……哦，还有地理也是。数学146分，英语148分，地理98分。"

这次倒没什么人议论。

这三门课，林晚来一看就很擅长。

"政治最高分呢，是于楚楚同学，88分。政治老师特意跟我表扬了于楚楚同学的卷面，大家明天可以借来看一看。"

终于报完成绩，叶甘霖如释重负一般拍了拍手，把成绩单压在了讲台玻璃下。

"行了，自习吧。

"历史课代表来发下卷子，明天我再来讲。"

没人上台领卷子，班里沉默了十来秒。

林晚来再次投入到了地图册中，已经全然忘记了自己是历史课代表这件事。

叶甘霖往教室最后排瞅了眼，不满地"啧"了声，又提高了音量："历史课代表？"

李雨碰了碰林晚来的手肘，林晚来这才抬起头，反应过来后，连忙往台上走。

对上叶甘霖审视的眼神，林晚来半是心虚，半是觉得自己冤枉。

也不能完全怪她嘛。

这历史课代表定的时候就那么随便，当上了之后更没实感，毕竟历史老师本人就这么随意。

然而心里委屈没用，她拿到卷子就看到第一张是自己的。

叶甘霖用红笔写了个硕大的"72"，还画了个更加硕大的圆把"72"圈起来。

林晚来愣了愣。

紧接着就是叶甘霖分不清是幸灾乐祸还是恨铁不成钢地来了一句似笑非笑的话："发完到办公室来。"

办公室里，叶甘霖已经跷着二郎腿坐好，桌上摆着两杯茶，还在冒热气，两杯茶中间是一份成绩单。

怎么看怎么像鸿门宴。

林晚来有点心累，走上前和叶甘霖面对面坐着。

叶甘霖也不含糊，开门见山说起她的分数："语文120分，数学146分，英语148分，地理98分，政治80分……"

说到这里，他特地停顿了一下，放慢语速："历史，72分。"

"林晚来同学，对我有意见啊？"

林晚来虽然也觉得过意不去，但还是实话实说："我不是跟您说过了吗，我发现我可能真的不开窍……"

叶甘霖把成绩单往她脑袋上一拍，就一张纸，力道也轻，几乎只是扫过她的头发。

"不开窍你倒是考个五六十啊，你这72分中不溜秋的怎么回事？"

"那也没那么不开窍……"

"别跟我扯淡！"叶甘霖喝了一口茶，"你这就是不给我面子！"

林晚来觉得冤枉，她真没有。

叶甘霖却不理她申冤的眼神，又指着第二行李雨的成绩，说道："你看看李雨，总分只比你少12分，基本都少在数学上，这还是在你数学和英语几乎都接近满分的情况下。你想想看，万一你数学和英语失误一下，你这第一还要不要啦？"

林晚来犹豫了一下，还是决定诚恳地回答："倒也不至于太失误。"

叶甘霖几乎要被她气笑，反问："就算你不失误，你怎么知道人家李雨不会追上来呢？"

这话就真把林晚来说愣了。

她想了想李雨每天都待在座位上一动不动的勤奋模样，嘴唇微动，发现自己无法反驳。

现行高考的难度下，李雨要追平，的确不是没可能。

见林晚来老实了，叶甘霖嗤笑一声："傻了吧？所以说你现在，除了把历史提上去，没别的办法。"

说着，他拉开抽屉，拿出那本被他卷得没了形状的课本。

"这个，拿去看。"

林晚来不解。

"这是我的课本！这么多年，笔记教案也写了不少了，都是精华，回去好好看，听到没？"叶甘霖做出一副凶样，"看看你这历史分数，不知道的还以为我给你穿小鞋。"

林晚来翻了一两页，的确，密密麻麻写满了笔记。

她忽然就明白了叶甘霖的用意。

在练习量和学习方法上她知道自己没有问题，只不过是在理解方面还没完全找到窍门而已。

历史这个学科，刷题没用，背书也不大顶用，真正要紧的是理解。

而课本，就是理解一切的源头。

林晚来用虎口把书压了压，小心翼翼地收下，十分郑重地对叶甘霖保证："谢谢老师，我一定好好看。"

叶甘霖却不太吃表决心这套，懒懒地点了个头，"嗯"了声，表示听到了，看起来十分敷衍。

林晚来却觉得这样不够，想了想，又义正词严地补充了句："我下次一定会把您的面子考回来的！"

这话倒把叶甘霖逗笑了："你的考试跟我的面子有什么关系？"

"为了你自己，好好学！"

说完，他又很不耐烦地摆摆手："快回去，抓紧时间！"

林晚来非常听话地点点头，还朝叶甘霖鞠了个躬，抱着书，步伐轻盈地走出了教师办公室。

林晚来回到教室，刚坐下，李雨抬起头提醒她："你好像有短信。"

林晚来忙看了眼抽屉里的手机，抱歉道："对不起啊，我忘记开静音了，这手机振动声音挺大的。"

李雨摇摇头："没事。"

课前肖晋发的短信林晚来还没来得及回，十分钟前他又发来一条。

肖晋：怎么样，一起考第一了，没给你拖后腿吧？

林晚来愣了下，觉得他这一句话里好像有很多意思。

比如，在她抱怨过"历史很难"之后，他仍然默认她会是第一名。

比如，"一起考第一"是天经地义的事情。

比如……

林晚来愣怔着，保持着低头看手机的姿势，良久才不自觉扬起嘴角，回复了信息。

林晚来：请这位同学摆正自己的位置，您在排名表上，是第29名。

发完，她开启静音，把手机放回抽屉里。

叶甘霖的课本虽然看起来破破烂烂，但属于一看就很有内容的那种破烂。她莫名有种跌落山崖捡到了武林秘籍的感觉，十分郑重地把书摁平，翻开第一页。

一向埋头苦干的李雨不知什么时候抬起头来，注意到她桌上的书，轻声问道："这是叶老师给你的吗？"

"哦，对的。"林晚来点点头，把自己压在书下的历史考卷移出来，自嘲道，"这分数，我都觉得对不起叶老师了。"

"估计他也是想抢救一下吧。"

李雨也很给面子地笑了两声，然后问："那……你看完能不能借我？叶老师的课本，肯定有很多课上来不及讲的内容。"

听完李雨的话，林晚来极短暂地皱了下眉头。

如果不是她过于敏感的话，李雨话里似乎带了些叶甘霖给她开小灶的意思。

至少，听起来让她感觉不太舒服。

然而她的这位同桌现在神情友好，略带笑容，非常真诚地用眼神询问她的意见。

林晚来在心里快速权衡了两秒，还是懒得理这些弯弯绕绕，点了点头，直接把课本推过去。

"那你先看吧，我订正下卷子。"

说着，她拿出红笔，埋头做起自己的事。

城市的另一边，南大新校区宿舍。

刚洗完澡的肖晋盯着林晚来回过来的短信，已经保持原来的姿势无声笑了快三分钟，湿漉漉的头发往下滴水，沿着脖子钻进睡衣里也毫无知觉。

宿舍里另外三位仗着他这会儿发着呆，明目张胆地讲小话。

章晓天："他这反应，是不是又跟那个叫林晚来的有关？"

姜志远嫌弃地瞥他一眼："这还用说？"

冯程第N次好奇："这个林晚来究竟是谁啊？好想见识一下。"

"我小学同桌。"姜志远答道，又不解地"啧"了声，"但小学的时候，除了他被林晚来打过两次，也没见他俩有多熟啊……"

"两次？"

"这狗东西还被打过两次？"

"对啊，"姜志远十分热心地为了他们再次回忆起童年，"一次是她为了帮我，一次是因为这小子做数独把她气着了。"

"为了你？"章晓天眼一眯，"你小学挺贱哪？"

"滚一边去。那是当时他非跟我比游泳差点把我累死，人家林晚来路见不平……"

姜志远正解释着，肖晋放下手机，站起身来。

"今天心情挺好啊？"姜志远调笑道，斜着眼问肖晋，"什么事这么开心，说来听听？"

肖晋的确心情很好，所以被揶揄了也仍然和颜悦色，甚至语气轻快地回答了他的问题："学校考试成绩出来了。"

鬼才相信他会因为考试成绩高兴成这样。

姜志远"喊"了声："难得啊，你会因为考试成绩这么高兴。不就第一名吗？也没点新意。"

"还就不是第一。"肖晋勾着嘴角，得意道。

"多少？"姜志远这才真有些吃惊了。

"第二十九名，倒数第一。"发觉睡衣被沾湿了一大块，肖晋重新拿出一件干净T恤，走进卫生间。

姜志远怀疑要么自己听错了，要么就是这家伙得意忘形摔坏了头："最后一名你高兴什么？"

"难得嘛，当然高兴。"

肖晋尾音向上，嘚瑟得简直快要唱起来了。

姜志远被他那发亮的颧骨闪得眼睛疼，终于闭麦。

"对了，今天几号？"已经走进卫生间的人却又探出个脑袋来问。

"20号啊。"

"哦。"肖晋了然，应了声，又合上卫生间的门。

20号，还有十天，训练营结束，就可以回家了。

半分钟后，卫生间里传来花洒的声音。

章晓天瞪大了双眼："他不是刚洗完澡？"

姜志远满脸黑线，还隐隐有些牙酸："不知道，他有病。"

此刻卫生间里哼着歌冲热水澡的某人表示冤枉，他真不是有病，确实是得意的时候容易忘事。

其实期末考试之后，一中就放寒假了。把实验班的同学留下来多讲了两天试卷，徐晴雯也就给他们放了假。

临近年关，平时会在教室自习的同学也大多回了老家，十几天里，只有林晚来一个人坐在笃思楼顶层空荡荡的教室里，一遍又一遍地啃书、刷题、啃书、刷题，循环往复。

她几乎每天都会收到肖晋发来的短信，都是些不重要的小事。

例如"今天又是第一""今天难得第二""附中有个学生确实有点本事""南大门口的汤粉好难吃",又或者"楼下的苦楝树真的快冻死了,这学校怎么也没人管管"……

他的信息都不长,但总是一句一句地发很多条,大概是看到什么兴起了就写一条发来。

林晚来时不时回复他,也是些无关痛痒的废话,有的时候就着他发来的内容回撑一句,有的时候也是没头没脑与前文无关的几个字。

她好像突然拥有了树洞,妥帖安放那些从前被自己鄙视为"浪费时间浪费生命浪费感情"的碎片心思。

她也是很久之后才意识到,原来她在肖晋这里,早也变成了个话痨。

腊月二十八上午,学校要正式封校园了,林晚来才背着大部分的课本习题回到家里。

南方的冬天,室内和室外一样冷。

林晚来带着一身寒气关上门,也没敢摘耳罩围巾,哆哆嗦嗦地正要往房间跑,才发现这大上午的,冯晓居然在家。

冯晓在客厅里开了电暖炉烤火,见她进来,招了招手:"回来啦,快来烤烤火。"

林晚来摇头:"我回房间暖和,还有作业要写。"

"不急,妈妈跟你说事呢。"

林晚来一边脱靴子,一边应道:"那你快说吧,我要回房间写作业。"

冯晓嗔怪着叹了句:"哪里要那么紧张……"又说起正事,"你大姨和文夕后天到,下午你安排好时间,我们一起去机场接她们。"

林晚来放鞋的动作顿了下,下意识问:"她们来干什么?"

印象中,她们已经很多年没有回南城过过年了。

"你这孩子,"冯晓笑了起来,"自己家里人,过年回老家看看呗。"

林晚来抿了抿唇,问:"要几点去接?"

"最晚四点吧,我们去机场接了她们,然后直接去吃饭,我在万家华庭订了一桌年夜饭的。大年三十,也不知道会不会堵。"

"好。"

林晚来点头表示知道了,正了正书包带,径直往自己房间走去。

林晚来回到房间，看着一片朦胧的窗外发了会儿呆，又习惯性地拿出手机来。

没有肖晋的信息。

昨天他说了，最后两天是结营测试，选拔优秀营员做省队推荐，大概也是没空再跟她讲废话的。

林晚来漫无目的地翻了两下，才放下手机，在日历上找到"大年初五"和"大年初六"，标上个记号。

这是她们家的习惯，大年三十和初一人多，所以她们家一直是错峰出行，等到大年初五才回乡下祭祖，大年初六走访亲戚。

所以这两天，她也没时间安排学习计划。

接着，她目光又挪到"大年初一"那一格，怔了会儿，也在这个日期上标上记号。

每年的大年初一，她会去郊外的墓园看望林之远。

大年三十，林晚来花了一个上午梳理历史课本和笔记，吃完中饭后刷了一张英语试卷，随手抽了本小说，边看边等着。

冯晓说是最晚可以四点出门，但以她的作风，一定从三点就会开始各种催促。与其被她念，不如提前做好准备，等着出门。

果然，林晚来小说还没看两章，冯晓的声音就从客厅里传来："小晚，准备得差不多了吧？咱们要出发啦？"

林晚来看了眼时间，三点过十分，开门走出卧室。

"还是我小晚动作麻利。"冯晓见她出来得这么快，还拾掇得整整齐齐，满意地笑道。

林晚来没接话，径直走到鞋柜边拿出长靴。

"走吧，你不是怕堵车吗？"

推开门，楼道里灌进来的寒风就往人脖子里钻。

林晚来往窗外看了眼，一片阴沉，也不见雪。

南城的冬天从来都只是冷，很少下雪。

她拢了拢脖子上的围巾，两手抱臂，没等还在系鞋带的冯晓，先一步走下楼去。

大年三十的下午,许多前往大城市打拼的年轻人会回到这座小小的城市,南城机场到了一年中最忙碌的时候。

机场的热风烘得人头昏脑涨,林晚来把围巾扯下来拿在手上,隔着来来往往的人群努力捕捉冯昕和冯文夕的身影。

冯晓视力不太好,一直用手搭着林晚来的肩膀催她仔细看,更催得她心里烦躁。

好在,两分钟后,冯昕推着行李车出现在了接机口。

接到了冯昕和冯文夕,冯晓直接驱车去了市区的"万家华庭"。

一路上,冯晓和坐在副驾驶座上的冯昕热烈交流着教育经,听得林晚来脑袋突突疼。

林晚来扭头看了一眼同样坐在后座的冯文夕,小姑娘正盯着窗外一言不发,嘴唇抿成一条直线,周身气场都是冷的。

没记错的话,她正上初二。

听冯晓说,她成绩不太好,性格也叛逆,让冯昕很是头疼。

林晚来想了想她们母女俩走出机场时的样子——冯文夕戴着耳机自顾自推着箱子大步往前走,冯昕蹬着高跟鞋好不容易才搭上女儿的肩膀,还没来得及露出个微笑,就被冯文夕一跨步又甩在身后。

的确是不太和谐。

万家华庭是家老牌酒店,十几年前这栋高楼在老城区里拔地而起的时候,几乎是南州人心中"体面"和"上等人"的代表,和大哥大的地位差不多。

后来各种各样的酒店和餐厅在南城遍地开花,万家华庭不复往日辉煌,但仍然端着老大哥的架子。很多当年发迹的中年人宴客请酒之类的,也还是喜欢在这里,冯晓和冯昕就是典型代表。

四人坐进小包厢时,冯文夕仍然冷着一张脸,坐在位子上之后,耳机一戴,谁都不爱。

年夜饭的菜式是一早就定好的,冯晓却很热心,笑着问冯文夕:"文夕,小姨也不知道你喜欢吃什么,要不你跟你晚来姐姐再去点点菜?你们小孩子,自己点自己爱吃的。"

冯文夕会对自己妈妈甩脸色，面对其他人，却还算礼貌。

闻言，她抬起头，看着林晚来犹豫了一会儿后，还是站了起来，冷言道："走吧。"

大年夜，其他酒店的员工都忙得脚不沾地，万家华庭倒还有余力给客人现场点菜。服务员小姐领着她们来到点菜区，十分热情地介绍着。

招牌的是海鲜，鱼虾贝类都养在水池里，客人看中了就直接捞起来现做。

林晚来看着水箱里蜷来蜷去的麻虾，扭头问冯文夕："你喜欢吃什么？"

冯文夕看海鲜的眼神都比看人有感情些。她原本盯着条鱼神色温和，一扭头看到林晚来的时候脸上又立刻结了冰："我不吃海鲜。"

林晚来耐着性子，又问："每种都不吃？"

冯文夕蹙眉，反问道："你也才高一，十几岁的人怎么就这么啰唆。"

太"中二"了。

林晚来反而没了脾气，了然地点点头，招手叫来服务生，开始点菜。

"龙虾仔，四人份。麻虾，三斤。木瓜炖雪蛤再来四份吧。"林晚来迅速点完，想了会儿，补充道，"非海鲜的，就芋头蒸排骨吧，再上个时蔬。"

她又扭头问冯文夕："行吗？"

"嗯。"小姑娘的眼睛瞟向别处，声音是从鼻腔里发出来的。

看样子还挺满意。

林晚来又问："主食你吃什么？"

冯文夕面瘫人设不倒："随便。"

林晚来点点头，将点菜单递回给服务员："就蟹粉捞面。"

冯文夕这会儿却出声反对："我不吃蟹！"

林晚来并没有在意她的抗议，示意服务员下单，然后回了一句："那你就吃面。"

被林晚来强行点了不吃的菜，回包厢的路上，冯文夕一直冷冷瞪着她。

林晚来权当没看到，走在冯文夕身前。

冯文夕默默气了半路，快到包厢的时候，终于开口问："我晚上是不是要和你住？"

林晚来家也就两间卧室，她一间，冯晓一间，看冯文夕和冯昕的关系，估计也只能和她住。

林晚来想了想，点点头："应该是。"

"我不喜欢和别人睡一张床。"

"我也不喜欢。"

林晚来说这话时神色温和，甚至还略有笑意，完全看不出来她说的是不喜欢的事。

大概是觉得她表情温柔得有点诡异，冯文夕愣了一下才问："那……怎么办？"

林晚来："你打地铺。"

"凭什么？"冯文夕终于有了一些表情，还激动起来。

"因为是我的房间。"

冯文夕一时不知如何反驳。

"你要是实在没法接受，也可以跟你妈说，出去找个酒店住。"林晚来真诚建议道。

"……我才不要和她说话。"冯文夕脸都青了。

"那随你咯。"

两人已经走到包厢门口，林晚来回头朝她笑了下，说完就推开门走进去。

一顿饭只有冯晓和冯昕说个不停，冯文夕仍然面瘫，除了在看到那盆蟹粉捞面的时候出现了一些情绪波动，瞪了林晚来一眼之外，其余时间一个表情也没有。

林晚来也不爱说话，闷头吃自己的。

冯昕说着说着，又说回林晚来的成绩上："晚来啊，大姨可听说你选了文科，这次考试又是第一名哦？"

林晚来扯了个笑，点点头。

冯昕做了个十分夸张的点赞动作，又看了看自家女儿："你看看人家晚来姐姐，次次都考第一。妈妈都不要求第几名，你要是有你晚来姐姐一半认真，我做梦都要笑醒了哦！"

冯文夕清晰地"嘁"了一声："她除了学习，什么都不会。"

听到冯文夕说出这话，冯昕的表情有点尴尬，伸手打冯文夕的胳膊："你这孩子，怎么说话呢！"

冯文夕嫌恶地躲开："本来就是。"

冯晓连忙出来打圆场:"没事没事,她还小嘛,又不是故意的。"

冯昕抱歉地笑着,柔声对林晚来说道:"晚来,你别介意哦,大姨替她给你道歉。"

"没事,大姨,"林晚来微笑,"她说的也不算错。"

说着,她伸手夹了半只蟹脚,慢悠悠说道:"不过呢,我还会吃蟹。"

冯文夕面色如土。

闷了一晚上的除夕夜,林晚来居然在和这个"中二"少女的幼稚斗嘴中,找到了一丝难得的愉悦。

回到家,冯晓打开电视,拉着其他人一起看春晚。

四个人强行凑出一幅和谐画面。

林晚来盯着电视里可劲耍嘴皮的沈腾和马丽,勉强脸色愉快。

小品还没演完,冯昕接到电话,热情寒暄了两句之后,拉着冯晓起身。

"妈妈的老同学打电话来请喝酒,我就先和你小姨一起出去了啊!你和姐姐看得差不多就早点睡。"她对冯文夕交代道,还试图拍拍冯文夕的头顶,结果毫不意外地被躲开了。

冯昕又一拍脑袋,从皮包里拿出个红包,递给林晚来:"差点忘了,小晚,这是给你的!"

林晚来没有浪费力气假客套,接过红包的那一瞬间,就感受到了分量。

她笑着道谢:"谢谢大姨,新年好。"

"不谢不谢!小晚这么乖,应该的!"

冯晓照例要推托一番,板着脸嗔怒:"哎哟,你给她这么多钱干什么?"

"成绩这么好当然要有奖励!再说了,小晚肯定不会乱花钱咯。"冯昕也摆出一张佯怒的脸,"一家人你还跟我客气这个!"

她们两姐妹互相推托了足有五分钟,最后也没有改变任何结果,只是引出了冯晓给冯文夕也准备了的那个红包而已。

林晚来静静看着这场逢年过节就要来一次的表演,耐着性子,终于等到冯晓和冯昕出了门。

抬眼看表,还不到十一点,林晚来决定做完一套地理卷子再睡。

"厨房热水器下面有个按钮,要打开了才有热水洗澡。洗发水和沐浴露放在浴室窗台上,你走进去就能看到。"

她对冯文夕叮嘱完，就起身回到卧室，翻出自己的卷子。

客厅里很久没有动静。

半晌，冯文夕推门进屋，走到林晚来桌前，放下两张一百块钱的纸币。

盯着自己桌上的红票子，林晚来略有些惊讶，抬头问："怎么，房租啊？还是想睡床？"

冯文夕这会儿倒是不惜字如金了："我听小姨说，你每年大年初一都要出门。明天你能不能带我去？"

林晚来当然没天真到以为冯文夕真要跟着她去看林之远，直白地问道："然后呢？你实际要去哪儿？"

"你别管。"

"哦，所以……这个是封口费？"林晚来拿起那两张红票子，还像模像样地甩了甩。

"嗯。"

"我不干。"

"为什么？"冯文夕有些急了。

林晚来语气淡淡的："钱太少。"

冯文夕盯着林晚来，良久，又走回床边，打开自己的行李箱，从隔层的小钱包里又抽了五十块钱出来。

她缓慢地挪着脚步走到林晚来身边，又把那张绿票子加上。

"那我……再给你加五十。"

林晚来差点被气笑了："你真不是在骂我？"

冯文夕看了眼桌上的钱，反应过来，烦躁地又从裤兜里掏出一张钞票，啪地放在桌上："那再加一百块！"

林晚来静静地看着她，没说话。

冯文夕忍耐着长舒了一口气，抓起刚丢在床上的钱包，壮士断腕似的把刚收到的红包里的钱全抽了出来。

这次林晚来没等她把钱甩桌上，直接说道："别加了，你这点钱，贿赂不了我。"

"你耍我！"冯文夕怒了。

"没有啊，确实是你钱不够。"

像是看到了希望，冯文夕居然又迟疑着问了句："你……要多少？"

林晚来莫名觉得现在的冯文夕有点可爱，但她还是收敛神色，摇了摇头："我不缺钱。"

冯文夕咬牙。

"你不知道吗？成绩好的人一般都不缺钱。"林晚来神色如常。

逗得差不多了，林晚来觉得再说下去冯文夕可能真会动手，于是转回椅子，不再看她。

"洗澡去吧。"

"嘭——"

半分钟后，林晚来听到浴室里传来狠狠的关门声。

她笑了笑，提笔将方才被打断的地理坐标写完。

大年初一的早晨，林晚来还是在六点二十分准时醒来。

她昨晚算地球运动题算得头昏脑涨，好不容易写完，迷迷糊糊就睡过去了，这会儿刚睁眼，猛地感觉好像忘了什么东西，连忙摸出枕头下的手机。

果然，收件箱里塞满了短信。

肖晋发了两条。

第一条发在昨晚十一点多。

肖晋：*新年快乐，恭喜发财！*

第二条则是昨晚十二点整。

肖晋：*林晚来，你都不守岁的吗？*

隔着屏幕都好像能看见某个人没等到回应的不爽表情。

林晚来觉得抱歉，连忙回复。

林晚来：*昨晚没看手机。新年快乐，恭喜发财。*

她又一一回复了夏淼和赖洪波的新年祝福，才把手机放回了口袋。

发现冯文夕没在房间里，林晚来推开房门一看，果然，她不知从哪里拖出来厚厚一床棉被歇在了沙发上，睡得正熟，取暖器一夜没关。

林晚来走过去把取暖器挪远了点，经过玄关的时候，发现鞋垫上仍然只有两双鞋。

冯晓和冯昕都没有回来。

她想到冯文夕昨天晚上试图贿赂她溜出去的行为，还是不太放心，于是发短信给冯晓。

林晚来：你们什么时候回来？

知道冯晓不会那么快回复，林晚来便先走进卫生间洗漱。

她正刷着牙，嘴里满口泡沫，冯晓的电话直接打了进来。

"小晚，怎么今天也起得这么早啦？"

冯晓的声音笑意满满，可林晚来听得出来，这是带着些心虚和试探的意思的。

"嗯，我要去墓园。"她声音平静，毫无波澜，"你们什么时候回来？冯文夕一个人在家。"

她当然不会告诉她们昨晚冯文夕的举动，但为了保险起见，还是要确定她们会在冯文夕醒来前回到家。

"哦哦，我们马上就回去啦！在路上了。"冯晓那边有点嘈杂，她音量就跟着高了两分。

"行，那我待会儿就出门了。"林晚来皱着眉将手机拿远了点。

"好，你自己注意安全！"

"嗯。"

林晚来挂断电话，继续接水漱口的时候，口袋里的手机又振动了两下。

她拿毛巾擦干手，打开一看，居然还是肖晋。

肖晋：你今天有事没？要不要出来过年，哥哥给你发红包！

林晚来还没来得及纳闷他怎么起得这么早以及他怎么不用出门拜年，就被他那后半句雷出了好几个白眼。

她简单回了句"今天有事，不去了"，就把手机摁了静音放回兜里。

白菊花是林晚来前天就在花店买好的，买时选了将开未开的小花苞，在水里养了两天，现在已经完全开放，在墨绿色根茎的衬托下，白得如雪一般。

林晚来用牛皮纸把几枝白菊包好，扎成一捧抱在怀里，临出门前又看了眼冯文夕，确定她睡得正熟，才轻轻带上了门。

在长岭小学门口坐 238 路公交车，穿过小镇，再穿过市区，一直坐到终点站，就是永祥墓园。

这是林晚来很小的时候，林之远带她去给爷爷奶奶扫墓时教给她的路线。

大年初一的清晨,街上空无一人。

公交班次也比平时少了许多,她等了足足半个小时,才见熟悉的绿色公交车缓缓从远方路口驶来。

司机师傅见居然有人等车,在她上车的时候还问了句:"这么早啊。"

林晚来:"嗯。"

"小姑娘去哪儿……"

话刚说出口,司机师傅看见她手里抱着的花,明白了大半,立时噤了声,神色有些尴尬。

林晚来抿嘴笑了笑,也没再说话,走到车厢后排坐下。

一路上都没人再上车,林晚来坐在后排靠窗的位子上,怔怔看着沿途风景。街道上家家商户都门窗紧闭,冷清得千篇一律。

到永祥墓园站,正好是八点三十分。

林晚来轻车熟路地穿过马路,在墓园门口做了登记,领了一盒香,走进去找到了林之远的墓碑。

墓碑上贴着的是他年轻时的照片,选了他难得神情严肃的一张。

在林晚来的记忆中,林之远是个很帅气的中年男人,又高又瘦,喜欢穿衬衫,戴无框眼镜,是很好看的读书人。

她把目光挪到墓碑下,才看见已经有人来探望过他,送了一盆蓬莱松。

蓬莱松不好养,眼前这株株型美观,针叶嫩绿,簇生成团,种在一只成色极好的紫砂陶盆中,一看就费了不少心思。

林晚来把怀里的白菊放在蓬莱松边,盯着墓碑上林之远的照片怔了怔。

她上一次来看林之远是去年的大年初一,这一年,好像发生了很多事,她一时竟不知道从哪里说起。

"老爹,我选文科了。"

"历史确实有趣,但真挺难的,"她略低头笑了笑,"都怪你当时忽悠我。"

"理科班转来一个男生,是我以前的小学同学,很厉害。他叫肖晋,不知道你还有没有印象。"

"中考我是全A,还是留在一中了。老师们都对我很好。"

顺着时间往前推,她拣着过去一年里重要的事情告诉林之远。

"但是中考之前……我和妈妈吵了一架,一学期没去上课。"讲到这里,她顿了一下,心里突然有些犹豫,不知道该不该把这件事给林之远讲。

静默良久,她长长叹了一口气,看着林之远的照片,弯起眼睛笑了一下。

"我知道休学不对,离家出走也不对,先跟你认错。

"但我当时,真的只想离她远远的。"

她的眼角缓缓凝滞下来,脸上露出一丝冷漠和疲倦。

"我知道她也很苦,我甚至支持她恨你。"林晚来的眉头不自觉又皱起来,"可是……"

可是五年过去了,林晚来仍然无法理解冯晓的态度。

冯晓当然是恨林之远的,不然不会在那场车祸之后就像变了一个人。

可她同时又天衣无缝地扮演着"林之远的遗孀"的角色。

她每年都请人精心打理林之远的墓碑,例如眼前这盆一看就价格不菲的蓬莱松。

她对林之远老家的几位亲人多有照顾,逢年过节都送去红包。

她放弃去粤城的机会,留在小小的长岭独自照顾女儿,并且把女儿教得非常出色。

她有了新的爱人,却无论如何不肯在林晚来面前承认。

她明明在家里连林之远的名字都不愿意提及,却非要外人带着叹息、同情和更多的佩服对她说一句:"你也真不容易。"

就好像旁人这么一句无关痛痒的感叹和安慰是她的某种证明。

可能证明什么呢?

林晚来始终想不明白。

林晚来哽住了,皱着眉停顿许久,最终还是什么都没有说。

"算了,跟你说这些有什么用。

"说起来还不都怪你。"

她提起嘴角笑了下,屈膝半蹲下来,拆开盒子里的三炷香。她没点燃,跪下来举着三炷香对着林之远的遗像磕了三个头,然后插进碑前的香炉里。

墓园里起了一阵风,包着白菊的牛皮纸擦在墓碑上,发出沙沙的声响。

她站起身,手扶在墓碑上最后看了眼黑白照片中的人,告别道:"我走了,明年再来看你。"

林晚来离开墓园的时候,门口的管理员阿姨照旧和她寒暄了几句。
"走啦?"
林晚来每年都在大年初一的早晨来,所以已经和这位阿姨算是脸熟。
"嗯。"林晚来微笑,"给我爸打扫墓地这么久,麻烦您了。"
"应该的应该的!"阿姨摆摆手,"你妈妈花了那么多钱,还每年都打电话来问,我们当然要尽职尽责。"
林晚来仍旧道谢:"谢谢。"
"没事没事,快回去吧!"阿姨笑得更慈祥了,"你这么懂事,你爸爸在那边肯定也很放心的。"
林晚来只是笑,颔首与她道别,走出了墓园大门。
公交站在马路对面,回去直接出门右拐就是。
林晚来刚走下墓园门口的台阶,一转身,却看见不远处的公交站牌下站着一个熟悉的身影。
肖晋穿着一身黑色的长款羽绒服,裹着灰色围巾,两手都揣在兜里,冷得一个劲儿地跺脚。
余光瞥见林晚来的身影,他才猛地转过身来,愣愣地朝她笑。

肖晋心里有些没底,这么贸然地等在这里,不知道对林晚来来说会不会是一种冒犯。
在坐上公交车之后,他甚至有些坐立不安,好几次想下车回头。
但最终他还是穿过难得冷清的市区,在新年第一天的早晨,等在了墓园门口。
等到了昨晚守岁倒数时,他最想见到的那个人。
林晚来在看到肖晋的笑容之后愣了很久,才缓慢地、有些僵硬地扬起了嘴角。
就像在雪地中独行许久,终于遇见了一个给她擦起火苗的人,暖意一点一点冲破冰封,冻僵的身体正在复苏。
她迈步走到他面前,问:"你怎么知道我在这儿?"
林晚来的表情看起来很正常,肖晋紧着的心终于放松了一些,笑道:"我猜的。"

这句说完，他顿了下又立马补充强调道："我真是猜的！你说大年初一有事，我猜大概是来这里了，就想来碰碰看……"

他眼角眉梢都写着紧张，生怕她不信似的。

林晚来失笑，柔声道："猜的就猜的呗。

"我又不怀疑你的智商，你能猜到不奇怪。"

肖晋下意识"哦"了一声，反应过来又觉得不对，因为林晚来也太温柔了点，又抬头疑惑地"啊"了一声。

林晚来看他现在一惊一乍的像只傻鸟，乐了，转了个身面对马路，和他并肩站着。

她没再看着他，脸上却还是挂着笑："找我干什么？过年啊？"

"嗯嗯。"肖晋连忙点头，还是十分怀疑地瞥了林晚来两眼。

"你爸妈呢？"林晚来又问，"肖老师和张老师不是刚回来不久吗，你不用陪他们？"

"不用，他们俩昨天通宵打牌，不睡到天黑是起不来的。"肖晋大刺刺回答。

"哦。"林晚来点点头，然后又偏头看向挨着自己的肖晋，笑了，"那这样吧……"

冬天的太阳出得晚，却不刺眼，此时一道阳光正好照在女生的脸上，暖融融的，映出她瞳孔好看的琥珀色。

"不是要给我发红包吗？

"那就请我吃新年第一顿饭吧！"

这一趟公交车上仍然只有他们两个人。

林晚来和肖晋在后排并肩坐着。冬天衣服厚，两个人的胳膊总是撞到，羽绒服面料摩擦着，不停发出沙沙声响。

各自缩了好几次手，仍然躲不掉那烦人的摩擦声，到最后两人都无语了，不约而同笑起来。

肖晋偏头看着林晚来笑，心里松快得像踩在云端一样。

"算了，干脆这样。"

他心思一动，突然把胳膊伸远了一点，穿过林晚来的手肘，垫在了她的手臂下。

林晚来下意识僵了一下，抬头定定地看着肖晋。

他却仍然笑得开怀坦荡："你直接这么搭着，就不会擦出声音了。"

暖意隔着厚厚的衣服传来，林晚来低下头，偷偷弯了弯嘴角，又收回目光。

她另一只手从口袋里拿出手机，才发现肖晋七点多的时候又给她发了一条短信。

"你给我发短信了？"人就在身边，她还没点开，先顺口问了句。

"你没看到？"

肖晋下意识问完，突然一惊，然后反应十分迅速地扑过来抢林晚来的手机："那你别看了！"

他羽绒服的领子蹭到她的脸颊，男生的体温瞬间把她包围。

抓住林晚来手机的同时，肖晋也握住了她的手。男生的手大，几乎把她整个拳头都包了手掌里。

肢体接触的瞬间，两个人四目相对，同时僵住。

公交车驶到路口，司机师傅慢悠悠踩下刹车，肖晋和林晚来身体同时微微前倾，两个人才反应过来。

肖晋连忙收回手，坐回自己的位子。

林晚来反应慢半拍地把举起来的手放下，极不自然地往窗外瞥了一眼，问道："你……发什么了？"

肖晋脸上隐隐发热，搁在自己膝上的手无意识空抓了两下："哦……没什么，挺尿的话。你别看就是了。"

林晚来顿了下才嗤笑一声，调笑道："稀罕，你还会尿？"

她本来只是为了缓解尴尬玩笑一句，这么一说，倒真把她自己说好奇了，心痒痒的，想知道肖晋究竟发了什么尿到见不得人的东西。

她大拇指蠢蠢欲动想要点开手机，肖晋却咳了一声，再次强调："你别看了。"

他越这么说她越忍不住。

林晚来假装点头答应，心里却盘算好了回家后偷偷看。

肖晋目不斜视地盯着前方看了两分钟，终于还是没忍住，低声叹了口气："算了，反正你回家肯定也会看。"

"噗。"林晚来轻轻笑出声，完全不否认他的预测。

"还是我直接告诉你吧……"肖晋微微侧过头来，看了眼林晚来，语气里很明显地带着一种自己挖的坑就得自己跳的憋屈感。

"就是……"

他刚一开口，又把目光收回去，仍然盯着前方，仿佛这样就能缓解一些被迫认怂的尴尬。

"就是……我说，我在 238 公交车上，我来找你。但如果你觉得不舒服或者不自在，你可以随便回我一个什么，我就下车掉头。

"大概……就这意思。"

林晚来原本等着看肖晋的笑话，听完他别别扭扭说完这几句话，却彻底怔住了。

他说，我来找你。

他说，但如果你觉得不舒服或者不自在，你可以随便回我一个什么，我就下车掉头。

肖晋仍然为自己的认怂行径和短信内容尴尬着，时不时摸摸鼻子按按手指，坐立不安。

林晚来看着身边猴儿一样坐不住的男生，却是全然不同的心情。她整颗心像是被泡在温水里，又像是漂浮在被阳光照耀的海面上。

肖晋眼神左右飘忽，终于察觉到林晚来含笑看着他，一对上视线，心里更瘆得慌了。

"你……这么看着我干什么？"

林晚来轻笑一声，收回目光："没什么。挺好的，也……没有很怂嘛。"

她说这话时微微低着头，扬着嘴角，窗外阳光照进来，在她的鼻尖形成一个小小的光点。

肖晋看得有些发愣，忽然没头没脑地问了一句："林晚来，你今天……特别高兴吗？"

林晚来闻言笑得更开怀，又大大方方地看向他，肯定道："是啊。"

她的回答像一枚音符，轻快地落在肖晋的心上，敲出一首歌。

肖晋下意识咽了下口水，仍然有些忐忑，又问："是因为……我吗？"

林晚来没有半点犹豫，仍然笑着，正要开口回答，手里的手机突然亮起屏幕，不停闪烁着。

是冯晓打来的电话。

林晚来的眉头习惯性皱了一下，抿了抿唇，对肖晋说："我接个电话。"

肖晋眼里期冀的光暗了些，但很快还是又露出笑容："好。"

"小晚，你带文夕出去了吗？"冯晓的声音仍然温温柔柔的，但听起来隐约有些不安。

林晚来心下感觉不太好，回答："没有。她不在家吗？"

"没有呀，我们刚回来就没见到她……现在手机关机，联系不到人，衣服好像也少了几件。"冯晓的声音虚了下来。

怕什么来什么。

林晚来的心猛地坠了下，她缓缓舒了一口气，又问："你们几点回到家的？我出门的时候她还睡着。"

冯晓没有回答，半秒钟后是冯昕的声音插进来。

"我们刚到家她就不在！肯定是跑出去了！小晚呀，你怎么回事哦，大姨本来很放心你看好你妹妹的呀！你看不出来她正在叛逆期吗？怎么能让她一个人在家里呢？"

她的语气焦灼且失望，仿佛林晚来辜负了她的重托。

林晚来沉默了两秒，没有反驳说她这个妹妹已经是个初中生，也没有再追问她们俩到底是几点回的家。

"分头去找。"林晚来平静地说道，"你们俩在镇上找，我在墓园，这里是不是离冯文夕爸爸老家很近？"

"她肯定是去找他了呀！还分什么头！"冯昕更加焦急，"永祥就在那边上，你赶紧先去，我跟你妈妈现在开车过去！"

电话啪的一声挂断了，随后传来忙音。

林晚来足足听了三声长长的忙音，才把贴着耳朵的手机放下来。

"新乡李家站到了，下车的乘客请从后门下车，开门请当心，下车请走好。下一站……"

公交车的到站播报正好响起，林晚来在位子上愣了两秒，才拖着身体站起来，对肖晋说："不好意思，我临时有点事，要先下车了。"

她用小腿碰了碰肖晋的膝盖，示意他让她出去。

肖晋看了她一眼，然后站起身："什么事？我跟你一起。"

林晚来还没开口，驾驶座上的司机师傅已经不耐烦地催促起来："下不下车啊？要下车快点啊！"

肖晋定定地凝视着林晚来，微笑道："刚刚我问你的问题，等这件事情解决了，你要告诉我答案。"

说着，他牵住她的手腕，带着她下了车。

"出什么事了？"

刚刚冯昕的声音很刺耳，坐在林晚来身边的他也听到了几句，便知道一定不是什么好事。

林晚来抬头看了一眼"新乡李家"的站牌，小小一块，孤零零杵在路边，有些生锈，"李"字上还掉了两处漆。

她轻轻叹了口气："我表妹，今天早上我出门之后也偷偷溜出去了，现在找不到人。"

"她多大？"

"上初二。"

"上初二的人……不能自己出门？"肖晋皱了下眉，似乎很不理解。

林晚来本也不理解，但想到昨天晚上冯文夕的举动，还是有些不放心，只好说道："她正是叛逆期，好像跟她妈妈矛盾很深，所以不太放心吧。

"而且她现在手机关机，带走了衣服，所以……"

家长里短的事情，说起来都觉得心累。

"明白了。"肖晋很及时地接下话题，又往四周环顾了一眼，"你们怀疑她在这附近？"

林晚来点点头："这是她爸爸的老家，她妈妈说，她肯定是来找他了。但我不知道她爸爸具体住哪里，也不太记得他长什么样子了。"

冯昕和前夫离婚很早，大概是在冯文夕刚上幼儿园的时候。

林晚来对这位前姨夫的印象，也仅剩"他似乎叫李君洋"和"好像长得很高"而已。对"新乡李家"这个地方还有记忆，也完全是因为它就在从长岭去墓园的路上。

这些信息实在有限，肖晋却还是点了点头，再次牵紧了林晚来的手腕。

"没事，这地方看起来人不多，先往里走走看。"

南城本来就是个经济欠发达的小城市，新乡这个地方属于南城的农村，除了公交车停靠的这条大路还算整齐宽敞，肖晋和林晚来一拐进小路，脚下便是坑坑洼洼的石子混凝土路了。

肖晋走在前面，仍然伸出一只手攥着林晚来的手腕。

小路逼仄，两边都是泥红色的砖房，肖晋牵着林晚来走到一个路口，终于视野开阔了些。

他停住脚步，往四周看了看，疑惑道："这附近也不像是有人住的啊，你确定她会在这里？"

林晚来摇摇头，她并不了解冯文夕，唯一的线索就是冯昕斩钉截铁的判断。

"行吧，也只知道这点信息了。"肖晋苦笑了下，看了看两边分岔的路，"林同学选条路呗？咱们就先碰碰运气。"

林晚来也不觉跟着他苦笑了一声，心想这人在这种情况下居然还能开玩笑，真是心大。

她抬头看了看，略思忖了两秒，抬起另一只手指向右边看起来整洁一点的那条路。

"这条看着确实有人气些。"肖晋笑了下，轻轻晃了晃林晚来被他牵住的那只手，"那就这条，走吧。"

沿着这条路走了快五分钟，右边出现一大片菜地，视野瞬间开阔起来。仔细一看，地里还分散地站着几个人，正弯腰做事。

"看来是这边，没错。"肖晋说。

"嗯。"林晚来应道。

路上行人也渐渐多起来，大多扛着农具或拎着水桶，行色匆匆的。

林晚来一边由肖晋牵着往前走，一边用目光搜寻着冯文夕的身影。

小路左边是一间一间的平房，肖晋停下来，站在路边看了会儿。

"万一她已经在她爸家里，我们这么在路上找，肯定没用。"肖晋道，"你知不知道她爸家在哪儿，或者问问你大姨？"

林晚来摇摇头。

冯昕和前夫离婚时闹得很难看，林晚来小时候也听到过一些。他们离婚之后再没有联系，冯昕也从来不准冯文夕到她爸爸这里来。

肖晋思忖："她爸是叫李君洋吧？"

"大爷，您晓得李君洋家在哪里吗？"肖晋拦下个老人家，很自然地换成了南城方言问话。

新乡李家是个小村子，村里大部分人都互相认识。

"李君洋？"老大爷确认性地反问了一遍。

"对的。"

"早走了！"老大爷手一挥，"零几年就出去了，从来没回来过。还欠着我们村好几个人钱，鬼晓得他现在在哪里，死了都不一定！"

"那……他原来家在哪里？"

"房子都卖掉了，哪儿来的家？"老大爷略有点不耐烦，往右前方一指，"看到不嘛，就那栋，早卖给别人住了。"

林晚来循着老大爷所指的方向看过去，小平层门前的空地上站着个抱孩子的女人，院子角落里停着辆三轮摩托车，一个中年男人躺在座椅上刷着手机，另外还有两个大些的小孩坐在台阶上玩闹。

的确是已经住了别人的样子。

林晚来冲肖晋微微摇了摇头。

肖晋了然，笑着向老大爷道谢："那行，谢谢您啊。"

大爷摆摆手，走远了，嘴里还嘟囔着："这种垃圾居然也有人找。"

别无他法，两人只能继续沿着小路边走边找。

"不急，李君洋不在反而是好事。"肖晋道，"没准你表妹找不着人，自己就回家了。"

"嗯。"林晚来点点头。

她心里却更担心了，冯文夕究竟是自己打定主意想要来找爸爸，还是跟谁联络过听到了消息才来的？

如果是后者，那情况就没有那么乐观了。

小路走到尽头，又是一条宽敞了两倍不止的水泥路。

水泥路虽比刚才泥泞难行的小路好走点，但也不太干净，不时有摩托车飞驰而过，扬起一片灰尘。

"往左还是往右？"肖晋问。

还是只能碰运气。

林晚来想了想，选了往左的方向，因为这路上大部分的摩托车都往这个方向走。

这路相对宽敞好走,肖晋便不再走在林晚来前面,改为并肩而行。

只是林晚来的手腕依旧被他牵着。

"你要不跟我描述下你妹妹长什么样,我也一起找找。"肖晋停下,侧身看着盯着来往车辆行人的林晚来,提议道。

林晚来想了下,开始描述:"跟我差不多高,但很瘦,短头发,戴眼镜……应该,背着一个白色书包。"

搜肠刮肚,也就想到这么些特征。

肖晋却笑道:"比你还瘦?那不就只剩骨头了?"

知道他这是故意找轻松的话安慰自己,林晚来挤出个笑容。

"走吧,我跟你一起找。"肖晋拍拍她的肩。

大年初一,这条马路上人却不算少,大多是结伴慢吞吞走着的老人,其他则是形单影只的中年男人,或吊儿郎当走在路上,或骑着摩托或自行车飞驰而过。

走了这么久,竟然连一辆小轿车都没看见。

两人分工,一个看马路右边,一个看左边,在这条路上缓慢地搜索着。

走到十字路口,肖晋牵着林晚来停下等红绿灯。

林晚来忽然看见马路对面有一对走在一起的年轻男女,从右侧小路拐进他们所在的这条大路,往反方向走去。

他们拐弯的时候,林晚来看清了那女孩的正脸。

是冯文夕。

她穿着黑色羽绒服,背着白色书包,紧抿双唇,走在一个年轻男孩身后小半步的地方,略微低着头。大冬天的,那个男生趿拉着一双人字拖,没骨头似的塌腰走着,头发长得遮住半只眼睛,隔着一条马路也能看见泛油光。

林晚来不禁蹙起眉。

她轻轻晃了晃手腕,朝马路对面努了努嘴。

肖晋跟着看过去,立刻明白了大半:"就是她?"

"嗯。"

"她身边那个男生是谁?"

"不知道。"

"她该不会是要跟那男生走吧？"肖晋有点头疼，"不怕被骗？"

十有八九是的。

林晚来没有回答，无奈地"哼"了一声。

肖晋牵着她右转九十度，等着过马路的绿灯亮起。

林晚来盯着冯文夕，好在冯文夕一直低着头，没有注意到马路对面的他们。

绿灯亮起，两人快步穿过马路，渐渐拉近了与前面两个人的距离。

直到走到冯文夕身后两三步的地方，林晚来才出声："冯文夕。"

被叫到名字的女生瞬间僵住，却迟迟没有回头。

倒是她身边那个男生警觉地回头，上下打量林晚来和肖晋两眼，然后立刻抓起冯文夕的手要跑。

肖晋却早有准备，两步便跨到了他们身前，比那男生动作迅速得多。

冯文夕仍然没有回头，林晚来继续对着她的背影，大声问道："你来这里做什么？"

"你是哪个？管天管地管我妹子干什么？"长发男暴躁开口。

"你妹子？"林晚来冷笑，"她是你哪家的妹子？还是说，你管你拐的每个女孩子都叫妹子？"

冯文夕这才猛地回头看林晚来，又怀疑地看了眼身边的长发男，神色有些惊恐。

"放屁！"长发男心虚地怔了下才反应过来，冲着林晚来扬起巴掌。

林晚来轻轻往后一躲："不是，你心虚干什么？"

说着，她掏出手机，直接开始拨号："报警就什么都清楚了。"

"不能报警！"冯文夕突然上前抓住林晚来的手腕，皱着眉焦急地说道，"他还要带我去找我爸……"

她满脸写着无助和恳切，看起来真的是把这个一看就不靠谱的长发男当成了唯一的救命稻草。

林晚来无奈地轻叹了声，才劝道："你好好想一想……"

刚开口，冯文夕就被长发男迅速拽走，直接往马路上跑："听她废什么话，我带你去找君洋叔！"

肖晋迅速跟上，哪知刚一跨步，一辆摩托车就从他眼前擦过，他堪堪收回脚步才躲过。

林晚来心一紧。

长发男已经带着冯文夕走到马路那头，还在继续往前跑。

马路两边都没了车，林晚来迅速反应过来，冲上前牵过肖晋的手快速跑过了马路。

长发男穿着拖鞋，还拖着一个背书包的冯文夕，跑起来并不快。

肖晋很快追上了他们，抬腿一脚把长发男踹倒在地。

冯文夕惊叫起来。

林晚来没有管被肖晋踹在地上的长发男，上前一步抓住冯文夕的手腕，强行让她和自己面对面，不可思议地问道："你真的相信这个人能带你找到你爸？"

"我们刚才在村里问过，你爸已经离开这里很久了，没人知道他在哪儿。"

冯文夕冷着一张脸，不看林晚来，也不回答她的问题。

"好，你不说，我就报警，让警察来问问他到底是什么人。"林晚来跑了一段，神经又一直高度紧张，这会儿还有点喘，也懒得再跟冯文夕多说，掏出手机打110。

"我让你报警，臭娘们！"

疼得在地上打滚的长发男听到这话又着急起来，随手抓了一把碎石往林晚来身上砸。

肖晋下意识用自己的身体去挡，一把碎石全都打在他身上，还有几粒碎沙蹦进眼睛里。

长发男趁肖晋眨眼调整的间隙，从地上爬起来，还没站稳就又抓着冯文夕想跑。

林晚来没有客气，对着他的膝弯也是一脚，长发男再次跪倒在地。

长发男彻底怒了，跳起来要对付林晚来。

肖晋没有给他起身的机会，直接用膝盖抵住他的肩膀，一只手掐着他的脖子。

长发男被制伏在地上，动弹不得。

冯文夕惊恐地看着这一切，僵在原地半天不动。

"你还……愣着干什么，真让他们报了警……你爸，你爸也会被牵连……"长发男被掐得满脸涨红，还不死心地蛊惑冯文夕。

林晚来懒得再跟冯文夕细说，斜睨她一眼，有些不耐烦地问道："你想想清楚，他这个样子，可能是带你找你爸的人吗？"

冯文夕却仍然带着深深的惊恐和怀疑，看了看躺在地上的长发男，又看了看几乎要失去耐心的林晚来。

"你还不相信我？我不是给你看了你爸的照片和短信了吗？"长发男仍在挣扎。

"闭嘴。"林晚来冷漠道。

对峙半分钟，冯文夕不知想通了什么，突然挣开林晚来的手，掏出口袋里的手机，狠狠向背对着她们压制长发男的肖晋砸去。

林晚来一惊，冯文夕却已经冲上前，扶起长发男要跑。

肖晋后颈被击中，吃痛地蹲下来，却还是尽全力分一只手抓住了冯文夕的书包。

长发男已经暴躁到了极点，回头就是一脚踹在肖晋肩上。

肖晋没工夫再管后颈的痛，抓住长发男的小腿又把他拖倒在地，两人厮打起来。

林晚来怒气上头，冲到冯文夕的面前，啪地直接给了她一巴掌。

"你到底有没有脑子？"

冯文夕被打蒙了，还没反应过来，一阵尖锐的刹车声突然在两人耳边响起。

冯昕急匆匆下了车，两步走到林晚来面前狠狠推了她一把，怒道："你怎么跟文夕动手？"

冯晓比冯昕晚了两步，后知后觉走到林晚来身边，同样焦急地问："怎么回事？"

眼前冯昕怒气正盛，抚着冯文夕脸上鲜红的指甲印心疼地安慰了两句，又狠狠地盯着林晚来，质问道："你是怎么当姐姐的？"

林晚来直视她的眼睛，几秒钟后，冷冷地移开视线："你自己问她。"

一旁的肖晋已经明显占了上风，林晚来走过去帮忙，揪住长发男后脑勺的头发，抓起一把碎沙直接糊在他眼睛上，然后把他双手反剪在身后，抽下衣服的腰带捆紧。

肖晋脸上也挂了彩，站起身后看见有些不知所措的冯晓和冯昕，愣了两秒温声叫了句："阿姨好。"

林晚来却懒得跟冯晓和冯昕多说，在她们俩难以置信的眼神中利落地收拾好长发男后，掏出手机报了警。

挂断电话,林晚来眼神冷漠,说道:"警察马上就来,你们自己听她怎么说吧。"

说完,她扶住肖晋的手臂,转身要走。

"小晚!"冯晓一直愣着,等林晚来走出了两步才想起来拦,"你怎么……就这么走了?跟妈妈回家。"

她前半句话还说得温温柔柔,到后面就显出严厉的神色,看向肖晋的眼神也充满了怀疑和不满。

林晚来不说话,同样冷着一张脸。

冯晓扯着嘴角僵硬地笑了一下,极力控制情绪:"这位同学是?你不是去墓园?怎么会跟他在一起?"

林晚来并不想回答这种已有预设答案的问题,身后的冯文夕却忽然开口:"就是他!他一来就跟我们动手!他打这个男生,林晚来打我!"

"他们两个还是一起来的!"

冯晓倒吸一口凉气,颤颤巍巍地问:"小晚,文夕说的……是真的?"

林晚来的眼刀飞向冯文夕。

她现在被冯昕揽着肩,耀武扬威地直视林晚来的眼神,仿佛大仇得报。

林晚来又看向冯晓。

她还是一脸的恐慌和失望。

"这是肖晋,就是肖老师和张老师的儿子,你之前说的'他们家的小孩'。"林晚来的声音中没有一丝波澜。

"他为了找冯文夕,"她又将眼神定在冯昕身上,神色冷冷的,"也就是你的宝贝女儿,受了这么多伤。我要陪他去医院,有什么问题?"

"还有,如果今天是你看到发生了什么,我不认为你这位好妈妈下手会比我轻。"她开始冷笑。

说完,她甩开冯晓揪着她的手,转身离开。

临近中午,和煦的阳光笔直地照在这条路上,林晚来面上暖暖的,却感觉到身边的人僵硬着不敢动。

她没忍住笑了声:"肖晋。"

"嗯……嗯。"肖晋的声音有点沙哑。

"我感觉……我现在好像带着生重病的老人在晒太阳做复健。"

肖晋脸色一僵。

"你不觉得吗？"林晚来不依不饶，还笑得更大声了，"你现在肢体僵硬得特别像在床上躺了大半年的老人家。"

前面就是公交车站台，肖晋忍无可忍，长腿一迈，手上略一用力，拉着她两步走到站台边，并排站着。

"林晚来，你以前没这么多话。"肖晋目不斜视，高冷地说道。

林晚来"喊"了声，迎着暖阳，笑意盈盈地等车来。

"林晚来，要不我们先去吃饭？"坐上车，肖晋才想起来他们一直没有吃东西。

林晚来面无表情地回答："你先看看你现在脸长什么样再说话。"

不用看也知道不怎么能看。

肖晋转回头，安静了没几秒，还是不放心，又问："你不饿？"

"不饿。"

肖晋想了下，又问道："那我们就找个边上有餐馆的医院，快速吃两口再去看医生，行不行？"

林晚来幽幽盯着他："你说呢？"

挣扎无果，肖晋自觉闭麦。

林晚来轻轻叹了声，含笑说道："我认识一家诊所，医术不错，公交车直接到，去那里方便，还不用花钱。"

"你要是饿了，我让那大夫多做两个人的饭，反正时间刚好。"林晚来拿起手机，"你有没有想吃的菜？"

肖晋正奇怪她还有相熟的医生，听到她的问题，就没顾上问，答道："你就说你喜欢吃的就行。"

明明也只是怕她饿。

林晚来点点头，又收回手机："我就不用特意点菜了。"

公交车再次穿过市区，驶回了长岭，快到一中的时候，林晚来说："这站下。"

"就在学校边上？"

"是啊，所以我说方便嘛。"

说完，林晚来碰碰肖晋的手肘，示意他下车。

肖晋看了看自己搁在膝上微微松开的手，又看了看林晚来催促自己的眼神，乖乖起身下车。

林晚来说的诊所在一中对面的巷子里，走进去之后还要上个小坡才能到。

一间有些旧的院子，打扫得却干净有序，门前还种了些肖晋叫不出名的花草。林晚来走上前，一掀开门上挂着的布帘，一阵草药清香就扑鼻而来。

居然是家中药馆。

肖晋越过林晚来的肩头看了看，满墙都是药橱，一个穿白大褂的年轻男人站在药柜前捣着什么。

抬头见是林晚来，他一点也不意外，轻笑着问了句："又惹什么事了？"

这熟稔的语气立刻吸引了肖晋的注意，肖晋开始仔细打量这个人。

看起来非常年轻，如果不是穿着白大褂，肖晋几乎会以为他是和他们同龄的人。很瘦，很白，鼻梁挺拔，眼睛细长，架着无框眼镜，头发有点长，在脑后绑了个小髻，更显得骨相优越。

林晚来似乎对他也很熟悉，嗤笑了声，答道："不是我，是我朋友。"

"他受了点伤，你给他处理一下。"

说着，她看了眼肖晋，又指着那个男人说："这是我……"说到这里，她突然有点不知道该怎么介绍似的，顿了下，"应该算是我哥。"

"这是肖晋。"

那个男人这才放下手里的石杵，换上橡胶手套，绕过药柜走出来。

"这会儿我就是你哥了？"他边走边调笑，走到肖晋面前，又敛了神色，伸出手来，自我介绍道，"你好，蒋西辞。"

肖晋也伸过手去，颔首："肖晋。多谢你。"

"没事，坐吧。"蒋西辞示意肖晋坐在凳子上，然后微微躬身，查看着他脸上的伤口。

"你又跟谁打架了？"蒋西辞一边清理着肖晋脸上的伤，一边问林晚来，"还害得人家挺好看一小伙破相。"

林晚来非常顺手地去拨弄蒋西辞的石臼，闻言白了他一眼。

"什么叫又？"提到这事她有点不耐烦，"还不是为了找冯文夕。"

"冯昕的女儿？"蒋西辞略一停顿，回忆道，"你大姨是叫冯昕吧？冯文夕怎么了？"

"嗯。"林晚来点点头，转身抽开身后药橱上的一只抽屉，拿秤称了一味新药，加进石臼里，"'中二'少女，跟她妈妈关系不好，离家出走想去找她爸，差点被个小流氓骗走。"

"嚯。"蒋西辞听完前因后果，叹了声，又笑了，"你不也搞离家出走，笑人家'中二'少女？"

肖晋一直默默听着这两人的对话，能感觉到他们俩交情不浅。听到最后这一句，他还是吃惊了一下。

林晚来曾经离家出走独自去粤城的事情，这个人居然也知道？

莫名地，他心里一沉。

林晚来听见这话，却反应平常，不屑地"嘁"了声。

"我比她有脑子，再'中二'也知道保护自己，不会随便跟个人就被带着走。"

说着，她停顿了一下，看着坐在椅子上的肖晋，又说道："而且，我遇到的人，比她靠谱多了。"

她这话是故意说的，揣着坏心思想看肖晋无措的呆鸟样。

谁知那人居然低垂着眉眼，看着地板出神，不知在想什么，像是压根儿没听到她说的话。

坏心思落空，林晚来觉得无趣，又想到来的路上肖晋一直说要吃饭，便径直往里间去，边走边问："今天什么菜？"

"就桌上摆的那些，你自己看。"蒋西辞忙着剪纱布，抽空答道。

过了一会儿，林晚来的声音又从里间传来："行吧，还能吃。"

蒋西辞小声啐了句："爱吃不吃。"

这音量林晚来听不到，但她还是继续大着嗓门说话："肖晋，你先喝汤还是先吃饭？"

突然被点名，肖晋一开口，发现嗓子有点沙哑："都可以。"

肖晋脸上的伤口已经处理完，蒋西辞把药水拧上盖，对他笑道："挺能忍啊，小孩，不叫也不躲的。"

肖晋愣了下，反应过来蒋西辞这是在开玩笑，扯了扯嘴角："皮肉伤，本来就不痛。"

蒋西辞笑了下:"身上呢?也有伤吧?"

当然有,肚子上背上没少挨拳头。

"羽绒服脱了,上衣掀开我看看。"

闻言,肖晋略有迟疑,但还是点了点头。

趁他脱衣服,蒋西辞冲里间喊了句:"林晚来,你自己先吃,别出来!"

"啊?"林晚来有点蒙。

过了两秒,她好像是自己反应过来缘由,才说道:"哦哦,那你给他仔细瞧啊,上好药!"

肖晋的羽绒服里就穿了件长袖T恤,卷起衣摆,露出一截少年人独有的劲瘦腰身。

一片青紫。

蒋西辞一边轻轻按了按各处伤口,一边笑道:"她还挺关心你。"

"嗯。"肖晋嗓子有点哑,声音里情绪难明。

"你这就别上药水了,直接抹药膏吧。"蒋西辞让肖晋扶着卷起的衣服,走到药柜边上去找药膏。

他翻出两支白色包装的药膏,走回来,直接挤在虎口处搓热,往肖晋身上抹:"这药膏我自己做的,应该很管用,待会儿你带两支回去,每天早晚各抹一次就行。"

肖晋偏头看了眼椅子扶手处的药膏,突然觉得有点眼熟。

"这药膏……"他下意识开口,"我好像用过。"

"怎么可能?这我自己做的,药店里没有卖。"蒋西辞一口否认。

肖晋却越看越眼熟:"不对,我真用过。"

"你记错……"蒋西辞正说着,突然想到什么,话锋一转,"等会儿,上回她来我这儿拿了一袋子药,也是给你的?"

肖晋这才想起来,上次林晚来给他上的药,好像也是这个。

"刚开学那会儿吧。"蒋西辞回忆着。

那就没错了。

"是。"肖晋点点头。

"行,这丫头,从我这儿拿东西往外掏从来不心疼的。"蒋西辞笑骂了句,又问他,"小伙子打架不少啊?"

"也没有。"

就这两次，说来说去，都和她有关。

肖晋又盯着那白色的药膏发愣，忽然想到了什么，猛地一扭头，看着蒋西辞。

上次林晚来被张航推了一把背上撞到桌角，她说去医院上了药，应该也是来的这里。

"你干什么？"蒋西辞被他吓了一跳，莫名道。

上次，也是你给林晚来上的药吗？

肖晋心下纠结再三，觉得这问题既不磊落又不太尊重作为医生的蒋西辞，所以还是什么都没有问。

他扭回头，小声说道："没事。"

蒋西辞上完药，把肖晋的T恤放下来，走到水池边洗手。

"行了，进去吃饭吧。"

"我听那丫头说，你们一早什么也没吃。新年第一顿是我们一起，也算缘分。"

里间，一张方木桌子摆在中间，四周摆着四条长木凳子。

林晚来没有动筷，坐在一条长凳上，一直等着他们俩。

见肖晋进来，她笑盈盈道："蒋西辞老说先喝汤对身体好，所以我先盛了汤。"

"嗯。"肖晋神色和缓。

蒋西辞后脚跟进来，立即"哼"了声："有事求我就是哥，没用了就是蒋西辞？"

林晚来回撑："你姓蒋我姓林，哪门子的哥？"

"出息。"蒋西辞"嗤"了声，满不在乎地推着肖晋走到桌边坐下。

刚坐下没吃几口，蒋西辞就叮嘱林晚来："你一会儿回家，别跟你妈对着来啊，她说的话你当没听到就行。"

"你放心，大部分时候我都不想讲话。"

"你明明跟个炮仗似的一点就着。"蒋西辞很不客气地戳穿。

懒得理林晚来不满的眼神，蒋西辞又扭头叮嘱肖晋："你那个伤，要每天早晚抹药啊，一定要抹开了，背上自己抹不到就喊家人帮忙，不行的话就每天到我这里来一趟，我给你抹。"

"哦，对了，你爸妈那边，会不会担心啊？"

林晚来这才想起关键一茬，大年初一的，肖晋的父母还在家，要是他脸上挂着彩回家……

"没事，我说我摔了一跤蹭的，他们不会多问。"肖晋喝完了一碗汤才把头抬起来，温声回答道。

"可是……"林晚来仍然不放心。

"真没事。"肖晋微微扬起嘴角，伸手把空碗递给她，"与其担心这个，不如先给我添碗饭？"

蒋西辞厨艺不错，几样菜都算得上色香味俱全。除了肖晋没怎么说话之外，阴错阳差凑一块吃了新年第一顿饭的三个人也还算是融洽。

酒足饭饱，林晚来撑着脑袋，有点发饭晕。

肖晋吃完了，安静地坐在桌边。

蒋西辞也给自己倒了杯热茶，悠闲地吹着气。

林晚来垂眼看了看桌上光溜溜的几只盘子，懒洋洋道："待会儿我洗碗。"

蒋西辞点点头："是该你洗，天天上我这儿看病拿药也没见你给钱。"

林晚来翻了个白眼："我哪次没说要付钱，你收吗？"

蒋西辞不耐烦地摆摆手："去去去，要洗赶紧洗去！"

肖晋习惯性地想帮忙，但屁股还没抬起来就见林晚来已经十分利落地小盘叠大盘，把一桌子空盘拢成一摞，筷子也合成一捆握在手里。

她看起来很熟练，去帮忙显得多余。

肖晋又不动声色地坐回去。

也不知道为什么，从踏进这间小医馆听见蒋西辞说的第一句话起，他心里就有一股说不出来的滋味，好像空落落的，什么都没有，又好像坠着块大石头，非常沉重。

不磊落不爽快，他并不喜欢这种感觉。

林晚来端着一摞盘子正要往厨房走，桌上的手机却突然振动起来。

"哎哟，每次你这古董一有动静我都觉得像诈尸，怪吓人的。"蒋西辞夸张地抚了抚胸口。

林晚来幽幽白他一眼，俯身看了眼来电显示。

冯晓。

果断不接。

"你不接？"蒋西辞问。

"不接，"林晚来端起盘子转身往厨房走，"你爱接你接。"

桌上的手机独自闪烁了十几秒，蒋西辞慢吞吞地呷了几口茶，同样也没接。

手机终于消停下来，蒋西辞心有戚戚焉，对肖晋说道："我要是接了，她妈妈能直接冲过来点我房子。"

肖晋嘴唇抿成一条直线，挤出个笑容，没有接话。

林晚来在厨房里丁零当啷一阵，终于把碗洗干净，放进沥水篮里。

回来的时候，饭厅里却只剩了蒋西辞一个人。

林晚来四处瞅了几眼，奇怪地问："他人呢？"

"走了，说先回家了。"

"就回家了？"林晚来纳闷，掏出手机想打个电话问问。

蒋西辞却斜她一眼，反问道："他是你同学？年都不过陪你找人？"

林晚来并不怕他这副端长辈架子的样子，但他那句"年都不过陪你找人"还是让她不自觉愣了一下。

她把手机收回口袋，回答："认识很多年的朋友。"

蒋西辞定定地看了她两眼，知道她不会多说，便点了点头，开口赶人："你也赶紧回家去，别跟你妈吵架啊。"

林晚来走出蒋西辞的小院，迎面就被一阵冷风打了个大耳刮子。上衣没了腰带，扎不紧，空空包在身上，一个劲儿地灌风。

她立在原地蒙了下，两手揣在兜里往里收，努力想把衣服拢紧点。摸到口袋里的手机，她又想到先行离开的肖晋，怎么想怎么不对劲。

考虑了几秒，她还是拿出手机，打开信息栏编辑短信。

发送。

林晚来：你先回家了吗？

小巷狭窄，不见阳光，冷得她直哆嗦。

她站在小院门口等了两分钟，没见回复，想了想，还是把手机放回兜里，迈步回家。

才到楼道里就听见了冯昕歇斯底里的声音，林晚来心里抗拒极了，但想到兜里的手机就剩半格电，还有莫名先走了的肖晋，眼一闭心一横，掏锁开门。

"你这样对得起谁啊？有本事就别拿我的钱出去啊，身无分文找你那个大哥去，看他带不带你找你爸？"

"你眼睛再瞪？再瞪？"

"你看看你现在，哪里还有个学生的样子？"

林晚来一推开门，就看见冯文夕背倚在客厅墙壁上歪歪斜斜站着，冯昕站在她面前，边吼边拿手扯她。

冯晓站在一旁，一双手将伸未伸的，像是不知道要不要拦。

林晚来关门的声音传来，冯昕和冯晓才发现她回来了。

她换上拖鞋，把靴子放回鞋柜里，面无表情地与两人对视了一眼，打算径直回卧室。

还没等她迈出一步，冯昕已经挤出一个虚弱的笑容："小晚回来了……大姨给你道歉，没搞清楚情况就凶了你，还要谢谢你帮我找到了她。"

"不用。"林晚来简单回了句，仍要往自己房间走。

冯晓却把什么东西伸到她面前拦住了她。

林晚来看了眼，是她上午用来捆长发男的腰带。

"说说吧，"林晚来正要伸手去拿，冯晓却又收回手，径直坐到了沙发上，"这么大的事情，一家人总要互相交代清楚。"

冯晓话音刚落，冯昕也接棒似的跟上，推着冯文夕坐到左侧单人沙发上，自己又跟冯晓并排，坐到了主沙发上。

剩下右侧的单人沙发，当然是给林晚来留的了。

她要和冯文夕一起接受拷问、审判和再教育。

林晚来看着冯晓嘴唇苍白、双眼无神，一副被伤透了心的垂泪老母模样，心下不觉冷笑。她强压满心的厌烦，坐在了右侧的沙发上。

"文夕这个事情，警察已经问得差不多了。"冯晓说起冯文夕的事情，语气仍然很温和，亲昵地叫着"文夕"。

出于某种诡异但又被广泛认同的逻辑，交叉审问对方的孩子，好像是家长们惯用的方式。

"那个小男生叫李凯，新乡李家的人，还不到十八岁，早没读书了，一直在街上混日子的。他也承认，他从来不认识李君洋。"

冯晓稀松平常的语气像是踩中了冯文夕的敏感神经，她原本还一脸桀骜跟冯昕对着来，此时却瞬间红了眼，低着头死命憋眼泪。

"你还好意思哭？"冯昕原本冷着脸等冯晓说话，忍不住又爆发了，"你都初二的人了，到底有没有脑子？别人说什么都信？"

她的一根手指在空中疯狂戳着："你听到那个小流氓说什么了吧？他说……他说……我的脸都让你丢光了！"

大概是嫌话脏，冯昕没把那个长发男的话复述出来。

本来被冯晓说得要哭的冯文夕听到这话却又恢复了一张冰块脸，抬头直视冯昕："他说，只要当上你的女婿，就能一辈子富贵。"

她语气冷漠平静，仿佛说的话与她半点关系也没有。

"你、你——"

冯昕气得跳起来，喘着粗气，像一头发狂的母牛。

冯晓及时拦住了她扬起的巴掌，叹了口气，说道："好了，事情都过去了，平安回来就好。"然后迅速把眼神转向一旁的林晚来，其意很明显。

冯昕迅速接收到了冯晓的信号，刚才还对冯文夕怒目圆睁，一转头看向林晚来，又是温柔和蔼的样子。

"小晚啊……大姨还是要谢谢你帮我找到冯文夕的哦。"

林晚来都懒得客套，几不可闻"嗯"了声，等她进入正题。

"就是有个问题，大姨和你妈妈都不太放心……你怎么会和那个男生在一起的呀？你不是去墓园了吗？"

"回来的路上碰到的。"

林晚来实话实说，反正从她的角度来看，事情的确是这样。

冯昕当然不信，却仍然笑眯眯地问："那这大过年的……他怎么会一个人在外面呢？"

林晚来语气冷淡："我不也一个人在外面？"

"你这是什么态度！"冯晓插话进来，轻声训斥。

她看起来仍然很虚弱，标准法制节目里被叛逆子女折磨得身心俱疲的失望母亲模样。

与这种苍白脸色配套的,是她一直用一种疲惫的眼神久久凝视着林晚来,期待用这种凝视唤起林晚来心中的负罪感和羞耻感。

可林晚来只觉得不耐烦,移开了眼神。

冯晓继续用那种轻轻的、虚弱的声音问:"你跟他是什么关系?你们后来去哪里了?"

"同学关系。医院。"林晚来答得简略,但完整。

冯晓没有接话,冯昕却很合时宜地叹了口气。

两个人配合得倒默契。

林晚来等了一分钟,觉得这沉默快要让自己窒息了,抬起头,说道:"问完了?我回房了。"

"大年初一你单独跟个男生在外面!"冯晓再度开口,声音仍然很低,却已经压不住怒意,"你不知道害臊?还说你们只是同学?"

林晚来沉沉地舒了口气,极力保持耐心:"我们就是同学关系。"

"那你们为什么拉着手?"冯晓的脸色终于不再苍白虚弱,而是因为怒意涨红起来。

林晚来起身的动作一滞,冯晓的话让她想到那个时刻——肖晋拉着她,走在陌生的街道上的那个时刻,明明只是几个小时前的事情,却遥远得像是没有发生过,像是她光怪陆离的记忆生出的畸胎。

当时的阳光照在她脸上,暖融融的,一回头,却是冯晓怒气冲冲的脸,如坠冰窟。

"谁知道呢?也许是因为我觉得拖累他受伤,有点愧疚,也许是……"

林晚来故意吊儿郎当,把话说得满不在乎,原本只是想破罐子破摔,气冯晓两句,说到这里,却不由自主地顿住了。

她僵了两秒,没有说话。

这两秒在冯晓看来却是一种心虚,马上追问:"也许是什么?"

林晚来看了眼冯晓,不耐烦极了:"没什么。"

"小晚,不要逼妈妈查你的手机。"

冯晓这话说得义正词严。

林晚来听在耳朵里,觉得简直不可置信,提起嘴角冷笑了一声。

"你没有资格查看任何人的隐私。"

说完，她转身快步走回房间。

回房间后合上门，林晚来掏出手机。
肖晋在十分钟前回复了她。
肖晋：家里有点事，我先回了。
林晚来下意识想问是什么事，还没点下"回复"，就又进来一条新短信。
肖晋：明天开始在附中训练，这段时间估计不能及时回短信。
林晚来心里涌起奇怪的直觉，总觉得哪里不对。
她盯着这条短信看了足足半分钟，才回复过去。
林晚来：好。

"来了来了，菜齐了！老肖小肖？开饭！"
张蔓之从下午三点忙活到现在，终于搞定了一桌丰盛的晚餐，喜气洋洋地喊丈夫和儿子吃饭。
昨天晚上他们一家三口守岁，原本是三个人打牌，无奈爹妈和儿子的水平实在悬殊，连打了十几局都是肖晋赢，最终夫妻俩深刻贯彻劣币驱除良币原则，十分为老不尊地把儿子踢了出去，两个人打着玩。
其结果就是，他们俩打了通宵，睡到下午两点多才起来，然后以肖家一贯自由散漫稀里糊涂的方式度过了除夕。
张蔓之起床后，一出卧室发现肖晋坐在沙发上发愣，走近了细看，他脸上还带伤。
张蔓之大吃一惊，慌忙问道："你出门去了？怎么大过年的就跟人打架了？"
"出门没看路摔的，已经找诊所上过药了。"
肖晋的解释当然站不住脚，但他的表情已经足够让张蔓之噤声不问了。
自举家搬到粤城起，肖柏生和张蔓之忙着开拓生意，对肖晋放养惯了，又相信自家儿子处事的能力，所以一般肖晋不想说的事情，他们从不追问。
但大年初一儿子脸上就挂了彩，张蔓之怎么看怎么不舒服，又懊恼自己做妈妈的居然一觉睡到下午，于是就有了这么一桌水陆毕陈的大餐。
肖柏生积极地跑到餐桌前坐下，身体力行带动儿子："阿晋，快来！你妈难得做这么多菜，要不是你在啊，我都没这好口福。"

肖晋并不是因为一点郁闷事就要摆脸子绝食的那种人，他低低应了声"好"，就把手机放回桌上，走出了房间。

　　张蔓之边吃饭边观察儿子的神色，看起来好像没有大问题，顿了下，说："我跟你爸初六就回去了哦？你自己住要小心，阿姨我给你找好了，每两天来打扫一次卫生。"

　　肖晋点点头："嗯，你们提早回去也行，我明天开始去附中图书馆，白天不在家。"

　　肖柏生讶异道："你怎么去附中的图书馆？"

　　"冬令营的老师邀请的。"

　　几个小时前，肖晋接到徐映冬的电话。徐映冬讲得天花乱坠，邀请肖晋参加他自己组建的学习小组，组里还有南大数学系的学生。

　　肖晋刚挂电话，又收到祁行止的短信，自报家门之后发出了同样的邀请。

　　冬令营的时候就能感觉到徐映冬虽然奇葩但是真惜才，还有祁行止，看起来高冷，但的确是难得的对手。

　　这样的机会，不去白不去，还能避开现下自己心里这点说不清道不明又别别扭扭的心思，没有不答应的道理。

　　听了肖晋的解释，肖柏生眉开眼笑："有这样的机会，那是好事啊！正好你又喜欢奥数。明天我送你去！"

　　肖晋点头："嗯。"

　　张蔓之同样如释重负："那我和你爸就看看有没有提前的机票，早几天走，刚好公司事情也多。"

　　肖晋再次点头。

　　张蔓之和肖柏生交换了个眼神——还有心情搞数学，说明没事。

　　闷头吃饭的肖晋并不知道父母达成了怎样的共识，只期待着徐映冬这次往死里出题，最好虐到他除了吃饭睡觉都不得闲。

　　林晚来在回复肖晋的短信之后，原本打算背会儿地图册，然而抽出书来看了没两分钟，五大洲在她眼前像是诈尸似的再现大陆漂移，直看得她脑袋疼。

　　她又坚持了十分钟，最终还是没办法，昏昏沉沉栽进了被窝。

　　醒来的时候天已经黑了，林晚来一向觉浅，这一次却不知怎的，睡得昏天黑地，居然还是被冯文夕推醒的。

林晚来一睁开眼，习惯性地打了个哈欠，眼泪就顺着眼角流进头发里，一阵微凉。

冯文夕嫌弃地撇了撇嘴："你怎么这么能睡？"

林晚来还有些蒙，只觉得脑袋依旧昏昏沉沉的，也没太听清冯文夕说了什么，手背无力地往额头上一搭，却摸到一片滚烫。

她慢半拍地反应过来，自己好像是发烧了，然后撑着手肘慢慢坐起身，问道："你怎么在这里？"

冯文夕好像突然有些尴尬，顾左右而言他地说："我都进来好久了，你居然一点反应都没有……真能睡。"

林晚来懒得跟她费口舌，掀被下床，拿起书桌上的保温杯喝水。

她烧得口干舌燥，一口气就灌了半杯水，又瞥见昨天晚上用过的热水袋，因为没重新灌热水，这会儿跟冰碴子一样，正好拿来降温。

她又坐回床上，头仰着，把热水袋搁在额头上，开门见山地说道："有事说事。"

冯文夕见她两颊潮红嘴唇却发白，看起来病恹恹的，欲言又止了好一会儿，想关心两句，又别别扭扭开不了口，半晌才挤出一句："我妈说，明天我们就走了。"

林晚来毫不意外："也是，她估计怕再不走你又要跑了。"

"我……"冯文夕脱口而出的话打了个磕绊，看着林晚来仰着头敷水袋的样子，又话锋一转，放低了声音，"对不起，早上……我不是故意的。"

林晚来知道冯文夕是为在新乡李家口不择言的那几句话道歉。

但其实冯文夕说的那两句话也并没有给她多添麻烦，冯晓疑神疑鬼，就算冯文夕什么都没说，结果也不会有什么不一样。

她略点了点头，没答话。

冯文夕坐在她床边，手揪着床单沉默了好久，半天也还是没说出原本想说的话，最终慢吞吞站起来："那……我就先出去了。我妈订了明天早上的机票。"

林晚来一直仰着头发愣一般，没有搭理冯文夕说了什么。

直到水袋从额头上滑落，她才如梦初醒般叫住了准备拉开房门的冯文夕。

"冯文夕。"

闻言，冯文夕回头，看起来有些疑惑。

"你……是真的想去找你爸爸吗？"

听到这话，冯文夕一僵，嘴抿成了一条直线。

她低头想了想，很认真地回答："不是。"

她自嘲地笑了："其实我根本不记得他长什么样了，我只是……"

只是心里烦。

只是不想和冯昕说话。

只是想离她远点。

这都是林晚来意料之中的答案。

"那也很正常，"林晚来平静地说道，"不记得就不记得吧。"

冯文夕像是没想到林晚来会这样回答，愣了半晌，才愣愣地"哦"了一声。

像是感觉到林晚来还有话说，她也没有直接离开，就站在原地等着，手仍然搁在门把手上。

"但是下次就算冲动，也不要这么容易被骗，要学会保护自己。"林晚来回应冯文夕的等待，浅笑着说道，"你不要因为和你妈妈置气，就对自己的人生这么不负责。"

冯文夕怔在原地。

林晚来并不知道冯文夕会对自己这两句话作何感想，是会觉得她笑得瘆人，还是觉得这话鸡汤又矫情，或者嫌她多管闲事？

但不管怎样，这是她此刻想说的话。

就当是对这几年的自己说。

——可以冲动，但要保护自己。

——可以愤怒，但不要被骗。

——不要让谁影响你的人生。

冯文夕怔了半晌，林晚来仍然平和地看着她。

她缓慢地点了点头，回答："好。"

声音微小而坚定。

冯文夕出去以后，林晚来又摸了摸自己的额头，好像没那么烫了。

她从衣柜里翻出一床厚棉被，盖在原有的棉被上，厚厚两层。

她很快又再次睡过去。

醒来的时候天光大亮，正是大年初二早晨七点整。

两床厚被子盖上，发了汗，一晚上就退了烧。

林晚来坐起身，在床上听了听，门外没有动静，大概冯晓已经送冯昕和冯文夕去机场了。

她起床喝了杯水，照例翻出牛奶和面包吃了早餐，又坐回书桌前。

知道手机里不会再有信息传来，她昨晚就顺手关了机丢在窗台上。

她先排一天的学习计划，再按着计划一项一项地完成。

从早到晚，也不过就是从数学试卷到政治课本而已。

做学生的，只要有主观意愿，就能让时间过得很快。这大概就是这个年纪得天独厚的地方，或许也算是一种馈赠。

昨天还剑拔弩张，冯晓今天就改变了战略一般，仿佛什么都没发生过，照旧对林晚来温柔又信任，只是话里话外时不时试探着一些边角料的小事。

林晚来故意让冯晓看到了被关机随手丢在窗台上的手机，又每天都留在家里自习半步也没出过门，渐渐地，冯晓大概也放下心来，不再问那么多要她费心应付的废话。

寒假不长，统共两周出头，元宵还没过就得返校。

返校前一天，林晚来才终于打开了冬眠似的手机。

屏幕上显示有两条短信的时候，她的心猛跳了一下，带着一种说不清是期待还是怀疑的奇异心情点开，心里的气球就瞬间被扎破了个洞。

一条来自夏淼。

夏淼：大姐，你怎么寒假也不上QQ？快点，我给你发了道题，江湖救急！

已经是一周前的信息了。

另一条来自蒋西辞。

蒋西辞：那个给你当打手的小男生怎么从没来过？他那伤要坚持搽药的啊！

林晚来心里有些说不出的滋味，拿着手机怔了半天，才耐起性子给夏淼回复。

林晚来：我一直没看手机，主动认错。

她又往上翻到蒋西辞的短信,原本不打算回的,结果不知怎的越看越有股无名气,烦躁地抠着键盘,还是回复了。

林晚来:不知道!

第六章 / 山止川行

十七岁,我坚不可摧,我行不可阻。

返校第一天没有早读,林晚来还是和往常一样起床,在家里背完了一遍哲学原理才算着时间出门,去一中侧门对面的早餐店里吃饭。

"粉多放辣椒,鸡蛋肉饼汤。"

老两样的早餐,她先付了钱,然后坐在折叠桌边等着。

店里面积小,装修也简陋,但反而因此更暖和,林晚来一边跺了跺快冻僵的脚,一边把手套摘下。

粉端上来,她拆了双筷子,粉还没拌匀,店里又走进来一个男人,柔声冲老板娘交代了句:"猪血粉,别放辣。再来两根油条、一碗豆浆、一屉小笼包,有劳。"

这声音有点耳熟,林晚来抬头一看,果然是蒋西辞。

他穿了件驼色大衣,更衬得整个人瘦削修长,戴着金边眼镜,通身气质看起来和这小小的早餐店十分不搭。

蒋西辞看到林晚来后,笑了笑,走到她对面坐下,问道:"今天怎么在外面吃饭?"

也不知为什么,林晚来现在看见蒋西辞心里就腾起一股无名火,于是看了他一眼就继续拌粉:"没早自习。"

蒋西辞点点头,接过老板娘递过来的猪血粉和小笼包,把笼屉向林晚来那边推了点:"吃点包子。"

林晚来没反应,继续吃自己的粉:"吃粉够了。"

蒋西辞"嗤"了声:"毛病。"

他咬了口油条,问:"上次那个小男生,怎么从没来过?他家里有没有人给他上药的?那伤虽然不算严重,但也不是开玩笑的。"

哪壶不开提哪壶。

林晚来白了他一眼,没好气撂了句:"我怎么知道。"

话说到这儿,蒋西辞终于看出来林晚来这股火是跟肖晋有关,他默默看了林晚来两眼,勾起嘴角笑道:"怎么,跟小男生吵架了?"

"小男生"这个词,怎么听怎么别扭。

林晚来本想干脆利落地回一个"没有",话到嘴边,鬼使神差就变成了:"我怎么跟他吵架?我连他人影都没见到过。"

蒋西辞很直接地笑出声,乐道:"我以前怎么没发现,你这么有当深闺怨妇的潜质呢?"

林晚来愣了愣。

"以前以为你长大了肯定是那种雷厉风行孤独终老的女强人,现在看来,说不定是洗手作羹汤甘做灶下婢的全职太太。"

蒋西辞找到了乐趣,越说越有劲。

林晚来幽幽抬眼:"你跟我炫耀词汇量呢?"

蒋西辞乐呵呵的,把豆浆杯盖打开散热,从善如流地继续炫耀词汇量:"要不要哥哥给你指点迷津?"

意料之中骂人的话并没有出现,林晚来沉吟了一下,居然抬头平静地说道:"你说。"

蒋西辞愣了下,没想到她真的要听,咳了两声才说:"这个……我觉得,可能是因为我。"

林晚来满脸写着不解:"你?你哪儿招惹他了?你们不是那天刚认识吗?"

蒋西辞愣了半天,无语地瘪了瘪嘴:"你是真不明白还是跟我揣着明白装糊涂呢?"

林晚来脸上真诚的疑惑无声地回答了他。

她是真不明白,蒋西辞能有什么惹到肖晋的地方,而这又跟她有什么关系。

"我因为是你爸第一个学生所以一直对你多有照顾,但他并不知道前因只知道后果。"蒋西辞慢条斯理地说着,还边喝了一口豆浆,"还需要我说得更明白?"

他话已经挑得很明,林晚来又不是真傻,听完默不作声。

林晚来的反应让蒋西辞有些诧异,他本以为她会反感这种事呢。可现在,她眼神里虽有疑惑,却也有着他很久没见过的烦恼与欢欣。

蒋西辞轻轻笑了,说道:"这是好事。"

早餐店对面就是一中侧门,林晚来穿过马路走进去,却在右侧的女生宿舍门前看到了面对面站着的李雨和叶甘霖。

叶甘霖侧身,半背对着林晚来,仍然是那个微微驼背手放在身后卷着一本书的姿势。

李雨则正对着林晚来,略低着头。林晚来隐约能看见她肩膀微微抖动着,像是在哭。

看样子,是叶甘霖在找她谈话。

林晚来心道奇怪,李雨虽然性格内向,但成绩一直很好,能出什么事居然被叶甘霖训哭了?

她再想想又觉得不对,叶甘霖每天张口就是相声的风格,怎么也不像是能把学生训哭的样子。

心中虽奇怪,但终归是别人的事情,她也不好多管,原地看了几眼就离开了。

然而托赖洪波的福,她心里的困惑还没揣够十分钟就被解开了。

上楼的时候,林晚来正好碰见叼着包子的赖洪波。

他原本比她慢一点走在身后,几步跨过一层楼梯,跟上她,神秘兮兮道:"晚姐,你知道李雨她哥的事吗?"

林晚来摇头:"她还有个哥?"

赖洪波无语了两秒:"不是,她哥那么有名你都不知道?"

林晚来在脑海里仔细搜索了一下"李雨她哥"这个词条,还是一无所获,摇头:"不知道。"

"就李凯啊!之前五中那帮人认的大哥就是他!"

林晚来这才有些微末的记忆。五中是长岭邻镇的高中,之前有拨学生拉帮结派到一中来挑事,李凯就是为首的那个,所以一中有很多人认得。

"他怎么了?"

"被抓啦!"赖洪波煞有介事地凑近了些,压低了声音说,"听说是过年的时候拐卖小姑娘，被人家里人抓到了，那小姑娘的家人报警了，估计会入狱。"

这故事怎么越听越耳熟？

林晚来突然想到什么，又有些不敢相信，紧张地问道："李雨老家……是哪里的？"

赖洪波被她这极速转向的话题说愣了下，想了想，不确定地说："我也不清楚，听说……是新乡的？"

林晚来心里一沉。

那个长发男，是李雨的哥哥？

所以，刚刚叶甘霖和李雨也是在说这件事吗？

林晚来下意识咽了咽口水，又问："她哥被抓了，会影响她吗？"

"你要说法律上的，那肯定没什么影响。"赖洪波讲到这事，露出惋惜又有些怜悯的神情，"但要说真没影响也不太可能，听说她爸爸早跑了，她妈妈一直在广东打工吧，她平时的生活费都是她哥给的。

"反正她挺倒霉的，生在这样的家庭里，又有这种哥哥……"

赖洪波说着说着，忽然发现面前的林晚来怔怔的，显然没有在听他讲话。

他拿手掌在她面前晃了晃："晚姐，想什么哪？"

林晚来这才回过神来，稳了稳情绪："哦，没什么。"

犹豫了一下，她还是说："你待会儿去教室，先帮我把肖晋叫出来吧。"

"肖哥？他不在学校啊。"赖洪波有些纳闷。

"你居然不知道？"赖洪波惊讶得脱口而出，话音刚落又嫌自己嘴快，讪讪道，"啊，好像是附中有个老师搞了个奥赛小组，看重肖哥叫他去上小班课了，所以肖哥没来学校。"

林晚来被他那句"你居然不知道"说得有点恍惚，怔怔点了点头，"哦"了声。

赖洪波见她神情不对，连忙找补："不过好像也快回来了。三月底咱们不春游嘛，傻子才错过这机会呢。"

林晚来又皱了下眉："春游？"

赖洪波这回是彻底无语了，两眼无神地看了林晚来半天："晚姐，您是真的从来不看群吗？山顶洞人也没您这么闭塞啊。"

林晚来确实整个寒假都没上过网，手机都冬眠了快半个月。

"就是三月底，咱们两个班要组织春游，去明月山。"赖洪波耐心解释道。

"哦。"

三月底，还有一个多月，听赖洪波的意思，这一个多月肖晋都不会在学校。

林晚来怔在原地，本来就心烦意乱，突然杀出来李雨哥哥这件事，心里更加一团乱麻，连从哪儿捋起都不知道。

她皱眉思忖着，上课铃突然响起。

赖洪波跳了起来，拔腿就跑："晚姐，我先走了！我们第一节是徐晴雯的课！"

林晚来怔在原地，慢半拍地想起来自己班第一节好像是老赵的数学课。

她正挪动脚步要走，忽然听见一阵缓慢拖拉的脚步声。

她低头一看，半层楼梯的平台下，李雨正拖着步子走上来。

李雨一直微微低着头，两手抠着书包带子，直到又上了几级台阶，看见林晚来的脚，才抬起头。

她的眼睛有些肿。

这是林晚来第一次真真正正仔细地打量李雨。

洗得发白的布书包、似乎整个冬天都没有换过的棉鞋和起了球的夹袄……

她现在才发现，李雨好像是班里唯一一个整个冬天都没有穿羽绒服的人。

林晚来看着李雨，僵在原地，不知如何开口。

李雨却面色如常，腼腆地笑了下："你居然也迟到了。"

如果不是她微红的眼睛，这会是再正常不过的一声寒暄。

林晚来也扯了扯嘴角，笑道："今天早上没早读，我就睡过头了。"

"我也是。"李雨笑着，两步跨上台阶，推了推林晚来的胳膊，"快走吧，赵老师肯定要说我们了。"

她们走进教室，才发现老赵比她们还晚。

课代表于楚楚正站在讲台上，拍了拍桌面，交代道："赵老师路上有点事耽误了，大家先把寒假里做的卷子拿出来整理一下。"

李雨松了一口气，朝林晚来轻笑道："好险。"

林晚来看着李雨毫无异常的笑容，几乎要怀疑是不是自己多想，一切只是个巧合。

她迟钝了会儿才同样回应一个笑容，说："是啊。"

半个多月的寒假，老赵发了快三十张试卷，林晚来从书包里掏出厚厚一沓，准备把它们加进之前积累的试卷集里。

林晚来收集试卷的方式和大部分人都不一样，试卷夹、文件袋什么的都不太好用，一是容量不够大，二是不方便翻阅，夹进夹出的太麻烦。

她习惯用胶棒把每张试卷的左侧边沿粘起来，积少成多，就像一本胶装的试卷册，容量大，不容易脱落或遗失，而且能随时翻阅。

林晚来正从抽屉里掏出胶棒，同桌李雨突然发出不小的动静。

李雨的试卷夹卡住了。

因为夹的试卷太多，李雨的试卷夹本来就已经鼓囊囊严重超出负荷，现在左侧的抽杆抽了一半卡住了，死活抽不动了。

李雨左手虎口压着试卷，右手用力拽着抽杆往后拉，那抽杆就是纹丝不动。

"需要……帮忙吗？"林晚来看了两秒，问道。

李雨左手虎口已经蹭红了，扭头看了看林晚来，露出赧然的微笑，把抽杆那端对向她，说道："谢谢啊。"

"没事。"

林晚来握住抽杆，李雨则两手抓紧了鼓囊囊的试卷夹，两人反向用力，终于看见那抽杆挪动了一下，然后一鼓作气整个抽了下来。

李雨长舒了一口气，把试卷分出来小半沓，小声叹道："又得新买一个夹子了。"

林晚来听见了，犹豫了两秒，把胶棒递给李雨："你要不要试试我这个方法？"

李雨看过来，眼里有些疑惑。

林晚来微笑着，收回手拿自己的试卷给她做示范。

在新试卷的左侧边沿背面涂上一圈胶，粘在之前的试卷上，用虎口抚平，一张试卷就被加进试卷册里。

"这样，特别方便，而且是按时间顺序排的，更好找。"

李雨看了一遍，又看了看林晚来，莫名愣了一下才笑道："还是你的方法好。"

她收回目光看着自己桌上散乱的试卷和抽杆，伸手把它们撂齐塞进抽屉，又对林晚来笑道："那我下课去买两根胶棒来再说。"

"没事,你先用我的吧。"林晚来爽快地将胶棒递过去。

李雨再次愣了一下。

她这一瞬间的犹豫竟让林晚来莫名有些紧张,捏着胶棒的手指也不自觉地僵了一下。

好在李雨很快又笑了,她接过林晚来递来的胶棒。

"那谢谢你了。"

老赵在这时走进教室,中气十足地喊了句:"上课!"

林晚来如蒙大赦般快速收回目光坐正了身子,回答道:"没事,你用完了再还我也行。"

整个上午,林晚来发现自己被一种难明的情绪萦绕着,心里总是隐约有种不安,对李雨的关注也远远超过了正常程度。

如果那个长发男真的是李雨的哥哥,那会对李雨的生活产生怎样的影响?如果李雨知道她就是冯文夕的表姐或者她就是找到了李凯的人,那么她要如何和这位同桌相处?

这些问题像暴雨过后屋檐下坠着的雨滴,声势不大,但不知什么时候就会砸在头上,徒增一瞬冰凉。

林晚来原以为自己不会在意这位普通得连朋友都算不上的同桌的想法,但不知为什么,或许是因为赖洪波对李雨家境的描述,或许是因为她看见的那件旧夹袄,或许是李雨红着的眼睛和时常露出的赧然神情,她竟然有点愧疚情绪。

即使她心里很清楚,在这件事上她没有做错。

即使在她看来,李凯所做和想做但未遂的事情多判几年都是罪有应得,但她还是难逃这股情绪的折磨。

人就是这样庸俗又怯弱的动物。

下午最后一节课下课铃响起,李雨像往常一样迅速收拾好桌面,友好地对林晚来说了一句"我先去吃饭了",然后就离开了教室。

林晚来怔怔地看着李雨走出去,直到夏淼从后门探出脑袋,招呼她去吃晚饭,她才攥上手机,跟着走出教室。

手机屏幕暗着,恢复了往常的寂静。

如果是在寒假前,这个时候她一定会收到肖晋的一两条短信,要么关于小测成绩,要么关于南大校园里的苦楝树或校门外的小吃店。

夏淼挽住她的胳膊,打趣道:"盯着块砖头望眼欲穿什么呢?"

林晚来这才意识到自己盯着老人机暗着的手机屏幕看了半天,连忙回过神:"没啊。"

她正要把手机放回口袋,手里的"砖头"忽然持续振动起来。

林晚来以为又是广告电话,拿出来一看,一颗心却像过山车冷不丁从最低点冲上了顶点。

来电显示是肖晋。

"哦吼,我还说呢,跟望夫石似的,原来是在等这位的电话呀?"

林晚来还愣着,夏淼已经用上了那种怪异的语调起哄了。

作为林晚来最亲密的朋友,夏淼十分敏锐地感受到,现在再开林晚来这种玩笑,已经不会有什么后果了。

林晚来压着笑意,推着夏淼的背把她赶下楼:"快快快,吃饭去,给我带个肉夹馍。"

夏淼撇撇嘴:"见色忘义的家伙!"

说着,她还是十分识趣地先走了。

林晚来笑着看夏淼的身影消失在楼梯口,才转回身去按下了接听键。

"喂?"她先出声。

"咳……是我。"肖晋的声音听起来不太自在。

"我知道。"林晚来没忍住笑了声。

"那个……李雨她哥的事情,喇叭跟我说了。"肖晋沉吟几秒,柔声道。

林晚来有些没反应过来,愣住了。

虽然一整天都很想把这件事情告诉肖晋,想听听他的看法,但他现在主动打电话来说了,她心里居然莫名有些不是滋味。

"林晚来?你还在听吗?"她沉默太久,肖晋有些不确定地问道。

"哦,在听,怎么了?"

林晚来挪动了个位置,走到一班教室外墙的宣传栏前。

宣传栏正中间挂着肖晋写的一幅毛笔字。

遒劲有力的颜体写着——

山止川行

　　"也没什么……我怕你瞎想，就打个电话问问。"肖晋不像往常那么话痨，甚至还有些吞吞吐吐，像不知道该怎么和她说话一样。

　　林晚来知道他还有话要说，便没有出声，静静等着。

　　眼前这幅字，是元旦前徐晴雯请肖晋写来以"弘扬班风，整肃学风"的。

　　某个周末，她和肖晋照常在学校自习的时候，肖晋得意扬扬地请她"观赏小爷我的大作"，在拼着的两张课桌上一气呵成写完了这四个字。

　　"现在还不确定那个人是不是真的是李雨的哥哥，你不要瞎想。

　　"而且，就算是李雨的哥哥，那也不关你的事，我们没有做错任何事情。"

　　男生疏朗而认真的声音从听筒里传来，和眼前这幅开阔挺拔的字融成某种神奇的合力，像一阵舒缓清朗的风，抚平了她心中的皱褶。

　　"李雨是李雨，你是你。她家庭的遭遇只能她自己承受，你不可以因为这个为难你自己。"

　　肖晋话说得很慢，认真的语调很像写这幅字那天向她解释"山止川行"时的样子。

　　"诚能自固如是，是山止川行之势也；以战必胜，以攻必取者也。

　　"山止川行，是坚不可摧，行不可阻的意思。"

　　视线随着电话里的声音移到"行"字最后一笔的竖勾，回笔利落。

　　"嗯，我知道。"林晚来声音温柔，含着笑意。

　　"那……那就好，我就是要说这个，那……我先挂了。"

　　肖晋说话又磕巴起来，听得林晚来直想发笑。

　　听他真要挂电话，林晚来连忙说道："你什么时候回来？"

　　电话那头突然陷入寂静。

　　林晚来知道肖晋听到了，安静等着。

　　"去、去明月山的时候，我就回来了。"

　　"好，知道了。"林晚来应道。

　　电话里又是一片寂静，但没有谁挂断。

　　林晚来等了一会儿，终于还是轻轻笑出声。

　　"好了，我没事了。"

　　林晚来又挪动脚步，回到自己班教室外的走廊。

"你挂吧。"

从走廊另一边的窗户看下去,能看见综合楼前的空地上来来往往的学生,再望远一点,还有一中门口扎推忙活的小摊贩。

熙熙攘攘,嘈杂而热闹。

电话那头静了半晌之后,才传来一阵突兀的忙音。

林晚来笑着把手机放回口袋里,撑着脑袋在窗边继续看,等着夏淼带回来晚饭。

返校第二天就是开学考试,照例是六门学科分两天考完。

试卷在考试结束第二天就改出来了,文科班仍旧是林晚来第一,李雨第二,两人的总分差甚至比上一次还少了三分。

林晚来见李雨的学习、生活状态都一切如常,就也没再过分关注她,两人又回到友好合作的普通同桌关系。

反倒是肖晋,那天电话之后就又没了踪迹,除了偶尔听赖洪波那几个人说起几句"肖哥",这人几乎消失在林晚来的生活里。

林晚来盯着通讯录里名称被改成"鸵鸟"的某人,好气又好笑,还是把手机扔回抽屉里,继续专注于桌上的导数大题。

到明月山,新仇旧账一起算。

高中的生活是一场加速运动,感觉开学测试的考卷还没焐热,三月份的月考又紧跟着来了。

今年是个少见的暖春,三月份,不见春寒料峭,反而是微风和煦,日暖天长。

晚自习上到第三节,叶甘霖又以他那个标准的大爷遛弯儿的姿势背着手踱着步走进教室。

"手上都停一停,咱们说个事哈。"

叶甘霖老干部似的开口了,但学生们当然没有那么乖,大部分人还是埋着头奋笔疾书,对他的话置若罔闻。

"行了行了,不差这一会儿。"叶甘霖摆摆手,提高了点音量,"我难得有个好消息要宣布,还写什么作业。"

这话一出,班里人才陆续抬起头来。

叶甘霖这才满意,咂咂嘴开始说事。

"第一个，之前跟你们打过招呼的，明天开始月考，考试时间安排还是老样子，我就不废话了。"

"嘁——"

班里人失望地叹了口气，这算什么好消息，又低下头去写各自的作业。

"喊什么喊，好事在后面！"叶甘霖不满，"都把头给我抬起来！"

这一回，并没有多少人配合，从讲台上一眼望去，一整片都是头顶。

叶甘霖"啧"了声，故作轻描淡写地说道："明月山，不想去了是吧？不去我就跟徐老师说，咱们班不参与了。"

全班人的脑袋又像地鼠脑袋一样，瞬间冒出来。

叶甘霖嗤笑，明知故问："去不去？"

"去！"

全班人的声音整齐又洪亮。

叶甘霖点点头，附和道："行，我也想去。"

大家哄笑起来。

"但要好好考试！"叶甘霖变脸似的，又严肃起来，"虽然这次的成绩会在春游之后再公布，但你们自己考得好不好自己最清楚，到时候垂头丧气地出去玩，其他同学都开开心心的，难过的还不是你们自己？"

"好——"

大伙儿乖乖地拖了个长音，保证会好好考试。

两天后，一中的学生们一团喜气地收拾东西回家等春游，肖晋也拖着行李箱走出南大学生宿舍。

徐映冬成立的这个学习小组还真没让肖晋失望，一天天从早到晚忙得脚不沾地，睡前刷牙看见一圈水渍都要条件反射一般想想课后留的那道几何题，大脑处于无间断高速运转的过分饱和状态，基本抽不出神想别的。

这会儿乍一放空下来，他脑袋还有点蒙，拖着行李箱，无知无觉就走到了校门口。

大门外车水马龙，肖晋站在门口怔了会儿，才想起来自己要干什么，掏出手机打算叫车。

打车软件刚匹配到司机，他身后突然幽幽插进来一句："你小子想什么呢，魂不守舍的？"

肖晋冷不丁被吓一跳，手一抖摁了个"×"，刚叫到的车就被取消了。

他冷冷回头一看，徐映冬不知道什么时候走到他身后，一脸贱兮兮的笑，旁边还跟着个万年不变冰块脸的祁行止。

如果说这趟集训肖晋有什么跟数学无关的收获的话，那么跟祁行止成为朋友应该算是一个。

这人虽然冷得让肖晋怀疑他是病理上的面瘫，但废话不多、为人直率、数学逆天这三点已经足够让肖晋真心把他当作朋友了。

肖晋扫了这两人一眼："你们怎么在这里？"

徐映冬"啧"了声："我俩老早就走在你后头，是你自己丢了魂样的什么都不知道。"

肖晋懒得跟徐映冬插科打诨，直接问："找我有事？"

徐映冬却无视他的不耐烦，一只手肘抬起来硬要搭在比自己高半个头的祁行止的肩膀上，一条腿往前一伸，一副要跟他唠家常的样子，就差手里抓把瓜子了。

"从你寒假来开始我就觉得不正常，"徐映冬说，"憋着劲跟牲口似的没点灵气。家里出什么事了？"

被形容为"牲口"的肖晋满脸写着不高兴，不耐烦地抿了下嘴，言简意赅道："老徐，我这次集训，积分全组第一。"

徐映冬这次搞的是积分制，每天按小测成绩和练习得分算积分，最终加权累计。

徐映冬却满不在乎地"嗤"了声，扭头对祁行止来了句："听到没？他骂你呢。"

祁行止这次总积分第二，其实只比肖晋少两分。

肖晋彻底无语，不再和徐映冬废话，转身继续叫车。

屏幕上的圆圈还在转着，身后的祁行止突然说了第一句话："林晚来。"

肖晋一惊，这回是主动摁了"×"把车取消了，回头惊讶地瞪着祁行止。

祁行止面不改色，回视着肖晋，语气平静地说道："我听力很好，记性也不错。"

肖晋有种被人揪住了尾巴的不爽感，但瞥见徐映冬看热闹不嫌事大的表情他很快反应过来，自己这种踩了电门似的反应才更像把柄，于是他没再说什么,在心里默默爆了个粗口又扭头继续盯着手机。

"有故事啊,小伙子!"徐映冬当然不肯就这么放过肖晋,一脸兴致盎然地拍了拍他的肩膀,"这个林……林小姑娘是何方神圣啊?你同学?"

屏幕上的圆圈终于消失,肖晋叫到一辆车,距离500米,两分钟内到。

他当然不会搭理徐映冬,奈何身后有个情商低到跟社交障碍没什么区别的祁行止。

见他一言不发,祁行止思考了一下,很认真地说:"我建议你,想联系她就打电话,想见面就去找她,不要犹豫。"

虽然知道祁行止这话真心且郑重,也知道他变得多话还管闲事是因为把自己当作朋友,但肖晋还是没压抑住眼里的无语,明晃晃送了他几个字——

"你在胡言乱语什么?"

祁行止又认真地回答了他:"之前看过一个研究,犹豫不决会让人变穷。"

在肖晋快忍不住要把脏话骂出声来的时候,车终于到了。

他拉开后备厢把行李丢进去,又迅速坐进车里关上了车门,只摆了摆手当作告别。

徐映冬却还是非常热情地扒住了车窗,语重心长道:"小祁说得对啊!犹豫就会败北!不要怕,心里有事就要说!"

这回肖晋终于没忍住,回撑道:"你老婆是单位发的,你们活到现在估计也没几个朋友,你们给我出主意?"

混熟了之后,徐映冬老爱跟他们俩讲自己年轻时候的故事,说老婆是进附中工作之后老校长牵的线。于是他们总开玩笑,说社会主义好啊,还有老婆发。

徐映冬气得又要伸手薅他们的脑袋。

祁行止今天却彻底贯彻语不惊人死不休的路线,纠正道:"我有。我有很好的朋友。"

肖晋愣了愣。

祁行止看着肖晋,继续说道:"所以我的建议既有理论根源,又有实证支持,很值得采纳。"

肖晋默默跟他对视了两秒,什么话也没说,收回眼神让师傅开车,低头看自己的手机。

肖晋的手机屏幕是夜色里的一张街景——一中小门外的那条人行道上，路灯向远处延伸，仔细看的话，有个小小的身影在路的尽头。

有很多次，他和林晚来下了晚自习一起走出校门，分开之后，他会目送林晚来走远，直到看见她穿过马路，身影消失在视线范围内。

祁行止的话莫名又在他的耳边响起——

"想联系就打电话。"

"想见面就去找她。"

"不要犹豫。"

在这件事之前，肖晋也不知道自己是这么优柔的人。

集训期间拿题目强行麻痹自己，现在彻底空下来了，关于林晚来的问题又像潮水一般涌进他的脑子里。

但他自己都想不清楚这五味杂陈的心酸、逃避、难过与不甘到底是因为什么。

闹钟催命似的连环响了好几道，肖晋终于受不了，从被窝里伸出胳膊"啪"地把它关了，仍然保持着闷头趴在枕头上的姿势躺尸。

卧室内安静了快十分钟，直到阳光透过窗帘缝隙直直照到他后脑勺，他才猛地撑着胳膊挺起身，摸到枕头边的手机摁亮屏幕。

七点二十三分。

屏幕刚好跳出来两条赖洪波发来的 QQ 信息。

红狗：哥，你咋还没来？

红狗：徐晴雯点两次名了，就差你了。

昨天碰到晚高峰堵车，回来得晚，他又有点晕车，昏昏沉沉的，再加上集训一个多月里觉睡得少，一到家栽床上就睡了，差点忘了正事。

通知了七点三十分在校门口集合的……

肖晋摁着屏幕说了句"马上"，迅速扯了件 T 恤兜头套上，冲到卫生间刷牙洗脸，回来往书包里塞了两件干净衣服加上充电器、充电宝就"飞"出了门。

全程用时没超过五分钟。

肖晋住在教师宿舍，马路对面就是学校侧门，但集合是在大门，还得拐过一条马路才能到。

他一路狂奔，两辆大巴车早停在门口等着，他瞅准了车门还没关的那辆往上奔，脚还没踩上台阶，就看见夏淼跟着苏秦下车。

"哟，还挺会踩点。"苏秦抬眼看见他，调笑道。

肖晋愣了下，问："这不是一班的车？"

"是啊，我跟夏淼上另一辆去，不然二班就叶老师一个人带着。"苏秦答道，"你赶紧上车坐好，要出发了。"

"哦。"肖晋点点头。

他正要上车，夏淼突然插了句："要不然你跟我们一起去另一辆车吧？"

肖晋愣了下，夏淼的语气平常，笑容友好，忽悠忽悠苏秦还行，但看在他眼里，那就是明晃晃要搞事情了。

他还没回答，苏秦先问了："你们又搞什么鬼呢？"

夏淼一脸无辜："没有啊，二班本来就女生多，太闷了，三个多小时的车程呢，多个男生活跃活跃气氛嘛。"

苏秦点了点头，貌似很认同这个逻辑。

"那行，那你就跟我们一块去吧。"

说着，苏秦并不等肖晋回答，径直往另一辆大巴去了。

肖晋怔在原地看着两个人扬长而去的背影，张了张嘴，什么也没说出来，叹了口气，拽了拽单肩挂着的书包，跟上去了。

肖晋一上车，就看见林晚来坐在第一排左侧靠窗的位子，戴着耳机头靠在车窗上闭眼睡着。

跟她坐在一起的李雨看见他，很是吃惊，微张着嘴直直盯了他两三秒才慌忙收回眼神低下头去。

上学期的冲突事件后，李雨每回看见肖晋都差不多是这反应，肖晋原本没放在心上，觉得反正也只是普通同学。但得知长发男很有可能是李雨的哥哥之后，他现在看见李雨，心情多少也有点复杂。

他回了回神，环顾全车，打算找个座位坐下。

第一排右侧两个位子上坐着叶甘霖和导游，第二排座位空着，大概是因为学生们在这种时候都不愿意跟老师挨太近。

也就剩第二排四个位子了，肖晋等着苏秦和夏淼坐下，他再坐剩下的另一边。

谁知夏淼径直走到李雨面前，问道："你能不能跟我换个位子？"

李雨知道她和林晚来关系好，很快起身，笑道："行。"

肖晋一边等着，一边光明正大地偷看林晚来。

她好像睡得很沉，呼吸均匀，对身边的动静一无所知。

她今天没扎头发，乌黑的长发过了肩，遮住半边脸颊。

她小时候就发量惊人，那时候她是娃娃头，头发短，还有点自然卷，要是不扎成小鬏，根根头发都会竖起来，自带烫头效果。

印象中她小学时候好像很嫌弃自己的头发，不好看还不好打理，夏天还总是热出一脑袋汗。现在他看着，却分明是雾鬓云鬟，最好看。

肖晋正出神，叶甘霖一个响指打在他眼前："想什么呢，赶紧坐好，要出发了。"

他回过神来，抬头一看却蒙了。

李雨坐在第二排左侧窗边，她身边的位子空着。苏秦坐在第二排右侧窗边，身旁位子上放着她的大包。

这……要他坐哪里？

肖晋想立刻换车。

然而回头一看，另一辆车已经只剩尾气了。

苏秦见肖晋僵在原地，指了指李雨身边的位子："赶紧坐啊！"

夏淼一脸幸灾乐祸，小声来了句："哎，要不你坐我这儿？"

肖晋倒是想。

但看看林晚来睡得正沉，一醒来要是看见他坐在身边，指不定什么反应。

肖晋默默在心里爆了两句粗口，走到第二排左侧，冲李雨挤出个微笑，坐下了。

明月山在南城邻市，也算是座千古名山，每年都能吸引不少游客，是这个内陆小省份为数不多值得说道说道的名迹。

他们初中三年，因为徐晴雯觉得大家都还小，从没安排过旅游，所以这次大家都挺兴奋。

肖晋前后看了一眼，这车上的学生，要么听歌睡觉，要么三两凑一块小声聊天，为数不多的几个男生坐在最后一排连着的五个座位上打游戏。

——并不能看出大家很兴奋。

看来夏淼刚刚那句"二班女生多,太闷了"并不是瞎说。

手机里赖洪波又发来消息。

红狗:哥,牛啊,直接跟到人家车上去了?

肖晋懒得回,翻包找耳机打算向林晚来学习,一路睡过去。

赖洪波却不消停,又给他发来个短视频。

红狗:Lily 唱歌呢,人美声甜,班花预定!

肖晋点开看了几秒,视频里,李理被拱上台唱歌,站在司机边上拿着导游小话筒,一脸生无可恋地唱着《魔法城堡》。

"加上舞蹈啊!舞蹈!"

"动起来啊,童话中的魔法城堡有梦幻的味道啊!"

视频里人声嘈杂,不时有人嘘声起哄,跟这车里的气氛完全不一样。

红狗:你们那边怎么样?你不赶紧抓住机会给晚姐唱首歌啊?

肖晋抬头一看,大巴刚好转弯,两个座椅的缝隙之间,能看到林晚来的脑袋悠悠往右倒,靠在了夏淼的肩膀上。

肖晋:你晚姐正梦周公,心里眼里都没我。

肖晋脑子一抽就摁了"发送",这才发现这话怎么看怎么别扭。

红狗:瞧瞧你那小样儿!

肖晋长按对话条试图撤回,已经来不及了。

红狗:睡觉你不更要抓紧机会?长个肩膀不就为了给人靠?

赖洪波这话还真说得肖晋心思一动,他抬头又看了眼靠在夏淼肩膀上的林晚来……

还是算了。

要是她醒了突然看见他,指不定会触发什么防御机制,直接上手抡他一拳也不是没可能。

红狗:不要尻,上!

肖晋懒得再回,戴上耳机调出音乐软件听歌。

肖晋眼睛还没闭上多久,就感受到大巴又慢悠悠拐了个弯,驶进黑漆漆的隧道里。

一秒钟后,有个脑袋靠在了他的肩膀上。

肖晋猛地睁开眼，偏头一看，李雨睡得挺沉。

她是什么时候睡着的？

怎么就靠在了自己肩上？

肖晋通通没注意，但现在一个女生的脑袋磕在自己肩膀上，两绺头发还蹭着自己的下巴，这种感觉让他哪儿都不适应。

肖晋皱着眉，怎么想怎么觉得不划算。

李雨都靠了，林晚来居然还没靠过！

他莫名生出一种"怀才不遇"的愤懑，今天这肩膀要是不给林晚来靠一下，那晚上就得直接剁了扔废品站去。

隔着刘海，肖晋伸出两根手指抵住李雨的太阳穴，慢慢地将她脑袋转向另一边，靠在了窗户上。

还好，没醒。

完成这一步，他又伸出右手戳了下前座的夏淼。

夏淼回过头，有些莫名。

"换个位子。"肖晋言简意赅。

夏淼立刻露出那种"我就知道你贼心不死，还给我装什么正人君子"的猥琐微笑，回道："欠我个肉夹馍。"

她正要起身，肖晋连忙小声提醒："你先托住她的脑袋。"

"哦，差点忘了。"

夏淼吐了吐舌头，一只手垫住了林晚来的头，微微起身，给肖晋留了坐进来的空位。

肖晋猫着腰，侧身坐进夏淼的位置，林晚来的脑袋经过缓冲顺利"着陆"在他的肩膀上。

这一通折腾，搞得像手术室换床位似的。

"我觉得这活是另外的价钱，至少得两个肉夹馍。"夏淼猫着腰走出座位，坐地起价。

肖晋压低了声音，嗤笑了声："她知道被你这么卖了吗？"

夏淼"喊"了声："她指不定还要帮我数钱呢。"

肖晋隐约感觉夏淼这话里有点别的意思，还没绕明白，夏淼就在叶甘霖"这高速上呢，赶紧坐好"的严肃警告下回到了座位上。

身边的林晚来呼吸均匀,仍然睡得很熟。

因为挪动,她左耳戴着的耳机松了,掉下来,肖晋小心翼翼地捡起来,又轻轻戴回她的耳朵上。

收回手的时候,林晚来的脑袋稍微蹭了下,吓得肖晋动作一僵。

好在她没醒,只是换了个更舒服的姿势,往他肩窝里蹭了点。

肖晋被她蹭得有点想笑,没忍住弯了嘴角。

她手里的 iPod 也因为感应到动作亮了屏,肖晋低头瞥了一眼。

正在播放 Two is Better Than One。

心跳忽然漏了一拍。

他摁亮自己的手机屏幕,音乐软件里正在单曲循环着 Two is Better Than One。

心上像是被浇了一瓢温水。

肖晋关掉了音乐,摘下耳机,把刚刚给林晚来戴上的那半边耳机又轻轻摘下来,戴在了自己耳朵上。

舒缓的鼓点从耳机里汩汩流出。

大巴正好穿过隧道,眼前阳光正好,春色满园。

> I remember what you wore on the first day,
> you came into my life and I thought hey.
> You know this could be something……

"都醒醒都醒醒,要下车了!"

肖晋是被叶甘霖拿着小喇叭,气壮山河的一嗓子喊醒的。

他猛地睁开眼直起脖子,一脸蒙地看了眼车前窗外,大巴已经停稳了。

"哟,睡得挺香啊?"叶甘霖见他睡眼惺忪,打趣道,"怎么,我们班车挺舒服呗?"

肖晋大脑还处于重启状态,愣了两秒才反应过来要回一句什么,刚开口突然觉得不太对。

他刚刚是怎么起来的?

有个直起脖子的动作?

所以,他原本是歪着脖子睡着了?

所以……

他这会儿才再次感受到自己左肩仍然承受着一颗脑袋的重量,猛地偏头一看。

这时,林晚来正好把自己的脑袋从他肩膀上抬起来。

对上肖晋疑惑又惊慌的眼神,林晚来面无表情地说了句:"我脑袋靠得舒服吗?"

肖晋大惊失色。

所以他原本想着守着林晚来让她好好睡但自己也睡着了?

所以他一直歪着脖子磕在林晚来的脑袋上睡的?

所以林晚来早就醒了,但是因为他压着她的脑袋所以动不了?

肖晋的表情已经完全僵了,盯着林晚来的脸一动不动,非常希望一切都是一场梦。

林晚来却神色平静,轻轻拉走了半挂在他耳朵上的耳机,说:"走吧,下车了。"

二班人陆续排队下车,林晚来也挤出座位先下了车。

所以林晚来也发现了他不请自来地拿了她的耳机跟她共享一首歌。

肖晋双手抱头缩在椅子上闷吼一句,非常想当场自绝于世。

春游安排了两天,主要行程就是爬明月山。到景区的镇上已经快中午,徐晴雯先发了房卡,让大家去房间放好了行李再出来吃饭,下午就在古镇上逛一逛,明天早起再爬山。

肖晋是最后一个下车的,于是非常"荣幸"地享受了两个班同学的"注目礼"。

"血气方刚的小伙子,这么能睡。"

苏秦和夏淼幽幽飘过他身边,无情补刀。

"哥,这照片我得裱起来。"

肖晋硬着头皮回到自己班上队伍最后,赖洪波已经举着手机守株待兔了。

他凑上前仔细一看,是刚刚在车上,他和林晚来睡着时的背影。这夹缝中拍脑袋的角度,拿脚指头想就知道是夏淼的杰作。

"你说,回学校我要是把楼下光荣榜上你和晚姐的照片都改成这张,徐晴雯会扒了我的皮吗?"

说好的给人家女孩子靠肩膀变成了自己睡得香，肖晋觉得丢脸极了，冷着脸对赖洪波说道："她会直接把你遣送回京。"

"遣就遣呗，反正我也要回去高考，"赖洪波仍旧贱贱地笑着，"为了这么好的一张照片，兄弟值了！"

肖晋又眯着眼瞧了那照片两眼。

叠在一起的两颗脑袋，还确实挺顺眼的。

前头徐晴雯已经带着队伍走动起来，肖晋扯了扯书包跟上，对赖洪波撂了句："发我一张。"

"哥，还是你闷骚。"赖洪波啧啧叹道。

肖晋没同桌，以一中的财力显然不可能大方到给他单开一间房，所以他就和严政杰、张航挤一间。

开门通风，三人正在房间里放行李，赖洪波又气喘吁吁扛着包来了。

"加我一个！"

严政杰白了他一眼："Lily呢？你又抛弃糟糠之妻了？"

"跟他一间多没意思，咱们兄弟四个一起啊！"说完，赖洪波献宝似的从包里掏出两把任天堂、一套三国杀，接着是七八罐饮料，然后是牛肉干、酒鬼花生、猪肉脯、怪味豆……

另外三人目瞪口呆地看着他一样一样地把东西拿完，足足得有几分钟。

"你一书包就装了这些？"肖晋看着赖洪波已经瘪下去的书包，"你带衣服没啊？"

赖洪波从书包里掏出最后一样东西，一条内裤。

他还一根手指头兜着转了两圈："带了啊，不在这儿呢嘛！"

张航惊了："两天你没带换的衣服？"

"事儿多，"赖洪波嫌弃道，"就两天，换什么换。"

仿佛已经能闻着味儿了。

肖晋无语，转过身去把两张单人床之间的床头柜搬开了，拼成一张大床，四个人横着睡，问题不大。

中饭就安排在酒店一楼的餐厅。

十人一桌的标准菜式，想想也知道没什么好吃的东西，但大家也就图个凑一起吃饭的热闹,反正都没少带小零食。

　　林晚来和肖晋隔了两桌,肖晋偷偷往那边看了两眼,她看起来很正常,仿佛刚刚在车上没有见过他一样。

　　林晚来在看到他坐在她们班车上,肩膀给她当枕头,甚至靠在她脑袋上睡着了之后,居然一点反应都没有?

　　本来就理不清楚的心思,这会儿加上疑惑、懊恼和那么一丝丝慌乱,更变成一团糨糊,却清晰地指向了同一种情绪——

　　委屈。

　　对,就是委屈。

　　"哥,我查到了,这镇上有好多手工艺品店,你下午就去给晚姐买礼物,绝对管用。"

　　肖晋正默默委屈着呢,赖洪波突然一个屏幕撑到他面前。

　　肖晋回神,定睛看了眼他手机里的图片。

　　红的绿的金的粉的,各种颜色各种样式。

　　丑绝人寰。

　　肖晋幽幽抬起头,定定地看着一脸兴奋推荐着的赖洪波,说:"你好歹也是从大城市来的,审美怎么能土到这种地步?"

　　赖洪波正激情四射唾沫横飞呢,又被浇了盆冷水,骤然闭嘴,悻悻收回手机。

　　但他被打击的次数太多了,早已习得越挫越勇的精髓,很快又重新行动起来:"哦,那我再给你找几个。"

　　肖晋见他兴致高昂,懒得再阻拦,百无聊赖地又随处瞥了两眼。

　　这次春游只来了四个老师,语数外老师是两个班都带的,所以来齐了。叶甘霖是文科班班主任,自然也要带队。

　　四个老师和两个导游坐在一桌,同桌还有几个女生,都是班干部,向来很得老师青睐的那种,所以不像其他学生,巴不得离老师越远越好。

　　肖晋这才发现老师那桌很热闹。

　　缪静抱着个小女孩,那个小女孩穿着一身喜气洋洋的红毛衣,扎两个冲天小鬏,整个人圆嘟嘟的,仿佛晃一晃就要从缪静膝上滚下来。

　　另外几个女生也围着,奶声奶气逗着小孩,嘻嘻哈哈地很是开心。

肖晋碰了碰赖洪波的胳膊肘，问道："那小孩谁家的？"

"老赵的女儿啊，你才看见啊？"赖洪波有些纳闷，"哦……你刚在晚姐车上。"

"挺逗一小孩儿，叫秧秧吧，我们在车上都玩了一路了。"赖洪波仍然低头查着小镇游玩攻略，"老赵的心可真大，上车就睡，小孩直接丢给缪静她们了。"

肖晋又抬头看了眼，缪静正尽职尽责地给秧秧喂饭，而隔着好几个座位的老赵则有滋有味地边吃菜边和叶甘霖侃大山，不用听也知道这两位中年男子正谈论国家大事，指点江山激扬唾沫星子。

确实心大。

肖晋收回眼神，桌上的菜已经转了一圈。

要么就清汤寡水，要么就重油重盐到厨师都说不准到底是什么菜。

他心里本来就堵得慌，这会儿更没胃口，就只添了碗紫菜蛋花汤慢慢喝着。

午饭开得晚，大家又边吃边聊，所以收桌的时候已经快三点了。

徐晴雯站起来，拿到导游小话筒试了下音量，立刻眼睛发亮，仿佛找到了人生好伴侣。

"下午是自由活动时间哈，大家可以在镇上逛一逛，感受感受千年古镇的风土人情！回学校以后，每人交一篇游记！优秀作品我们给《语文报》投稿！"

"我就知道有这么一出。"

赖洪波小声骂了句，立马低头在手机里搜索"古镇游记一千字"。

"虽然是自由安排，但大家也不能待在酒店哪儿也不去啊！"徐晴雯眼锋锐利地盯向了赖洪波，"尤其是男生！这次是外出，所以我允许大家带了手机平板这些娱乐设备，但是，今天下午要是被我发现谁躲在房间里打游戏的，回去通通记过！"

"真狠哪。"

赖洪波刚刚笑容乖巧地回应完徐晴雯的眼锋，就抿着嘴咬牙挤出了这几个字。

"但也不要玩得太晚，六点半之前全部要回酒店来！不要单独行动，一定要结伴，迷路了立刻给老师打电话！"

徐晴雯又啰啰唆唆交代了一大堆，才恋恋不舍地放下导游小话筒放了人。

"咱们找找有没有奶茶店或肯德基啥的，坐着打游戏？"徐晴雯一走，赖洪波立刻和严政杰、张航计划起来。

肖晋看了看林晚来，她被夏淼拉着加入了缪静她们的逗娃阵营，看样子是要一起去镇上逛的。

"古镇看来看去也就是石板路小桥流水啥的，也没什么特别的。"赖洪波仍然嘀咕着，"上回我不是被虐了吗，好久没上王者了，你带兄弟飞一把？"

换在以前，肖晋肯定拉着赖洪波打掩护，装模作样跟在林晚来她们后边瞎溜，但最近他实在是世界观灰暗加上有点怀疑人生怀疑自己，心里"跟林晚来一起逛古镇"的本能冲动叫嚣了两句之后迅速被暗黑小肖打倒。

他抓起桌上的手机，点了点头。

"喝什么奶茶？腻得要死，找个肯德基吧。"

这里虽然说是千年古镇，但这几年开发得好，肯德基、星巴克、麦当劳之类的一样不少，还不止一家。

为了躲避徐晴雯很可能进行的"搜查"和"追踪"，赖洪波特地挑了离酒店最远的一家肯德基，四个人足足走了快半个小时才到。

他们进店后随便点了个全家桶，四部手机一齐亮相，立刻开始。

肖晋没什么心情，就随便打两把，虽然战绩也不算差，但离赖洪波期待中的"带兄弟飞一把"还是有点远。

连续好几局险胜之后，赖洪波撂下手机猛吸了两口冰可乐："没劲……不是，哥，你咋回事啊？这不是你的水平啊！"

"没手感。"

说着，肖晋也退了游戏，手指下意识地点进短信界面划拉了两下。

"再来再来！"赖洪波把一杯可乐吸得见了底，空杯往边上一推，"我还就不信了！"

心里堵得慌，又没别的事可做，还不如打游戏。肖晋轻轻叹了口气，也重新点进游戏，等着赖洪波开新的一局。

"等下等下，我这一手油。"

严政杰刚啃完一只辣翅，满嘴流油，手忙脚乱地抽纸巾。

"赶紧赶紧。"赖洪波手痒痒，不耐烦地催了两句，又无意识地四下看了两眼。

这一看，就被惊到了。

"呀，她怎么在这儿？"

张航听到赖洪波这么凉飕飕的一句，立马把手机往兜里一踹，猫腰要跑："谁谁谁？徐晴雯来了？还不跑？"

"是她。"赖洪波翻了个白眼摁住张航，眼神看向的却是肖晋，然后朝另一边抬了抬下巴。

肖晋顺着赖洪波的视线看过去，靠窗角落处的小桌边，李雨面前放着一杯九珍果汁和一盒薯条，她独自坐着，看着窗外出神。

似乎察觉到他们的目光一般，李雨忽然扭头看过来。

看起来她已经一个人坐了很久，大概也早就知道他们在这里，所以一点也不惊讶。

她面无表情地跟肖晋对视了几秒之后，又面无表情地转了回去。

这是她第一次露出这样的眼神，和之前见到肖晋就局促躲避的神情完全不一样。

但同样让人感觉不舒服。

就像之前很多次，肖晋和林晚来在一起时，都能感受到的李雨偷偷投来的目光那样让人不舒服。

"这姐的眼神也是够瘆人的。"赖洪波颤颤巍巍感叹了句，"那咱们是打招呼啊，还是装不熟啊？"

"本来就不熟。"肖晋连打游戏的心情都没了，拿起手机一看，也快五点了，索性起身，"走吧。"

赖洪波知道他心情不好，又想到李雨的哥哥那事，也点点头，拿起手机跟上："也行，反正这会儿没手感，溜两圈回酒店再打。"

肖晋径直走出了门，赖洪波却还是留神偷瞟了李雨一眼。

她仍然保持着静坐盯着窗外出神的姿势，就像一直没有看见他们四个一样。

酒店在小镇东边，肯德基在小镇西南角，走回去又得半小时。

"早知道就该去酒店边上那家星巴克，近多了。"在小巷里七拐八拐半天，张航不耐烦地抱怨了句。

"去那里等着被徐晴雯抓?"赖洪波回撑一句,搭着肖晋的肩膀走在另外两人前头,四处闲看,"你别说,这地方其实还挺好看的。"

开发管理得好,所以小街小巷都干净整洁,又没有过分商业化,保留着千年古镇的韵味,踩在青石板路上,发出悦耳的声响,春风穿堂而过,拂过一阵杏花微香。

正午时分的暑气已过,这时候在镇上走一走,确实挺舒服的。

他们终于拐出各种狭长的小巷,迎面就是古镇的主干道,中间一条清水河汩汩流过,河边几树杨柳,河上架着一座石拱桥。

这画面,还挺有"小桥流水人家"那味道。

赖洪波看见两个班许多女生或成群结队地在街边小店逛着,或坐在河边闲聊。

文科班的于楚楚和程欢两个人站在桥上吹风聊天,侧身背对着他们。赖洪波看见,突然心思一动,掏出手机对准桥上的身影,还精细地沿对角线构了个图,按下了快门。

肖晋低头瞥了一眼,这家伙不仅表情前所未有的认真,拍出来的照片还挺像样。

他揶揄地笑了声。

少男怀春的赖洪波被他冷不丁一笑,立马结巴了:"笑……什么笑?人家女孩子看看风景挺美的,我给拍下来,这叫艺术!"赖洪波的表情和动作完全脱钩,脸上红一阵白一阵的,却还要装作满不在乎地挥两下手,"哥,你好歹也是个学霸,怎么这么俗!"

人在紧张的时候,话总是越说越多。

肖晋一言不发地看着他:"我说什么了?"

赖洪波愣住了。

沿着这条小河一直往东走就能到酒店,严政杰和张航两个人不知道什么时候跟丢了,赖洪波也懒得管,跟着肖晋慢悠悠瞎晃,一路上碰到不少同学。

男生女生多少都买了些东西拿在手上,就他们俩,除了一人兜里插了部手机,两手空空的,什么也没有,特别像无业小青年,就差叼根烟蹲在桥上问人要保护费了。

"人家要么拎个小包,要么拿点小吃啥的,咱们俩要不也去买点东西?"

赖洪波左看右看，问道。

"不买。"肖晋回绝得十分干脆，"跟你逛什么街？"

赖洪波听出他话里的意思，抓紧机会报刚才的仇，不怕死地撑道："跟我逛街不像样你找晚姐去啊？晚姐理不理你还两说呢。"

过了嘴瘾，见肖晋一个眼刀飞过来，他又立马怂了，笑道："再说了，你真不给晚姐买点礼物啥的？"

他随手指了指："你看看人家，不都买了些手工艺品？"

肖晋顺着他手指的方向瞥了两眼，了无兴趣地收回眼神："义乌成车成车拖来的批发货，看不上。"

赖洪波无语地看了肖晋几秒："得，是我不懂你们学霸。"

肖晋没接话，也没看他，又换上一张能冻死人的扑克脸，径自往前走。

快到酒店的时候，突然看到河边树下聚了一堆人，吵吵闹闹的，赖洪波心里正纳闷呢，就从人群的缝隙里看见中间那个急得眼睛都红了的是缪静，她周围的地上似乎还有水渍。

"不会是有人掉下去了吧！"

说着，赖洪波连忙抓着肖晋的胳膊挤进人群。

肖晋原本没注意到这边，突然被拽进人堆里，定睛一看，跪坐在地上的是缪静，她怀里还抱着浑身湿透了哭得惊天动地的秧秧。

肖晋穿的是长袖卫衣，他看了看穿着薄外套的赖洪波，利落地把他外套扒下来，蹲下身裹在秧秧身上。

"呛水没？"

缪静仍然有些惊魂未定，反应了一下才回答："应该没……没有，刚刚掉下去，扑腾了两下就马上被抱起来了。"

小丫头被吓得不轻，仍然在号啕大哭，听这嘹亮的哭声，也不像是呛了水的样子。

肖晋安慰地拍了拍她的脸颊，用手背试了试她的额头，没怎么发烫，把罩在她身上的外套又裹紧了点，说："应该没事，就怕感冒，赶紧带她回酒店吧。"

肖晋正要起身，忽然发现缪静身上除了抱着秧秧的地方，几乎没怎么湿。

他突然想到什么，不好的预感立马涌上心头，扭头朝围着的人群左右看了看，没找到人。

"林晚来呢？"

"她……她刚爬上来，就去洗手间了。"

缪静看向石板路对面的公共卫生间。

肖晋心里一沉，肉眼可见地黑了脸。

赖洪波也倒吸一口凉气，看着围观人群里的三个男生："不是，你们几个男生在这儿杵着，让人家女孩子下水捞人？"

被点名的宋子扬也很难为情一般，苦着脸说道："我正要下去的，她动作太快了，还没反应过来就跳了……"

肖晋越听越烦躁，冷着声音问缪静："她受伤了？去洗手间干吗？"

"应该没有，但她今天穿的白色T恤……"肖晋皱着眉头，表情有点吓人，缪静声音越来越小，低下头不敢跟他对视。

她话没说完，但肖晋已经明白了意思。

"赶紧带她回酒店换衣服。"肖晋又看了眼秧秧，叮嘱了一句，然后起身拨开还围着的几个人。

林晚来正好走回来，肖晋脚步一顿，没来得及说话，动作已经先行一步，上前抓住她的手腕上下打量了一番。

她穿了件黑色外套，拉链直接拉到了下巴下面，遮得严严实实。

肖晋主要担心的却不是这个。

林晚来浑身湿透，头发丝黏在脑门上，嘴唇发白，脸上却有些红晕，脸色看起来很不好。

她自己倒像没事人一样，还问了句："你怎么在这儿？"

肖晋皱了下眉，没说话，直接拿手背贴了下她的额头。

已经有点发热了。

林晚来下意识往后退了一步。

"先回酒店。"肖晋拉着林晚来就走。

一群人跟在后头，直到进了酒店大厅，后知后觉的赵英文才慌慌张张从房间下来，接过缪静怀里仍然哭得地动山摇的秧秧。

"赵老师，对不起，是我们太不小心了……"缪静低着头，愧疚得都快哭出来了。

"没事没事,这不是好好的嘛!"

赵英文对待学生和对待女儿一样心大,甚至还笑了两声,又对秧秧说道:"哎呀,没事啦,小朋友不能总是哭的,坚强点!"

刚刚还高分贝号啕不止的秧秧小朋友听了她爹这句话,居然就真的一秒静音。

赵英文满意地笑了,又对学生们说道:"行了,我给她换身衣服去,你们也各忙各的吧。"

他说完才看到已经湿成落汤鸡的林晚来。

"我的天,这是怎么了?"赵英文表情里终于有了点震惊和忧虑。

"赵老师,是林晚来下水把秧秧抱上来的。"缪静解释说。

"这……"赵英文有些语塞,不知道是感动还是愧疚,叹了口气,"赶紧赶紧,上去洗澡换衣服,别感冒了!"

林晚来点点头。

肖晋早就没了耐心,终于等到这群人这个交代情况那个道歉道谢地讲完了废话,头也没回地快步带林晚来先上了电梯。

电梯缓慢上行,他们却陷入沉默。

他好像本来就不知道要和林晚来说什么,只是动作比理智更快,只想着赶紧带林晚来回来,不然肯定要感冒。

过了好一会儿,肖晋才清了清嗓子。

"那个……你回去赶紧洗个澡,把头发吹干,多喝热水,我看你好像有点发烧了。"

林晚来突然"扑哧"一声笑出来,看着他道:"你知不知道,'多喝热水'这四个字,是不能和女生说的?"

林晚来的表情轻松得过分,肖晋看得心里甚至有点慌。

他愣了半分钟才回答:"但热水……你真的要喝。"

林晚来还是轻笑,边笑边凝视他的神情。

"你带了感冒药没?没带的话我待会儿出去给你买点……"肖晋心里乱极了,下意识地又选择了转移话题。

"带了,蒋西辞配的。"林晚来回答得很快。

肖晋骤然就住了嘴。

虽然他知道听到蒋西辞的名字就失语是很戾又很没道理的行为，等于把自己这团乱糟糟的心思摊开了给林晚来看。但这一次，他动作还是比理智快，表情不受控制地垮掉的那一瞬间他就知道来不及了。

林晚来却还是很平静，问他："没有其他要跟我说的？"

肖晋现在只觉得自己又戾又小心眼，怔了半天没说话。

"那我有话要跟你说。"

"叮咚"一声，电梯到了。

林晚来反客为主，拉着肖晋走出了电梯。

"七点半，楼下小花园。"

她约定好了时间地点，就松开了手，径自往自己的房间去了。

肖晋怔在原地，看着她走远，她身上那件黑色外套又大又长，挂在身上空荡荡的，看起来好像也已经沾湿了。

他叹了口气，回房间拿了自己的外套，又坐电梯下楼。

第七章 / 见日之光，长乐未央

少年时闷头走过很长一段路，直到有一次抬起头，才发现月光与他都在邀我同往，才知，吾道不孤。

林晚来说的小花园就在酒店后院。说是花园，其实只是圈了块空地，种了几盆花，中间摆了张木桌和两把藤椅而已。

虽是暖春，三月底的夜里也还是有点凉。

深山小镇，肖晋在藤椅上坐下，仰头看了看夜空，能很清楚地看见不少星星闪烁。

然而星星入眼不入心，过去一个多月里无数次在脑海里出现后又被他强行摁下去的问题这次是再也躲不过了。

为什么那天见到蒋西辞之后就心里别扭？

为什么在蒋西辞的诊所里偷偷先走了？

为什么拿集训当借口躲着林晚来？

一件一件事捋过去，肖晋除了觉得自己挺不是个东西以外，别的什么也没想清楚。

他就差把一切归因于内分泌失调了，脑子里还是一团糨糊。

就这么望着天愣了不知道多久，直到一阵凉风吹过，肖晋才想起来看一眼时间。

已经七点四十一分了。

林晚来居然迟到了？

肖晋心里更乱了。

这是迟到了，还是本来就不打算来？

他如坐针毡地等了两分钟，终于耐不住想上楼去看看的时候，林晚来急匆匆地来了。

她换了件外套，头发吹得半干披着，手里还抱着个保温杯。

"对不起，我撞上徐老师了，耽搁了一会儿。"

林晚来在他对面坐下。

肖晋闻见她洗发水的清香，原本慌乱难安的心忽然就安定了一点。

"啊……"他点点头，"徐晴雯问你话了？"

"嗯，就是听说秧秧掉水里被我救上来，关心一下。"

"哦。"

肖晋又点点头。

他不说话，林晚来似乎也没有开口的打算，两人再次陷入沉默。

肖晋看着林晚来就坐在他面前，不急不躁，似乎很悠闲的样子，沉默了几分钟，终于下定决心，总不能一直这么尿下去。

他把拿着的外套递给林晚来："晚上冷，这个也披上。"

"好。"林晚来异常乖巧地接过外套，披在了自己肩上。

肖晋凝视她几秒，问："你……不是有话要跟我说吗。"

林晚来忽然笑了，点点头："嗯，是有话说。"

肖晋不由自主地就这么看着她。她带着笑，眼波流转，比方才抬头见到的星星更好看。

"你还记得，大年初一，去找冯文夕之前，在公交车上你问了我什么问题吗？"

闻言，肖晋忽然一怔。

原本被各种烦心、疑惑和懊丧压在心里最底层的回忆被强行撬开，像突然被照进一束光。

他差点忘了。

那天他牵住林晚来的手腕，阻拦了她再一次想独自离开的打算。

他那时说："我跟你一起。"

在那之前，他问她："今天你特别高兴，是因为我吗？"

"当时被打断了，我现在回答，来得及吗？"林晚来接着问。

然后没等他回答，她突然收敛了笑意，平静、认真、郑重地说："我的回答是，是的。

"其实每年大年初一我都挺不开心的，但那天，我真的特别开心。

"我走出墓园，一转身就看见你站在那里的时候，就特别特别开心，就像、就像……"

林晚来突然顿住了，她很少有这种词穷的时刻，好像除了"特别开心"，就没有别的话可讲。

肖晋坐在她面前，表情怔怔的，眼睛却直勾勾地盯着她。

林晚来赧然地笑起来，搜肠刮肚终于找到一个勉强合适的比喻："就像，摸黑走了好久突然看见了光一样。

"反正就是……特别开心。

"因为你。"

林晚来车轱辘一样的"特别开心"反复说完了之后，肖晋还是怔着的。

足足好几分钟之后，林晚来才看见他的脸色终于温暖起来。

他提起嘴角笑了，沉着声慢悠悠来了句："林晚来，你一个文科生，怎么词汇量这么匮乏呢？"

少年的声音低沉悦耳，是典型的肖晋式调侃。

林晚来迅速接过了他抛过来的这份默契，"嘁"了声，回撑道："那也比你木头似的什么也不会说好。"

两人对视一眼，不约而同地笑出声。

然而玩笑归玩笑，要说清楚的问题还是要说清楚的。

笑过了，林晚来往藤椅上一靠，直接问道："我心里的话说完了，该轮到你了吧？"

肖晋这次没有发愣，林晚来的意思很清楚，他心里也明白，当了这么久鸵鸟，他总不能一直不说话。

但他自己都没弄明白的心事到底要怎么跟林晚来讲，确实是个问题。

徒劳地整理了一下思绪，肖晋艰难地开口了："我……"

我不喜欢蒋西辞？

我心里委屈？

哪个说法都不太对，都太像小媳妇儿。

支吾半天后，不知道在哪方妖魔鬼怪的驱使下，他说出的第一句话居然是——

"我……我不太高兴。"

林晚来明显愣了一下,但她眼里的情绪很快从讶异变成了看傻瓜似的疑惑:"说点我不知道的。"

被奚落了的肖晋看着一脸嫌弃的林晚来,轻轻叹了口气,心道:既然想不清,干脆复盘一下自己的心路历程吧,至少真诚。

肖晋再次艰难开口:"我那天在蒋西辞的诊所里,看到他跟你特别熟,心里就有点奇怪的感觉……"

不行,听着太小心眼,这段跳过。

他卡带似的又重新另起话茬:"我不是介意你有很熟的朋友啊,就是……"

就是啥呢?

好像越描越黑,这段也跳过。

"你受伤了会去他的诊所,他还会给你做饭吃……"

越说越像他俩搭伙过日子。

不行,跳过。

"我当时……就是在想,当年你跑去粤城碰到那帮混混,就算没有我,是不是也能脱险?反正蒋西辞也知道你去粤城,他肯定也会保护你,你跟他之间也不至于像我这个突然冒出来的路人甲一样尴尬。

"你在粤城遇见的是我,这件事我本来挺开心的,就好像命中注定一样,特别像小说里写的那种。

"我那天看到蒋西辞才发现,可能,就算没有我,你也有人罩着的。

"但我希望无论你碰到了什么事儿,我都能帮到你。"

肖晋这次没有卡顿,没有跳过重来,虽然语速很缓慢,但还是流畅地讲完了。

然后他就发现,自己闷心里一个多月想不清楚的破事,好像刚刚对着林晚来已经全部说出来了。

他后知后觉地惊了下,然后紧张地抬起头看林晚来的反应。

就算刚才肖晋东一榔头西一棒子瞎说的时候,林晚来也没有打断他,一直认真听着。

等他不知不觉说完了心里话,林晚来也是那样认真的神情,对上他的眼神,才慢慢地、温柔地弯起眉眼。

"蒋西辞确实挺照顾我的。"林晚来缓缓说道,"他是我爸第一个学生,高中毕业后学的中医,留在长岭开了小诊所,小时候我爸就带我跟他玩。

"我爸刚出车祸的时候,各种各样的流言很多,是他一直开导我,也跟我讲了很多我爸年轻时候的事。

"有几次我'中二'起来,还总怀疑他是我爸婚前偷偷生的儿子。"

林晚来简单解释了几句蒋西辞的身份,毕竟涉及另外一个人的隐私,她也不方便说那么细,最后开了个玩笑就结束了。

肖晋倒很配合地也笑了两声。

"但是,你刚刚说我在粤城就算没有遇见你,也会有他罩着我,这话不对。"林晚来话锋一转。

"首先,我一般都是自己罩着自己。

"其次,我当时一个人坐火车跑到粤城去真是心血来潮,谁也没有告诉。出火车站就遇见那几个混混,然后遇见你,全都不在预料范围之内。"

她说完,肖晋的眼神震了一下,深深凝视着她。

"如果没有遇见你,我要么落那几个混混手上,要么奇迹生还继续混日子,很可能永远不会回家、回学校。"

一年前的回忆已经很久远,如果不是这次对肖晋说出来,她可能永远都不敢想,如果当时真的冲动之下跑到了更远的地方,或者遇到了别的什么人,她的人生会变成什么样。

说了太久,她突然有些口干,拧开保温杯,喝了一口水,仿佛这样才有力气继续说下去一般。

微热的水流经喉咙,暖暖的。

她把水杯放回桌子上,冲肖晋笑。

"所以,谢谢你,当时一眼就认出了我,谢谢你,冲过来挡在我面前,也谢谢你,把我拉回了人间。"

肖晋深深凝视着面前的女生,良久才微微低头,提起嘴角笑出声。

"不用谢。"他话中带笑。

两个人的心里话都掏得一干二净,对坐沉默了半晌,再抬头看对方,不约而同地笑了起来。

是夜春风微凉,明月高照,桌上保温杯口腾着热气,林晚来清新的发香萦绕在肖晋的鼻尖。

这是肖晋第一次看见春天。

两个人正看起来精神不太正常地对视笑着,小花园的壁灯突然全熄了,吓得林晚来条件反射地抖了一下。

肖晋紧了紧攥着的手,打量了一下四周,发现酒店大厅的灯还亮着。

"可能是到晚上了,就把花园的灯先关了吧。"

林晚来点点头,看了眼手机:"刚好八点半,真够早的。"

肖晋拿起桌上的保温杯:"千年古镇,说不定还有宵禁呢。"

林晚来"扑哧"笑了:"谐音梗要扣钱的你知道吧?"

肖晋没接话,只是跟着她一起笑。

他们俩今天都太傻了。

林晚来腹诽:就是止不住想笑的冲动。

刚进电梯,肖晋的手机响起 QQ 提示音。

是赖洪波。

红狗:哥,你跑哪儿去了,徐晴雯马上要来点人了。

肖晋对林晚来说了句"徐晴雯在点名",然后回了赖洪波一句"马上",就把手机收回兜里。

他们的房间在 8 楼,林晚来盯着老旧电梯缓慢跳动的数字,突然说:"徐老师是不是说,明月山的日出很好看?"

肖晋愣了下,点点头:"嗯,好像是。"

"那她安排我们明天七点才集合,根本看不到。"

肖晋听出了林晚来的意思,回答道:"怕大家起太早没精力吧,这个季节要想在山顶看到日出最晚四点就得出发了。"

说完,他扭头看向林晚来,又问:"你想去看日出?"

林晚来很直接地点了点头:"嗯。"

他就知道。

别人都以为林晚来老实冷淡无事挂心,肖晋却一直知道这姑娘心里比谁都野。

他当然也想去,但这事一是不好跟徐晴雯交差,二是的确有一些安全风险。

肖晋挠了挠头，不自觉又皱了下眉："你这下午刚掉水里，万一真发烧了呢？"

下午看见林晚来的时候，她还嘴唇发白额头发热明显是要发烧的迹象，这会儿看虽然好多了，但他还是不太放心。

"没事了！"林晚来一挥手，"蒋西辞配的药一向很管用的！"

肖晋嘴角动了动。

"要不这样，我们多叫上几人，把喇叭、夏淼都叫上，法不责众，顶多被徐晴雯念两句。"林晚来提议。

肖晋看了林晚来一眼。

林晚来见他不答，又催道："怎么样？我觉得这方法挺靠谱。"

"是挺靠谱。"肖晋微笑。

林晚来被他笑得心里发毛，好在电梯十分给力地正好上到了8楼，"叮咚"一声，门开了，林晚来迅速夺过肖晋手里的保温杯闪出了电梯。

"马上点名我先撤了！"

肖晋慢林晚来一步走出电梯，看着她飞快逃跑的背影。她穿着他的外套，飘带也跟着飞舞。

他站在原地看着，直到林晚来的身影消失在走廊拐角，他还低头傻笑了好几秒才收敛神色，以能力范围内最平和的表情走回了房间。

林晚来刚回房间没两分钟，叶甘霖就和苏秦来点人了。

因为是女生房间，叶甘霖就没进门，苏秦进来看了看情况，叮嘱早点睡觉，明天别起晚了，很快也离开了。

林晚来试探了两句，因为第二天要早起，老师们应该也是点完人就会回房休息，非常有利于他们"顶风作案"。

林晚来跟李雨一间房，她回房时李雨已经洗完澡换上睡衣，安静地靠在床上看书，没有说话。

手机收件箱里躺着肖晋刚发来的两条短信。

肖晋：十点小花园见？从大门出去太招摇，我刚看到小花园里有个木门可以出去。

肖晋：这几个人也太好撺掇了，简直是一呼百应啊。

林晚来压着嘴角偷偷笑了笑，心道"一呼百应"这种浮夸的词也就肖晋这种人才好意思用了。
林晚来：十点见。
放下手机，林晚来又看见李雨还是那个姿势，靠坐在窗边，屈起一条腿，书搁在膝盖上，暖黄色的灯光映在她脸上，显得很恬静。
林晚来在心里纠结了一阵，最终还是决定不叫李雨。
她给自己倒了杯热水，吃了蒋西辞给的药，也坐回床上有一搭没一搭地看起小说，等着十点的到来。

九点五十五分，林晚来穿好外套，最外面又披上肖晋的衣服，悄悄溜出门。李雨仍然在看书。
但出于某种连自己也说不清的心理，林晚来什么也没跟李雨说。李雨也什么都没问，平静地目送林晚来出了门。
林晚来在电梯口和夏淼碰上面，夏淼正不怀好意地笑着打听林晚来和肖晋到底干了什么坏事时，走廊那头突然又走过来一个人。
是于楚楚。
夏淼有点慌："这就被发现了？"
林晚来倒还淡定，保持着无事发生的表情朝于楚楚露出一个友好的微笑。
于楚楚却害羞地先笑了，走到她们身边，小声说："赖洪波说可以一起去看日出……"
夏淼大气一松："吓我一跳！我以为还没偷溜出去就被抓住了呢。"
林晚来也笑了："那我们一起下去。"
于楚楚赧然地点点头。
夏淼早看出些苗头，斜着眼睛打趣："喇叭挺有本事啊。"
黑黢黢的小花园里，四个男生已经一早等着了。
"晚姐！"赖洪波兴冲冲地最先迎上来。
肖晋咬牙："你再说大点声，邀请徐晴雯跟我们一起去爬山。"
赖洪波一秒噤声。

肖晋打开手机手电筒，走到花盆后面有点费力地打开了年久失修的小木门："从这儿出去。"
严政杰、张航和赖洪波走在最前面，夏淼非常有眼力见儿地拉着于楚楚跟上,单独剩下林晚来。

肖晋又把门恢复原状,两人并肩走在最后。

小镇上千家灯火彻夜亮着,三个男生走在最前面,并排也不安分,非要你撞撞我我推推你,走得东倒西歪,时不时突然爆笑出声。

夏淼自来熟,挽着于楚楚的胳膊,一会儿指着前头的赖洪波凑在于楚楚耳边不知道讲了什么,说得于楚楚耳郭通红,一会儿回头煞有介事地看林晚来和肖晋两眼。

林晚来披着衣服,两手抱着特地灌了热水带下来的保温杯,看着地上两个人的影子,才发现肖晋一直揪着她衣服上的飘带。

她轻轻笑了声:"你拉着我飘带干什么?"

肖晋神色不改:"我的衣服,想拉就拉。"

林晚来扭头看了眼,见他一本正经的,抿嘴忍着笑,"哦"了一声。

酒店离山脚很近,一路听着最前面三个人憨憨地傻笑,走了不过十分钟,就看见了上山阶梯的入口。

明月山名声在外,登山步道也修得很完善,每隔一段就有路灯,完全没有安全问题。

赖洪波十分有仪式感地拿出手机看了眼时间,然后吼道:"十点十三分,兄弟们冲啊!零点前登顶!"

刚吼完,他就眼疾手快地向后抓住了于楚楚的手腕,一阵风似的带着她往前跑去。

严政杰无奈地摇了摇头,叹道:"走吧,夏淼,你只能跟我俩一块了。"

夏淼回头冲林晚来丢了个鄙视的眼神,无奈地摆摆手:"行吧行吧,走。"

张航一拍胸脯:"我俩保护你!"

头顶一只乌鸦飞过,夏淼白眼一翻:"保护你个头,赶紧的吧。"

其他人都走远了,肖晋耍宝似的弯下腰,一只手背在身后一只手往前伸,做了个"请"的动作:"出发吧,林晚来同学?"

林晚来抿嘴一笑,昂首挺胸地往前走。

"你要是爬不动了呢,可以求我,我就勉为其难地背你上去。"

闻言,林晚来分毫不让,晃了晃手里的保温杯,回答道:"你要是渴得受不了了呢，也可以求我，我就勉为其难地施舍你一点水喝。"

肖晋听完，煞有介事地点了点头，说："求你。"

"啊？"林晚来愣了。

肖晋把手伸过来晃了晃："我求你了啊，你不把水给我？"

林晚来没懂他的意思，怔怔地把水杯递过去。

肖晋接过水杯，左手拿着："还不渴，待会儿再喝。"

说着，他略微加快了步伐。

毕竟是千古名山，明月山并没有那么好爬。

赖洪波傻傻地一开始就猛冲，很快就没了体力。肖晋和林晚来慢悠悠走过的时候，他正和于楚楚坐在石阶上喘粗气。

夏淼和严政杰、张航虽然没有跑，但这三个人的组合就很容易产生一些莫名且有害的胜负欲，导致爬山节奏十分不均匀，最后他们也是瘫在石头上休息，两个男生还十分不要脸地抢夏淼的水喝。

到最后，反而是出发最晚、最不着急的肖晋和林晚来走在了前面。

月亮一路跟着他们，但被树林遮着，时隐时现，看不完全。

肖晋和林晚来走得不快，胜在节奏均匀，是最不耗体力的爬山方式。

快到山顶的时候，他们看见一处大平台，大概是专门修建的观景台，没有树林遮蔽，月光皎皎。

肖晋拧开保温杯杯盖，递给林晚来："歇会儿？"

林晚来接过水杯，点点头："嗯。"

他们俩坐在石凳上，仰头便是大如银盘的月亮，近得仿佛一伸手就能够到。

林晚来喝完水就把杯子递给肖晋，仰头盯着月亮发呆。

她看着月亮，肖晋便看着她。

林晚来本来就白，现在披着头发，在月光的映衬下，更显得她肌肤胜雪。

肖晋几乎是无意识地拿出手机打开了相机，对着林晚来的侧脸按下了快门键。

林晚来看着月亮出神，没有发现。

肖晋正低头欣赏照片，她却突然回头，说道："我们拍张照吧！"

肖晋被吓一跳，差点以为自己偷拍被发现，支吾道："啊……啊？"

林晚来指了指地面上两个人靠在一起的影子："拍照，就拍这个影子。"

"哦。"肖晋点点头,依言照做,对着地面按下快门。

林晚来直接就着他的手机看了眼照片,似乎很是满意:"这就算是咱俩第一张合照啦。"

第一张合照,是好奇心与星空的合影。

林晚来弯着眉,止不住笑意。

肖晋想到他们俩在车上被偷拍的那张,突然有点心虚,愣了下。

林晚来见他神色怪怪的,问道:"怎么?"

"没什么,"肖晋装作看时间的样子,"走吧,快到零点了。"

肖晋起身,回头看向她。

林晚来看着他,忽然又没头没脑地笑出声来。

——月光与他,都在邀我同往。

肖晋也不自觉笑了,弯腰把她拉起来:"总是傻笑干什么?"

"喊,你不也笑了。"

林晚来和肖晋登顶的时候,正好是零点。

肖晋摁亮屏幕,惊奇道:"嘿,还真踩点了!"

他露出一种孩子般的惊喜神色,扬着眉,神采奕奕。

林晚来看着他,突然没头没脑说了句:"那祝你……新天快乐?"

肖晋倒从善如流,纠正道:"天天快乐!"

两个人对视,又傻笑起来。

半个小时后,另外两组人也陆续到了山顶。

男生们都还很兴奋,三个女生却是真困了,挤作一团哈欠连天。

肖晋原本和赖洪波勾肩搭背看夜景,回过头见林晚来困得眼皮打架,便坐回她身边。

"先睡会儿,到点我叫你。"

林晚来最后一丝意志力彻底瓦解,迷迷糊糊点了个头就睡着了。

六点整,所有人被肖晋的闹钟叫醒。

睁开眼的时候,眼前已经是一片橙红色的朝霞。

赖洪波兴奋地冲到了观景台最边缘,扶着栏杆叫道:"快出来了,快出来了!"

其他几个人也跟着跑到了观景台上,翘首等着朝阳露出天际。

林晚来沉着脑袋反应了会儿才慢悠悠起身。

"不急,我查过了,今天日出是六点一十八分。"肖晋说。

"嗯。"林晚来揉揉眼睛。

等她喝了口水彻底清醒过来,肖晋忽然从口袋里掏出一个小小的布袋。

"这是什么?"林晚来接过,疑惑道,"香囊?"

"不是,你打开看看。"

林晚来摸到袋子里硬硬的东西,心跳突然漏了一拍。等她把袋子里的东西倒在手心,果然,是一条项链。

"礼物?"

她语气里有惊喜,也有一些意外。

"下午在镇上买的,挺便宜。"肖晋不自在的时候就喜欢摸摸鼻头,"重点不是项链,是上面有圈字我觉得挺好,就想送给你。"

说完,他就起身往观景台走去了,像是不好意思让林晚来当着他的面看那圈字一样。

半环状的素坠静静躺在手心,林晚来看着它怔了会儿,才拿起来看内圈的字。

是一排小篆,她仔细辨认了很久,才看清楚那八个字是什么。

　　见日之光,长乐未央。

林晚来猛地抬头,看到肖晋就站在不远处。他没有和其他人一起挤在最边缘,而是站在后一排,背对着她,两手揣在兜里。

日出在他的轮廓上勾出一圈光辉,少年的肩很薄,却没有脆弱感,挺拔如松地站着。

林晚来盯着他的背影看了一会儿,低头把项链握在手心,起身走到他身边。

太阳完全跃上天际的那一刻,漫天红云,千里融金。

赖洪波爆发出兴奋的叫声:"呜呼——漂亮!"

张航和严政杰被他感染了,也把手拢在嘴边,喊道:"牛!"

"保佑我奥赛顺利——"

"保佑于楚楚永远开心——"

"赐我数学多考十分吧——"
"把林晚来的英语分数换给我吧——"
众人喊上瘾了，一声接着一声，越说越离谱。
林晚来失笑，却没跟着叫喊。
她扭头看肖晋，他也一直没出声，专注地看着初升的红日。霞光映在他脸上，雕刻出更立体的侧脸。
林晚来下意识紧了紧手中的项链。

——见日之光，长乐未央。
日出盛大如火，站在我身边的这个人，有着比旭日更蓬勃的心。
人间灿烂斑斓，我们还年轻，轻舒慢卷，万里行舟。

在山顶畅快撒泼的后果就是，快到七点的时候，几个人都在 QQ 群里被点成了炮仗炸上了天。
"兄弟们，新的风暴已经出现！"赖洪波对着日出大吼了快十分钟，这会儿估计是有点上头，既兴奋又害怕地盯着群里各位老师的夺命连环"艾特"，"早死晚死都是个死，干脆我们发个自拍到群里！"
于楚楚倒吸一口凉气："开什么玩笑，你这不等于直接挑衅徐老师吗？"
赖洪波已经支起胳膊拿远了手机："挑不挑衅她都会扒我一层皮，没差。"
"来来来，都进来！这光线好啊，都笑一个啊！"赖洪波把几个人都揽近了，食指搭着拍摄键正要按下去，"一、二、三……"
"徐晴雯打电话来了。"他正要拍，肖晋突然从口袋里掏出手机，背身走出镜头范围。
赖洪波像是有些后知后觉，这才感到害怕一般，抖了下手差点没拿稳手机，紧张兮兮地盯着肖晋接电话的背影。
"老师，我们已经在山顶了。
"安全。
"一个没少。
"集合时间太晚，我们想看日出。
"好的。"
肖晋跟徐晴雯讲电话也是那副波澜不惊的样子，惜字如金，倒是听得赖洪波胆战心惊。

他挂了电话回过身，见赖洪波一脸心有戚戚的样子，好笑地问道："干什么？继续拍啊。"

赖洪波刚才是兴奋劲上头，这下被徐晴雯一个电话打清醒了就尿了，咽了口口水："徐晴雯说啥了？"

"没啥，确定了下大家都安全。"肖晋说得云淡风轻。

赖洪波深表怀疑："就这？"

"嗯。"肖晋把几个人招呼在一块儿，已经摆好了姿势，"你不是要自拍吗？快啊。"

赖洪波一愣一愣地拿出手机，一边点开相机一边嘀咕："徐晴雯不可能就这么放过我们啊，绝对后头有招……"

肖晋笑道："没事，你替我写检讨，我替你扛雷。"

"哦……"赖洪波点头先应了句才反应过来不对，猛一抬头，"啊？"

肖晋笑了："是啊，我帮你扛雷，要不然徐晴雯肯定得骂你一个人。作为交换，你帮我把三千字检讨写了，不是很公平？"

赖洪波无力反驳。

玩笑归玩笑，真等徐晴雯黑着脸杀上山来的时候，肖晋还是非常诚实地把责任都揽到了自己一个人身上，且发挥了这辈子所有的演技，言辞恳切，把徐晴雯唬得一愣一愣的，最后徐晴雯居然就轻声教育了两句了事。

"这还是我第一次犯了事没被徐晴雯抓典型。"赖洪波在一旁看得目瞪口呆，对林晚来感叹，"你们学霸搞事情都有这种优待的吗？"

林晚来失笑："你还得写两份检讨，六千字呢。"

赖洪波非常豪迈地一摆手："别的不敢说，写检讨我贼有经验！你们这种新手，绝对写不过我！"

林晚来默默无语，只好给他比了个大拇指。

上午的山顶的人不算多，两个班的人自由活动看看风景聊聊天，又集合坐一块，一边吃带来的零食，一边听叶甘霖和赵英文侃大山，一上午的时间过得飞快。

临近中午，大家拍了几张合照，就陆续下山。

秧秧小朋友起得太早，上午一直迷迷糊糊被大家轮流抱着，到中午彻底清醒过来，兴奋得像只小猴子，在队列中上蹿下跳的。

她在队伍里闹够了，左顾右盼地，终于将目光锁定林晚来，迈着小短腿就扑了过来，拉着林晚来的手走进理科班的队列里。

"姐姐，谢谢你昨天救了我！"小孩儿一看就是被宠大的，惯会撒娇，眼睛一弯鼻子一皱，嗲声嗲气地向林晚来道谢。

林晚来原本是最不擅长应付这样的小孩子的，今天不知是心情好还是怎么，居然无师自通，蹲下身也娇着声音说："那你下次可要小心一点啦，不能贪玩哦。"

秧秧乖乖点头，拖着长音答应道："好——"

林晚来捏了捏她圆嘟嘟的脸颊，正笑着想哄她两句，身后突然幽幽传来一句——

"晚姐，您现在浑身充满了母性光辉。"

林晚来猛地一回头，看到肖晋和赖洪波不知什么时候走到了她身后。前者挑着眉一脸坏笑，后者则神情认真，又重复了一遍"母性光辉"。

如果只有赖洪波单独嘴贱的话，林晚来肯定会面不改色心不跳地怼回去，但现在，看着面前肖晋一脸没安好心的笑，林晚来就哪哪儿都不自在起来。

林晚来站起身，极不自在地咳了两声，眼神往两边瞟，说："我回我们班去了。"

肖晋嘴角仍噙着笑，还没来得及说什么，林晚来的手又被小秧秧肉乎乎的手攥住："姐姐跟我一起吧！"

"哈？"

林晚来反应不及，就已经被小姑娘拉着走到了队伍最前面，也就是她老爹赵英文的身前。

"爸爸，我可不可以和这个姐姐一起走呀？"秧秧扯了扯赵英文的衣角，仰头问道。

赵英文原本跟徐晴雯聊着什么，突然转头看到秧秧牵着林晚来的和谐场景，怔了下，开口的第一句竟然是："嚯，你什么时候变得这么有亲和力了。"

林晚来愣了愣。

秧秧听不懂她爹的损话，又追着问："可不可以呀，爸爸？"

"当然可以，这有什么不可以？那你就跟着这个姐姐吧，注意安全啊！"

赵英文大手一挥表示同意，笑盈盈地哄好了女儿之后，起身时又嘀咕了句，"我女儿可真是天使啊，跟你都能玩这么好。"

林晚来腹诽：买卖不成仁义在，虽然我不当您课代表了，好歹也刚救过您女儿是不是？

林晚来默默在心里损了老赵两句，满脸蒙地被小秧秧拉回队伍里。

回程途中，林晚来也被秧秧拉着坐在理科班的大巴车上。

她抱着秧秧坐在靠窗的座位，身边坐着夏淼。过道的另一边，则是时不时往这边看两眼的肖晋和赖洪波。

夏淼八卦兮兮地看看林晚来，又看看过道那边的肖晋，问："你说，我该出价多少个肉夹馍，把这位子换给他比较划算？"

林晚来只觉得满头乌鸦飞过，没好气地说："你好歹也是个富二代，怎么满脑子肉夹馍？"

夏淼撇撇嘴："你别给我来满不在乎这一套，明明心里指不定多希望人家赶紧坐过来呢。"

天地良心，林晚来这会儿真不太希望肖晋坐过来。

秧秧坐在她膝上自顾自玩着她外套上的飘带，她靠着座椅闭目养神。

安静了没多久，夏淼便听见一阵窸窸窣窣声，然后是肖晋用无比诚恳的语气说的话——

"五个肉夹馍，换个位子。"

夏淼一蹿，快撞上车顶，爽快让位："好嘞！"

林晚来全程闭眼装死，还是没逃过肖晋毫不留情地戳穿了："别装了，睫毛都快和眼皮打架了。"

林晚来只得若无其事地缓缓睁开眼，抿了抿嘴，问："有事？"

肖晋轻笑了一下，没再戳穿她拙劣的演技，还煞有介事地点了点头，认真回答她的问题："嗯，有事。"

"有事说事。"

"喏，月考成绩，"肖晋伸出手机点亮屏幕，献宝似的，"要不要跟我一起窥探一下先机？"

"你哪儿来的？"

"刚从老赵手机上弄的。"肖晋得意道。

林晚来不觉好笑:"别人都能拖一天是一天,你还主动提前看。"

肖晋摸摸鼻头,小声嘟囔:"那还不是为了……"

"你说什么?"林晚来没听清。

"没什么……"肖晋回过神来,"就是怕别人提前看了心情不好,才专门找林晚来同学一起看嘛!除了你,估计没人肯搭理我。"

明明是自己太奇葩,倒说得委屈巴巴的。

林晚来不禁笑了笑,点头道:"好吧,那我就勉为其难地陪你看看。"

肖晋点开表格,其实他们俩的成绩没什么悬念。先看理科班那张表,肖晋第一名,689 分,非常漂亮的成绩。

只是英语那个"128"在数理化清一色的几乎满分中显得尤为突出。

林晚来轻笑道:"您这英语,怕不是中了蛊。"

肖晋"啧"了声,像是面子上挂不住似的,拇指一滑,飞快地跳到第二张表,直接看文科班的成绩。

林晚来第一名,659 分。

肖晋本想抓紧机会回击,却看到林晚来历史分数有 84,不禁失笑:"你进步会不会太快了一点?"

林晚来跟着笑了下,眼神却紧盯着成绩单第二排。

第二名,李雨,651 分。

仅仅 8 分的差距。

肖晋见她不说话,也跟着看到第二排,便明白了大概。

他扭头笑着问:"有压力了?"

林晚来压了压嘴角:"倒也没有,只是觉得她很厉害。"

说完,她又把头靠回座椅上,轻轻叹了一声。

她也分不清,究竟是自己小肚鸡肠到因为成绩就要用有色眼镜去看一个人,还是因为别的什么,总之从坐同桌开始,李雨便给她一种奇怪的感觉,介于压迫感和戒备心之间,有些让人头疼。

身边的肖晋倒是笑得轻松,伸手揉了揉她的脑袋:"林晚来同学,拿了第一还愁眉苦脸的,可就有点欠收拾了啊。"

林晚来跟着笑,倒没说话。

肖晋又拍了拍她的脑袋,仍旧笑得愉悦:"别瞎操心啦,林晚来同学。"

他逗小孩一样的语气让林晚来心里软乎乎的,莫名犯懒,靠在椅背上不想动。

她正阖眼假寐，口袋里的手机突然振动了一下。

林晚来拿出来一看，是蒋西辞发来的短信。

蒋西辞：几点下课，请你吃饭。

林晚来忽然玩心大发，笑着把手机屏幕举到肖晋眼前，问："肖同学，要不赏个脸一起吃饭？"

肖晋看清了发件人和短信内容，莫名有点尴尬，一时不知道该说什么。

顿了半天，他居然挤出了一句："还问几点下课，他都不知道你出来春游了？"

言语间尽是没事挑事的孩子气，隐约还有些得意。

林晚来笑了起来，没吱声，转身回复蒋西辞的信息。

林晚来：班里出来春游了，大概五点到。

想了想，她又加上了一句。

林晚来：小男生也一起去。

她打完这句，点击发送，忽然感到一阵心虚。身边这位要是知道自己被说成"小男生"，指不定会炸毛成什么样。

林晚来抬头偷偷瞟身边人一眼，肖晋仍是方才那样的神情，得意又有些傻兮兮地笑着。

她不觉也弯起嘴角，笑得狡黠，像只骗到了猎物的小狐狸。

林晚来时间估计得很准，大巴车停在校门口的时候，正好是五点。

徐晴雯和叶甘霖各自清点了一下人数，叮嘱了几句，两个班就原地解散，各回各家。

林晚来和肖晋拐弯往小门走，就看见蒋西辞已经等在巷口。

他今天穿了件灰色的长款开衫，内搭白T恤，黑色休闲裤，手背在身后等着他们，隔老远就能看见他嘴角挂着一抹明显没什么好意的坏笑。

林晚来走到他面前，没客气，先发制人："穿得人模人样的，打算请我吃什么？"

蒋西辞毫不在意："走吧，哥前两天发现有家店东西不错。"

说着，他两手抱臂自顾自走在了前面。

虽然林晚来并没有指望蒋西辞能请他们吃什么大餐,但被蒋西辞七拐八拐带进一家麻辣烫店的时候,她还是没忍住惊了一下。

就这?

蒋西辞已经自顾自拿起菜篮选菜,回头非常不客气地招呼道:"自己挑啊!"

林晚来认命地拉着肖晋往冰柜走,这才发现这店有点眼熟,侧头向肖晋抛去一个问询的眼神。

肖晋了然地点了点头。

上学期李雨带他们俩来过这家店。

蒋西辞还真是会挑地方。

林晚来点菜照例是那老几样,没什么新意。

唯一不一样的大概就是这次烫的炸的各种菜端上桌之后,肖晋轻松平常地拿起筷子,先把她的炸香蕉的面衣和果肉分开,十分自然地夹走了炸得软趴趴的香蕉肉。

林晚来夹起一块面衣吃完,问蒋西辞:"你怎么知道这家店的?"

"前几天懒得做饭,出来找东西吃的时候发现的呗。"蒋西辞环顾小店,回答,"不过这老板也是,这么好的手艺,店开在这么偏的地方。我在巷子里住这么久也才发现,怪不得生意不火呢。"

"哦。"林晚来点点头。

她心里想着李雨的事情,表情就木木的,蒋西辞看出不对,直接问:"你问这个干什么?有事?"

蒋西辞对她家的事情很了解,这几年也一直算她半个长辈。

林晚来看了眼肖晋,思量半秒,还是决定和盘托出。

"你还记得上次,我们去你药店,是因为冯文夕吧?"

"嗯。"蒋西辞点点头,"不是找到了吗?"

"是找到了,那个骗他的男生也直接送警局了。"林晚来讲到这里,声音不自觉低沉起来。

蒋西辞冷笑道:"拐骗小姑娘的浑蛋,就该受到惩罚。

"但是,你为这个忧什么心?"

蒋西辞问得很直白,倒把林晚来问得一怔。

的确,如果放在以前,她绝对不会把这样的事放在心上。

沉默几秒,林晚来回答:"因为,那个骗冯文夕的男生,很有可能是我同桌的哥哥。"

蒋西辞显然也有些吃惊,愣了两秒才开口:"这么巧?"

"应该是。"林晚来点点头,"而且,她家里条件似乎不是很好,所以……"

蒋西辞盯着她犹豫又纠结的神情,皱了皱眉:"你该不会要我提醒你,这事跟你一点关系也没有吧?"

"我当然知道!"林晚来心中莫名焦躁起来,"可是……"

可是什么呢?

她自己都想不清楚,为什么自己会把这件事情揣在心里惴惴不安这么久,为什么会对李雨这个连普通朋友都不算的同学产生不寻常的防备之心。

蒋西辞看着面前的林晚来,眉头皱得更紧。

他很少见到这样的林晚来,急躁、无措、纠结,还有些茫然。

准确来说,是从没见过。

即使在林之远去世那年,还只是个小学生的林晚来也没有露出过这样的神情。

"你跟你那个同桌,很熟?"蒋西辞捋了捋思路,问道。

"不熟。"林晚来摇头。

"那是,有过节?"

"没有。"

餐桌上一时无话,肖晋出声打破尴尬:"重点是,如果真的担心,不如去搞清楚。"

他这两句话,是对蒋西辞说的。

蒋西辞收到信号,十分莫名地指了指自己:"啊?我?"

肖晋笑了下:"我们俩只是学生,这种事情怎么查?"

林晚来迅速明白了肖晋的意思,果断说道:"对,只能是你!查一查李凯是不是李雨的哥哥,他们家到底是什么情况。"

"不是……你又不是不知道我,哥哥我就一开药店的,哪儿来的本事去查这个?"

林晚来并不吃蒋西辞这一套,直白地说道:"别装了,我爸跟我说过你家有钱。"

蒋西辞有种自己上了贼船的感觉,无辜地盯着对面两个小孩看了半天,无果，只得认栽。

"行，算我被你们两个小鬼摆了一道。"

蒋西辞认命地点了点头，气鼓鼓地夹了一大口面条送进嘴里。

"不过我先声明啊，我今晚就得回北京一趟，处理点事情，比较麻烦，最快也要五月底才能回来。"

"那你怎么……"闻言，林晚来有些着急。

蒋西辞慢悠悠地打断她："要是真判刑，处理速度没那么快，来得及。况且就算我真查到了，你又能做什么呢？

"如果真是她哥，那也是她哥自己违法犯罪在先，就算连累了她，又关你什么事？

"我答应你去查，不过是为了让你心里踏实点，毕竟是同桌，天天肩挨肩坐着，怕你胡思乱想夜里做噩梦。"

蒋西辞语速虽然慢，但话说得坚定，最后还幽幽看了一眼肖晋："你说是吧，小伙子？"

肖晋原本与他不对付，这会儿倒是非常认同地点了点头，还看着林晚来又强调了一句："对，就是这个意思。"

林晚来细细思忖了一会儿，他们两个说的的确在理，也只得乖乖点了点头。

"行了，我吃完了，结账先走了，晚上的飞机。"蒋西辞说着起身。

"这么急？"林晚来问。

"有钱人家的事情，能不急吗？"蒋西辞玩笑道，"要不然你以为我为什么大发善心今晚请你吃饭？"

林晚来愣了愣。

"行了，小孩子就该好好学习，好好交朋友！"蒋西辞的眼神在他俩身上转了个圈，"这两件事就够费神的了，想那么多干吗？"

蒋西辞半玩笑半认真地叮嘱完，掏出钱夹结了账，背着身挥了挥手就消失在了巷口。

蒋西辞神神秘秘地回北京去处理"他们富二代"的事情，起飞前还不忘给林晚来发条短信，说李凯的事情他会去查，让她不要再放心上。

末了，他还另起一行再次强调要好好学习。

林晚来看着他老父亲一般的叮嘱，不觉哑然失笑，又发了条短信告诉肖晋她已经平安到家，就把手机放进抽屉，开始晚上的学习。

她左手边放着叶甘霖给的那本"武林秘籍"，右手边是自己的课本，对着叶甘霖的课本补充调整自己的笔记，这样边背史实边理解，过完一整个单元之后，再去做《小题狂练》里的选择题。

剩下的大题，她则是放到最后写完，第二天带到学校去请叶甘霖一点一点给她批改。

专注于自己的事情时，林晚来总是能很快进入状态，不再想任何别的事情。

庸人自扰，本也大多是因为无聊。

蒋西辞家大概真是有什么重要的事，他去北京之后，就没有再联系林晚来。

林晚来和肖晋回到学校，驾轻就熟地做着自律而优异的好学生，时间在日复一日的课堂、练习和考试中飞快而平静地流过，无事发生。

李雨仍旧像苦行僧一般，好像永远都伏案写着自己的作业，除了偶尔讨论几道题目、发试卷时聊两句，林晚来与她交流不多，也再没看出她有什么异样。

林晚来和夏淼加入了肖晋他们四人小队的行列，六个人总是一起去吃晚饭，浩浩荡荡的，像黑帮出街。

徐晴雯仍然是绵里藏刀的斯巴达风格，带着理科班高速奔跑，林晚来每天下午都能听见赖洪波怨声载道地说他们的题根本刷不完。

大概也只有肖晋这种天才型选手，晚自习之后还有精力分出半个小时在操场打球，连带着林晚来也时常坐在操场路灯边的台阶上，膝上放一本课本，背背哲学原理或洋流图之类的。

篮球落地的声音，像少年人的心跳，永远蓬勃，燃烧着无限的生命力。

相比之下，叶甘霖的风格就有些过分随性了。他不喜欢耳提面命地教育学生，也不爱煲鸡汤。大多时候，包括班会课，他都插科打诨地给学生们讲段子，最不客气的，也就是爱贱兮兮地损几句林晚来。

照他的话说，课代表都是亲生的，皮厚，随便打骂没关系。

林晚来知道这是老师另一种方式的"偏心"，因此虽然嘴上总爱和叶甘霖争高下，心里却是明白的，也很感激。

好在她的历史成绩一次比一次好，渐渐趋于稳定，师生之间算是真正有了默契。

认真想一想,蒋西辞说得没错,好好学习和好好交朋友这两件事就够费神的了,的确没有心思再想其他。

林晚来从前的生活也很充实,学习计划安排得紧,每天从早到晚都忙碌。

但她现在感受到的,是一种久违的充盈,是做每一件事情都觉得满足,每一件事情都好像指向一个渐渐清晰的、阳光普照的未来。

大概没有比这更好的生活了。

转眼就是暑假。

说是暑假,其实已经七月底了。

整个七月他们都在补课,开学时间又一早定在 8 月 20 日,算起来,这个所谓的"暑假"只有二十天,实在是短得可怜。

赖洪波要回北京看爷爷奶奶。夏淼作为正儿八经的大小姐,老早就订了南欧十日游的机票,美滋滋打算去西班牙晒太阳。严政杰和张航则一早就约好了,先在家打三天游戏,再一次性解决摞成了堆的作业。

就剩下肖晋和林晚来对暑假似乎毫无期待,也没有任何规划。

假期前最后一天,六个人卸了鼓囊囊的书包,坐在奶茶店里你一言我一语地商量。

赖洪波咬着吸管看了眼肖晋,问:"肖哥,你不打算去哪儿玩两天?估摸着这就是咱最后一个暑假了,还不抓紧机会?"

夏淼在一旁搭腔:"就是啊!"

林晚来没说话。

肖晋倒是非常有自知之明,平静地说:"我猜你晚姐只想去教室自习。"

林晚来扬起嘴角一笑,兄弟一样拍了拍肖晋的肩,肯定道:"这位兄台很上道啊!"

肖晋无奈地扯嘴笑了笑,自嘲道:"过奖,过奖。"

赖洪波哀号:"你俩心里能不能有点数?你们是这学校里最不用努力学习的人好吗!我都回老家歇着了,你俩还学什么?"

严政杰愤愤地表示同意:"就是,给孩子留条活路吧!"

林晚来笑而不语,心想就冯晓的脾气,能让她离家两天跟同学出去玩,那真是比太阳从西边出来还难得。

第二天早上七点，林晚来准时出现在笃思楼五楼的时候，隔壁理科班的门已经早早敞开。

肖晋一向来得比她早。

晨光正好，经过窗户的折射洒在走廊上，金灿灿一片。

林晚来没来由地笑起来，几乎是雀跃着走到理科班门前，贴着墙偷偷笑了声，再猛地一弯腰探了个脑袋进去，大声说："怎么就来了？"

可还没等到男生的回答，她的笑容先僵在了脸上。

肖晋侧身站在自己的课桌边，而站在他身边四处打量着教室陈列的，正是跨年那晚林晚来见过的张蔓之女士。

林晚来那一声音量不小，张蔓之和肖晋同时回过头来，正对上已经僵成石像的她。

张蔓之见到眼熟的小姑娘，先是扬了扬眉，没说什么，然后扭头看向自家儿子。

肖晋也明显愣了一下，却很快反应过来，手下意识地抚了下后颈，然后快步走到林晚来身边，指了指她，说："妈，这我同学，林晚来。"

林晚来乖乖点了个头："张老师好。"

张蔓之仍旧保持着谜之微笑，上下打量林晚来几眼才点点头："也来自习呀？"

"嗯，"林晚来说完，又回身指了下隔壁教室，"我……我是文科班的。"

张蔓之闻言，也明显顿了一下，却没说什么，仍旧非常友善地问："吃了早饭没？"

"吃了吃了！"林晚来连忙回答，点头如捣蒜，"那张老师，没什么事我先去教室自习了，作业挺多的。"

她落荒而逃的那一瞬间，还是非常敏锐地捕捉到了肖晋不留情面的一声嘲笑。

的确，她话太多了。

越说越错，肖晋不取笑她才怪。

张蔓之看着几乎是拔腿就跑的女孩子的背影，收回目光，对肖晋说："这女孩子倒没怎么变，还是小时候那个样子。"

肖晋敛了敛笑意，点点头："嗯，是没变。"

张蔓之看了眼自家儿子，这一次目光停留得有些久。

"我昨天还碰见她妈妈。"张蔓之说话的语速有些慢，"在机场，倒是老了很多，看起来没什么精神。我记得以前她妈妈过得还挺好的。

"看来，再乖的小孩，父母操的心也不少啊。"

肖晋坐回自己位子上，正从抽屉里找卷子，听见妈妈的话，不自觉皱了下眉。

"每个人都有操心的事，怎么一定跟小孩有关？"他一边拔笔帽，一边装作随意的样子笑嘻嘻说道，"照这说法，您养着我这么混的小孩，怎么还是这么年轻貌美一枝花呢？"

张蔓之原本脸色严肃，被他这么嬉皮笑脸一打岔，也没忍住，"扑哧"笑出声。

"你还晓得你混！"她伸出手指点了点儿子的脑袋，恨铁不成钢地说道，"你奶奶知道你转回长岭，差点把我和你爸骂死！"

肖晋耸耸肩："您放心，该考的学校，到哪儿我都一样考。"

还是这副天不怕地不怕的混世魔王样子。

对于肖晋非要转回长岭这事，张蔓之早过了气急败坏那阶段，除了无奈又偏宠地嗔怪两句，也没别的办法。

但现在，她心里不得不多一层想法。

肖晋小的时候，张蔓之和肖柏生都是老师，两个人都忙得不可开交，于是肖晋从生下来就是个被放养的，在教师宿舍大院里摸来滚去，长成个混世魔王。

后来他们举家去了粤城，张蔓之和肖柏生又忙着做生意，加上那时肖晋已经显出远超同龄小孩的天赋和自理能力，大部分事情都不需要操心，所以夫妻俩从没怎么管过儿子。

因此，一家三口虽然融洽，但肖晋其实一直是被放养长大的，自己的事情习惯自己解决，跟父母的交流并不多。

现在，张蔓之却有些忧虑。

她犹豫了一下，试探性地问："你当初非要转学回来，不会真的是一时兴起吧？"

肖晋刚做完一道选择题，听见她这样问，心里立刻猜到了她真正的意思。

他抬起头，神色认真，说："不是。

"您觉得我会做一时兴起的事吗？"

他当然不会。

转学回长岭不是一时兴起。

其他事情，也不是。

张蔓之闻之一怔。

早读下课的铃声忽然响起，回荡在空荡荡的教学楼里。

肖晋深深凝视着自己的母亲，表情很认真。

他大多数时候跟父母都在嬉皮笑脸，这样严肃的氛围，在张蔓之的印象中，似乎只出现过两次。

第一次，是中考结束，肖晋告诉他们，他决定转学回长岭。

第二次，就是现在。

漫长的铃声终于结束，仓促而尖锐地收束在盛夏浮躁的空气中。

张蔓之忽然觉得嗓子有些发干，下意识挤出个笑容，清了清喉咙："那就好。做什么事情，自己心里都要有数。"

肖晋也终于收回目光，点了点头："嗯，我知道。"

第八章 / 微小的公平

少年人保留偏执的权利。

林晚来像逃跑一样回到自己班上,愣是惊魂未定地呆坐了两分钟,什么也没干。

天地良心,她已经很久没有这么紧张过了。

更可怕的是,她越是回想刚才的场景,就越恨不得找个地洞把自己埋起来。太丢人了。

林晚来一向自诩淡定从容,现在这人丢得……基本可以自绝于世了。

她瞥到抽屉里肖晋之前送给她的"专用"校服枕,一肚子懊悔正好没处发泄,愤愤地把那枕头往桌上一丢,狠狠往上捶了几拳。

肖晋走进文科班教室的时候,看见的就是林晚来下巴磕在那只校服枕头上,两手伸直举着一本《生活与哲学》,生无可恋地背着"道路是曲折的,前途是光明的"的场景。

见他来,林晚来非常不耐烦地白了他一眼。

"放暑假了,我妈说过来看看我。"

肖晋强忍着笑意,假装看不出林晚来的窘迫和愤怒,顿了顿又继续说:"她昨天的飞机,今天早上非说要跟我一起来看看母校,毕竟以前她也在这儿教过几年书。"

林晚来"哗啦"把课本翻了一页,用巨大的声响表达她的不耐烦。

肖晋蔫坏地说道:"我妈刚还一直说呢,你到底吃没吃早饭。

"这女孩子看起来不像真吃了早饭的呀,是不是跟我们瞎客气哦。"

说到后半句，他还惟妙惟肖地模仿起张蔓之的语气来。

"肖晋！"

林晚来彻底火了，把课本往桌上一摔，猛地站起来，抓住那枕头就往肖晋身上砸。

"噗……哈哈哈！"

肖晋彻底忍不住，放声大笑起来，眼疾手快地抓住林晚来扔来的枕头。

笑完了，见她又羞又恼满脸通红，他又连忙认错："我的错，我的错，别生气，别生气！"

林晚来瞪了肖晋一眼，气呼呼地坐下，眼前的《生活与哲学》不知怎么也跟着变得面目可憎起来。她窝火地把课本塞进桌洞，转而拿出一沓《天利38套》。

数学试卷，静心养性，大有裨益。

肖晋见林晚来拿出数学题开始刷，一副再也不打算跟自己说话的样子，愣了一下，连忙上前一屁股坐在她同桌的位子上。

"真不说话啦？别啊。"

肖晋可怜兮兮地把校服枕头推回林晚来的桌上，被她一胳膊肘毫不留情地扫回来。

"不是……我错了，我真知道错了！"

肖大少爷又一本正经地把三根手指举至头顶，指天誓日地认错。

林晚来慢悠悠将试卷掀起来翻了一面，一阵凉风径直往肖晋脸上扑。

肖晋下意识退了一下，见林晚来不为所动，又小心翼翼地伸出两根手指按住了林晚来的卷子。

"林同学数学这么好，不用如此刻苦训练了……要不然，给我补补英语？"

林晚来右手用力一抽，试卷从肖晋指尖划走。

肖晋尴尬地咳了两声："那什么，苏秦说我下学期要是还上不了135分，就把我数学卷子一把火全烧了。咱也是患难之交了，你不能江湖救急一下？"

林晚来终于漫不经心地斜眼看了他一眼，看得他心中瞬间燃起希望。

哪知他伟大的"患难之交"下一句就是："太笨了，教不了。"

这是肖晋从娘胎里生出来后第一次被人说"太笨了"。

而他居然光会瞪圆了眼，一时无法反驳。

"说得好！"

肖晋还没能说出话来，教室后门突然传来中气十足的一声。

两人不约而同地回头一看，是苏秦。

苏秦身后还跟了个西装革履的年轻男人。

"肖晋同学，我什么时候说过你英语上不了135分就把你的数学卷子全烧了？"

苏秦双手抱胸，慢悠悠走近，高跟鞋踩在教室地砖上发出"噔噔噔"的声响，满脸都写着"咱们来算算账"。

什么叫屋漏偏逢连夜雨？

什么叫大水冲了龙王庙？

肖晋扶额，在心里给自己点了根蜡烛，然后求生欲十足地摆出一张笑脸："我……我就是随口一说，这不是为了获得我们林晚来同学的真心帮助嘛……"

"哦，真、心……帮助？"

天知道苏秦是怎么想的，居然重音强调了一下"真心"两个字。

肖晋被她说得霎时起了一身鸡皮疙瘩，又用余光看了眼林晚来，发现她已经明显有些不自在。

肖晋连忙站起身，把话题转移到跟苏秦一起来的那个年轻男人身上。

"哟，苏老师！这位大哥是谁啊？不给我们介绍介绍？"他故意说得阴阳怪气的，意图转移火力。

苏秦却完全不上当，冷冷瞧了他一眼："你干吗学太监说话？"

"噗……"

石化当场的那一刻，肖晋明显听见了林晚来的笑声。

"哦，是要介绍一下。林克，我未婚夫。"

肖晋原本想着让苏秦也害羞一下，以其人之道还治其人之身，没想到苏秦飒得很，大大方方地挽住了男人的胳膊，笑着向他们介绍。

肖晋蒙了。

这难道就是成年人的坦荡吗？

肖晋傻愣着不知该说什么，反倒是林晚来礼貌十足，笑着打招呼："林叔叔好。"又问苏秦，"现在不是暑假吗？老师怎么到教室来了？"

苏秦对林晚来向来温柔，回答道："哦，我们俩打算今天去登记，出门才发现我证件包上回落在办公室一直没拿，就回来取一下。"

肖晋再度石化当场。

这就是成年人的权利吗?

但是……

身为老师,可以这么在学生面前秀恩爱吗?

合理吗?

合适吗?

"哦,对了,刚好买了奶茶,请你们俩喝吧!"苏秦一拍手,从林克手中的纸袋子里拿出两杯奶茶,"年轻人就喜欢吃甜的,是吧?"

说着,她还冲林晚来眨了眨眼睛。

苏秦和其他老师不太一样,一是更年轻,心态也就更开放,二是和林晚来关系好,几乎算是朋友。所以在苏秦面前,林晚来也没必要紧张,笑着接过奶茶:"谢谢。"

苏秦见女孩子笑得青涩却大方,女孩在两杯奶茶间选了自己爱喝的那种口味,然后把另一杯递给肖晋,毫不客气地说:"我不想吃珍珠,这杯你喝。"

肖晋像是早就习惯了这情形,点点头,接过女生递来的奶茶,还提醒道:"冰,你把袋子留着。"

苏秦和林克忙着去登记,又打趣了他们几句,牵着手匆匆下了楼。

肖晋和林晚来站在楼梯口送他们。

望着这对新婚夫妻的背影,肖晋"啧"了几声:"老子以后一定要把今天的狗粮塞回去!"

他非常认真地立了个志。

"噗——"

林晚来一粒红豆差点呛在嗓子里,边咳边笑出声来。

真该让那些一口一个"肖哥"的人来看看,肖晋那高冷嚣张的学霸兼校霸人设崩成了什么样。

这样想着,林晚来忽然心情大好,笑着问:"肖同学不是要补习英语吗,想从哪里开始?"

"呵,太笨了,教不了。"

肖晋倒还摆起谱来了,撇着嘴将刚才林晚来的语气学了个十成十,满脸都是记仇的样子。

林晚来看着他奓毛的样子,咬着吸管傻笑起来。

夏天很长。

奶茶很甜。

我面前的这个人,全世界最最可爱。

夏天是个很奇怪的季节。

它来时总是很拖拉,要熬过漫长的梅雨时节,气温在低烧一般的区间里磨蹭很久,少年人的烦闷和悸动像厚重云层里的水珠,一点一点地累积变大,却始终沉甸甸地拖着,落不下来。

它走时又过于迅速,一场暴雨,倏然就只觉天凉。

日历撕到被圈起的开学日期时,林晚来才蓦然发现,又是一年盛夏过去了。

因为张蔓之整个暑假都在南城陪着肖晋,加上升高二课程的确紧张,二十多天里,林晚来和肖晋始终保持着"一起学习,共同进步"的良好生活节奏,每天最轻松的时刻,就是晚饭时间两人并排坐在奶茶店二楼靠窗的位置,看着一中门外大马路上的车水马龙。

蒋西辞家里不知究竟发生了什么事,似乎很是棘手。他打电话告诉林晚来,要再晚一两个月回南城,已经托朋友查到李凯的确是李雨的哥哥,但目前来看,他们家似乎没太受到李凯入狱的影响。

"你别瞎担心了。"蒋西辞在电话那头说,"我也让人查过你那个同桌,问题不大,至少家里供她读完书是可以的。"

"那小子本来就是个混混,爹妈早管不住了,跟家里联系也少,没你想的那么复杂。"蒋西辞的声音听起来很疲惫,"说不定他进局子的事,他家里人根本不知道。你不是也说,你那同桌看起来没什么异常吗?"

林晚来听了,沉吟几秒,说:"嗯,我明白。"

默了默,她还是不放心,又追问道:"你家那边……很麻烦吗?"

蒋西辞闻言就笑了,顿了两秒,说:"没看过豪门肥皂剧吗?老的快死了,一群小的争家产,当然麻烦。"

林晚来无法确定,蒋西辞究竟是在逗她,还是半真半假地发泄一些情绪。

说起来,她其实对蒋西辞知之甚少,不过是小时候林之远经常带着她同他玩,加上林之远去世后他一直对她多有照顾。

其余的,她一无所知。

这些年,蒋西辞一直是个神秘的人,她隐约能感觉到对方并不希望自己插手他的事情,便没有再多嘴,聊胜于无地关心了几句,就挂断了电话。

桌前的日历是9月1日。

全国统一的开学日,多少会给人一点仪式感,尽管他们已经开学很多天了。

虽说只是高二刚开学,但他们六门课的教学几乎都已经进入尾声,按叶甘霖给的课程日历,最晚十二月初,他们就开始进入第一轮复习。

林晚来从书包里拿出晚饭时在学校对面小书店里买的全套金考卷,翻开才发现是理综题。

肯定是和肖晋的拿混了。

她正要拿手机,一条短信发过来。

肖晋:林老师艺高人胆大,这就打算改读理科了?

天知道他哪儿来这么多不着四六的嬉皮话。

林晚来无声地笑着,连摁键盘的手指都显示着雀跃。

林晚来:理科班有肖老师这尊大佛,我怎么敢造次?

肖晋的短信回复得很快。

肖晋:林老师谦虚了,您一来我立马让位,绝对俯首帖耳。

林晚来笑得更开怀。

林晚来:建议肖老师查一下字典,不要乱用成语。

这一次肖晋直接打了电话进来。

"乱用成语怕是改不掉了,以后日子那么长,还要请林老师时时监督,不要嫌麻烦。"

他好像是站在室外,听筒边有微微的风声,衬得他的声音更加疏朗。

"你在阳台上吗?"林晚来问。

"是啊,刚写完徐映冬发的题。"他好像伸了个懒腰,声音慵懒,突然像发现了什么似的,"哎,正好看见徐晴雯回家。"

肖晋这闲话家常的懒散语气让林晚来觉得很舒服,她笑了声,也随意地说道:"徐老师还真是辛苦。"

"那可不,今天正式开学呢。"肖晋声音温和,"开学快乐,林晚来同学。

很高兴又和你做同学。"

林晚来"扑哧"笑了声,很快又清了清嗓子,非常郑重地回答他:"你也开学快乐,肖晋同学。

"我也很高兴再次和你做同学。"

挂断电话,林晚来推开了房间的窗户。

这一天,月朗星稀。

林晚来撑着脑袋靠在窗台上,难得地发了个呆。

——我还很高兴和你看同一轮月亮。

她在心里偷偷说。

互道"开学快乐"才两个多月,期中考试过后,肖晋再次被拉去师大附中开始新一轮的集训。

临走前,他拉着林晚来去校门口摊子上再次吃了个巨无霸肉夹馍。

"要生菜。

"鸡柳也要。

"火腿也要。

"里脊肉也要。

"再来个煎蛋。"

还是熟悉的配方,还是熟悉的味道。

林晚来两手抓着个比两本"五三"还厚的肉夹馍,有些无语。

而肖晋还笑得一脸得意:"吃吧!吃完你的青梅竹马就能很快回来了!"

从前林晚来觉得他可爱的时候像小狮子,现在看来,这是她对他最大的误解。

明明是只二哈。

林晚来木着脸咬了一口肉夹馍,慢慢咀嚼完,回答:"好的,村口二柱。"

两个人你一言我一语斗完嘴,肖晋终于依依不舍坐上车,林晚来则踩着点进了教室,堪堪比苏秦早一步。

一遍听力听完,叶甘霖忽然幽灵似的出现在教室后门。

"林晚来,来办公室一趟。"

林晚来被吓得一激灵,扭头见是叶甘霖,大概就猜到他要说什么,认命地叹了口气，跟着他走出教室。

刚刚结束的期中考试，她数学最后的选做题居然忘记涂卡，虽然不是机器改卷，老赵也还是很不留情面地判了零分。

再加上导数题步骤写得有些潦草，老赵下狠手扣了四分，最终她的数学只得了136分。

而这就直接导致李雨的总分比她高两分。

升高中以来，这是林晚来第一次拿第二名。

她微微低着头走进办公室，才发现不仅叶甘霖等着兴师问罪，老赵也搬来一把椅子坐在他身边，两人一副要开庭公审的样子。

林晚来知道是自己犯了错，老老实实站在两位老师面前，一言不发，听候发落。

"你自己说，这样的错误幼不幼稚，低不低能？"

赵英文虽然经常拿话刺林晚来以示激励，但林晚来不是听不懂好赖话的人，这次和之前明显不一样，老赵是真的有些生气了。

老赵虽然平时为人随和，时不时还有些贱兮兮的，但他最看重学生细不细致。难题不会做不要紧，白白丢掉该拿的分才是真的该骂。

林晚来心里也有些懊恼，抬起头郑重地看向老赵，肃然道："不会有第二次了。"

赵英文知道她这样保证就是把教训记在了心上，能够说到做到。

但他还是气鼓鼓地"哼"了声，扭头不再看她。

叶甘霖却还有话说："不止这一个问题，你被扣掉的步骤分是怎么回事？以前赵老师拿你的答题卡当范本印给全年级看，你现在居然交出这样的考卷了？"

他这么一说，赵英文也才猛然想起来似的："对！你那步骤跳那么快，急着干什么去？投胎啊？"

老赵说着说着来了劲，一拍脑袋："哦，还有那个肖晋！也是写得龙飞凤舞的，不知道忙些什么。干吗，你们俩还怕时间不够啊？"

老赵突然点到肖晋，林晚来不由得心虚了一下，眼神一晃。

叶甘霖眯起眼，不知是不是察觉到了什么，问："还有历史也是，字写得明显没以前工整！你最近……是想什么别的事去了？"

他毕竟当了这么多年的老师，目光如炬。

林晚来极力保持一张寻常的扑克脸，波澜不惊地说道："没有。"

"没有你为什么这么浮躁？"叶甘霖显然不信。

为什么？

大概是因为最近心情太好了。

人就是这样，一得意，就容易忘形。

林晚来面不改色扯了个慌："我那天……急着去书店买书。"

"老板刚进的货，不早点去肯定被抢光了。"

她说得有鼻子有眼，叶甘霖深深看了她两眼，终于收回眼神。

"少看点漫画！"他斥责道，说着从抽屉里拿出两张 A4 纸。

林晚来接过一看，是 P 大的全国中学生夏令营。

她很早就听徐晴雯说过，P 大每年暑假会面向全国的高二学生开放一些学科夏令营。如果在夏令营内获得了优秀营员，高考时填报对应学科就有降分录取的优势。

"咱们学校今年只争取到一个哲学营的指标，你先把表拿回去，研究一下再好好填，还要写一封自荐信。"叶甘霖叮嘱道，"去网上找找 P 大哲学院老师的论文，最好再写份研究计划出来，到时候跟其他学生一起上课不至于云里雾里。"

林晚来扫了眼报名表中的各项信息，点点头，问道："咱们学校只有我一个吗？"

"理科班还有一个，物理营的，给宋子扬了。到时候看看要不安排个老师陪你们俩一起去北京。"

"物理营？那为什么不给严政杰？"林晚来疑惑地问。

"徐老师倒是想给他呀！但这名额又不是老师想给谁就给谁，得按成绩加社会实践一次次排下来，谁第一就给谁。"

严政杰偏科严重，按成绩排下来的确轮不到他。肖晋直接走竞赛，也不需要这个名额。这样算下来，的确就是宋子扬了。

林晚来了解了原委，点了点头，正要走出办公室，突然脚步一顿，扭过头，问："那我们班为什么没排？"

叶甘霖不觉好笑："我们还排什么排？除了这次，你不都是第一？"

林晚来停下来，仔细看了看手中第二张的选拔细则。

最终的排名结果中，成绩排名占 55%，社会实践占 35%，教务处小组评分占 10%。

林晚来不爱往人多的地方凑，所以除了学校每学期统一组织的一次社会实践，她没有自发参加过任何活动。社会实践这一项，她只能拿到基础的及格分。

而分科以来，李雨虽然成绩与她有差距，但咬得很紧。这样加权算下来，林晚来的总分未必比李雨高。

想到这里，林晚来冲叶甘霖笑了一下，然后把报名表和选拔细则交还给他："要不……还是排一下名再说吧？"

叶甘霖蹙了蹙眉，狐疑地盯着她，很快想明白了她的顾虑。

"我知道你们小孩子都年少气盛，什么事情都想明明白白清清楚楚。"他语重心长道，"但没有必要的事情，何必浪费时间呢？"

林晚来懂得他的弦外之音，却还是笑了笑，诚恳道："该走的程序，还是有必要的。"

说完，她坚持把报名表放回了桌上。

赵英文在一旁看着，也跟着搭腔："林晚来啊，你听老师跟你说，这种夏令营啊、自主招生啊的活动，它跟高考不一样的，本来就更考验学生的综合素质，不是你态度好、够努力、成绩好就可以的。

"况且哲学这样的学科，没有一点眼界和阅读量做基础，怎么跟全国顶尖的学生们拼？"

"所以我们往年也一直会综合考虑人选。"赵英文推了推眼镜，"我们只是把合适的人放到合适的位置上去。学校争取这样的机会本来就不容易，上一届的表现不仅关系学生个人，还关系到我们下一年能不能拿到更多的名额，你明白吗？"

林晚来当然明白老赵的意思，也相信自己的老师并不会歧视任何一个学生。

只不过现实就是现实，老师也要做取舍。

但她心里仍旧过不去，于是抿着嘴，没有回答。

"你这个女孩子，怎么这么不开窍！"见她半晌不说话，叶甘霖有些恨铁不成钢地说道。

教训完，他又长长地叹了口气，耐心地说："退一万步讲，就算是正式排一次名，到最后教务处开会，老师们还是会把票投给你，你明白吗？

"有的学生可以走自主招生的道路，发挥特长，展现综合素质，但有的学生就是更适合专心准备高考，分太多神做其他的，反而会害了他们。你懂不懂？"

叶甘霖讲得口干舌燥，停下来喝了一口茶，一双如鹰般锐利的眼睛还是盯着林晚来看。

然而他越说，林晚来只觉得心里坠着的石头越重。

她垂着眼，仍旧没有想好到底要如何选择。

"行行行，你先拿这些材料回去看看！"赵英文看不下去了，起身把报名表和其他材料又往林晚来手上塞，"回去好好想想，这不仅是你一个人的事，也关系到学校的成绩和荣誉！"

资料被强行塞进手中，林晚来怔在原地。

"行了，先回去自习！"

叶甘霖摆摆手，直接赶人。

林晚来盯着手里的资料，又看了看两个老师无奈的眼神，最终还是走出了办公室。

下晚自习时已经是九点半，林晚来本打算留在座位上自习，但等同学们都陆陆续续离开教室后，她才发现李雨一直埋头苦干，并没有要离开的意思。

"你不回宿舍吗？"林晚来问。

李雨顿了一下才抬起头，说："宿舍十一点熄灯，我十点四十五分回去就行。"

"哦。"

林晚来点点头。

看来李雨之前每个晚上都是在教室自习到临近熄灯才回去。

抽屉里还塞着叶甘霖给的报名表和相关资料，林晚来盯着木制课桌上的划痕和不知什么时候留下的黑色水笔印迹发呆。

李雨回答完她的问题之后就又低下头去，专注地写着老赵今晚发的试卷。

教室里很安静，只听见挂钟"嘀嗒嘀嗒"地走过。

良久，林晚来还是起身，把东西一股脑塞进书包，抓起手机走出了教室。

十一月初，天已经很凉了。

林晚来已经在校服里穿上了毛衣，却还是觉得风直往她身上钻，凉飕飕的。

她走到熟悉的台阶上坐下，从书包里拿出已经被折了两次的报名表。

P大每年的夏令营都只开放一些基础学科，譬如文学、历史、哲学，而一中每年都只能拿到哲学营的一到两个名额，大概是因为哲学冷门，竞争压力不大。

宣传简章上印着P大哲学院古朴的大门，题字则是张载著名的"横渠四句"。

    为天地立心，为生民立命，为往圣继绝学，为万世开太平。

林晚来默默念了两遍，这是她很小的时候就背过的话。尽管对哲学并没有特别的兴趣，但从小到大她看的书并不少，虽然都是囫囵吞枣不求甚解，但大概也配得上叶甘霖和赵英文始终强调的"阅读量"和"眼界"。

叶甘霖说"只是把合适的人放到合适的位置上去"。

林晚来从不妄自菲薄，她知道自己算是一个"合适的人"。

赵英文说"这不仅是你一个人的事情，还关系到学校的荣誉"。

长岭一中本来就不比省里的超级中学，每年分到的名额少得可怜，还是从别人牙缝里抢来的。如果不能把每一次的机会物尽其用，对下一届的学生来说也是一种不公平。

老师们的话一遍一遍地回响在脑海里，林晚来几乎就要被说服了。

然而林晚来越是想要说服自己接受这种无比合理的"最优解"逻辑，眼前原本整肃的横渠四句就越像一团乱麻，毫无头绪地游动着。

什么才是公平？

让她这个并不算最需要，也绝非最热爱，却被认定"最合适"的人去享用这个机会，是公平吗？

而其他同学甚至在毫不知情的情况下就被认定"不合适"，"被选择"专注高考，也是公平吗？

叶甘霖说他们是少年人，所以"年少气盛"，林晚来无法反驳。

他们的确是。

或许，如果身份互换，等林晚来也到了那个年纪，她也会非常有"大局观"地做出同样的决定。

但是现在，既然是少年，她就得保留年少气盛的权利。

最后一道下课铃骤然响起，高三教学楼也响起拖动凳子、收拾书包的声音。林晚来从思绪中回过神，将手中的材料一一折好，放回书包。

手机里静静躺着刚刚收到的短信。

肖晋：到家了没？

她一边笑着回拨电话过去，一边迎着晚风走出校门。

夜晚风凉，林晚来此刻却只觉得无比畅快。

电话那头的人声音疏朗，笑着问道："今天学校里有没有发生什么有意思的事？"

肖晋问完，先絮絮叨叨地讲完他们集训营里发生的事，又问林晚来："你在干什么？"

"我？我正在回家的路上。我刚刚做了一个决定，感觉自己有点厉害。"

风声拂过左耳，男生的笑声传进女生的右耳。

一到秋天，南城的气温就降得很快。

蒋西辞一直没有回来，林晚来连续问过几次，终于得知蒋西辞的爷爷过世后，他父亲也跟着一病不起。

蒋西辞虽然跟家里不和了十多年，但毕竟是亲生儿子，父亲缠绵病榻，他总要跟在身边照料。

"之后怎么样，再说吧。"蒋西辞在电话里故作轻松地说。

林晚来默然，几秒之后才回答："好，那你自己也要注意身体。"

她心里有再多的同情惋惜，对蒋西辞来说，大概也只是情绪负担。这个世界上，一个人能真正安慰到另一个人的概率本就微乎其微。大多数时候，主动闭嘴结束对话，已经是旁观者唯一能做的事情。

十二月，肖晋终于结束集训，回到学校。

他和祁行止被徐映冬单独拎出来进行魔鬼训练，会在三月参加竞赛，如果拿到金牌，约等于直接拿到T大的录取通知书。

麻辣烫小店里，林晚来桌前仍旧是千篇一律的几样水煮菜和一根炸香蕉。

肖晋先替她把香蕉肉吃了，留下完整的面衣。

林晚来等他做完这一系列动作，才从善如流地把面衣夹起来，整块塞进嘴里，鼓囊囊嚼得一脸满足。

肖晋看着她吃东西的样子像只小仓鼠，乐了。

"你还没告诉叶甘霖你决定放弃夏令营？"他想到正事，问道。

"没有，"林晚来摇摇头，"怕说早了我妈跟着知道。"

夏令营报名截止时间在明年三月，时间还早，林晚来一是担心冯晓知道了要闹一场，二是也怕给叶甘霖留太多时间劝说她，所以一直拖着没说。

"也是。"肖晋点点头。

突然想到什么，他又问："不过你妈早晚都会知道，到时候你怎么办？"

林晚来耸耸肩："不怎么办。先斩后奏，是对付我妈唯一的方式。"

肖晋看着她，也笑了一下，没再继续这个话题。

"但如果你不去，别的同学也还是需要时间做准备的吧？"肖晋想了想，"拖太久，也不好。"

林晚来顿了一下，半晌没说话，斜眼睨他。

肖晋被她这一眼看得有些紧张，下意识咽了咽口水。

林晚来"扑哧"笑出声来："我知道啊，所以打算吃完饭就去说。"

肖晋长舒一口气："你下回能不能不这么吓我？"

"你说的我早想到了，但我怕太早跟叶甘霖摊牌被他骂。"林晚来吐了吐舌头，笑得得意扬扬，像只偷到了油吃的小老鼠，"而且我想了想，两三个月的准备时间正合适，战线拖太长，反而耽误事。"

肖晋无奈道："就你精明。"

吃完晚饭，两人准备一起走回教室。

一掀开麻辣烫店门口的帘子，冬天刀子似的寒风直往人脖子里钻，林晚来下意识就缩着脖子躲。

肖晋回头，看见她光溜溜的脖子，皱起眉头："你围巾呢？"

"在教室，忘记拿了。"

肖晋闻言便不满地"啧"了声，无奈他自己抗冻得像个小火人一样，衬衫加羽绒服就能过冬，自然是没有围巾手套之类的东西。

林晚来满不在乎地缩了缩脖子，两手揣进校服口袋里，跺跺脚就要往外冲："走吧，就一点路。"

肖晋却不答应，又把人拉回店里。

"你自己不戴围巾，就别嫌我这个丑。"他无奈地看了她一眼，从书包里掏出自己的校服。

林晚来警觉地退后两步："你干吗？"

肖晋却已经一手拎着一条袖子，上前道："这个围脖子上，也保暖。"

"肖晋，你是不是有病？"

林晚来如临大敌，在肖晋一步步靠近把那可怕的校服围在她脖子上之前，抓住机会灵活一闪，直接蹿出了门。

"林晚来！"肖晋无奈地追上。

"太丑了！"林晚来撒丫子跑得飞快，头也不回地大声控诉道。

严冬的傍晚，天已经全黑，小巷里空无一人，冷得空气都不再流动一般。

少年人清脆的声音却像一丛丛火苗，划过萧索的寒空，点亮了整个夜晚。

林晚来原本打算听完听力就去找叶甘霖坦白自己的决定，没想到苏秦前脚刚走，叶甘霖后脚就背着手走了进来。

"班长组织一下，排个队，大家一起去机房查一下会考成绩啊！"叶甘霖清清嗓子，说道。

"啊？"同学们都有点蒙。

"啊什么啊？自己考的试都不记得？"

还真快不记得了。

会考，全名叫全省普通高中学生学业水平测试，虽然是一场全省统一的考试，但在一中一直不太受重视。

其一，是因为考试时间在高二，大家都已经分了文理科，却要考语数外史地政物化生九门，大部分人都是临时抱佛脚。

其二，是因为会考成绩只关系到高中毕业证，不影响高考成绩，且要求是及格即可，所以校方从不鼓励学生为会考花太多精力。

因此，大部分同学是考了就忘，根本想不起来还有查成绩这茬。

大家都不愿意为会考花太多时间，于是全班人不情不愿地拖着身子站起来，大部分人还带了本习题册或课本去背。

"反正及格就行,这成绩有什么好查的……"有人小声埋怨。

叶甘霖"啧"了声:"就一节课!耽误不了你们多少时间!"

说是这么说,但都已经高二了,没人愿意为了查个成绩在机房耗一整节课。林晚来也不例外,她拿了本地图册,慢悠悠地跟在队伍最后,往综合楼的机房走去。

机房里全是那种大脑袋的老式电脑,开个机能花十分钟。

林晚来耐着性子一步步开机、打开网页、输入账号密码,终于查到了成绩之后,离下课只剩十五分钟了。

她翻开地图册,开始背全国铁路图。

京沪线、京九线、京广线在视线里交叉打架,林晚来过完一遍"五纵三横"主干线,抬起头想换换脑子。

余光忽然瞥见李雨的电脑界面,好像有点熟悉。

林晚来不自觉偏过视线看了一眼,是P大官网。

她连忙收回眼神,一边在心里谴责自己不该偷看别人的网站,一边却又止不住好奇。

默默犹豫了足足半分钟,她终于开口问道:"你……是在查夏令营的信息吗?"

李雨很明显被吓了一跳,握鼠标的手抖了一下,慌忙点到了另一个网页。

"哦,是……是啊。"李雨回过神来,有些支支吾吾的,带着生硬的微笑解释,"我问了一下上一届的学长,好像他们当时表现不错,所以……所以我们今年说不定有两个名额……我就想来查查看。"

"两个名额"这几个字让林晚来心里莫名有些沉重,她点了点头,却不知要说什么。

沉默了一会儿,林晚来抬眼看到刚刚李雨点到的另一个网站,是《纯粹理性批判》的电子版。这本书林晚来以前看过,虽然没怎么认真研读,但插页里康德那幅肖像很具标志性。

"你……喜欢康德?"林晚来问。

"没有,就喜欢瞎看而已。"李雨笑得很腼腆。

林晚来看了一眼电子书右上角显示的页数,已经快看完了。

她笑起来:"喜欢看就够厉害了,我看了三遍了,每次都半途而废,实在看不下去。"

"呵呵,其实我也看不太懂。"李雨干笑了两声,"这些哲学家都不爱讲人话。"

"嗯嗯。"

林晚来看得出来李雨并不想跟自己寒暄,也不好再打扰人家看书,便点点头,收回眼神。

下课铃响,下一批来查成绩的同学无缝接班,正好是徐晴雯带着理科班的人。

肖晋一眼看见跟在队伍最后的林晚来,远远地就朝她扬了扬眉。

林晚来抿嘴一笑,在门口与他擦肩而过的时候,小声说:"马上要去摊牌了,风萧萧兮易水寒哇。"

肖晋无奈地笑了声,然后在徐晴雯的催促声中走进了机房。

都说一鼓作气,再而衰,三而竭,先是要查成绩,回来叶甘霖又一直在给同学答疑,等到林晚来终于找到机会去办公室说正事时,晚自习都已经快下课了。

再长的气也该竭了。

她拿上报名表和那沓资料走进办公室,索性开门见山地对叶甘霖说:"老师,我考虑好了。"

"我还是认为,按选拔细则排名很有必要。"

她的神色很认真。

叶甘霖先是被她一本正经的样子唬住了,听她这么说,又摇摇头笑起来,像是在笑她天真。

"你坚持走程序,学校当然可以排名,拉几个表格的事情而已。"叶甘霖笑得很和蔼,"你们小孩子啊,就是爱较真。"

林晚来没有说话。

如果可以,她希望自己永远是这样爱较真的小孩子。

"但之前我和赵老师都跟你说过,即使是排名,老师们大概率还是会把票都投给你。"叶甘霖再次强调。

林晚来预料到他会这么说,神色平静,较真地问:"那老师这样投票的依据是什么?"

叶甘霖被她问得一怔。

反应过来之后,他像是被气笑了,无奈道:"合着之前我和赵老师跟你说了那么久,都是白说的是不是?自主招生这个东西,强调综合素质……"

"但老师们其实并不完全了解每一个学生,不是吗?"林晚来直接打断了他。

叶甘霖愣住了,微微皱着眉看向她。

不知是因为她的无礼,还是因为她突然抛出的那个问题,叶甘霖的眼神让她有一瞬间的无措。

她一直很清楚,自己遇到了最好的老师,他们所做的每一个决定,都不会是为了私利,而是真心实意地为学生打算。

并且,从某种意义上来说,她一直是被偏爱的那个。

作为既得利益者,现在来反驳老师们,未免有些"何不食肉糜"的矫情。

她顿了顿,整理思绪,还是轻轻开口:"老师们并不是完全了解每个同学,就武断地认定某个同学不具备您所说的'综合素质',这一点我难以认同。

"至少,每个人都应该有知情权和选择权。

"这是我认为的公平。"

林晚来原本以为自己会长篇大论地给叶甘霖解释一堆,没想到心里真正想说的话说完,也就这么两句。

——公平。

这才是她认为的公平。

办公室里静得落针可闻,林晚来的话说完,许久没有得到回复。

叶甘霖缓缓摘下眼镜,拿起桌上的茶杯,轻轻吹着面上漂浮着的茶叶。

良久,他忽然低笑出声。

"当老师这么多年,第一次被个学生教训。"

林晚来知道自己刚才的确莽撞无礼,张了张嘴想反驳,但还是乖乖低下头去。

下课铃早已响过,两个教室里的同学都已经走得差不多了。

叶甘霖呷了口茶,又慢悠悠地拿起眼镜布擦干净镜片,戴上后朝空荡荡的教室看了两眼。

"行了,我知道了,你回去吧。"

"那……"

"我会跟学校说,请他们按正常程序排名。"叶甘霖看着她,微笑着,语气郑重,"林晚来同学,老师愿意支持你所认为的公平。"

叶甘霖很少这么正儿八经地和自己讲话,林晚来听完,几乎是一瞬间酸了鼻子。

他没有责怪她无礼,也没有笑她天真。

事实上,只要他想,叶甘霖可以举出无数条理由驳斥她所谓的"公平",并且斥责她辜负了老师和学校的期待,或者批评她对老师作出的鲁莽质疑。

可是叶甘霖都没有。

他不仅让她说完了想说的话,还说愿意支持她的"公平"。

林晚来怔了怔,强忍着想哭的冲动,给叶甘霖鞠了一躬,转身走出办公室。

教室里已经只剩李雨一个人,林晚来收拾好书包,同她道了别,匆忙下楼去找肖晋。

他大概在操场打球。

哪知她刚走到一楼拐出楼梯间,忽然一个篮球在她面前弹起,然后就是熟悉的身影耍宝似的单手捞住了篮球,转了个圈站在了她面前。

"你没打球?"林晚来见肖晋脸上干干净净的,一滴汗都没有,疑惑地问道。

"操场没人,耍帅没人看。"

闻言,林晚来轻轻一笑。

肖晋见她似乎兴致不高,微微弯腰低下头:"被骂了?"

"没有……"她小声说。

"没有干吗垂头丧气的?"

林晚来被迫抬头,正对上一双关切的眼睛。

她在他的眼睛里看见了自己。

"我特别不知好歹地跟叶甘霖讲了一通大道理……"林晚来的声音有些含混不清,"他不仅没骂我,还答应了我的要求。"

"我现在觉得我特别矫情。"林晚来回想到自己一本正经地教育叶甘霖的场景,语气中尽是懊恼,恨不得找个地方把自己埋起来,"我哪来的自信在那儿指点江山啊……"

　　肖晋潇洒一笑:"不矫情。

　　"想做什么就做什么,想说什么就说什么,这样很好。"

第九章 / 十七岁

时间总是过得很快,可你一出现,好像能逆转时间。

周一晚自习的班会上,叶甘霖向全班宣布了P大夏令营选拔的消息,表示所有有意向的同学都可以问他要一份资料,排名结果会在一周后公布。

除此之外,还有一则林晚来也不知道的信息。

教务处小组评分,将根据每位报名者提交的小论文决定,这也是校方需要一周后才能公布排名的原因。

听了这个消息,前座的程欢立马转过身来,兴奋地对林晚来和李雨说道:"肯定是你俩的!"

林晚来笑了笑,说:"我对哲学一窍不通,估计不行。"

李雨也接茬:"我也搞不太懂,哲学家都不说人话。"

"你俩就别假谦虚了!"程欢撇撇嘴,又看着李雨,"尤其是你,你不是很喜欢哲学的吗?看了那么多书!"

林晚来闻言莞尔一笑,并没有多说什么。

李雨也只好腼腆地笑了笑,戳了戳程欢,催她转回去。

"小论文不必太长,大家写一点自己感兴趣的话题,或者提交一篇读书笔记也可以。"叶甘霖补充道,"周五之前交给我。"

林晚来偷偷在台下嬉皮笑脸地朝叶甘霖比了个赞。

叶甘霖装作没看见,并不理她,继续说道:"另外,还有一个事。马上跨年了,咱们还是两个班一起过一次集体生日,班长把12月和1月过生日的同学都统计一下,然后跟理科班的班委商量商量,去学校对面订个蛋糕。"

"好——"

这种集体活动,总是最能点燃学生的激情。

连于楚楚这么乖巧的学生都忍不住隔着过道小声问林晚来:"晚姐,你今年打算怎么过?"

林晚来想起去年跨年夜收到的那只小狐狸,轻轻一笑,回道:"跟大家一起过呗。"

不知是不是时间上的巧合,12月31日,大家正准备往理科班去的时候,叶甘霖带着名单公布了夏令营选拔的排名结果。

"来来来,好消息咱们就不留到明年了啊!"叶甘霖举着名单,做了一个往下压手掌的动作,示意大家安静,"P大哲学夏令营的选拔结果出来了,根据五次大考成绩、社会实践分数和教务处投票,最终排名第一的是——"

林晚来忽然有些紧张,盯着叶甘霖的手不自觉咽了咽口水。

"李雨同学!"

教室里静了三秒,然后爆发出一阵掌声。

林晚来如释重负地笑起来,由衷地为李雨鼓起掌。

身旁的李雨似乎还没反应过来,愣在原地,林晚来笑着用胳膊肘碰了碰她,推她上台。

李雨有些恍惚地走上讲台,从叶甘霖手里接过排名表,看见自己真的排在第一的时候,才终于笑起来。

叶甘霖让她给大家讲两句。

"我……我真的没想到我能排在第一……"李雨的表情中仍然带着一丝不敢相信,笑得有些犹豫,"谢谢老师和同学们的支持!我……我一定会努力,好好表现,给学校争光。"

"好,不必有压力,尽力就好。"叶甘霖轻轻拍了拍李雨的肩膀,示意她回到座位。

"大家快去一班吧,搬好凳子,徐老师给大家准备了很多好吃的,一起过个生日!"叶甘霖笑着说,"我就在这里,先祝同学们新年快乐了!"

"叶老师新年快乐!"

"老叶明年见!"

教室里响起拖动桌椅的声音,伴着同学们嬉皮笑脸的祝福,一派热闹景象。

林晚来跟着人流挪动到理科班的教室，大家都自发地坐在相熟朋友的身边。林晚来犹豫了一下，看了看讲台上的徐晴雯，还是坐到了夏淼身旁。

经过最后一排的时候，她听见某人愤愤说了一句："没良心。"

林晚来抿嘴一笑，迅速将一早准备好的生日礼物丢在他桌上。

在夏淼位子上坐定之后，她偷偷回头瞟了肖晋一眼。

男生正专注地拆着包装，没有发现她偷偷投来的目光。

那是一支木制的书签，金丝楠木做的，上面雕刻着几树青竹。

君子如竹。

这次的集体生日不太一样，徐晴雯说到高三就不再花时间办这种活动了，所以这是大家最后一次同时过集体生日和跨年。

因此，徐晴雯非常"隆重"地组织了一次正儿八经的晚会，还鼓励不少同学报名表演节目。

林晚来一边和夏淼吃零食聊天，一边看着老同学表演各种稀奇古怪的节目，什么"回家的诱惑版雷雨""第六套全国中学生广播体操版青春修炼手册"之类的，还有赖洪波表演了快十五分钟的单口相声。

林晚来跟夏淼坐在第一排，两个人被赖洪波逗得前仰后合，差点喘不过气。

大家是怎么开心怎么来，都仗着徐晴雯今晚不会管他们。

因为太过欢乐，晚会严重超时，快到九点半的时候，夏淼突然神秘兮兮地问林晚来："哎，你那项链呢？"

林晚来愣了一下才反应过来夏淼说的是在明月山时肖晋送的礼物。

她下意识摸了摸胸口隔着衣服硬邦邦的一圈："我戴着呢，怎么了？"

夏淼笑眯眯的："戴出来呀，寿星就是要漂亮。"

林晚来不解，但还是将那坠子从衣服里拿了出来。

"真好看！"夏淼由衷地道，"生日快乐哦，林晚来。"

林晚来"扑哧"一笑："谢谢。"

两人正闹着，突然听见主持人报幕："最后一个节目，吉他弹唱，肖晋，You are Beautiful。"

林晚来猛然回头，原本该坐在最后一排的男生不知什么时候换上了白衬衫，抱着吉他坐在了讲台上的高脚凳上，一条腿伸出来支在地上，手指缓缓拨动琴弦。

> My life is brilliant,
> my love is pure.
> I saw an angel,
> of that I'm sure.
> She smiled at me on the subway.
> She was with another man,
> but I won't lose no sleep on that,
> cause I've got a plan.
> You're beautiful.
> You're beautiful.
> You're beautiful it's true……

眼前的一切仿佛都失了焦,唯有讲台上拿着吉他的男生容颜清晰。
最后一声弦音收束,肖晋露出温和的笑。
"新年快乐。
"生日快乐。"

这是这一年的最后一天。
林晚来十七岁。
整个教室的热情与祝福,足够把她的心塞得满满当当。
"新年快乐。
"生日快乐。"
她的声音微小而坚定。

跨年那天由着学生们没轻没重地放肆了一晚上之后,元旦假期一回来,徐晴雯再次开启了斯巴达模式。
还是升级版的那种。
每天一科周练,每周一次小测,每月一次大考,学生们像陀螺一样被抽着转,就连除夕当晚,徐晴雯都要在实验班大群里叮嘱一句"劳逸结合,注意休息，明早自主晨读"。

学生时代的时间流逝很奇怪，好像不是匀速运动，反而像电影里的特效一样，埋头苦读的少年一抬头，窗外的树叶便换了四季。

一眨眼，又是初春。

林晚来照例坐在一中对面奶茶店二楼靠窗的位子上，从她的视角看出去，正好可以看见街边树梢顶端的一枝玉兰花。

春风不等，含苞待放。

对面的赖洪波和于楚楚抢着吃一个奶油蛋糕，肖晋在楼下的收银台替林晚来买奶茶。

林晚来看了看邻桌边啃吸管边背《出师表》的初中生，又放空地盯着窗外。

玉兰花是白色的，梧桐是翠绿的，轻盈骑着自行车驶进校园的少女穿了一件红色毛衣。

她忽然有些恍惚。

时间过得太快了。

"想什么呢？这么出神。"

一杯蜜豆奶茶出现在眼前，肖晋的声音打断了林晚来的思绪。

林晚来喝了一口，木然地嚼着红豆和椰果，怔怔地说："没什么，突然觉得时间过得很快。"

"晚姐，你是不是魔怔了？都发半天呆了。"赖洪波就是有这种一开口就让她想翻白眼的本事。

林晚来狠狠白了他一眼。

肖晋笑着问："怎么还伤春悲秋起来了？"

"没有伤春悲秋啊，就是感叹一下时间过得快。"

林晚来看着肖晋，原本想多说些什么，又想到对面有个狗嘴里吐不出象牙的赖洪波，还是决定闭嘴。

肖晋了然地点点头，没再说什么。

事实上，林晚来一直都觉得时间过得很快。

但这一年里，她所感受到的"快"和之前全然不同。

之前她认为时间过得快，是因为她做学生驾轻就熟，对每一个环节都胸有成竹。在日复一日的上课、作业和考试中，时间总会过去，没有哪一个时刻值得留恋，自然就快。

而现在，时间却快得让她有些恍惚了。

她发现自己忽然变得很不自量力，想把一切都记住，比如每一年的生日礼物是什么，每一次老赵给她和肖晋的"特供"试卷有些什么题。

甚至现在手中的这杯奶茶，蜜豆椰果不要珍珠，五分糖少少冰，她连这个都想记住。

开心的时刻、拌嘴的时刻、哪怕是赌气的时刻，身处其中时，她都想再停留一会儿。

人真是奇怪的动物。

某个人一出现，居然能扭转时间。

林晚来回到教室时，李雨在看冯友兰的《中国哲学简史》。

前几个月，李雨已经把康德、黑格尔、席勒等一众不说人话的西方哲学家的代表作都过了一遍，现在又回过头来看中国的，从最简单也是最系统的开始。

"这本怎么样？"林晚来在位子上坐下，随口问道。

不知是因为李雨人逢喜事精神爽，还是因为林晚来守住了自己的"公平"而内心敞亮，总之，她们俩之间的关系变得亲近了很多。

以往李雨连买本新教辅都有点藏藏掖掖不太想跟林晚来讨论的意思，现在林晚来已经可以大大方方地问她哲学营准备得怎么样了。

"还好，比那几本外国的好读多了。"李雨笑着说，"我现在怀疑不是哲学家不说人话，而是翻译的人脑子不好。"

林晚来莞尔一笑："对，好多译著看起来都让人头疼。"

"就是说。"

"夏令营具体时间确定了吗？"

"上周刚通知，7月19日到7月25日，叶老师说到时候学校会统一安排我和宋子扬去北京。"

"学校对自主招生和竞赛一向很重视，"林晚来点点头，半开玩笑地说道，"加油啊，拿到优秀营员，就不用再像我们一样辛苦一年了。"

如果是在以前，听到这样的话，李雨一定会干笑着谦虚回去，说一些"我肯定不行的""别一问三不知给学校丢脸就行了"之类的话。
但现在,她很灿烂地笑着,点了点头:"我尽力。"

因为没有竞赛和自主招生加分,林晚来的高考只剩下裸分这一种可能。好在她成绩越来越稳定,加上历史也终于连滚带爬地走上了第一梯队,用徐晴雯的话说,只要高考当天不发烧不感冒,林晚来可以选择任何一所她想去的学校。
肖晋和严政杰分别去参加了数学和物理的奥赛,只要拿到名次,就等于直接进入了T大和P大招生组老师的候选名单。
夏淼进步也很明显,考上北京的重本基本没什么问题。
赖洪波这学期结束就要回北京备考,已经一把鼻涕一把泪地开始筹划起饯行宴,还在林晚来的白眼中说了无数次十足"中二"的"先帮我罩着楚楚,等我回来还是一条好汉"。
文科班另外还有两个女生选择了艺考,已经告了长假去培训班上课,很长时间看不见人。
大概因为是实验班,这才高二,就已经有一部分人"尘埃落定",班上的位子时不时就空出一两个,给人一种兵荒马乱的感觉。
林晚来想到1990年《标点符号用法》里那段著名的话。

张华考上了北京大学,在化学系学习;李萍进了中等技术学校,读机械制造专业;我在百货公司当售货员:我们都有着光明的前途。

林晚来轻轻笑了笑,提笔在数学试卷上写完最后的结论。
窗外,玉兰花已经盛放。

这学期快结束的时候,学校宣布高二实验班要开一次家长会。
在林晚来的印象中,这五年只开过三次家长会。
大概是徐晴雯个人风格的问题,她对学生很关注,有什么需要家校协作的问题总是及时就跟家长单独沟通解决了,再加上组织家长会费时费力,她就没怎么办过。
一直以来,林晚来对家长会都没什么感觉,虽然她和冯晓关系淡漠,但作为一个成绩好习惯佳不惹事不闹事的"好学生",家长会对她来说只是单纯的表彰会而已。

但这一次,听肖晋说他爸妈也千里迢迢从粤城赶回来以表示对儿子的关心时,她还是不免紧张了一下。

肖柏生夫妇和冯晓是旧识,虽然这几年一直没有联系过,但要是见到了,也是要停下来打打招呼聊聊天的。

林晚来生怕双方家长在学校里听见一些风言风语,毕竟她和肖晋总在一起吃饭写题什么的,多少有好事的同学传一些"金童玉女"的故事。

远在集训营里的肖同学对此不以为意,给林晚来发来一条短信。

肖晋:多刺激。

漫不经心的三个字。

林晚来满头黑线,直接怼回去。

林晚来:刺激你个大头鬼。

发完,她又觉得力度不够,愤愤补了一句。

林晚来:反正你远在天边火点不到你头上呗!

等了五分钟,仍然没有回音,林晚来猜他大概在忙着写题,也就收起手机,不再打扰。

肖晋却在此时直接打了电话进来。

"谁说我远在天边了?"

林晚来蒙了一下,莫名想到偶像剧里常演的情节,突然非常傻气地回头看了一眼,想着万一他来一句"回头"然后就站在她身后了呢?

当然,她刚做完这个动作,就在心里狠狠骂自己真蠢。

林晚来当然不会把这丢人的心路历程告诉肖晋,她清了清嗓子,一本正经地问道:"什么意思?"

"家长会那天我请假了啊。"肖晋云淡风轻地说。

"啊?"林晚来很惊讶,"集训营不是很紧张吗?还能请假?"

"嗯,鉴于本人天赋异禀,深得器重,所以成功请到了一天假。"肖晋语气昂扬,末了又补充一句,"一般人可请不到哦。"

"噗……"林晚来没忍住笑出了声。

想了想,她又说:"其实家长会也不是什么大事,我刚跟你开玩笑的。"

"没关系。"肖晋果断回答,"见家长这么刺激的事情,怎么能让你独自享受呢，是吧？"

一年多了，林晚来还是时常忘记这个人根本没有"害怕"这根神经。

"得，你行你上。"林晚来有些无语。

"没问题！"

每一次参加家长会，冯晓都准备得很细致。

穿什么样的衣服稳重妥帖而不失精致，她甚至还会打开微信群看一看林晚来邻座几位同学家长的朋友圈。

林晚来习惯早到，所以先和冯晓在学校对面的早餐店里吃了点早餐。

冯晓不喜欢吃这些小铺子里的东西，于是就坐着刷手机，并叮嘱林晚来："都是香精兑出来的鲜味，肉也不知道是什么肉，你以后少吃。"

林晚来点点头，要了一碗汤，一个南瓜饼，照吃不误。

"这个李雨……就是选上了 P 大夏令营的那个是吧？"冯晓问。

"嗯，我同桌。"

"她妈妈怎么回事，这年头还有人不玩朋友圈的？"冯晓纳闷地嘟囔了一句，不知又看到了什么，居然轻轻笑出声来，"她这个头像还挺有意思。"

林晚来瞥了一眼，李雨妈妈的头像是一张红底黄字的广告，赫然写着——

农家土鸡蛋，一元一个，欲购从速。

冯晓笑得很克制，但眼中那种拿别人做消遣的讽刺意味还是藏不住。

林晚来扫了她一眼，不耐烦地移开眼神："做生意的，打广告也正常。"

"就是农村人卖点自己家的东西，做的哪门子生意？"大概是这"消遣"实在太"有趣"，冯晓的语气都跟着轻快了几分，又很有兴致地去看李雨妈妈的昵称，"寒风中的一朵花……呵呵，你这同学的妈妈还真的是蛮有意思的。"

林晚来听到她这笑声有些心烦，突然就没什么胃口了，木然道："你微信名叫'云淡风轻'，意思不是差不多？"

冯晓被林晚来说得一愣，轻轻瞪了她一眼，说道："你这孩子！妈妈跟她能一样吗？"

林晚来没有接话，闷头喝汤。

大部分人在取笑别人的时候，实际并没有恶意，不过是想要获取一些优越感,但她们攫取优越感的对象往往又是他们满心满眼都瞧不上的人。

这种矛盾的攀比心,林晚来通通归因于无聊。

"我就说你们叶老师耳根子软,P大夏令营就算给了她又怎么样呢?这种家庭,能负担得起孩子学哲学?"不知是被什么触动了机关,冯晓又开始振振有词,伸出一根手指来敲着木制桌面,分析道,"那女孩子本来其实也蛮优秀的,学个金融财会,早点工作了给家里挣钱才是哦,学什么哲学。"

林晚来没说话,知道费口舌向冯晓解释李雨的热情和天赋,根本就是浪费时间。

"你也是的,好好的机会要让给别人,你以为这样人家就感激你啦?"

冯晓分析完别人家的情况,又开始教训自己女儿,话里话外,居然有把她理解成"老好人"的意思。

"这个机会不是我让的,我也不是为了谁的感激。"林晚来不耐烦地蹙了下眉,"按规定排名下来,该怎么样就怎么样。"

"你以为我不知道?要不是你非要排名,名额直接就是你的!教务处老师本来都会投票给你!"冯晓振振有词,"你自己心眼实,自以为是的公平。"

林晚来已经懒得追究冯晓是怎么知道教务处老师原本打算如何投票的事,沉默了半晌,还是开口:"按论文质量投的票,人家确实写得比我好。"

"那还不是你故意……"

"我没有。"

林晚来只觉得冯晓说得越来越离谱,不耐烦地开口打断,站起身付完早餐钱,撂下一句"走吧",径直走出了早餐店。

已经是初夏,校园里弥漫着栀子花的香气。

一路上,冯晓碰到不少眼熟的人,热切地同他们寒暄。

长岭是个小地方,林晚来在一中又算是个风云人物,加上冯家生意做得大,所以认识冯晓的家长就格外多。

冯晓每见到一个脸熟的人都会停下来,接受完对方的称赞之后再微笑着回以奉承。但她从来不说"哪里,你家孩子才是优秀"之类带着攀比和自贬意味的话,一般她只会说"你们家××也很努力哦,刚刚也在光荣榜上看到啦"。

林晚来明白,这是冯晓的矜贵。

林晚来带着冯晓走到教室时，李雨的妈妈已经坐在了位子上。
　　冯晓把包包搁在课桌上，十分友好主动地同李雨妈妈打了声招呼："是李雨妈妈吧？你好，我是林晚来的妈妈。"
　　李雨妈妈一直低着头专注刷着手机里的小视频，声音有些大，并没有注意有人在她身边坐下。
　　冯晓主动打了招呼她才抬起头，愣了两秒，有些局促地笑起来，用不太标准的普通话回应道："你好，你好。"
　　林晚来在一旁默默看着，李雨妈妈穿了一件白色 T 恤，胸口印着的黑色香奈儿 Logo（商标）被丰满的身材撑得变形。她长得和李雨很像，虽然皮肤因年岁渐长而粗糙松弛，却依旧能看出年轻时的秀气。
　　冯晓笑得大方得体，坐下后用手捋了捋裙摆，状态轻松地说道："常听小晚说，你们家李雨很努力的，特别优秀。"
　　原本打完了招呼就低下头去刷手机的李雨妈妈再次抬起头的时候，眼睛里仍然有些茫然，大概是不明白同桌这位家长为什么要不停地与她寒暄。
　　她顿了一下才咧嘴笑起来："没有没有，她就是死读书的！"
　　冯晓哑然，客套地笑了笑，意有所指地看了林晚来一眼。
　　那眼神是在说，"你看，就这样的家庭"。
　　林晚来不想回应这样的眼神，木然地转身走出教室。

　　家长会的流程是徐晴雯和叶甘霖先分别在两个班各自开会，再请文理科的科任老师分别跟家长沟通，最后才是两个班一起在阶梯教室开大会，林晚来和宋子扬被安排作为学生代表发言。
　　在大会之前，把家长带到教室之后，学生们就暂时没什么事了。
　　林晚来漫无目的地在校园里晃荡，从综合楼走到教学楼，又从教学楼走到宿舍区。
　　手机里还躺着刚刚和肖晋的短信。
　　林晚来：你到了吗？
　　肖晋：没有，早上跟老祁争完一道题，现在坐车过去。
　　林晚来：那肖老师和张老师是自己来的学校？
　　肖晋：是啊。
　　肖晋：他俩这么大人了，不用带路。

林晚来在宿舍区的小花园里找了条长凳坐下，随手拿了本《高中生必备古诗词手册》，一边有一搭没一搭地温习着，一边等肖晋来。

这些古诗词她早烂熟于心，所以背得并不认真。

早上喝的汤大概是真的放了太多味精或香精，她这会儿嘴里又渴又涩，很想喝水，打算去食堂买瓶矿泉水。

起身的瞬间，她才忽然瞥见身后站着一个人。

林晚来猛地回头，看到李雨正站在宿舍楼门口，木然地盯着她看。

即使正对上她的眼神，李雨也一直这么直勾勾地盯着，没有半分退缩。

宿舍楼的墙壁上长满了爬山虎，一片浓重的墨绿色中，李雨的目光显得更加森然，阴恻恻的。

林晚来被李雨盯得全身发毛，心中直觉她一定已经在这里站了很久。

"你……找我有事？"那种已经放下了很久的戒备心在这一瞬间重新筑起高墙，林晚来不自觉皱起了眉，语气很冷。

李雨没有说话，而是一步步上前。

林晚来克制住下意识想退后的冲动，一动不动地等她走到面前。

"你凭什么让我？"李雨依旧死死地盯着林晚来的眼睛，那种目光，就像钳住了猎物脖颈的野兽。

林晚来几乎是瞬间就反应过来，李雨说的是 P 大夏令营名额的事。

"你听到……"她下意识想问李雨怎么会听到冯晓和她的对话，刚说出口又觉得这个问题毫无意义，倏然住了嘴。

她顿了一下，正视李雨的眼睛，说："我没有让。"

李雨却并不在意她说了什么，冷笑了一声。

"反正你也不想学哲学，不要的机会丢给我，还能卖个人情，显得你多么大方正义啊，是不是？"

"你都不觉得自己恶心吗？"

她话里冷嘲热讽的意味让林晚来不舒服极了。

林晚来极力克制着心中的不耐烦，再一次回答："我没有让你，排名程序公正公开，你自己看不到吗？"

"是啊，排名程序公正公开。"李雨嘴角的讥笑敛去，只剩一片寒意，"如果不是你正直坦荡地要求排名，我们哪来这么公正公开的程序呢？是吧，林晚来同学？"

林晚来彻底明白过来，李雨心中认定了自己出于不屑的意图把名额让给了她，那么自己解释再多都没有意义。

林晚来不再忍耐，抿了抿嘴角，说："排名规则写得很明白，你自己的论文质量你自己也最清楚，你非要妄自菲薄地觉得是我故意让着你，那我无话可说。"

李雨脸上依旧是不信任的表情，根本不在乎林晚来到底说了什么。

林晚来心中忽然腾起一团火，冷笑道："我倒想知道，是谁给你的自信，让你觉得我会为了你专门让出个名额。就算我不想念哲学，就当去北京玩几天我也不亏，为什么要把名额让给你？"

这两句话好像终于触动了李雨，她的表情忽然僵住，眼里闪过一刹那的慌乱，紧接着，几乎是一瞬间就红了眼眶。

"林晚来，羞辱别人特别有意思是不是？"她颤颤巍巍地问。

她的问题没头没脑，林晚来只觉得越发不耐烦："我没有羞辱任何人，是你自己……"

李雨却没有给林晚来回答的机会，自顾自地继续说着："你让肖晋教我做题，不就是为了显摆你和他关系有多好吗？肖晋跟张航起冲突，明明跟你没有关系的事，你非要跑过来插一脚，不就是为了显示你有多仗义吗？你嘴上嚷嚷公平，要求排名，其实是因为你不需要那个名额，为了让你自己心里舒服点而已，如果你真的想去，你还会要求公开排名吗？"

李雨振振有词，仿佛蒙了天大的冤的人在泣血申诉。

林晚来却只觉得荒唐。

她冷冷道："你是不是有病？"

李雨又提起嘴角冷笑起来："你不必急着反驳，如果我不说，你恐怕自己都不知道吧？

"你就是这样的人。

"你妈羞辱我妈，你假模假式地反驳，但其实你们都是同一种人。高兴的时候是施舍，不高兴就是羞辱，别人只配捡你们不要的东西，你们还要别人感激涕零真心实意地说一句谢谢。

"你们，就是这么虚伪又恶心的人。"

李雨最后这一句说得缓慢而郑重，仿佛这样就能正式落下审判锤，为林晚来定了罪。

太荒唐了。

林晚来看着李雨一副阅尽世态满心疲惫却还要为自己讨公道的神情，忽然觉得她也很可怜，于是不想再说什么，转身离开。

"你给我站住！"

李雨却忽然歇斯底里地吼了句。

林晚来停下脚步，转头故意露出一个极为善解人意的笑，说："你要是觉得受到了羞辱想讨回公道，很简单，不去夏令营就可以了。

"跟我说这么多，到底有什么用？"

李雨怔住了。

良久，她才扯出一个近乎恐怖的笑："你是不是觉得自己特别坦荡，特别光明磊落？什么事情再错，都错不到你头上？"

她从口袋里拿出手机，点开一张照片举到林晚来面前。

"那你就去家长会上坦荡吧。"

林晚来的心猛地一沉，如坠冰窟。

那张照片，是在学校的操场上，她一边背书，一边等肖晋打完球一起回家。

如果不是李雨用作要挟，林晚来会觉得这是一张很好看的照片。

林晚来那一瞬间的愕然让李雨很满意。

烈日下遭到追猎的动物终于被咬断了脖子，鲜血喷溅而出，体温迅速冷却。

李雨露出几乎餍足的笑容，慢悠悠地说："你们每天都一起回家，我很想知道，要是老师和家长的手机里收到这样一张照片，他们会怎么想？你还能不能这么趾高气扬地说话？"

林晚来的手机几乎是在李雨话音刚落的那一瞬间振动起来。

冯晓来电。

林晚来挂掉，转身往教学楼那边走。

第二个电话紧接着响起。

叶甘霖来电。

林晚来再次挂掉。

紧接着，徐晴雯、赵英文、苏秦，还有冯晓，一个接一个的电话不断涌进，她通通挂掉，却不自觉地加快了脚步。

走到笃思楼楼下的时候，她忽然顿住了脚步。

手机屏幕仍然不停亮着，她甚至不再摁红键挂断，任由它在手中振动。

停滞了半分钟，她终于迈开脚步。
抬头的那一瞬间，她看见从远处狂奔而来的少年。
她忽然想起看一眼手机，来电人肖晋。
"喂。"她摁下接听键。
她看到几十步距离之外，停下来接起电话的少年，胸口还在喘着气。
"林晚来。"
肖晋没有说什么，只是这样叫了她一句。
林晚来忽然又闻见一阵花香，她怔怔地扭头四望。
栀子花的香气还在那里，栀子树却已经走失。

第十章 / 且共从容

从从的意思是，我始终与你并肩，且共从容。

林晚来和肖晋并肩出现在办公室门口的时候，她第一眼看见的，是冯晓居然扯起嘴角笑了笑。

徐晴雯和叶甘霖显然也有些彷徨。踌躇了两秒，徐晴雯才勉强笑了一声，上前拉他们俩坐下："你们俩先坐，老师跟你们聊聊。"

张蔓之连忙搭腔，上前拉住儿子的胳膊，把他和林晚来扯远了些："对，先坐好，妈妈问你点事。"

对比其他人的局促和焦急，冯晓显得淡漠很多。

冯晓仍从容地微笑着，拎起包从座位上起身，径直走到林晚来身边攥住她的手腕，礼貌地对叶甘霖和徐晴雯说："老师，小晚我就先带回家了。"

叶甘霖显然有些错愕，并不放心林晚来就这么被她带回家。

他干笑了两声，搓了搓手，说："啊……这么急？要不，还是我们坐在一起聊聊。我们做老师的，也还是想多了解了解孩子。"

张蔓之见肖晋有些着急，也在一旁建议道："是的，我们这些家长……"

"不必了，"冯晓笑容温和，说出的话却不容置喙，"我自己的孩子，自己会管教好。"

说着，她看向张蔓之，微笑道："这个道理，张老师不会不懂吧？"

话还没说完，她就收敛了笑意，眼角眉梢尽是厌烦。

张蔓之再好的脾气，也知道这是对她的挑衅，心中不是没有怒火，但碍于肖晋在场，也只是抿了抿嘴，未置一词。

肖晋却腾地站起来，走到冯晓面前。

"阿姨,你心里如果有什么不满,可以直接对我说,不必迁怒我妈妈。"

男生个子很高,和冯晓讲话时,眼神放得很低。

冯晓不再摆出礼貌微笑的假面,微微眯起眼睛,说:"如果肖同学连大人说话小孩子不能插嘴这点规矩都没学会,我当然有必要直接跟你母亲沟通。你说呢?"

宝贝儿子被这么教训,肖柏生和张蔓之再好的脾气也压不住火,上前就要和冯晓理论。

眼看着两家家长快吵起来了,林晚来马上横在冯晓和肖晋中间:"妈,回家吧。"

说完,她又扭头看向叶甘霖和徐晴雯:"老师,我和妈妈先回家了,不用太担心。"

六杯热茶仍然摆在办公室的桌面上,已经凉透了。

肖柏生和张蔓之看着站在面前的儿子,三人已经沉默了很久。

林晚来被冯晓带走后,肖柏生和张蔓之软硬兼施,加上徐晴雯和叶甘霖在一旁想方设法循循善诱,肖晋也没有说话。

徐晴雯和叶甘霖要继续主持家长会,只好把办公室留给这一家三口,让他们自己沟通。

已经是六月底,办公室里冷气开得很足。

肖柏生一直保持着手肘撑住膝盖,抱头冥思的动作,忽然感觉到身边的妻子摩挲了一下手臂,于是他疲惫地揉了揉太阳穴,撑着膝盖缓慢起身,动作僵硬得像迟暮的老人。

然而他刚起身站定,就看见肖晋已经走到空调边,将气温调高了两度。

办公室里装的是柜式空调,肖柏生这时候才发现肖晋已经长这么高了,比空调柜还高半个头。

而他对自己儿子的印象,似乎还停留在从前的教师宿舍大院里——肖晋身后总跟着几个小孩,他们需要一个摞一个,才能翻出墙去买院外大爷新爆好的米花条。

这几年他生意做得顺风顺水,儿子又争气,谁见了他都会艳羡地夸一句他教子有方。

他虽然知道自己其实没怎么管教过儿子,但另一方面又觉得正是这种开明的"放养"让肖晋充分发挥了天赋，有了今天的成绩。所以他一直自认是个不错的父亲，肖晋与父母之间轻松的相处模式也让他确信这一点。

可他现在看着儿子挺拔瘦削的背影，忽然产生了怀疑。

他除了知道自己儿子天赋高、成绩好、自理能力强、性格有些无伤大雅的"狂妄"之外，还知道什么？

这种认知与肖柏生一直以来引以为傲的"开明"家庭大相径庭，吓得他几乎瞬间出了一身冷汗。

肖晋转身的时候，父子二人正好四目相对。

刚才的思绪仍然是一团乱麻，可怕地摧毁着肖柏生固有的认知，让他感受到一种极不踏实的恐惧。

他愣了愣神，在那一瞬间决定快刀斩乱麻。

"转学吧，回粤城。"

肖晋瞪大了眼睛看着自己的父亲。

之前他设想过，他的父母会对他有一些怀疑，会有一些不放心，大概也会震惊之余发发脾气，但最多也就是这样了。毕竟他们一向很信任自己，不会有什么过激的反应。

现在看来，是他自视甚高。

"不可能。"肖晋果断地说。

他无意沉湎于"父母其实并不信任他"的情绪之中，既然现实如此，不必庸人自扰。

反正这么多年，他都是独自长大。

肖柏生被肖晋的神情和果断的回答一震，几乎语塞。

张蔓之适时轻轻地开口，循循善诱地解释道："爸爸妈妈不是不相信你，也不是对那个女孩子有什么意见……但现在的情况你也看到了，风言风语最害人。还有那个 P 大夏令营的事情，不清不楚的……这么大的娄子，你马上就要比赛了，怎么扛得住？"

大概是因为着急，张蔓之一席话说得颠三倒四，乱极了。

肖晋揉了揉眉头，再次开口时声音有些沙哑："所以呢？"

"所以你最好转学！"肖晋无所谓的态度忽然点燃了肖柏生的怒火，他严厉起来，还提高了音量，"你们小小年纪，本来就什么都不懂！更何况那个女孩子的妈妈你也看到了,她们家之前的事你也知道,跟这样的人做朋友,你也想被别人指指点点是不是?"

做生意之前,肖柏生和张蔓之都是老师,多少还有些文人的清高,一番话说得义正词严。

但凡肖柏生和张蔓之仔细想一想,就会知道他们口中"不清不楚"的每一个罪名都站不住脚。

肖晋知道他们不会深究,只要这些罪名能够支撑他们这番话的正义性,他们就不会在意是不是诋毁了另一个普通的女孩。

他们或许并没有恶意,只是亲生儿子和其他孩子相比,孰轻孰重,太好选了。

"P大夏令营的选拔过程全公开,没有任何不清不楚,她家里也没有什么事情,不劳烦你们这么恶意揣测。"肖晋揉了揉太阳穴,还是认真地解释,"林晚来是我的朋友,她勇敢、坚强、坦荡、大方,我为什么要怕被别人指指点点?"

肖晋语气平和,说出的每个字却都是对肖柏生和张蔓之的指责。

你们是我的父母,怎么可以这样恶意揣测我的朋友?

你们从前也是老师,现在却这样话里话外都在贬低一个普通的学生?

你们说怕别人指指点点,但真正在指摘斥责的不是只有你们吗?

肖晋习惯了和父母轻松相处,也不想再与他们陷入无谓的争吵,只能用这种方式表达自己的失望与不解。

肖柏生被肖晋反驳得哑口无言,几乎没有力气再争辩。

"我不跟你说那么多,转学!"

成年人维护自己威严的方式,往往就是这么武断。

他们过后或许会后悔,但这并不影响他们当下的决定。

"不可能。"肖晋回答得同样果断。

"你怎么就这么倔⋯⋯"一直坐在椅子上的张蔓之现在几乎脸色苍白,"就算你现在走了,又不是说你们俩以后不会是朋友⋯⋯你们俩都那么优秀,以后很有可能会在同一所大学的呀。现在情况真的不适合你胡来了,你为什么就不能听一听爸爸妈妈的建议呢?"

她和肖柏生完全是两种风格,一个唱红脸一个唱白脸,但目的并没有什么不同。

肖晋轻轻地笑了一下，没有再戳穿父母的"良苦用心"。

"因为舍不得，因为没必要，因为我相信我的朋友。"他很认真地回答母亲的问题。

肖柏生皱着眉，看向肖晋的目光由愤怒渐渐变成疑惑与失望。

肖晋不想再琢磨父亲的眼神究竟是什么意思，耽搁得太久了，他必须去找林晚来。

"我不会转学。你们如果事情忙，就赶紧回粤城，事情不忙，在老家玩两天也可以，不用操心我。"

张蔓之张了张嘴，似乎还要说什么。

肖晋朝她笑了笑，继续说："从小到大，学什么兴趣班、喜欢什么运动、穿什么衣服，都是我自己选择，这一次也不会例外。

"妈，我跟您说过，我不会做一时兴起的事情。

"我当时以为您会相信。"

肖晋神色平静地说完这几句话，就径直走出了办公室。

张蔓之怔在原处，直到儿子的脚步声渐渐消失，终于恍然回神一般，掩面哭泣起来。

下楼的时候，肖晋正好撞上了李雨。

她依旧是那副面无表情的样子，背着书包，手中拿着的是一本《中国哲学简史》，看样子是要回教室自习。

看见肖晋的那一瞬间，她的脸上罕见地出现了一些表情。

肖晋看见她，同样也顿住脚步。

两人对峙了半分钟后，李雨缓缓挪动步子朝他走去，微微张口，好像有什么话想说。

"你……"

然而就在她开口的那一刻，肖晋迈开脚步，从她身边走过。

他没有必要再听她讲什么。

男生风一般地从身边经过，夏天的气息，居然是凛冽的。

李雨独自僵在楼梯上站了好久，忽然一甩手，狠狠将手里的那本书扔了出去。

厚重的硬壳书连续撞在楼梯的不锈钢栏杆上，一路清脆地摔到楼下，发出一声沉闷的巨响,再没有了声音。

李雨眼眶中那行在林晚来面前无论如何都不会落下的眼泪,终于无声地砸在了她的手背上。

回家的路上,冯晓一直没有说话。

甚至到了家之后,她还心平气和地先去厨房给自己倒了一杯果汁,才在沙发上坐下。

林晚来深知她的脾气,所以一直没有说话,静静地等待着。

"手机交给我。"冯晓喝了一口果汁,朝林晚来伸出手,平静地说道。

林晚来并没有期待她有多理智,所以同样平静地从口袋里拿出那只老年机一样的诺基亚,交给冯晓。

冯晓直接点进短信,里面已经空空如也。

她又按回主页,才发现 SIM 卡已经被拔走。

冯晓猛地抬头看向林晚来,这时候她的面色终于不再是波澜不惊,而是彻底显出了愠怒。

"你什么意思?"

冯晓的声音尖锐,几乎刺痛了林晚来的耳膜。

林晚来缓缓闭了闭眼,才说:"手机可以交给你,也可以答应你再也不用,但卡我要留着。"

林晚来知道这样的语气等于是在冯晓的怒火上浇油,但她已经不想再躲。

这几年,她们母女互相试探得已经够多了,冯晓向外扩张着自己的控制欲以攫取那么一点点安全感,林晚来也因为贪图一丝清静而越躲越远。

"卡里有很多短信,是我和朋友们的,很珍贵。我要留着。"林晚来语气淡淡地说。

"你再说一遍?"冯晓眼底已经是一片猩红,"你头脑不清醒是不是?现在是什么时候,你整天脑子里还在想些什么东西?"

冯晓的声音越来越大,越来越刺耳。林晚来的耳朵里嗡嗡作响,难受极了。

"我没有想不该想的东西。"

林晚来知道这话很无力,只是为了让冯晓闭嘴。

哪怕只有一分钟。

"你那些朋友就是不该想的东西!"冯晓彻底歇斯底里起来,"你这样对得起谁啊？我为了照顾你留在家里，粤城那么大的厂你大姨叫我几次我都没有去，你马上就要高三了跟我搞这些事情，你对得起我吗？"

又来了。

又是这些话。

林晚来绝望地闭了闭眼，没有说话。

"妈妈还不够理解你吗？还不够给你空间吗？你说选文科就选了，我有阻拦过你吗？P大名额说不要就不要了，妈妈骂过你吗？你离家出走跑到粤城去，半年没上学，妈妈说过你什么吗？"

冯晓越说火越大，桩桩件件数着林晚来的"罪状"，失态得连唾沫星子都不顾了。

林晚来依旧没有说话。

她知道，这些年冯晓沉醉于"独自抚养女儿的坚强母亲"的自我认知中，只要有一点不符合冯晓的心意，她就会被钉在"不体恤妈妈"的罪柱上。

她已经习惯了，说再多都没有用。

眼前冯晓的嘴巴一张一合，林晚来只感觉到刺耳的声音在敲击自己的耳膜，没再听清她话里的内容究竟是什么。

一片嗡嗡作响的嘈杂声中，一句敏感的话却突然闯进林晚来的耳朵——

"和你爸爸一个样！没有良心的！"

林晚来愕然。

冯晓也忽然住了嘴，仿佛才反应过来自己说了什么。

这是长久以来，冯晓第一次在林晚来面前直接提到林之远。

母女二人对峙半晌，冯晓像是怕落了下风一般，抢先再次开口："你看什么看？我现在连你爸爸的名字提都不能提了？"

冯晓很快又找回了道德制高点一般，红着脸大声说道："你知不知道，是你爸爸先出轨，是他跟小三一起死在了车上！我是为了你才忍气吞声这么多年什么都不说！"

"不要为了我。"林晚来迅速而小声地回答。

其实林之远当年车祸的前因后果究竟是什么，冯晓和林晚来都心知肚明，只不过这么多年，母女二人从来没有坦诚地说过这件事而已。

林晚来最痛苦最困惑的时候去问过蒋西辞，蒋西辞那时很坦诚地告诉年幼的她:"是你爸爸对不起你妈妈。"

为了前途出国又回头寻爱的画家初恋,浪漫潇洒却已结婚生子的中学老师,家境殷实个性强势的原配妻子。

狗血的中年三角恋,主角是她的爸爸。

"你说什么?"冯晓像是没听清林晚来的回答。

林晚来看着自己母亲的眼睛,那样一双疲惫、忧伤、却因为对不公平的际遇始终无法甘心而燃烧着愤怒的眼睛,她想,这大概会是她们母女二人唯一一次开诚布公地谈到这件事了。

"我说,不要为了我。"林晚来轻轻叹了一口气,"既然是爸爸对不起你,那就去恨他,或者忘了他,去爱别人。既然我这么不懂事,那就不要管我,去做更值得的事情。"

说到这里,她顿了一下,再一次看了看已经眼眶通红、嘴唇苍白的母亲,忽然有些不忍心。

但犹豫半晌之后,她还是沉沉地、缓慢地开口了。

"不要拿我当作借口,发泄你心里这么多年的不痛快,要恨就去恨,要放下就放下。说白了,你并不是为了我,你是为了别人夸你一句不容易。虽然我不明白为什么,但就是只有别人这样一句评价,才能让你心里舒服,不是吗?"

对林之远和他那位初恋来说,他们的故事轰轰烈烈地结束在了车祸那天。惨烈,却也浪漫,还带了那么一点儿"至死不渝"的味道,符合他们艺术家的德行。

但对冯晓来说,这个故事没有好的结局。

或许,外人夸她一句"好妻子"或"好妈妈",已经是她唯一能加上的和美番外。

冯晓瞪圆了眼看着自己的女儿,好像难以相信自己的女儿刚刚究竟说了怎样一番话。

林晚来静静地低着头,不再看冯晓的眼睛。

倏然,一声巨响,冯晓掀翻了茶几上的果汁,然后她像发了疯一般跌坐在地上,疯狂地砸着她能看到的一切东西。

"是！是我欠你们林家的！是我犯贱！是我活该，活该被丈夫嫌，被女儿骂！"

冯晓疯狂地咆哮着。

林晚来心里一阵抽痛，张了张嘴，却发现自己一个字都说不出来。

她想说"你不欠我""我没有"，但是真的没有吗？真的不欠吗？

她家这笔烂账，谁又不欠谁呢？

林之远欠冯晓一份忠贞美满的爱情，冯晓欠林晚来一个情绪稳定的妈妈。但林晚来自己呢，她就不欠谁的吗？

或许，她也欠冯晓一个暖心可人的女儿，哪怕是在冯晓被背叛之后，默默地听冯晓发泄一些心里话。

橙色的果汁从破碎的玻璃缝隙流出，遍地狼藉。

林晚来看着颜色鲜艳的液体，忽然发现自己的眼眶早已模糊。

覆水难收。

冯晓仍然在发疯一般地砸着东西，林晚来怕她被玻璃扎伤手，终于还是走到她身边，将她扶到沙发上坐好。

"对不起。"林晚来说。

——如果对不起有用。

——如果我能回到六七岁，我一定会更喜欢你，会多亲一亲你，抱一抱你。

可惜没如果。

可惜对不起从来都没有用。

可惜，即使时光能够倒流，林晚来也不想再重新过一遍过去六年压抑的生活。

时间会过去，林晚来或许有一天能和冯晓挽着手做全天下最普通的那种亲昵和谐的母女。

但那也只能是因为时间过去了，而她长大了而已。

林晚来收拾好客厅里的狼藉之后，冯晓默默回到了自己的房间锁起门，没有再对她说一句话。

林晚来摸着自己锁骨下那枚硬邦邦的小戒指，又翻出口袋里的 SIM 卡，轻手轻脚地走出门去。

下楼的时候她想，没有手机，只能先去学校和教师宿舍找找看。

如果没有找到，那么希望肖晋是回到了集训营。

然而推开单元门的那一刻，她看到男生就站在楼下。

还没等她走过去，男生已经大步走向她。

"电话打不通。"

林晚来破涕为笑，安慰地拍了拍他的脊背，说："对不起，接下来的一年，恐怕都打不通了。"

肖晋紧张地问道："你妈骂你了？"

"没有，"林晚来摇摇头，明明是想笑的，眼泪却越笑越多，"只是不准我用手机了而已。没关系的，只是少发几条短信。"

林晚来抹了抹脸，从口袋里掏出SIM卡，递给肖晋："这个，你先帮我保管好，很珍贵。"

不知怎么回事，刚擦干的眼泪，一说话又止不住往下流。

肖晋接过电话卡，轻轻笑道："你以前也没这么爱哭。"

"我……我本来就很少哭的。"

肖晋放声笑起来，说："是，以前都是我爱哭。

"小时候啊，我被你揍的时候也哭，要去粤城不能跟你做同学了也哭。现在想想，我从小到大就哭过那么几次，还全是因为你。"

林晚来瓮声瓮气地笑了一声，回答他："彼此彼此。"

远处日暮渐沉，再慌乱的一天也会过去。

两个人静默了很久很久，直到晚风渐起。

徐映冬夺命连环call（打电话）催了肖晋好几次，离开之前，肖晋把卡装进口袋，对林晚来说："明年这个时候，我把这张卡还给你。"

"好。"林晚来郑重地回答。

然后，她挥了挥手，向他道别。

暑假只有短暂的半个月，林晚来回到学校，除了试卷越摞越高、晚自习多加了一节之外，并没有感受到太多的异样。

现实远没有肖柏生和张蔓之说的那么drama（戏剧），并没有人对她"指指点点"。

就连老师们也好像什么都没发生过一样，叶甘霖照旧用他那种贱兮兮的"损人鼓励法"敦促着林晚来稳住历史；赵英文还是每次考试都多出一套题，虽然已经基本难不倒林晚来。

只有徐晴雯,温柔而郑重地跟林晚来说过一句,"做好自己的事,往前看"。

林晚来当时同样郑重地朝徐晴雯点了点头,说"我明白"。

她并不确定徐晴雯所指的"前"和她所等待着的前方是不是一样。

但她其实一直都是这么做的。

做好自己的事,往前看。

唯一有些不同的,大概是她身边少了几个人。

同桌的位子一直空着,李雨已经跟宋子扬一起去了北京参加夏令营。

赖洪波在假期偷偷改签了机票提早回北京,理由是"不想在机场哭成傻子"。

而肖晋,开完家长会的那天晚上就直接回到了训练营,开始完全封闭式的最终冲刺。因为没有了手机,没人知道他什么时候回来。

盛夏过后不久,校园里传来桂花香,繁茂的枝叶形成一片幽静的树荫,缀着米黄色的花,像满天繁星一般。

一天,夏淼陪着林晚来去校门口拿饭。

家长会那天之后,冯晓不仅没收了林晚来的手机,还开始每天给她送晚餐,免得她"跟同学出去吃些不干不净的东西"。

林晚来从没有指望一次激烈但坦诚的争吵能够改变什么,所以也没有做任何争辩,坦然接受了结果。

"你妈真的是太恐怖了……"夏淼一边拿手掌给自己扇风,一边感叹道。

"还好。"林晚来轻轻笑了一下。

"也就只有你能扛得住吧。"夏淼仍然感叹,"我就想不通了,别的家长防小孩是因为怕成绩下滑,还算可以理解吧。你成绩这么好,有什么好担心的啊?这些中年人是不是都有病……"

林晚来听到这话直想笑,正要回一句什么,夏淼骤然住了嘴。

林晚来顺着夏淼的眼神看过去,冯晓的车已经停在路边,她摇下车窗,笑着看向她们这边。

"你妈这笑容也太瘆人了……"夏淼在林晚来耳边嘟囔了一句,走到冯晓车边却很乖巧地笑着打了招呼,"阿姨好。"

林晚来差点没忍住在冯晓面前笑出声来。

冯晓非常和蔼地朝夏淼笑了笑，从副驾驶位上拿起保温饭盒递给林晚来。

"今天做了糖醋排骨和雪梨肉饼汤，饭给你盛了很多，跟淼淼一起吃。"

夏淼大概是第一次被个统共见面没超过五次的人叫"淼淼"，霎时起了一身鸡皮疙瘩，但对上冯晓瘆人的微笑，她还是非常有求生欲地回复了一句："谢谢阿姨。"

"不谢。"冯晓又对林晚来说，"小晚，下了晚自习早点回家哈，妈妈在家等你。"

家长会之后，冯晓给林晚来规定了门禁时间，是晚自习结束之后的十五分钟内。

林晚来现在每天回家都能在沙发上看到明明已经昏昏欲睡却还是正襟危坐盯着墙上时钟的冯晓。

而她那样僵硬甚至有些可怕地坐在那里，只是为了确认林晚来及时到了家。只要林晚来关上门，甚至还没来得及换好拖鞋，冯晓就会起身走到厨房，把热牛奶端出来放在餐桌上，然后径自回房间睡下。

整个过程中，她甚至都不会对林晚来说一句话。

但她每天都重复一模一样的神态和动作，像一个古老的献祭仪式，肃静而压抑。

"知道。"林晚来点点头，目送冯晓倒车离开。

在只能看见车屁股的时候，夏淼终于长出一口大气："这这这……这也太吓人了……"

"走吧。"林晚来摸着温热的保温袋，没有接夏淼的话茬。

"哎，等等！"夏淼正要转身，忽然拉住林晚来的胳膊，看着马路对面，"那是不是肖晋的爸妈？"

理科班的家长会上，夏淼见过肖晋的父母，时间不久，所以她仍然有印象。

林晚来循着她的目光看过去，马路对面的教师宿舍大门外，肖柏生正把两个行李箱放进车后备厢，张蔓之则站在一旁和一个男生说话。

林晚来觉得那个男生有些眼熟，眯着眼仔细看了会儿，却始终没想起来他到底是谁。

林晚来忽然想到家长会那天冯晓那样不客气地对肖柏生和张蔓之讲话，

她都还没给人家道过歉。

但现在……她觉得还是别出现在他们面前比较好。

她正这么想着,肖柏生已经合上了后备厢,张蔓之也跟着转过身来,正好对上林晚来的视线。

林晚来一僵。

"她看见我们了,她看见我们了!"夏淼也是一惊,越紧张话越多,"怎么办?要打招呼吗?还是直接跑啊……"

然而就在夏淼聒噪而林晚来默默紧张着的时候,张蔓之居然主动朝她们点点头,温柔地笑了笑,然后坐上了车。

林晚来一愣,两秒后才想起来微微朝她鞠了一躬。

车子渐渐开远。

夏淼"啧"了一声,感叹道:"要我说啊,虽然你们两家爹妈都奇葩,但是张老师和肖老师还是比你妈讲道理多了。"

闻言,林晚来只是苦笑一声,没有说话,掂了掂手中的食盒,拉着夏淼一起回了教室。

9月1日,全国统一的开学日。

秋老虎余威犹在,林晚来穿着薄薄的校服T恤,从家里走到学校,都热得脸色潮红。

从校门口到笃思楼需要先经过操场再穿过宿舍区,一路上空荡荡的,没有树荫遮蔽,脸上的汗流个不停。

她伸出手挡在额前,聊胜于无地遮挡一些刺眼的阳光。

她正打算加快脚步,忽然看见李雨从宿舍楼里走出来。

两个人的位置很巧,根本不可能装作没看到。

这是林晚来在家长会之后第一次见到李雨。

听叶甘霖说,李雨在P大夏令营里表现得很好,已经拿到优秀营员的名额,相当于降五十分录取。所以在夏令营结束后,李雨也一直没有回学校,听说是因为家里有事情要忙。

林晚来顿了两秒,还是决定迈步离开。

"林晚来。"李雨却再次叫住她。

林晚来犹豫了一下,还是回过头,用不耐烦的眼神询问她又有什么事。

李雨似乎对林晚来眼神中的情绪毫不在意，走到林晚来面前，平静地说："我哥，判了六年。"

她的表情平淡得好像在说开学典礼几点开始一样。

李雨说的是李凯，她的亲哥哥，被冯晓和冯昕送进警局的那个混混。

林晚来已经很久没有想到过这个名字了。

蒋西辞之前说这个案子走的都是正常程序，冯晓和冯昕应该没有插手。

但六年，听起来似乎有些重。

林晚来不知道李雨忽然跟她说这个究竟是什么意思，是兴师问罪？又或者是有别的打算？

但她已经懒得纠结这些事情，轻轻皱了下眉，冷淡地问："所以呢？"

李雨忽然露出一种彷徨的表情，沉默了好几秒才小声说："谢谢你。"

林晚来实在不知道她葫芦里究竟卖的是什么药。

"我哥……对我和我妈很不好。"李雨自顾自地解释起来，"他进去了，我跟我妈也就不用提心吊胆了。"

听起来，又是一段故事。

然而林晚来并没有兴趣再听一段原生家庭的悲剧，她回答得很快："跟我没有关系，不用谢我。"

说完，她就转身离开了。

李雨克制着再次叫住林晚来的冲动，望着她走远的背影，马尾在夏日刺眼的阳光下摇晃，少女步伐坚定。

直到林晚来的身影消失在视线中，李雨忽然自嘲地低头笑了。

连她自己也不太明白，为什么会这么想把这个从小就折磨她至深的家庭悲剧讲给林晚来听。

告诉林晚来，她有一个怎样的哥哥，在爸爸病死之后，哥哥怎样殴打她和妈妈，怎样抢走妈妈辛辛苦苦为她攒的学费。

告诉林晚来，她在这样的环境里考上了一中的实验班，考到了第二名，甚至还超过了林晚来一次，拿过第一。

告诉林晚来，她为了P大的夏令营，买了多少平时舍不得买的书，可最贵的那一本，在家长会那天摔坏了。

这些她一直羞于启齿生怕别人知道的故事，也不知道为什么，她忽然就想讲给林晚来听。

她甚至已经打好了腹稿,她一定会讲得跌宕起伏,流畅又精彩,就好像一场精心排练了多年的戏。

而林晚来,是她唯一的观众。

可她差一点忘了,这个观众,从来都不屑听她的故事。

烈日灼在李雨的脸上,她看着面前已空无一人的操场,在心里为这场戏打下了杀青的一板。

自始至终,无人观看。

天知道为什么学校喜欢把开学典礼安排在上午十点,正是气温开始爬向最高峰的时候。

林晚来把校服外套罩在头顶,猫在队伍的最后面,听着远处音箱发出的低沉声响,很快就昏昏欲睡。

眼前历史书封面上的秦始皇已经长出了第三个重影,在不知道第几个校领导说了第几遍"金秋送爽、丹桂飘香"之后,她忽然听见一句:

"下面,有请高三年级代表,高三一班肖晋同学发言!肖晋同学在刚刚过去的全国高中生奥林匹克数学竞赛中荣获金奖,已经获得了T大数学科学学院的保送资格。大家掌声欢迎!"

掌声雷动之中,林晚来仍然有些恍惚。

她眯着眼抬起头,台上的人拍了拍话筒,正好也看向她。

茫茫人海,他还是一眼就能找到她。

"各位老师、各位同学,大家好。"

话筒和音箱质量都不太好,传递过来的声音像蒙着一层雾气,听不真切。

"我叫肖晋,生肖的肖,魏晋的晋……"

林晚来忽然想起高一开学那天,她也是这样,在燥热的空气中迷迷糊糊地醒来,听见这样的声音。

开学典礼结束,林晚来随着人流回到教室。

人群嘈杂,不少人一边走一边窃窃私语,讨论的大多是他们这一级第一拨被"保送"了的两个人,肖晋和李雨。

"肖哥是真牛啊,高二就得金奖了!之前不是说高三能得就已经烧高香了吗?"

"要不怎么说人家是天才呢?你看他这两年基本没怎么上过课吧,就是奔着竞赛去的。否则徐晴雯明明是灭绝师太,为啥一见到他就会笑得像观音菩萨?"

"还有那个李雨,以前都没怎么听说过啊?文科班最厉害的不是林晚来吗?"

"谁知道,五楼那两个班神神秘秘的。"

"我还以为咱们学校林晚来是最牛的,谁晓得最后她还不是要跟我们一样苦哈哈再熬一年……"

楼道里挤满了人,大家都低着头走自己的路,身边几个议论纷纷的人大概也不知道话题的中心就站在他们边上。

林晚来一边听,一边忍着笑,想着刚刚肖晋演讲完好像就被老师拉着去说话了,不知道现在人在哪儿。

她正想着,脑袋上被书打了一下。

她一回头,见叶甘霖背手站在她身后。

"慢吞吞的,想什么呢?跟我来。"

叶甘霖径直带着林晚来走进办公室,低头在办公桌上翻翻找找,说:"教室外面墙上的宣传栏,你帮忙更新一下。"

林晚来有些愣,这事从来都是文娱委员负责,什么时候轮到她头上?

叶甘霖却从办公桌下面拿出一幅框好的作品,不知是字还是画:"待会儿挂上就行。"

林晚来狐疑地接过,翻过面来一看,瞬间了然。

遒劲张扬的字,她一看就知道出自谁手。

丛丛

"我一大把年纪了,看不懂这两个字什么意思,你去好好研究一下,挂好看一点。"叶甘霖不搭理林晚来兴奋又疑惑的眼神,摆摆手,吩咐道,"人家送给我们班的礼物,鼓励我们班同学,写得挺好看的,别浪费了。"

林晚来见叶甘霖别别扭扭的样子,笑道:"好的,保证完成任务!"

叶甘霖嗤笑一声,在林晚来转身之后却又自言自语般说了句:"小姑娘好好的机会不要,非跟我这儿再耗一年,加油咯。"

林晚来顿住,回头时依旧嬉皮笑脸的:"您没看出来吗?我就是想再跟您学一年才不走的!"

"去去去!给你个竿你就顺着爬!"叶甘霖嫌弃地摆手赶人,"别嬉皮笑脸的,耽误正事!"

林晚来并不受教,还是嬉皮笑脸地走出办公室,趁着上课前最后两分钟,利落地把那幅字挂在了教室外的宣传栏上。

中午的下课铃终于响起,林晚来等到大部分人离开教室后,才从座位上起身,走到教室外,有空好好看看这幅字。

两个字笔画简单,却大开大合,力透纸背。

——从从。

身后响起熟悉的脚步声,林晚来心下一动,扬起嘴角,没有回头。

"徐晴雯说不懂这是什么意思,我说要请最有文化的文科班同学来看一看就懂了。

"后来一想,文科班同学可能光顾着欣赏我这手好字,没工夫细想字里的意思。

"没办法,我只好亲自解谜了。"

男生站在她身边,声音沉静而郑重。

"从从的意思是,我始终与你并肩,且共从容。"

林晚来终于轻轻笑出声,侧头看了看身边的人。

正午的阳光在肖晋脸上落下一道斜线,他的瞳孔是清澈干净的琥珀色,颧骨依旧因为笑而高高昂扬着,嘴角漾起笑意。

她与他并肩而立,笑眼相对。

——我始终与你并肩,且共从容。

高三的时间流逝只会比想象中更快。

一轮四季过去,林晚来度过了十八岁生日,栀子花的余香蔓延在校园里的时候,高考如期而至。

两天的考试,肖晋虽然不用参加,但一直陪着林晚来。考场外,他趁冯晓转身的瞬间给林晚来比了一个"加油"的手势。

就像过去这一年,他虽然不用考试,却也每天都坐在教室里陪着所有人一样。

　　严政杰他们都说，谁能想到高一眼睛长头顶上的肖哥到高三居然变成了给所有人讲题给苏秦当苦力的"奶妈"。

　　6月8日下午五点，高考结束。
　　林晚来随着缓慢挪动的人群走出教学楼，又走出校门。
　　冯晓一早等在考场门口，挤到了一群家长中的第一排。林晚来一眼就能看见她，却只是朝她笑了一笑，转身左拐。
　　传说中英语考试结束后那场准时准点的倾盆大雨没有落下。
　　她喜欢了很多年的男孩子站在不远处的路口前，满头大汗，挥了挥手里一早买好的蜜豆奶茶，咧嘴朝她笑起来。
　　林晚来也灿烂地笑起来，然后奔向他。
　　头顶的苦楝树枝叶繁茂，隐蔽整条小街，漏下阳光粼粼闪耀。
　　周围有人欢呼，有人叹息，有人哭泣。
　　她在人声鼎沸中扑进他的怀里。
　　这一刻，林晚来重新拥有了夏天。

番外一 / 菠萝啤

高三开学还不到一个月，肖晋已经接到肖柏生和张蔓之无数个电话，催促他回粤城"休息"一段时间。

这一天，张蔓之再次打来电话，是周六的下午，高三短暂的半天假期，肖晋正在收拾自己的书房。

"你要是没什么事的话……回来陪陪妈妈和外婆？"自从家长会上肖晋"礼貌"地质问父母后，张蔓之给他打电话时的语气就尽是小心与试探。

肖晋把已经整理过错题的卷子与习题册摞在一处，足足快半人高的两摞，他拿绳子捆住了，打算下午拖去废品站。

手机开了免提放在桌上，那头的张蔓之大概是太久没听到回复，又试探地"喂"了一声。

肖晋才想起来还在和妈妈通话，连忙回道："月底有运动会，看国庆有没有时间吧。"

"好！"张蔓之的语气明显雀跃起来，"那你运动会也要注意安全哦，不要受伤了。"

"好。"肖晋答应着，等那边挂了电话。

肖晋站在一地纸张卷册中间，叉腰皱眉，简直怀疑人生，怎么会越整理越乱。

原本想着把整理过错题和没整理过错题的试卷分开来，不要浪费之前做过的题，现在却已经彻底分不清了。他索性一通归拢，打算全部拖去废品站，还能多买两杯奶茶。

他蹲下身正要将一地的纸张拢齐,忽然看见桌角边上有本红皮书——《高考数学题型全归纳》,应该是跟这些卷子一起被他一书包扛回来的。

但这本书他高一就做完了,应该早就扔掉了,怎么会出现在这里?

肖晋纳闷着,伸手把那本书捞过来,翻开封面一看,上面写着李雨的名字。

肖晋这才猛然想起来,李雨最初来问他数学题时,他就向她推荐了这本书。

手上这本书已经很旧了,好像连纸张都薄了一些,背面透出密密麻麻的字迹,能看出被反复翻过很多次。

肖晋怔了会儿,懒得去想这本书为什么会出现在他的书堆里。他将书合上,没有再往后翻,正要丢进纸箱,书中忽然掉出一封信。

素白的信封,信封上只写着"肖晋(收)"。

肖晋不熟悉这个字迹,但也能猜到是谁写的。

他懒得多想,将信封又夹回书里,再把书与那一堆试卷一起装进纸箱。

抱起纸箱正要出门,他忽然又停下来,思索了一会儿,打开 QQ,从实验班大群里找到李雨。

肖晋:你的书好像放错了,在我这里,还需要吗?不用的话我就一起处理了。

李雨的头像原本灰着,却意外地回复得极其迅速。

Rainbow:不用了,你处理掉吧。

肖晋回过去一个"OK"的手势,把手机揣回裤兜里,再次扛起纸箱出了门。

这两天气温骤然凉下来,街上风大,肖晋没给纸箱封口,必须得按着箱子里的试卷防止被吹出来。

他拐过某个街角,无暇在意有谁正在等待。

李雨坐在街角网吧靠门的那个位置上,看着屏幕上聊天界面里的那句话和那个手势。

她看了很久,直到电脑自动锁屏,微弱的荧光彻底暗下去。

屏幕上映出自己呆滞的脸,李雨连忙收回思绪,抬手问老板要了一瓶菠萝啤。

大概是在柜台上静置了太久,易拉罐上有一层薄薄的灰,李雨抽出纸巾仔细地擦拭着,直到银面光洁如新才轻轻拉开拉环。

一点气泡也没有。

李雨这才想起来,她应该晃一晃瓶身再打开,这样才看得见热闹的白色泡沫盈满杯口。凑上去吸一口,嘴唇两边都会沾满"白胡子",看起来很好笑。

她记得,班里过集体生日的时候,赖洪波和夏淼他们都爱这么玩,还有林晚来。

她忽然就丧失了喝菠萝啤的兴趣。

再次按亮电脑屏幕,李雨迅速地在那个聊天框的右上角按了"×",然后退出 QQ。

剩下的是邮箱界面,夏令营时认识的学姐发来了书单,并且十分好心地留下了自己的 QQ 号码,告诉李雨有任何问题都可以和她联系。

李雨回复邮件道了谢,然后从书包里拿出准备好的纸笔,将书单中的作者名、书名、出版社、版次一一誊抄下来。

她抄得很仔细,工整而缓慢,仿佛在打磨一件必须让自己满意的工艺品。

做完这一切,是下午六点过七分,她没有再纠结过了整点就要多交一个小时的钱。

那个染着一头黄毛的网吧前台却一边剔着牙,一边贱兮兮地问:"今天怎么不卡时间了?"

李雨没再像以前一样忍受他黄得恶心的牙花和糜烂的口臭,抬头瞪了他一眼,撂下一张纸币,没等找钱,抽了柜台上一盒口香糖,走了出去。

番外二 / 到二〇二〇去

一大早踏进公司大楼，林晚来困到睁眼瞎一般，打照面的人一个也看不清楚，含混回应了每一声"早"，靠肌肉记忆准确地走进办公室坐下。

她一股脑将单肩背着的包、左手抱着的厚厚几本书和右手拿着的咖啡、手机放下，终于喘了口气，咬着吸管喝了一大口美式，被冰得一激灵，彻底清醒，脑子里终于不是一团糨糊。

林晚来要做的第一件事就是点开微信吐槽肖晋。

林晚来：都怪你！

接下来的话需要慢慢构思，以精准打击，不给狡猾的肖某人一丝申辩的机会。

林晚来噼里啪啦打字飞快，然而一长段还没写完，手机里跳出一则企业邮箱的通知。

发件人是合作多年的出版社。

对话框还编辑着，林晚来将手机丢到一边，打开电脑查收邮件。

Hi，晚来：

上次和你聊过的新企划，你考虑得如何？我们这边已经把主题定下来了，如无意外应是"到二〇二〇去"。还是上次和你说的，我们会邀请十位生于90年代末的作者，回忆他们所经历的2010年到2020年。这十年，也正好是他们的青春年代。

除小说随笔外，我们希望能有一篇严肃一些的文章，从偏学术的角度梳理这十年。我想没有人比你更适合。

期待你的回复。

祝好。

越

程越是林晚来大学时就认识的编辑，也是她同校不同院的学姐，这些年两人一直保持稳定的合作关系。

这个新企划两人之前聊过好几次，林晚来也觉得有意思，加上出版社这些年口碑稳定，向来是质量保证，没有不接的道理。

并不需要考虑太久，林晚来很快回复邮件，爽快答应，并约好了交稿时间。

到二〇二〇去。

已经是十年前了。

记忆并不因时间的久远而模糊，只是这主题太大，"严肃""偏学术"的要求又和个人的回忆隔着十万八千里，林晚来一时竟不知该如何下笔。

手边正好放着一本《六十年代》，林晚来拿过来，指望从前人的智慧中得到一点启发。

翻开第一篇就是詹姆逊的《60年代断代》，老爷子洋洋洒洒写道——

  所谓的"时期"无论如何不可解作某种无处不在且统一的共同思想和行为方式，而是指共有一个相同的客情境，因此也才有了林林总总、各式各样的反应和创新，但这一切总是在那情境的结构范围之内发生的。

林晚来觉得大早上脑袋不清醒，不适合读书。

前人的牙慧都过于高深，捡不起来。

林晚来把书合上，桌上的手机正好振动了两下。

肖晋：怎么了？

肖晋：通勤的暴躁？

还挺自觉。

林晚来扬起嘴角。

林晚来把对话框里没发出去的那一长串讲述自己如何因为他出差没了专

职司机,而尝试地铁通勤饱受折磨的控诉删掉,又发过去新的问题。

林晚来:说到 2020 年,你最先会想到什么?

肖晋很快回过来。

肖晋:那场席卷全球的灾难。

他倒是直接。

林晚来苦笑。

林晚来:那说到 2010 年到 2020 年呢?

刚发过去,又怕他给自己列大事年表,她马上补充。

林晚来:关于你自己的。

肖晋仍然秒回。

肖晋:小升初,中考,高考,大学毕业。

林晚来愣了愣。

又不能说他错。

他们这一届,2010 年小学毕业,2013 年中考,2016 年高考,2020 年大学毕业,精准踩点,正好覆盖整个十年。

林晚来被这个人神奇的脑回路逗得哭笑不得,压着嘴角,耐心回过去。

林晚来:你这回答也太干瘪了吧?

林晚来:能不能隽永一点、浪漫一点?看没看过青春电影?

她又戳过去一个"靓仔无语"的表情包,兴致勃勃地等回复。

肖晋那边大概是有什么事,对话框顶上的"对方正在输入中"消失了一会儿。

林晚来也不急,耐心等着。

肖晋:隽永一点?

肖晋:浪漫一点?

然后对话框顶上又出现"对方正在输入中"。

半分钟后。

肖晋:你。

三十多岁了,林晚来还是很爱脸红,但在说情话方面还是很有越挫越勇的胜负欲。

她盯着手机屏幕看了好久,仍然没有想出够秀的回复,只好与对话框面面相觑。

肖晋倒是不消停，连着又发过来好几句。

肖晋：我猜林老师现在脸很红。

肖晋：还是我说得太简单了，林老师没看懂？

肖晋：要不我把主语谓语定状补语都补上说一句完整的？

林晚来感觉隔着屏幕都能看到他贱兮兮的笑容。

对话框顶上又出现了恐怖的"对方正在输入中"，林晚来知道这位真干得出补全完整句子再说一遍这种事，连忙打字阻拦。

林晚来：油嘴滑舌！

对话框这才消停了会儿。

肖晋：油嘴滑舌的人要去工作了。

肖晋：请林老师也好好工作，认真吃饭，不要撩人不行反被撩，自己脸红还不承认。

肖晋：我今晚就到家了。

林晚来心想：语言无法攻破这人的厚脸皮，只有表情包的力量无穷。

林晚来戳过去一个"辣鸡闭嘴"的表情包，知道他去工作了不会回，也把手机丢到一边。

窗外天空明朗，北京的秋天总是令人愉悦。

林晚来看着窗外的阳光，思绪回到十几年前。

人在面对过去时，总是很难坦诚，美化或虚化后，多少能裁剪出一段看得过去的回忆。

然而身边人，是同行者，是后盾，亦是坐标，让她在想起过去的事情时，无论是粗鄙浅陋，还是怯弱矫情，都不至于羞于面对，而是能足够坦荡、足够笃定。